乐府文献考论

Yuefu Wenxian Kaolun

郭丽／著

凤凰出版社

图书在版编目（CIP）数据

乐府文献考论 / 郭丽著. -- 南京 : 凤凰出版社, 2020.12
ISBN 978-7-5506-3332-2

Ⅰ. ①乐… Ⅱ. ①郭… Ⅲ. ①乐府诗－诗歌研究－文献－汇编－中国－古代 Ⅳ. ①I207.226

中国版本图书馆CIP数据核字(2020)第230141号

书　　名	乐府文献考论
著　　者	郭　丽
责任编辑	李相东
装帧设计	徐　慧
出版发行	凤凰出版社(原江苏古籍出版社) 发行部电话025-83223462
出版社地址	江苏省南京市中央路165号,邮编:210009
出版社网址	http://www.fhcbs.com
照　　排	南京凯建文化发展有限公司
印　　刷	江苏苏中印刷有限公司 江苏省泰州市经济开发区鲍徐镇,邮编:225315
开　　本	889毫米×1194毫米　1/32
印　　张	13.75
字　　数	297千字
版　　次	2020年12月第1版
印　　次	2020年12月第1次印刷
标准书号	ISBN 978-7-5506-3332-2
定　　价	85.00元

(本书凡印装错误可向承印厂调换,电话:0523-82099008)

目　录

序

这是今年第二次为郭丽的书写序。前一本书,是她在博士论文基础上修订而成的《唐代教育与文学》。时隔不久,郭丽告诉我,她又一部书《乐府文献考论》要出版,要我再写个序。

这部新著,是郭丽近年研究乐府成果的一个结集。郭丽进入乐府研究领域,有幸得到吴相洲教授的提携和引导。相洲教授的乐府学研究,早已开拓了一个新的研究领域。十一年前,郭丽从我攻读博士学位,毕业前一年,我的另一位博士毕业,恭请相洲教授来津参加博士论文答辩,郭丽是答辩秘书,得以与相洲教授相识。郭丽读博三年,发表了二十篇论文,博士论文六十多万字,很是厚重。非常不巧,那一年停止评选全国优博,郭丽的论文最终获得天津市优秀博士论文。毕业时我想让她留校,但是未果。幸亏相洲教授惜才爱才,为她联系了首都师范大学。也因此,郭丽有幸得到相洲教授的引导,进入乐府学研究领域。后来我知道,相洲教授对郭丽早有观察。他早就注意到了郭丽的论文。2010 年中国唐代文学学会年会在南开大学举办,郭丽协助我办会,显示出极强的办事能力,与会的相洲教授又注意到郭丽办事的利索和井井有条。现在想来,郭丽有点因祸得福。人生很多是机缘。我因偶然原因而做《文镜秘府论》研究,是机缘;郭丽做乐府学研究,也是机缘。

应该说,郭丽的学术道路是比较顺利的。硕士师从西北大学李浩教授,从后来的了解知道,李浩教授对郭丽是很赞赏、很满意的。2009 年读博从我,作为导师,最大的体会是省心。自己选题、自己找材料、自己架构和写作论文。我只是偶尔指点两句。除了临毕业为工作事很操过心,其他事都省心。就连博士毕业时,我正好在台湾东吴大学客座,答辩诸事也没有管过。毕业工作,又进入首都师范大学这样一个很好的学术平台。

但是,从我读博三年,郭丽确实刻苦。好几个假期包括寒假春节都没有回家,每天宿舍—食堂—图书馆三点一线。天津市近在咫尺的景点,她都没有去过,全身心扑在学问上。

到首都师范大学工作以后,她要教学,包括本科生、研究生和其他类别学生的教学;要当班主任;要带研究生;要完成学校的其他事务性工作。她是中国唐代文学学会的理事,这理事是真的在理事。中国唐代文学学会作为国家一级学会,每年要参加年检,按规定向教育部和民政部报送相关材料。郭丽到首都师范大学工作后,这个任务也落到她身上。上级部门对材料的要求很细,政策不断变化,有时一份材料送一次,打回来,再送一次,再打回来,要反复送多次。这都是她的事。她还是中国唐代文学学会会刊《唐代文学研究年鉴》的副主编,负责编辑、组稿和编稿,《年鉴》每年都要出版一辑。她就是在这些事务之余,做她的乐府学研究。

经常听到她说忙,说累。时不时听到又拿了什么项目,发表了什么论文,知道她参与相洲教授主持的国家社科基金重大项目《乐府诗集》整理和补编,还负责编纂《乐府续集》(宋辽金元卷)。

我也忙,一些情况不甚留意。但零零星星地知道近年来她承担了两项国家社科基金项目、两项教育部项目、四项北京市和其他省部级项目,发表了四十余篇论文,其中权威和核心刊物论文二十余篇。三百多万字的《乐府续集》(宋辽金元卷)也已完成,并将于今年出版。算来这部《乐府文献考论》,是她今年要出版的第三部著作。这些信息汇总,我还是很吃惊。她博士毕业到今年,才八年时间,八年时间做这么多事,放在任何人身上,都足以令人吃惊,更何况她是一个纤弱的女孩子!

按说,郭丽这部新著的序,应该请相洲教授来写更合适。如果没有相洲教授的提携和引导,郭丽不太可能走上乐府学研究的道路。相洲教授对乐府学,对郭丽在乐府学上所作的工作更有发言权。但相洲教授最近忙于重大项目结项,我才因此有机会回顾郭丽走过的道路。

对乐府学,我是外行,对郭丽这部乐府学新著,只能根据我研究的体会,说一些感想和认识。

这是中规中矩的研究,从基本的史料入手。郭丽做的《乐府诗集》整理和《乐府续集》,本身就需要做基本的史料工作。看得出,这部《乐府文献考论》,是她上述研究的副产品。《全宋诗》失收乐府诗的补遗,宋代杂歌谣辞辑考,《文苑英华·乐府》和《太平御览·乐部》所见《乐府诗集》未收歌辞,元代少数民族诗人乐府诗辑考,元代杂歌谣辞辑考,《全元诗》失收乐府诗补遗,都是基本的史料工作。这部著作的其他问题,唐代乐府文献考论,唐修《晋书·乐志》抄录《宋书·乐志》说质疑,"词起源于燕乐"说修正,等等,也都是史料考辨。

这项工作所下的工夫,是令人惊讶的。比如查考《文苑英华·乐府》和《太平御览·乐部》所见《乐府诗集》未收歌辞，作者将这两部大书所收乐府歌辞与《乐府诗集》一一比对，其中的工作量不言而喻。相比而言，作者查考《全宋诗》和《全元诗》失收乐府诗的工作量更大。我们知道，二十世纪八九十年代编纂的《全宋诗》，收录诗人八千九百多家，总字数近四千万。2013 年出版的《全元诗》，收录近五千位诗人，约十四万首诗作，总字数二千多万。《全宋诗》和《全元诗》问世之后，不断有人辑佚。但辑佚者多是宋诗元诗的专门研究者。郭丽并不专门做宋诗元诗，只是为做《乐府续集》而涉猎，但她却能查考出《全宋诗》和《全元诗》失收的诗作。她从《江湖小集》《江湖后集》等文献中，发现赵鼎臣、赵崇璠、项安世、武衍、刘仙伦、杜旃 6 位诗人 64 首未见于《全宋诗》的乐府诗，其中刘仙伦、杜旃 2 人为《全宋诗》未收诗人。从发表于《古籍研究》的原文可以知道，作者对《全宋诗》的补遗多达 137 首。她是在对《全宋诗》全面补遗的基础上，查考出其中失收的乐府诗。至于《全元诗》，作者则从今人所辑《历代竹枝词》以及元代《双溪醉隐集》《道园遗稿》《道园学古录》《石田文集》《蒲室集》《铁崖古乐府》《铁崖古乐府补》《吴莱集》《倪瓒集》《林登州集》《王忠文集》等文集中，辑出未见《全元诗》著录的 19 位诗人的 61 首乐府诗，其中《全元诗》已收诗人 10 人，未收诗人 9 人。作者自述，她在《乐府续集·元代卷》中，综核《乐府诗集·新乐府辞》叙论、宋代新乐府辞收录标准及元代乐府实况，制定了元代新乐府辞的收录标准，并根据这些标准确定元代失收乐府诗的归属。可以看出，她是在严格科学界定和规范操作的基础上，做乐府诗的编纂和辑佚查考工作。稍想一下，这个辑佚查考工作，不但需要翻阅总字数分别是近四千万和二千多万字

《全宋诗》和《全元诗》，而且要翻阅宋代和元代的大量别集和其他史料。要一篇一篇比对过来，查考过来，这个工作量，工作的细致程度，是可想而知的。

作者善于发现一些新问题。比如，汉代多数乐府诗无主名，建安以后乐府诗创作开始进入有主名时代，诗人创作从此多了一种体裁选择。那么，诗人如何看待这一诗体，怎样写作，为谁写作，是否入乐，就成了一个乐府诗学问题。而诗人写作乐府诗时在固定题名外所加的“拟”“当”“代”“赋”“系”“补”等标记，就成了研究上述问题的重要线索，从这些诗题标记可以看出汉唐乐府诗创作方式的演变。再如，建安诗歌以刚建著称，但魏之三祖作乐府歌辞时为方便入乐有意安排声韵，从而开启了诗歌声律化进程，诗风也就从此走向“绮靡”一路，因而被李白视为“绮丽”诗风的源头，从而发现魏之三祖“宰割辞调”的诗歌史意义。作者善于抓住基本问题，解决基本问题。比如，唐修《晋书·乐志》是否抄录《宋书·乐志》，词起源于燕乐，《柘枝舞》起源，元代“乐府”含义等问题。这些问题，作者在史料清理和严格辨析上都下了功夫。比如，对于唐修《晋书·乐志》是否抄录《宋书·乐志》的问题，作者指出，今本唐修《晋书》以南齐臧荣绪《晋书》为蓝本，其内容在臧著《晋书·乐志》中就已有之，臧荣绪《晋书》在沈约作《宋书》前已经成书。同为《子夜歌》本事，唐修《晋书·乐志》保留字句均与臧著《晋书·乐志》记载完全相同，因此不可能是取沈约《宋书·乐志》删削修饰而成。比如关于“词起源于燕乐”问题，作者一一分析唐代燕乐与宋代燕乐的联系与涵义区别，雅乐、清乐、燕乐之关系，关于燕乐包含民间乐曲的问题，指出“因声度词”的创作方法不是燕乐所独有，繁弦变曲，历代有之，非唐代独有，并未催生出词体。因此,词与音乐关系的表述应该是:唐代音乐活动繁盛,需要诗人写出大量歌词,一些诗人在与艺人近距离接触时根据歌曲实际演唱需要写出了句式长短不一的歌词,于是产生了“曲子词”这一新的诗体。因为在商业演出中这种近距离合作机会更多,所以商家歌者多唱新兴曲调就成了词乐主体。词乐以燕乐为主体是符合实际的,但称“词起源于燕乐”就很不准确了。《柘枝舞》起源,元代“乐府”含义等问题,作者有同样细致的史料清理和严格辨析。

做学问,本来说是坐冷板凳的事。史料的清理、辑佚、考订,尤为枯燥、单调,而又尤其需要细致严谨。郭丽居然都做下来了。这些工作,当然需要经过学界的评价和时间的检验。可能会提出不同看法,可能会在郭丽的基础上有新发现和推进,这都是正常的。但我想,不管怎样,郭丽所做的这些工作,应该是研究乐府学难以绕开的。人们研究乐府,无法绕开宋人郭茂倩的《乐府诗集》,也难以绕开郭丽编纂的《乐府续集》和这部《乐府文献考论》。乐府学看来必然要与二郭结缘!

我忍不住再次惊叹她在八年里所做的大量工作!我没有问过郭丽,以后想做什么。如果要说希望,作为导师,心里是很矛盾的。当然希望自己的学生在学术上更有成就。郭丽这么年轻,就有这么多成绩,顺着做下去,应该会有更大的成就。但确实太累了,人生应该是丰富的,除了学术,还应该有生活。郭丽漂亮、活泼、开朗、能干、办事利索、重情重义,她的人生中,不应该只有学术,还应该有更为丰富的生活内容。

卢盛江

2020 年 9 月 20 日于南开大学

唐代乐府文献考论

唐修《晋书·乐志》抄录《宋书·乐志》说质疑

如今所见《晋书》为初唐贞观年间房玄龄等人奉敕修撰，其中有《乐志》两卷。因该书成书晚于沈约所修《宋书》，且二书《乐志》颇多内容相同之处，故学者多认为《晋书·乐志》系抄录《宋书·乐志》而成。这种看法在古代音乐史和文史学界认可度很高，致使《晋书·乐志》乐府学文献价值被普遍低估。笔者认为，仅凭两《乐志》部分内容相同就认定《晋书·乐志》抄录了《宋书·乐志》未免草率。以下不揣谫陋，试对个中原因略作分析。

一

较早指出《晋书·乐志》和《宋书·乐志》内容重复的是清人王鸣盛，其在《十七史商榷》中云："予读《宋志》，与《晋志》

犯复颇多，盖典故只有此，固不能凭空别造，彼此两载，殊恨其徒烦简牍也。”[①]王鸣盛指出《晋书·乐志》与《宋书·乐志》内容有重复，但没有认定重复系前志抄录后志所致，而是认为两志可能使用了同一材料。之后，黄侃明确指出《晋书·乐志》模仿了《宋书·乐志》，其在《文心雕龙札记》中云：“录古乐府之书，史志以《宋书》为最详最精。其书所录，自晋宋郊庙宴享之诗，及晋世所用相和曲、舞曲、鼓吹、铙歌，莫不备载，《晋书》特依放之耳。”[②]二十世纪六十年代，丘琼荪作《历代乐志律校释》，反复强调《晋书·乐志》抄录了《宋书·乐志》，其第二分册“缀言”曰：“唐修《晋书》，是以臧荣绪《晋书》为主而加以修润者。《律志》则李淳风所作，《乐志》不知撰自何人，惟取沈约《宋书·乐志》删削修饰而成，则显然者也。”[③]又云：“故以时代论，晋在宋之前，而其成书年代，则远在沈约《宋书》之后。是以《晋书·乐》、《律》二志中多采《宋志》旧文，非无故也。”[④]丘琼荪不同意王鸣盛提出的两志使用相同材料的说法，坚持认为《晋书·乐志》抄录了《宋书·乐志》，其云：“《宋志》成书在前，《晋志》成书在后，则是《晋志》与《宋志》犯复，乃唐人之咎，非约之过也。”[⑤]二十世纪六十年代，王运熙作《汉魏六朝乐

---

① ［清］王鸣盛撰，黄曙辉点校《十七史商榷》卷五六，上海书店出版社，2005 年版，第 431 页。

② 黄侃撰，周勋初导读《文心雕龙札记》，上海古籍出版社，2000 年版，第 36 页。

③ 丘琼荪《历代乐志律校释》第二分册，人民音乐出版社，1995 年版，第 3 页。

④ 《历代乐志律校释》第二分册，第 3 页。

⑤ 《历代乐志律校释》第二分册，第 4—5 页。

府诗研究书目提要》,论及《晋书·乐志》和《宋书·乐志》时亦称:"《晋志》文字,颇多本自《宋志》,但因仅记司马氏一代情况,故不及《宋志》详细。"[①]这种观点被此后很多学者所接受。缘此之故,在很多学者心目中,《晋书·乐志》的文献价值大为降低。如方宝璋、郑俊晖《中国音乐文献学》介绍古今音乐要籍时,就对《晋书·乐志》只字未提[②]。

当然也有学者不同意就此看轻《晋书·乐志》的文献价值。如郑祖襄在《〈古今注〉"横吹曲"史料真伪谈》中指出:"今本《晋书》虽系唐人所撰(题唐太宗御撰),但它的撰写是有旧《晋书》作蓝本的。据史书记载,从晋朝到唐前,撰《晋书》者,有二十余家。其中以齐臧荣绪《晋书》最负盛名。唐太宗因不满诸家《晋书》,诏房玄龄、褚遂良等以臧书为蓝本,并采他书,删削芜秽,撰成新《晋书》。所以,今本《晋书》的历史价值仍然不能低估。尽管成书比它早的《宋书·乐志》(梁沈约撰)对横吹曲只字不提,也不应对《晋书·乐志》的记载采取怀疑或否定的态度。"[③]郑祖襄指出,今本《晋书》是依据南齐臧荣绪《晋书》修撰而成,所以不要轻易怀疑和否定今本《晋书·乐志》的史料价值。这一看法颇具慧眼,但他并未对其中道理做出清楚分析,以下笔者将试作分析。

---

① 王运熙《乐府诗述论》,上海古籍出版社,2006年版,第310页。

② 方宝璋、郑俊晖《中国音乐文献学》,福建教育出版社,2006年版。

③ 郑祖襄《华夏旧乐新证——郑祖襄音乐文集》,上海音乐学院出版社,2005年版,第156页。

二

前已言及，今本唐修《晋书》是以南齐臧荣绪《晋书》为蓝本，如果唐修《晋书·乐志》内容在臧著《晋书·乐志》中就已有之，就可以推翻唐修《晋书·乐志》抄录沈约《宋书·乐志》的说法。

据《南齐书·臧荣绪传》记载，臧荣绪和沈约都由宋入齐，臧荣绪长沈约二十六岁，《晋书》为臧荣绪早年著作，在沈约作《宋书》前就已成书[①]。臧荣绪永明六年去世，时沈约仅完成《宋书》纪、传七十卷的修撰和缮写，志三十卷尚未完成，臧著《晋书·乐志》早于沈著《宋书·乐志》没有任何疑问。除非臧著《晋书》没有《乐志》，或虽有《乐志》而没有唐修《晋书·乐志》内容。而实际情况是，臧著《晋书》不仅有《乐志》，而且其中有唐修《晋书·乐志》所载内容。证据是清人汤球《晋书辑本》从《太平御览》第五百七十一卷中辑出臧著《晋书·乐志》中关于《子夜歌》本事的记载：

《子夜歌》者，有女子名子夜，造此声。孝武太元中，琅邪王轲之家有鬼歌《子夜》。殷允为豫章郡，侨人庾僧虔家亦有鬼哥《子夜》。殷允为章郡，亦是太元年，则子夜是此时以前人也(按：新无殷允以下数句)。[②]

---

① ［南朝·梁］萧子显《南齐书》卷五四，中华书局，1972 年版，第 936 页。

② 徐蜀编《二十四史订补》第 6 册，书目文献出版社，1996 年版，第 676 页。

这段文字也见于沈约《宋书·乐志》：

> 《子夜哥》者，有女子名子夜，造此声。晋孝武太元中，琅邪王轲之家有鬼哥《子夜》。殷允为豫章时，豫章侨人庾僧虔家亦有鬼哥《子夜》。殷允为豫章，亦是太元中，则子夜是此时以前人也。①

沈约《宋书·乐志》所记与臧著《晋书·乐志》文字略有出入，可能是沈约作《宋书·乐志》时抄录臧著《晋书·乐志》，以《晋书·乐志》表述容易产生误解，改动了部分文字。唐修《晋书·乐志》也记载了《子夜歌》本事：

> 《子夜哥》者，女子名子夜，造此声。孝武太元中，琅邪王轲之家有鬼歌《子夜》，则子夜是此时以前人也。②

可以看出，同为《子夜歌》本事，臧著《晋书·乐志》有记载，《宋书·乐志》也有记载，唐修《晋书·乐志》则删除多余信息，保留关键语句，表述更为简洁，但其所保留字句均与臧著《晋书·乐志》记载完全相同。据《旧唐书·房玄龄传》，唐修《晋书》"以臧荣绪《晋书》为主，参考诸家，甚为详洽"③。既然唐修《晋书》"以臧荣绪《晋书》为主"，当记述同一内容时，在文字

---

① ［南朝·梁］沈约《宋书》卷一九，中华书局，1974年版，第549页。

② ［唐］房玄龄等《晋书》卷二三，中华书局，1974年版，第716页。

③ ［后晋］刘昫等《旧唐书》卷六六，中华书局，1975年版，第2463页。

表述相同或相近情况下，唐人没必要将臧著《晋书》搁置一旁，另取沈著《宋书》以“删削”。因此，学界有关《晋书·乐志》“惟取沈约《宋书·乐志》删削修饰而成”的结论，大可怀疑。

如前所述，清人汤球《晋书辑本》从《太平御览》中辑出臧著《晋书·乐志》《子夜歌》本事是唐修《晋书·乐志》不袭《宋书·乐志》的关键证据。但这个证据需要做些说明，因为现今通行本中华书局版张元济辑《太平御览》第五百七十一卷没有这条内容，相关内容在第五百七十卷，出处作“《晋书》”，不是“臧荣绪《晋书》”。是不是汤球弄错了出处呢？笔者认为不是。为了澄清这一问题，下面就将张元济辑《太平御览》、汤球所见《太平御览》、中华书局标点本《宋书》以及唐修《晋书》有关《子夜歌》本事的记载列表于下：

版　本	内　容
张元济辑《太平御览》第五百七十卷	《晋书》曰：“孝武太元中，琅琊王轲之家有鬼歌《子夜》。殷允为豫章郡，侨人庾僧度家亦有鬼歌《子夜》。殷允为章郡，亦是太元乎，则子夜是此时以前人也。”
汤球所见《太平御览》第五百七十一卷	《子夜歌》者，有女子名子夜，造此声。孝武太元中，琅邪王轲之家有鬼歌《子夜》。殷允为豫章郡，侨人庾僧虔家亦有鬼哥《子夜》。殷允为章郡，亦是太元年，则子夜是此时以前人也。
中华书局标点本《宋书》第十九卷	《子夜哥》者，有女子名子夜，造此声。晋孝武太元中，琅邪王轲之家有鬼哥《子夜》。殷允为豫章时，豫章侨人庾僧虔家亦有鬼哥《子夜》。殷允为豫章，亦是太元中，则子夜是此时以前人也。
唐修《晋书》第二十三卷	《子夜歌》者，女子名子夜，造此声。孝武太元中，琅邪王轲之家有鬼歌《子夜》，则子夜是此时以前人也。

从上表可以得出三点结论:一、张元济辑《太平御览》和汤球所见《太平御览》记载文字相近度很高,尤其是“殷允为豫章郡”、“侨人庾僧虔”、“殷允为章郡,亦是太元年”文字几乎完全一致,这两处记载相比,张元济本缺少“《子夜哥》者,有女子名子夜,造此声”三句,其中原因详见下文论述。至于张元济辑《太平御览》把“虞僧虔”写成了“庾僧度”,把“太元年”写成“太元乎”,当属形近致误。这说明不管是张元济所辑《太平御览》还是汤球所见《太平御览》,都引《子夜歌》本事,汤球确从《太平御览》中辑出此条内容,而非弄错了出处,张冠李戴。二、张元济辑《太平御览》所引《子夜歌》本事和唐修《晋书》所载差别很大,张元济辑《太平御览》不可能引自唐修《晋书》。张元济辑《太平御览》既引唐修《晋书》,又引臧著《晋书》。引臧著《晋书》标明“藏荣绪《晋书》曰”,引唐修《晋书》直云“《晋书》”。其中标明“藏荣绪《晋书》曰”者共二十七次,而所引《子夜歌》本事则没有标明“藏荣绪《晋书》”,只云“《晋书》曰”,好像是引自唐修《晋书》,其实不然。因为张辑《太平御览》在引这则《子夜歌》本事之前,已从唐修《晋书》中引用了四条史料,随后从《晋阳秋》、邓粲《晋纪》、崔鸿《十六国春秋》《前燕录》《孟嘉别传》五种书中各引一条史料,之后又引《晋书》。如果此条史料同样出自唐修《晋书》,就应与前四条一并引用,不会隔了五种典籍后又去引用。《太平御览》既引唐修《晋书》,又引臧荣绪《晋书》,汤球将这条归于臧荣绪名下必有所据。总之,汤球辑录该条时错把唐修《晋书》当作臧著《晋书》的可能性几乎没有。张云济辑《太平御览·歌第一》从唐修《晋书》中引用了四条而不及《子夜歌》本事,可能是鉴于唐修《晋书》对《子夜歌》本事的记载过于简单,所以又引了臧著

《晋书》。三、至于张云济辑《太平御览》缺少"《子夜哥》者,有女子名子夜,造此声"三句,卷数也与汤球所见《太平御览》不一致的问题,可能是汤球所据为另一个版本。据周生杰《〈太平御览〉研究》考证:"1928 年,张元济赴日本访书,在帝国图书寮、京都东福寺获见宋蜀刻本,因请借影印,摄得影片计目录十五卷、正书九百四十五卷(缺卷二、卷四二至六一、卷一一七至一二五、卷六五六至六六五、卷七二四至七三八);又于静嘉堂文库借摄所藏宋本(宋建本)补卷四二至六一、卷一一七至一二五共二十九卷携归。于 1935 年 12 月印入商务印书馆出版的《四部丛刊三编》中,分订一百三十六册。其宋蜀本、宋建本所缺的二十六个全卷及其他卷中的缺叶用日本活字本补足。因为它在好些地方胜过鲍刻,就成为此后最流行和通用的本子。"①在张元济所取资的各本之外,明清时期流传的还有明抄本、明活字体本、从善堂本(清张海鹏)、鲍刻本(清鲍崇城)、黄正色本(清)、文渊阁本、重刻鲍本、石印鲍本②。汤球完全有可能看到张元济所据各种版本之外的其他版本,当是这样的原因,导致其缺少"《子夜歌》者,有女子名子夜,造此声"三句。

三

不仅唐修《晋书·乐志》以臧荣绪《晋书·乐志》为主,沈约作《宋书·乐志》也有可能参考了臧著《晋书·乐志》。《南

① 周生杰《〈太平御览〉研究》,巴蜀书社,2008 年版,第 135—136 页。

② 《〈太平御览〉研究》,第 137 页。

齐书·臧荣绪传》载:“太祖为扬州,征荣绪为主簿,不到。司徒褚渊少时尝命驾寻之,建元中启太祖曰:‘荣绪,朱方隐者。昔臧质在宋,以国戚出牧彭岱,引为行佐,非其所好,谢疾求免。蓬庐守志,漏湿是安,灌蔬终老。与友关康之沈深典素,追古著书,撰《晋史》十帙,赞论虽无逸才,亦足弥纶一代。臣岁时往京口,早与之遇。近报其取书,始方送出,庶得备录渠阁,采异甄善。’上答曰:‘公所道臧荣绪者,吾甚志之。其有史翰,欲令入天禄,甚佳。’”①臧荣绪淡泊名利,潜心著书,为齐太祖萧道成所知,征召不赴。萧道成受禅称帝后经褚渊建议,将臧荣绪所著《晋书》藏于天禄阁。永明五年,沈约奉旨修撰《宋书》,没有理由放着天禄阁现成的臧著《晋书》不作参考。

那么臧荣绪撰写《晋书·乐志》时有没有可能参考沈约《宋书·乐志》的前身,即山谦之等人所撰《宋书·乐志》呢?这种可能性几乎没有。沈约《宋书》是在徐爰《宋书》基础上修改而成。沈约《宋书·自序》云:“宋故著作郎何承天始撰《宋书》,草立纪传,止于武帝功臣,篇牍未广。其所撰志,唯《天文》《律历》,自此外,悉委奉朝请山谦之。谦之,孝建初,又被诏撰述,寻值病亡,仍使南台侍御史苏宝生续造诸传,元嘉名臣,皆其所撰。宝生被诛,大明中,又命著作郎徐爰踵成前作。爰因何、苏所述,勒为一史,起自义熙之初,讫于大明之末。至于臧质、鲁爽、王僧达诸传,又皆孝武所造。自永光以来,至于禅让,十余年内,阙而不续,一代典文,始末未举。且事属当时,多非实录,又立传之方,取舍乖衷,进由时旨,退傍世情,垂之方

① [南朝·梁]萧子显《南齐书》卷五四,中华书局,1972年版,第936—937页。

来,难以取信。臣今谨更创立,制成新史,始自义熙肇号,终于昇明三年。……臣远愧南、董,近谢迁、固,以闾阎小才,述一代盛典,属辞比事,望古惭良,鞠躬跼蹐,靦汗亡厝。本纪列传,缮写已毕,合七帙七十卷,臣今谨奏呈。所撰诸志,须成续上。"①可见沈约修撰《宋书》时所据旧本,撰者始于何承天,经过山谦之、苏宝生到徐爰手里才完成。先是何承天奉命撰写,"草立纪传",并作《天文》《律历》,又委托山谦之撰写志、传部分,山谦之不久去世,苏宝生继续作传。"宝生被诛",徐爰接着续作。徐爰《宋书》不纪宋末十年历史,沈约的任务是转变撰者立场,以新朝立场讲述前代历史,并补足最后十年史事。到永明六年完成了纪、传部分,表、志三十卷并未完成,这说明徐爰《宋书》表、志不完善,沈约需要花更多时间修撰。

旧本《宋书·乐志》出自何人之手?《宋书·自序》和《宋书·乐志序》(下文简称《志序》)说法不一。《自序》称何承天"所撰志,唯《天文》《律历》,自此外,悉委奉朝请山谦之"②。《志序》却称:"元嘉中,东海何承天受诏纂《宋书》,其志十五篇,以续马彪《汉志》。"③可能是何承天最初只撰写了《天文》《律历》二志,他志委托山谦之撰写,山谦之撰成后何承天做了审定和修改,因此说何承天作《宋书·乐志》也不算错。从沈约《宋书·乐志》中也可以看到何承天参与撰写的痕迹:"何承天曰:'世咸传吴朝无雅乐。案孙皓迎父丧明陵,唯云倡伎昼夜不息,则无金石登哥可知矣。'承天曰:'或云今之《神弦》,孙氏以为宗庙登哥也。'史臣案陆机《孙权诔》'《肆夏》在庙,《云

①② 《宋书》卷一〇〇,第2467页。

③ 《宋书》卷一一,第205页。

翅》承□’,机不容虚设此言。又韦昭孙休世上《鼓吹铙哥》十二曲表曰:‘当付乐官善哥者习哥。’然则吴朝非无乐官,善哥者乃能以哥辞被丝管,宁容止以《神弦》为庙乐而已乎?”[①]沈约在《志序》中称何承天各志“证引该博者,即而因之,亦由班固、马迁共为一家者也”[②]。自己只是“其有漏阙,及何氏后事,备加搜采,随就补缀焉”[③]。何承天有关东吴以《神弦歌》“为宗庙登哥”的说法,大概就是沈约所谓“漏阙”之处。

但是,无论沈约所见《宋书·乐志》出自何人之手,撰写都属于朝廷行为,臧荣绪作为在野之人,并无机会厕身其间,更无机会看到这些书稿。既然臧荣绪作《晋书·乐志》参考沈约所据旧本《宋书·乐志》可能性几乎没有,那么唐修《晋书·乐志》沿袭臧著《晋书·乐志》进而间接抄录《宋书·乐志》可能性也就完全不存在了。

四

要说沈约记录《子夜歌》本事早于臧荣绪还有一种可能:即沈约《晋书》一百二十卷成书比臧荣绪《晋书》早,而且臧荣绪作《晋书》时有条件参考沈著。但仔细考察会发现,这种可能性也不存在。《宋书·自序》云:“史臣年十三而孤,少颇好学,虽弃日无功,而伏膺不改。常以晋氏一代,竟无全书,年二十许,便有撰述之意。泰始初,征西将军蔡兴宗为启明帝,有敕赐许,自此迄今,年逾二十,所撰之书,凡一百二十卷。条流虽

---

① 《宋书》卷一九,第541页。

②③ 《宋书》卷一一,第205—206页。

举，而采掇未周，永明初，遇盗失第五帙。建元四年未终，被敕撰国史。永明二年，又忝兼著作郎，撰次起居注。自兹王役，无暇搜撰。五年春，又被敕撰《宋书》。”①陈庆元《沈约事迹诗文系年》据《宋书·明帝纪》称，蔡兴宗于泰始三年为“安西将军”，九月进号“征西将军”，推断其推荐沈约撰《晋书》当在是年②。从泰始三年到永明六年刚好二十年，沈约撰写《晋书》虽然初具规模，但“条流虽举，而采掇未周……自兹王役，无暇搜撰”，没有最终完成。而臧著《晋书》早在建元中就已藏入天禄阁。即使在建元最后一年（即建元四年）藏入，也比沈约《晋书》初稿早了六年。这说明臧著《晋书》参考沈著《晋书》可能性根本不存在。

更何况《晋书》是臧荣绪早年所作。《南齐书·臧荣绪传》载：“臧荣绪，东莞莒人也。祖奉先，建陵令，父庸民，国子助教。荣绪幼孤，躬自灌园，以供祭祀。母丧后，乃著《嫡寝论》，扫洒堂宇，置筵席，朔望辄拜荐，甘珍未尝先食。纯笃好学，括东、西晋为一书，纪、录、志、传百一十卷。隐居京口教授。南徐州辟西曹，举秀才，不就。”③可知臧荣绪撰《晋书》是早年行为。且臧荣绪长沈约二十六岁，沈约于泰始三年二十七岁奉敕作《晋书》时，臧荣绪已五十三岁。所以无论着手写作，还是最终完成，臧著都要远远早于沈著。至此，臧著《晋书》参考沈著《宋书》的疑问也完全可以被打消。

---

① 《宋书》卷一〇〇，第 2466 页。

② [南朝·梁]沈约撰，陈庆元校笺《沈约集校笺》，浙江古籍出版社，1995 年版，第 549 页。

③ 《南齐书》卷五四，第 936 页。

综上所述,从对《子夜歌》本事记载来看,臧荣绪《晋书·乐志》早于沈约《宋书·乐志》,唐修《晋书》以臧著《晋书》为蓝本,故唐修《晋书·乐志》取材臧著《晋书·乐志》顺理成章。在内容相同情况下将早出之臧著《晋书·乐志》搁置一边,专取后出之沈著《宋书·乐志》"删削",不合情理。此外,也不存在臧著《晋书·乐志》参考沈著《宋书·乐志》或是何承天等人所作《宋书·乐志》以致出现唐修《晋书·乐志》间接抄录《宋书·乐志》的可能性。通过考查会发现,反倒是沈著《宋书·乐志》有可能参考了臧著《晋书·乐志》。根据唐修《晋书》在沈约《宋书》之后,《晋书·乐志》部分内容与《宋书·乐志》有重复之处就简单认定《晋书·乐志》抄录了《宋书·乐志》,难以令人信服。唐修《晋书·乐志》的乐府学文献价值不应该被轻易否定。

(原载《乐府学》第十八辑,社会科学文献出版社,2018 年 12 月)

论唐代燕射用乐

燕射之礼，早已有之。《礼记·射义》曰："以燕以射。"孔颖达疏："谓先行燕礼而后射也。"①因射礼常紧随飨燕后施行，故有"燕射"之名。燕射礼地位仅次于郊庙祭祀之吉礼，和郊庙祭祀用乐同属礼乐文化核心组成部分。郭茂倩《乐府诗集》燕射歌辞叙论引《仪礼·燕礼》及《周礼》之《大司乐》《乐师》《大师》《王制》等文献称燕射皆有乐，是为燕射用乐。然而关于唐代燕射用乐，却存在一系列颇具争议的问题：如收录宋前乐府诗最为完备的《乐府诗集》，在燕射歌辞一类却未曾著录唐代燕射歌辞，这是否说明唐代没有燕射用乐及歌辞？近代音乐史著作常用"燕乐"指称唐代燕射用乐，这一称谓是否与唐代燕射用乐实际完全相符？唐代燕射用乐是雅乐还是俗乐？

① ［汉］郑玄注，［唐］孔颖达等正义《礼记正义》，见［清］阮元《十三经注疏》，中华书局，1980年版，第1687页。

凡此种种,长期以来莫衷一是。有鉴于此,本文拟对参与唐代燕射表演的乐部进行考察,以期说明唐代不仅有燕射活动且有音乐表演。进而辨析唐代燕射用乐概念,比对唐宋两代"燕乐"内涵之不同,并对唐代燕射用乐的雅俗之辩做出分析。

一　唐代燕射用乐参演乐部

燕射礼包括多种具体名目,从《乐府诗集·燕射歌辞》所收唐前燕射歌辞看,这些歌辞多与朝会、上寿、食举、宴飨、大射等礼仪活动相关。因《乐府诗集》所录歌辞多据前代歌录①,则这些活动均属燕射礼仪活动无疑,燕射用乐就是燕射礼仪活动所用音乐。而要考察唐代燕射用乐的乐部,就必先证明唐代也存在这些燕射活动,继而才能考察在这些燕射活动上参与音乐表演的乐部。

稽考现存唐代文献,关于朝会、上寿、食举、宴飨、大射等活动的记载比比皆是。《旧唐书·音乐志》载:"十四年,有景云见,河水清。张文收采古《朱雁》《天马》之义,制《景云河清歌》,名曰《宴乐》,奏之管弦,为诸乐之首,元会第一奏者是也。"②颜真卿于建中二年曾上《朝会有故去乐议》③,包佶《元

① 吴相洲认为《乐府诗集》所收曲辞主要来自乐府歌录。参看吴相洲《乐府学概论》,人民文学出版社,2015 年版,第 28 页。

② ［后晋］刘昫等《旧唐书》卷二八,中华书局,1975 年版,第 1046 页。《新唐书·礼乐志》亦载:"自是元日、冬至朝会庆贺,与《九功舞》同奏。"(见［宋］欧阳修、宋祁等《新唐书》卷二一,中华书局,1975 年版,第 466—468 页)

③ ［清］董诰《全唐文》卷三三六,中华书局,1983 年版,第 3409 页。

日观百僚朝会》中有云:“寿色凝丹槛,欢声彻九霄。御炉分兽炭,仙管弄云韶。”①可知唐代有朝会活动。阙名《上庆成节表》云:“太宗幸庆善之宫,即降诞之所,赋诗赐宴,播为乐章。玄宗降圣之辰,为千秋之节,王公上寿,士庶交欢,流于管弦,书之甲令。”②王维《奉和圣制重阳节宰臣及群官上寿应制》曰:“百生无此日,万寿愿齐天。芍药和金鼎,茱萸插玳筵。玉堂开右个,天乐动宫悬。”③则唐代有上寿活动。杜佑《彻食宜有乐议》云:“如此彻食应有乐,不容同用食举也。”④《旧唐书·音乐志》曰:“皇帝食举及饮酒,奏《休和》。”⑤可知唐代有食举。《旧唐书·音乐志》云:“大唐雅乐,以十二律各顺其月,旋相为宫。……大飨宴,奏姑洗、蕤宾二调。”⑥韦公肃曾上《忌月太常停习郊庙乐疏》,议太常以正月为忌月“停习郊庙飨宴之音”不合经典⑦。则唐代有飨宴活动。《旧唐书·高宗本纪》载:“麟德元年……三月辛亥,展大射礼。”⑧《旧唐书·许景先传》载:

---

① ［清］彭定求《全唐诗》卷二〇五,中华书局,1961 年版,第 2143 页。

② 《全唐文》卷九六三,第 10004 页。此外,《新唐书》中亦有相关记载,如《新唐书·礼乐志》载:“《七德舞》者,本名《秦王破阵乐》。……宴会必奏之……诸将上寿,群臣称万岁。”(见《新唐书》卷二一,第 467—468 页)但因《新唐书·礼乐志》为宋人欧阳修、宋祁等纂修时新写,时间上晚于唐人诗文,故正文不作为例证引述。关于《新唐书·礼乐志》的修纂,参看黄永年《唐史史料学》,上海书店出版社,2002 年版,第 25 页。

③ 《全唐诗》卷一二七,第 1286 页。

④ 《全唐文》卷四七七,第 4873 页。

⑤⑥ 《旧唐书》卷二八,第 1041 页。

⑦ 《全唐文》卷七一三,第 7328 页。

⑧ 《旧唐书》卷四,第 85 页。

“开元初,每年赐射,节级赐物,属年俭,甚费府库。景先奏曰:‘近以三九之辰,频赐宴射,已著格令,犹降纶言。’”①可知唐代举行大射。此外,《大唐开元礼》中还记载了唐代其他燕射活动,如“皇帝养老于太学”奏《休和》《昭和》《太和》《舒和》《采茨》之乐②,“乡饮酒”歌《鹿鸣》《南陔》《关雎》《鹊巢》等篇。③总之,唐代不仅燕射活动繁盛,而且名目众多。从上述记载还可看出,唐代燕射活动中常有音乐表演。

从现有史料记载可知,唐代以下乐部曾参与燕射表演:

(一) 十部伎、立部伎、坐部伎

十部伎主要用于大宴会,《唐六典》记其名称曰:“凡大燕会,设十部之伎于庭,以备华夷:一曰燕乐伎,有《景云》之舞、《庆善乐》之舞、《破阵乐》之舞,《承天乐》之舞,二曰清乐伎,三曰西凉伎,四曰天竺伎,五曰高丽伎,六曰龟兹伎,七曰安国伎,八曰疏勒伎,九曰高昌伎,十曰康国伎。”④十部伎以外,立部伎和坐部伎也是唐代燕射表演的主要乐部。它们根据表演特点、人数、场所命名,站立演奏、规模较大、殿庭表演者称立部伎;坐着演奏、规模较小、堂上表演者称坐部伎。即如《新唐书·礼乐志》所云:“堂下立奏,谓之立部伎;堂上坐奏,谓之坐部伎。”⑤十部伎和坐部伎、立部伎都参与燕射表演,至于哪些典礼用哪个乐部,表演哪些曲目视具体情况而定。《旧唐书·

① 《旧唐书》卷一九〇,第 5031—5032 页。

② 《大唐开元礼》卷一〇四,第 494—495 页。

③ 《大唐开元礼》卷一二七,第 604 页。

④ [唐]李林甫等撰,陈仲夫点校《唐六典》卷十四,中华书局,1992 年版,第 404—405 页。

⑤ 《新唐书》卷二二,第 475 页。

音乐志》载："宴享陈《清乐》《西凉乐》。……若常享会，先一日具坐、立部乐名封上，请所奏御注而下。及会，先奏坐部伎，次奏立部伎，次奏蹀马，次奏《散乐》而毕矣。"[①]据此可知，隆重的宴享用《清乐》《西凉乐》等，寻常宴享则由坐部伎、立部伎、舞马、散乐表演，曲目由皇帝前一天钦点。

（二）雅乐部

唐代雅乐主体是《十二和》乐。《旧唐书·音乐志》云："武德九年，始命孝孙修定雅乐，至贞观二年六月奏之。……于是斟酌南北，考以古音，作为大唐雅乐。以十二律各顺其月，旋相为宫。……制《十二和》之乐，合三十一曲，八十四调。……五郊、朝贺、飨宴，则随月用律为宫。"[②]一般认为雅乐只用于郊庙祭祀，然而从这条记载可知，唐代雅乐也用于朝会、飨宴。唐代雅乐部参与燕射表演的记载多见于《大唐开元礼》，如蕃主奉见奏《太和》《舒和》[③]，皇帝受蕃使表及币奏《太和》[④]，皇帝宴蕃国主奏《太和》《舒和》《昭和》等[⑤]。

（三）胡部

胡部表演新声俗乐，本不当用于燕射礼，但玄宗"开元二十四年，升胡部于堂上"[⑥]，使胡部等同于坐、立部伎。段安节《乐府杂录·胡部》载："乐有琵琶、五弦……合曲后立唱歌，凉府所进，本在正宫调……《奉圣乐》曲，是韦南康镇蜀时南诏所

① 《旧唐书》卷二九，第1081页。
② 《旧唐书》卷二八，第1040—1041页。
③ 《大唐开元礼》卷七九，第387页。
④ 《大唐开元礼》卷七九，第388页。
⑤ 《大唐开元礼》卷八〇，第390—391页。
⑥ 《新唐书》卷二二，第476—477页。

进，在宫调，亦舞伎六十四人，遇内宴，即于殿前立奏，更番替换；若宫中宴即坐奏乐。”[1]从“遇内宴”和“若宫中宴”可知胡部用于宫廷宴会。

（四）法部

《新唐书·礼乐志》记法部曰：“初，隋有法曲，其音清而近雅。……玄宗既知音律，又酷爱法曲，选坐部伎子弟三百教于梨园……梨园法部，更置小部音声三十余人。……后又诏道调、法曲与胡部新声合作。”[2]前述胡部已登堂演奏，等同于二部伎，法曲与其合作，也应在堂上表演。盛唐时法部曾参与杨贵妃诞辰表演，唐人袁郊《甘泽谣》载：“值梨园法部置小部音声，凡三十余人，皆十五以下。天宝十四载六月日，时骊山驻跸，是贵妃诞辰。上命小部音声，乐长生殿。仍奏新曲，未有名。会南海进荔枝，因以曲名《荔枝香》，左右欢呼，声动山谷。”[3]法部参与燕射表演当是盛唐情形，到晚唐燕射已停用法部，如《乐府杂录·雅乐部》载：“近代内宴，即全不用法乐也。”[4]

综上所述，唐代燕射活动繁盛，十部伎、坐部伎、立部伎、雅乐部、胡部、法部都曾参与燕射表演。不仅参演乐部众多，而且雅俗杂陈。

---

① ［唐］段安节撰，亓娟莉校注《乐府杂录校注》，上海古籍出版社，2015年版，第43页。

② 《新唐书》卷二二，第476—477页。

③ ［宋］李昉《太平广记》卷二〇四，中华书局，1960年版，第1554—1555页。

④ 《乐府杂录校注》，第5页。

二　唐代燕射用乐概念辨析

"燕乐"起源于周代,是乐之一种,与雅乐、缦乐、薰服等乐并列,主要用于祭祀和宴飨。《周礼·春官宗伯》曰:"磬师,掌教击磬,击编钟。教缦乐、燕乐之钟磬。"①又云:"凡祭祀、飨射,共其钟、笙之乐。燕乐,亦如之。"②贾谊《新书》曰:"故君乐雅乐,则友、大臣可以侍;君乐燕乐,则左右、侍御者可以侍;君开北房,从薰服之乐,则厮役从。"③周代的"燕乐"概念被后人所沿用,但涵义却已大不相同,尤其是唐宋两代,"燕乐"内涵有很大区别。但近代以来的音乐史著作却常用"燕乐"来指称唐代燕射用乐④,他们所说"燕乐"概念均源自唐宋。仔细考察唐宋两代"燕乐"涵义,却都与唐代燕射用乐所指不相符合,因此有必要对其进行辨析。

唐人所谓"燕乐",包括以下几种涵义:

第一,贞观十四年张文收所制一支名为《燕乐》的乐曲。《通典·乐六》载:"贞观中,景云见,河水清。协律郎张文收采古《朱雁》《天马》之义,制《景云河清歌》,名曰《燕乐》,奏之管

---

① [汉]郑玄注,[唐]贾公彦疏《周礼注疏》,见[清]阮元《十三经注疏》,中华书局,1980年版,第800页。

② 《周礼注疏》,见《十三经注疏》,第801页。

③ [汉]贾谊《新书》卷八,中华书局,1985年版,第80页。

④ 林谦三《隋唐燕乐调研究》、杨荫浏《中国音乐史稿》、岸边成雄《唐代音乐史的研究》、廖辅叔《中国古代音乐简史》、任半塘《唐声诗》、王小盾《隋唐燕乐和东文化交流》等均如是称。

弦，为诸乐之首：今元会第一奏者是。”[1]这首《燕乐》原名《景云河清歌》，是元日朝会表演的第一首乐曲。

第二，九部乐（十部伎）、坐部伎之一。《通典》载：“（武德初奏九部乐）一燕乐，二清商，三西凉，四扶南，五高丽，六龟兹，七安国，八疏勒，九康国。至贞观十六年十一月，宴百寮，奏十部。先是，伐高昌，收其乐，付太常。至是增为十部伎。”[2]此“燕乐”是乐部之一种，武德初是九部乐之一，贞观十六年成为十部伎之一。《通典》又载：“坐部伎有六部：一燕乐，张文收所作，又分为四部，有景云、庆善、破阵、承天等。”[3]则“燕乐”又是坐部伎之一种，然此条记载称其为张文收所作，且包含四曲，则其当由前述张文收所作单支《燕乐》曲发展而来。《唐六典》载：“凡大燕会，设十部之伎于庭，以备华夷：一曰燕乐伎，有

---

① ［唐］杜佑：《通典》卷一四六，中华书局，1984 年版，第 3721 页。早于《通典》的刘贶《太乐令壁记》亦载，然纪事稍简，所载乐曲名《宴乐》。《旧唐书·音乐志》亦载，所载与《通典》同。关于张文收制《景云河清》乐的时间，《新唐书·礼乐志》说是高宗即位之初：“高宗即位，景云见，河水清，张文收采古谊为《景云河清歌》，亦名燕乐。”（见《新唐书》卷二一，第 471 页）《通典·乐六》说是贞观年间：“贞观中，景云见，河水清。协律郎张文收采古朱雁天马之义，制景云河清歌，名曰燕乐，奏之管弦，为诸乐之首：今元会第一奏者是。”（见《通典》卷一四六，第 3721 页）《旧唐书》则说是在贞观十四年。《旧唐书·音乐志一》：“十四年，有景云见，河水清。张文收采古《朱雁》《天马》之义，制《景云河清歌》，名曰宴乐，奏之管弦，为诸乐之首，元会第一奏者是也。”（见《旧唐书》卷二八，第 1046 页）《旧唐书·张文瓘传》亦云：“十四年，景云见，河水清，文收采《朱雁》《天马》之义，制《景云河清》乐，名曰‘燕乐’，奏之管弦，为乐之首，今元会第一奏者是也。”（见《旧唐书》卷八五，第 2817 页）笔者以为，当以贞观十四年为是。

②③ 《通典》卷一四六，第 3720 页。

《景云》之舞、《庆善乐》之舞、《破阵乐》之舞,《承天乐》之舞,二曰清乐伎,三曰西凉伎,四曰天竺伎,五曰高丽伎,六曰龟兹伎,七曰安国伎,八曰疏勒伎,九曰高昌伎,十曰康国伎。"[①]可知作为十部伎之一的燕乐伎参与朝廷大燕会表演。从表演曲目看,此燕乐与作为坐部伎之一的燕乐相同。

第三,宴飨用乐。《通典》载:"时太常旧相传有《燕乐五调歌词》各一卷,或云贞观中侍中杨恭仁妾赵方等所诠集,词多郑、卫,皆近代词人杂诗。至是,绦又令太乐令孙玄成更加整比,为七卷。"[②]《燕乐五调歌词》当是著录唐代燕射歌辞的歌录,但燕乐具体指哪种燕射活动,《通典》另一条记载似可作为说明:"燕乐,武德初,未暇改作,每燕享,因隋旧制,奏九部乐。"[③]既以"燕享"释"燕乐",则"燕乐"显然指朝廷宴飨用乐无疑[④]。

值得注意的是,唐人的燕乐概念,也偶尔会出现与其他音

① 《唐六典》卷十四,第404—405页。

② 《通典》卷一四七,第3749页。此段记载亦见《乐府诗集》燕射歌辞叙论。

③ 《通典》卷一四六,第3720页。

④ 此外,唐人还用"燕乐"来指称宴饮享乐的行为。如高适《效古赠崔二》云:"周旋多燕乐,门馆列车骑。"(见《全唐诗》卷二一一,第2190页)韦应物《乐燕行》亦云:"良辰且燕乐,乐往不再来。"(见《全唐诗》卷一九五,第2008页)《大唐新语》载:"王方庆为凤阁侍郎知政事,患风俗偷薄,人多苟且,乃奏曰:'准令式:齐缞、大功未葬,并不得朝会。仍终丧,不得参燕乐。比来朝官不依礼法,身有哀惨,陪厕朝贺,手舞足蹈,公违宪章。名教既亏,实玷皇化。请申明程式,更令禁止。'"(见[唐]刘肃撰,许德楠、李鼎霞点校《大唐新语》卷七,中华书局,1984年版,第100—101页)然而,此"燕乐(lè)"与前述三种"燕乐(yuè)"内涵已相去甚远,故本文不予讨论。

乐的混杂。如《唐会要》将“燕乐”与“雅乐”、“太常乐章”、“凯乐”、“清乐”、“散乐”、“破阵乐”、“庆善乐”、“诸乐”、“四夷乐”并列论述[①],但是,作为十部伎之一“燕乐”和作为坐部伎之一的“燕乐”,表演曲目中都包含了“破阵乐”和“庆善乐”。即“燕乐”在内涵上与“破阵乐”、“庆善乐”是包含与被包含关系,而非并列关系。这种分类的混乱实则表明了“燕乐”概念界定的混乱,但这种情况在唐代史料中并不普遍。

宋人所谓“燕乐”,包括以下几种含义:

第一,宴飨用乐。《新唐书·礼乐志》论及“燕乐”云:“燕乐。高祖即位,仍隋制设九部乐。”[②]此处“燕乐”显然沿袭了《通典》“燕乐,武德初,未暇改作,每燕享,因隋旧制,奏九部乐”之说,指朝廷宴飨用乐。这种对唐人旧说的袭用,实际表明了宋初“燕乐”内涵的不确定。此后,宋人所谓“燕乐”的具体所指才正式体现出时人观念。

第二,整个十部伎。《乐府诗集》近代曲辞叙论云:“唐武德初,因隋旧制,用九部乐。太宗增高昌乐,又造宴乐,而去礼毕曲。其著令者十部:一曰宴乐,二曰清商……十曰康国,而总

---

① 记载唐代燕乐的典籍中《唐会要》较为特殊,其历经唐宋两代三位作者始克完篇,其中唐德宗时,苏冕撰成《会要》40卷,记唐初至代宗时典故。宣宗时,崔铉等人撰《续会要》40卷,记德宗至武宗时故事。至宋,王溥采择唐宣宗以后故事加以续补,于宋太祖建隆二年(961)进呈,至此《唐会要》始成完璧。检阅《唐会要》,其中论燕乐为《唐会要》卷三三,从内容看当属代宗以前事,应是唐德宗时苏冕所撰。

② 《新唐书》卷二一,第469页。前已言及,《新唐书·礼乐志》为宋人欧阳修、宋祁等纂修时新写,完全未袭《旧唐书》,故其中观点当为宋人观点。参看黄永年《唐史史料学》,上海书店出版社,2002年版,第25页。

谓之‘燕乐’。”[①]显然唐代作为十部伎之一的“宴乐”被郭茂倩当成了十部伎的总称，从内涵上而言已将其放大了十倍。

第三，雅乐以外的其他音乐。前言燕乐内涵被放到了十倍，其实宋人对燕乐内涵的放大远不止十倍，他们甚至把雅乐以外的所有音乐都叫作“燕乐”。如沈括《梦溪笔谈》曰：“先王之乐为雅乐，前世新声为清乐，合胡部为宴乐。”[②]沈括将燕乐与雅乐、清乐区别而论，显然本意是在努力厘清燕乐与雅乐、清乐的关系。但始自汉魏，经两晋南朝，迄于唐都未曾消歇的清乐，不断与胡乐交融，燕乐就是这种交融后音乐的称谓，即燕乐实则包含着清乐和胡乐。沈括也不否认这一点，在说完清乐后即称“合胡部为燕乐”。这样沈括所区分的雅乐、清乐、燕乐，实则可以将其边界进一步廓清，变为雅乐与燕乐两种。如此，则意味着燕乐其实就是雅乐以外的其他音乐。这一点从《宋史·乐志》有关燕乐的记载中也可得到证明，如《宋史·乐志》曰：“世号太常为雅乐，而未尝施于宴享，岂以正声为不美听哉！”[③]又曰：“及命刘昺辑《燕乐新书》，亦惟以八十四调为宗，

---

① ［宋］郭茂倩编撰，聂世美、仓阳卿点校《乐府诗集》卷七九，上海古籍出版社，1998 年版，第 832 页。

② ［宋］沈括撰，胡道静校证《梦溪笔谈校证》卷五，上海古籍出版社，1987 年版，第 232 页。

③ ［元］脱脱《宋史》卷一四二，中华书局，1985 年版，第 3357 页。宋代大晟雅乐虽以雅乐称名，然亦用于燕射，故史志亦称其为大晟燕乐。《宋史·高丽传》载：“政和中，升其使为国信，礼在夏国上，与辽人皆隶枢密院；改引伴、押伴官为接送馆伴。赐以《大晟燕乐》、笾豆、簠簋、尊罍等器，至宴使者于睿谟殿中。”（见《宋史》卷四八七，第 14049 页）此雅乐特征如乐府奏言“乐之诸宫调多不正，皆俚俗所传”（见《宋史》卷一四二，第 3345 页）。

非复雅音，而曲燕昵狎。”[①]从宋时太常雅乐“未尝施于宴飨”和《燕乐新书》所载燕乐“非复雅音”可以看出，宋人所谓“燕乐”确指雅乐以外的音乐。燕乐的这种内涵在宋代使用最为普遍[②]。

前已言及，唐代燕射用乐指的是唐代燕射礼仪活动所用音乐，而唐代燕射礼仪又包括朝会、上寿、食举、宴飨、大射、养老、乡饮酒等一系列活动。这即是说，唐代燕射用乐指的是朝会、上寿、食举、宴飨、大射、养老、乡饮酒等燕射活动所用音乐。以此与唐宋两代的“燕乐”内涵相比对会发现，无论是唐人所说“燕乐”，还是宋人所说“燕乐”，其内涵都与唐代燕射用乐所指不完全相符。

至此，就可以来分析前述近代音乐史著作中的“燕乐”。林谦三、杨荫浏、岸边成雄、廖辅叔均认为“燕乐”指“燕享音

---

① 《宋史》卷一四二，第3345页。

② 此外，宋人也用燕乐指宴饮享乐的行为，如《宋史·曾肇传》载：“肇同汝砺上疏曰：‘天菑方作，正君臣侧身畏惧之时。乃相与饮食燕乐，恐无以消复天变。’”（见《宋史》卷三一九，第10393页）《夷坚志》载：“临江军曲水桥富室张二十四郎者，兄弟四人，事母以孝谨著。四人相友爱，每夕迭置酒燕乐，又能施德于乡闾里中。”（见［宋］洪迈撰，何卓点校《夷坚志·夷坚志补》卷二四，中华书局，2006年版，第1774页）。再如“父老欢呼南陌头，打鼓吹箫相燕乐”（赵鼎臣《河间令尹》），见傅璇琮等《全宋诗》卷一三一〇，北京大学出版社，1995年版，第22册，第14879页。“燠馆凉台供燕乐，衮衣褕翟庆联翩”（许应龙《夫人黄氏挽诗》），见《全宋诗》卷二八三六，北京大学出版社，1998年版，第54册，第33778页。“肯学晋人耽燕乐，只因修禊会兰亭”（徐鹿卿《依前韵呈府判》），见《全宋诗》卷三〇九三，北京大学出版社，1998年版，第59册，第26948页。此燕乐（lè）内涵与前述燕乐（yuè）内涵亦相去甚远，本文不予讨论。

乐”。此说较近唐人,然而如前所言,唐代除了宴飨以外,朝会、食举、上寿、大射、养老、乡饮酒等燕射活动也都有乐,显然作为“燕享音乐”之“燕乐”概念根本无法概括全部唐代燕射用乐。任半塘、王小盾认为“燕乐”指雅乐以外的所有音乐。如《唐声诗》云:“唐乐在名称上有四:雅乐、凯乐、燕乐、散乐……清乐、凯乐、燕乐、散乐四者,皆在燕乐范围之内;其剩居燕乐外、与之并列或对立者,惟雅乐耳。”①《隋唐燕乐和东文化交流》云:“不管是宫廷燕乐还是民间燕乐,都有非雅乐、兼包华夷的特色。……可以概括说:隋唐燕乐,是对隋唐五代新的艺术音乐的总称。……中原音乐、南方音乐、西域音乐相互交融而造成新的音乐……被宋代燕乐继承,作为雅乐以外的全部俗乐总称‘燕乐’一名,因而得以确立。”②王先生同时指出燕乐包含十部伎、二部伎、法曲、教坊曲、民间歌曲、几种特殊的器乐曲、散乐③。此二说中的“燕乐”概念较近宋人,把雅乐排除在燕乐之外,然而唐代雅乐的典型代表《十二和》乐恰恰也用于燕射礼。而且,在唐代乐府的诸多乐部中,参与燕射礼表演的只有前述部分乐部,把雅乐以外所有乐部表演的音乐都称作“燕乐”也不符合唐代燕射活动实际。总之,近代音乐史著作中的“燕乐”概念,或袭唐人,或近宋人,但其内涵都无法与唐代燕射用乐实际准确对接。因此,在描述唐代燕射所用音乐时

① 任半塘《唐声诗》上编,上海古籍出版社,2006 年版,第 26—27 页。

② 王小盾《隋唐音乐及其周边——王小盾音乐学术论集》,上海音乐学院出版社,2012 年版,第 143—144 页。

③ 《隋唐音乐及其周边——王小盾音乐学术论集》,第 147—150 页。

要慎用“燕乐”一词,如果必须用一个概念来概括,不妨称作“燕射用乐”或“燕射乐”。

三 唐代燕射用乐性质辨析

唐代燕射用乐究竟是雅乐还是俗乐,学界也有争议。有学者认为是雅乐,如岸边成雄把唐人宴飨音乐称作“燕飨雅乐”①。有学者又认为是俗乐,如王小盾将雅乐以外的全部俗乐称为“燕乐”②。这些观点均各有所据,故而迄今并未形成定论,但是这种非雅即俗的二元论争并不利于问题的最终解决。有鉴于此,就有必要对俗乐和雅乐进行辨析,而要对此二者准确定位,需先引入礼乐概念。

自周代礼乐观念确立,论乐便离不开礼乐语境。基于此,郑樵在《乐府总序》中曾总结道:“礼乐相须以为用,礼非乐不行,乐非礼不举。”③可知礼与乐是相须为用关系,与礼制仪式相须为用的便是礼乐。与此相对应,礼制仪式以外用于多种世俗日常娱乐场合的便是俗乐。俗乐是礼乐之外的概念,这是俗乐的第一重定位。将乐分为礼乐和俗乐是礼乐制度确立后乐之为用的两条主导脉络。而用于礼制仪式的礼乐还可进一步

---

① ［日］岸边成雄撰,梁在平、黄志炯译《唐代音乐史的研究》,台湾中华书局,1973 年版,第 12 页。

② 王小盾《隋唐五代燕乐杂言歌辞研究》,中华书局,1996 年版,第 15 页。王小盾《隋唐燕乐和东文化交流》,见《隋唐音乐及其周边——王小盾音乐学术论集》,第 143—144 页。

③ ［宋］郑樵撰,王树民点校《通志二十略》,中华书局,1995 年版,第 883 页。

划分,再分为雅乐和俗乐[1],雅乐重祭祀仪式,具有“神圣性”,俗乐重人际交往仪式,具有“世俗性”。这是俗乐的第二重地位,此俗乐是礼乐之内的概念[2]。为简明起见,兹将俗乐的双重定位图示如下:

- 乐(乐之为用)
  - →俗乐(用于世俗日常娱乐场合)
  - →礼乐(用于礼制仪式)
    - →俗乐(重人际交往的仪式)
    - →雅乐(重祭祀的仪式)

从图示可以清楚看到,所谓俗乐,实际包含两个逻辑层面的意义:第一层面的俗乐是与礼乐相对而言,指礼乐范畴以外的音乐。第二层面的俗乐是礼乐范畴之内,指用于重人际交往

① 礼乐类下的俗乐又可以乐部类分,俗部乐是礼制仪式的一种类型,这种类分始于隋文帝。隋文帝将太常雅乐分为雅俗二部,俗部乐对应礼制仪式中人际交往的朝会、宴飨等活动。至唐代,不称“乐部”,称“部当”。《新唐书·礼乐志》云:“自周、陈以上,雅郑淆杂而无别,隋文帝始分雅、俗二部,至唐更曰‘部当’。”(见《新唐书》卷二二,第473页)但《新唐书·礼乐志》并未具体记载唐代乐府雅、俗二部设置情况,只论及俗乐乐工曰:“大中初,太常乐工五千余人,俗乐一千五百余人。”(见《新唐书》卷二二,第478页)由此可知唐代乐府确有“俗乐乐工”,但还不能据此认定“太常乐工五千余人”就属于雅乐部,“俗乐一千五百余人”属于俗乐部。所以从使用乐部来认定唐代燕射用乐是雅是俗是有困难的。

② 对此项阳先生有精彩论述,可参看项阳《俗乐的双重定位:与礼乐对应;与雅乐对应》(《音乐研究》2013年第4期)、《礼乐与俗乐两条主脉是中国传统音乐的特征》(《文化研究》第19辑,社科文献出版社,2014年版)、《对中国礼乐认识的几个误区》(《中国音乐学》2014年第1期)等系列论文。项阳先生对雅乐和俗乐的逻辑类分,超越了前人非雅即俗的表面化论争,有助于从根本上清晰揭示问题,本文所论即据此。

的仪式用乐，与此相对的就是雅乐。简言之，俗乐有两种不同层面的含义，而雅乐却只有在礼乐范畴内这一种存在。

礼既与乐相须为用，则不同的礼制类型可对应不同的乐制类型。按照这一思路来为唐代燕射用乐定性就清楚多了：据《大唐开元礼》，唐代吉、嘉、宾、军、凶五礼中，唐代燕射礼包括的朝会、上寿、食举、宴飨、大射等礼制仪式对应于嘉礼、宾礼和军礼，这些礼制仪式强调的是人际关系，意在和谐君臣、本国与外邦关系，其所用音乐就是唐代燕射用乐。这些燕射用乐显然不同于重祭祀仪式的雅乐，但它依然用于礼制仪式之中，属于礼乐概念之内。从这个意义上讲，唐代燕射用乐是俗乐，是属于礼乐下一级类分中的俗乐。

然而，唐代燕射用乐又有其特殊性，并不是同一乐制类型中的所有乐曲都一成不变的固定对应于某类礼制类型。如作为立部伎表演曲目，本用于燕射礼仪，性属礼乐下一级类分俗乐的《破阵》《上元》《庆善》就曾被修入雅乐，用于郊庙祭祀礼仪。《旧唐书·音乐志》载："立部伎内《破阵乐》五十二遍，修入雅乐，只有两遍，名曰《七德》。立部伎内《庆善乐》七遍，修入雅乐，只有一遍，名曰《九功》。《上元舞》二十九遍，今入雅乐，一无所减。每见祭享日三献已终，《上元舞》犹自未毕，今更加《破阵乐》《庆善乐》，兼恐酌献已后，歌舞更长。其雅乐内《破阵乐》《庆善乐》及《上元舞》三曲，并望修改通融，令长短与礼相称，冀望久长安稳。"①这是属于俗乐性质的燕射用乐用于祭祀礼仪的情形。此外，唐代还有本用于祭祀礼仪、属于雅乐范畴的《十二和》乐又用于燕射礼仪的记载。如前引《旧唐

① 《旧唐书》卷二八，第1049页。

书·音乐志》即云大唐雅乐《十二和》用于朝贺、飨宴。[①]《大唐开元礼》载皇帝宴蕃国主奏《太和》《舒和》《昭和》乐，[②]等等。据以上所论，则唐代燕射用乐既有雅乐，也有俗乐，但这些雅乐和俗乐却都运用于具体的礼制仪式，均属于礼乐概念的下一级类分。

此外，还有在同一礼制仪式上施用不同乐制类型的情形。如《旧唐书·音乐志》记载玄宗宴设酺会用乐曰：

> 玄宗在位多年，善音乐。若宴设酺会，即御勤政楼。先一日，金吾引驾仗北衙四军甲士，未明陈仗，卫尉张设，光禄造食。候明，百僚朝，侍中进中严外办，中官素扇，天子开帘受朝，礼毕，又素扇垂帘，百寮常参供奉官、贵戚、二王后、诸蕃酋长，谢食就坐。太常大鼓，藻绘如锦，乐工齐击，声震城阙。太常卿引雅乐，每色数十人，自南鱼贯而进，列于楼下。鼓笛鸡娄，充庭考击。太常乐立部伎、坐部伎依点鼓舞，间以胡夷之伎。日旰，即内闲厩引蹀马三十匹，为《倾杯乐曲》，奋首鼓尾，纵横应节。又施三层板床，乘马而上，抃转如飞。又令宫女数百人自帷出击雷鼓，为《破阵乐》《太平乐》《上元乐》，虽太常积习，皆不如其妙也。若《圣寿乐》，则回身换衣，作字如画。又五坊使引大象入场，或拜或舞，动容鼓振，中于音律，竟日而退。玄宗又于听政之暇，教太常乐工子弟三百人为丝竹之戏，音响齐发，有一声误，玄宗必觉而正之，号为皇帝弟子，又云梨

① 《旧唐书》卷二八，第1040—1041页。

② 《大唐开元礼》卷八〇，第390—391页。

> 园弟子，以置院近于禁苑之梨园。太常又有别教院，教供奉新曲。太常每凌晨，鼓笛乱发于太乐署。别教院廪食常千人，宫中居宜春院。玄宗又制新曲四十余，又新制乐谱，每初年望夜，又御勤政楼，观灯作乐，贵臣戚里，借看楼观望。夜阑，太常乐、府县散乐毕，即遣宫女于楼前缚架出眺歌舞以娱之。若绳戏竿木，诡异巧妙，固无其比。[①]

从记载可见，所用之乐既有太常雅乐，又有太常立部伎、坐部伎、府县散乐[②]。而后者，依隋文帝将太常所分之雅俗二部，当属俗部。这些乐制类型共同施用于“宴射酺会”的嘉宾场合，彰显礼制仪式的需要。值得注意的是“于楼前缚架，出眺歌舞以娱之”的宫女们，她们在太常乐、府县散乐表演完毕退场之后表演，表演重点在“娱”，强调愉悦观众，其性质属于日常以娱为用的俗乐，是更广义的与礼乐相对应的俗乐，不在礼制范围之内，与太常立部伎、坐部伎和府县散乐所表演的礼制仪式中的俗乐不同。总之，在这样的仪式氛围中，雅乐与俗乐同在。一种仪式，两类用乐，俗乐与雅乐共同为礼制所需[③]。

正是基于唐代燕射用乐的上述复杂情况，岸边成雄先生才

---

① 《旧唐书》卷二八，第1051页。

② 关于散乐，《旧唐书·音乐志》载：“散乐者，历代有之，非部伍之声，俳优歌舞杂奏……总名百戏。”（见《旧唐书》卷二九，第1072页）可知唐代散乐是俳优歌舞杂奏等一系列伎艺的总称，而非乐部之名，散乐参与唐代燕射表演当属临时使用，并非常例，故而本文在论述唐代燕射用乐参演乐部时未予讨论。

③ 参看项阳《俗乐的双重定位：与礼乐对应/与雅乐对应》，《音乐研究》2013年第4期。

在论十部伎、二部伎时既称唐代燕乐是供国事之用、用于燕飨的雅乐，又在《凡例》中称宫廷燕飨用乐包括在俗乐之内。这样前后矛盾的说法，却也一定程度上触及了唐代燕射用乐颇为复杂的面向。

综上所述，我们可以对唐代燕射用乐性质做出较为准确的界定：唐代部分燕射用乐是俗乐，部分是雅乐，但均用于礼制仪式之中，这雅乐和俗乐均属于礼乐概念的下一级类分。唐代还有一些俗乐，也可在燕射场合看到，但这是更广义的、与礼乐相对应、不属礼乐范畴之内的俗乐，如玄宗宴射酺会宫女们所表演的乐舞。

（原载《中国音乐学》2018 年第 1 期）

"词起源于燕乐"说修正

几乎所有文学史在论及词的起源时都认为"词起源于燕乐",但因对燕乐缺乏必要了解,对唐、宋燕乐内涵的不同,对雅乐、清乐、燕乐之间的关系以及词与民间乐曲的关系诸问题不能准确把握,故而对词的起源问题表述并不准确。本文根据唐宋文献中有关"燕乐"的记载,逐一厘清上述问题,在此基础上对"词起源于燕乐"说进行修正,以期对未来词史以及燕乐研究有所助益。

一　关于"隋唐燕乐"与"唐宋燕乐"

文学史谈到燕乐时往往使用"唐代燕乐"、"隋唐燕乐"、"唐宋燕乐"等概念。如郑振铎《插图本中国文学史》云:"《宋史·乐志》曾载教坊所奏十八调四十大曲的名目。其中的名称,与唐代燕乐大曲的名目,颇有几个相同的,像《梁州》《伊州》《绿腰》等。”[①]袁行霈《中国文学史》称：“隋唐燕乐……词正是在燕乐的这种需求下产生。”[②]其实，这些概念在二十世纪以前就曾使用。如《四库全书总目》《律吕新书笺义》提要云：“且唐宋时燕乐高于雅乐三律，以夹钟清为宫。”[③]吴衡照《莲子居词话》云：“双调乃唐宋燕乐二十八调、商声七之一曲之大段名也。”[④]王国维《人间词话》云：“其音非大晟乐府之新声，而为隋、唐以来之燕乐。”[⑤]但各家所说“唐代燕乐”、“隋唐燕乐”、“唐宋燕乐”在唐代并不完全存在。考察唐宋时期燕乐相关文献记载就会发现，唐人所说燕乐和宋人所说燕乐有巨大差异。

唐人所谓“燕乐”，包括以下三种涵义：第一，贞观十四年张文收所制一支名为《燕乐》的乐曲；第二，九部乐（十部伎）、坐部伎之一；第三，宴飨用乐。近代以来的音乐史著作如《隋唐燕乐调研究》《中国音乐史稿》《唐代音乐史的研究》等大都不把“燕乐”定性为“燕享音乐”，比较接近唐人所说“燕乐”。而文学史家所说的“唐代燕乐”、“隋唐燕乐”、“唐宋燕乐”，显然不限于宴飨音乐。文学史家想用这些概念指称唐代除雅乐

---

① 郑振铎《插图本中国文学史》，北京出版社，1999 年版，第 352 页。

② 袁行霈《中国文学史》（第二卷），高等教育出版社，1999 年版，第 445 页。

③ ［清］永瑢等《四库全书总目》卷三九，中华书局，1997 年版，第 524 页。

④ ［清］吴衡照《莲子居词话》卷二，见唐圭璋《词话丛编》，中华书局，2005 年版，第 2424 页。

⑤ 王国维《人间词话》附录一，见葛渭君《词话丛编补编》，中华书局，2013 年版，第 3052 页。

以外的所有音乐，而实际上“燕乐”的这种内涵到宋代才有，唐代尚无此种说法[1]。

宋人所谓“燕乐”，包括以下三种涵义：第一，宴飨用乐；第二，整个十部伎；第三，雅乐以外的其他音乐。当代学者普遍接受宋人的燕乐概念。如《唐声诗》和《隋唐燕乐和东西文化交流》中的“燕乐”概念都把雅乐排除在外，而唐代雅乐恰恰用于宴飨，所以用宋人燕乐概念描述唐代音乐和文学，难免陷入名实不能相符的窘境。唐宋两代“燕乐”在概念上并非学者所惯称的狭义与广义之别，而是不相雷同[2]。

二 关于雅乐、清乐、燕乐之关系

文学史在叙述“词起源燕乐”时往往先描述唐代音乐历史，多据沈括《梦溪笔谈》中“以先王之乐为雅乐，前世新声为清乐，合胡部者为宴乐”[3]的记载将唐乐一分为三，认为雅乐、清乐、燕乐是相继登场，依次取代关系，燕乐是俗乐，与雅乐对立。如杨海明《唐宋词史》第二章《词的原始和朴素形态——唐宋民间词》第一节《词的起源：诗与音乐‘第三次合作’的‘新产品’》就说：“在《诗经》时代，诗和音乐之间就有过良好的‘合作’关系。……到了汉魏六朝，音乐（‘燕乐’）和诗，又一次亲密合作，这就产生了乐府诗。……唐宋以来，新兴的‘燕乐’又取代了‘前世新声’的清商乐，成了当时风靡一时的流行

①② 参看拙文《论唐代燕射用乐》，《中国音乐学》2018年第1期。

③ ［宋］沈括撰，胡道静校证《梦溪笔谈校证》卷五，上海古籍出版社，1987年版，第232页。

俗乐。它的盛行,就导致了音乐与诗之间的第三次大‘合作’,并从而诞生了‘词’。”①袁行霈《中国文学史》亦称:“雅乐属于周秦古乐系统,与俗乐相对,用于郊庙祭享,跟配合俗乐的词没有多大关系。……这种唐初已被看作‘古曲’的南朝旧传清商乐,与词关系也不大。”②揆之唐前音乐历史以及唐代音乐实际,雅乐、清乐、燕乐三者既非依次递嬗关系,又非相互对立关系。

首先,雅乐和清乐不是先后替代关系。汉代以降历代雅乐都不是“先王之乐”,大都根据雅乐制作原理重新创设。汉初虽有制氏所传“铿锵鼓舞”,但到汉武帝时,李延年便代之以新声俗乐,到隋朝则直接以南朝所传清乐作为雅乐。《旧唐书·音乐志》云:“开皇九年平陈,始获江左旧工及四悬乐器,帝令廷奏之,叹曰:‘此华夏正声也,非吾此举,世何得闻。’乃调五音为五夏、二舞、登歌、房中等十四调,宾、祭用之。隋氏始有雅乐,因置清商署以掌之。……隋世雅音,惟清乐十四调而已。”③到了唐初,祖孝孙“斟酌南北,考以古音,作为大唐雅乐”④。所谓“南”,是指“杂用吴、楚之音”的“陈、梁旧乐”;所谓“北”,是指“多涉胡戎之伎”的“周、齐旧乐”。至于“考以古音”,只是按照古代旋宫之法进行制作,并无实际旋律继承。正如《新元史·乐志》所云:“古雅乐更秦乱而废,汉世惟采荆楚燕代之讴,稍协律吕以合八音之调,不复古矣。晋宋六朝以

① 杨海明《唐宋词史》,江苏古籍出版社,1987年版,第31—34页。
② 袁行霈《中国文学史》,第444页。
③ [后晋]刘昫《旧唐书》卷二八,中华书局,1975年版,第1040页。
④ 《旧唐书》卷二八,第1041页。

降，南朝之乐多用吴音，北国之乐仅袭北俗。及隋平江左，魏三祖清商等乐存者什四，世谓为华夏正声，盖俗乐也。……由是观之，汉世徒以俗乐定雅乐，隋氏以来则以胡乐定雅乐，唐至玄宗……不复知古雅乐之正声矣。”①可见唐代雅乐早已不是“先王之乐”。隋代以清乐为雅乐，唐代合清乐、胡乐为雅乐，隋唐雅乐和清乐不是先后取代关系，而是相互融合关系。

其次，清乐和燕乐也不是先后替代关系。清乐由四部分组成：相和旧歌、吴声歌、西曲歌、陈后主隋炀帝时新制的宫廷艳曲。相和旧歌发端于汉代，燕乐主体十部伎之西凉乐、龟兹乐发端于秦汉，清乐和燕乐起源实则不分先后。清商之名，起于曹魏设清商署，清商署掌管汉代所传相和歌曲，供皇帝欣赏。西晋因之，遭逢永嘉之乱，清商署音乐流散，北魏收集余曲，合南朝吴声西曲，名之为“清商乐”，此清商乐名之由来。隋文帝混一南北，合南北朝所传清商曲，置清商署，改名“清乐”。清乐诸曲中，相和旧曲产生于汉，吴声歌产生于晋、宋、齐，西曲产生于齐、梁，至陈、隋仍有新声加入。而唐代燕乐主体十部伎，除了张文收新作《宴乐》和南朝所传清乐，其他八部则来自北朝。如《隋书·音乐志》云：“《西凉》者，起苻氏之末，吕光、沮渠蒙逊等据有凉州，变龟兹声为之，号为秦汉伎。魏太武既平河西得之，谓之《西凉乐》。至魏、周之际，遂谓之《国伎》。”②又云：“《龟兹》者，起自吕光灭龟兹，因得其声。吕氏亡，其乐

① ［清］柯劭忞等《新元史》卷九一，吉林人民出版社，1954 年版，第 1869 页。

② ［唐］魏徵《隋书》卷十五，中华书局，1973 年版，第 378 页。

分散,后魏平中原,复获之。”[①]《旧唐书·音乐志》云:“《西凉乐》者……盖凉人所传中国旧乐,而杂以羌胡之声也。”[②]可见清乐与其他部乐在相当长时间内是并存关系,不是先后取代关系。初唐乐府清乐表演曲目确实越来越少,但并没有全部消失,有些清乐曲目变成法曲,继续用于宴飨表演。

再次,唐代燕乐不都是俗乐,与雅乐不是非此即彼的对立关系。唐代雅乐既用于郊庙,也用于宴飨。如《旧唐书·音乐志》云:“大唐雅乐,以十二律各顺其月,旋相为宫。……大飨宴,奏姑洗、蕤宾二调。皇帝郊庙、食举,以月律为宫,并奏《休和》之曲。皇帝郊庙出入,奏《太和》之乐,临轩出入,奏《舒和》之乐,并以姑洗为宫。皇帝大射,姑洗为宫,奏《驺虞》之曲。皇太子奏《狸首》之曲。皇太子轩悬,姑洗为宫,奏《永和》之曲。”[③]而《破阵》《上元》《庆善》等宴飨必演乐舞也用于郊庙。如《新唐书·礼乐志》云:“每享郊庙,则《破阵》《上元》《庆善》三舞皆用之。”[④]《破阵》《上元》《庆善》是立部伎曲目,曾明确归入雅乐。《旧唐书·音乐志》即记载了仪凤二年太常少卿韦万石奏请修订已入雅乐三大舞事:“立部伎内《破阵乐》五十二遍,修入雅乐,只有两遍,名曰《七德》。立部伎内《庆善乐》七遍,修入雅乐,只有一遍,名曰《九功》。《上元舞》二十九遍,今入雅乐,一无所减。每见祭享日三献已终,《上元舞》犹自未

---

① 《隋书》卷十五,第378页。

② 《旧唐书》卷二九,第1068页。

③ 《旧唐书》卷二八,第1041页。

④ [宋]欧阳修、宋祁等《新唐书》卷二二,中华书局,1975年版,第475页。

毕,今更加《破阵乐》《庆善乐》,兼恐酌献已后,歌舞更长。其雅乐内《破阵乐》《庆善乐》及《上元舞》三曲,并望修改通融,令长短与礼相称,冀望久长安稳。”①是为宴飨曲目修入雅乐之明证。再如唐人陈致雍《雅乐奏》云:“臣见太乐署教习,奏其章句,播之管弦,迨二十余年。每陈设殿庭宫悬之乐,只用祭昊天郊礼,出入管和均调奏之。谅其亵渎上元,涂民耳目,谓臣不知矣。近见勾当太乐署曹令虔报,臣今月十八日入德昌宫,与礼部侍郎徐铉偕来,听乐非殿庭燕乐也。陛下临轩,合用逐月均调,燕群臣合用姑洗、蕤宾二调,歌《湛露》《鹿鸣》等章,册后日会燕则合奏《正和》之乐,以夷则之调,余皆用时月之律。”②陈致雍就把郊庙和燕射用乐都称作雅乐。《新唐书·礼乐志》在叙述“俗乐二十有八调”时也承认这“二十八调”和雅乐、清乐曲调有渊源关系:“倍四本属清乐,形类雅音,而曲出于胡部。复有银字之名,中管之格,皆前代应律之器也。后人失其传,而更以异名,故俗部诸曲,悉源于雅乐。”③日本学者岸边成雄在其《唐代音乐史的研究中》就明确反对把唐代俗乐称作“燕乐”,而且使用了“宴飨雅乐”这一概念④。可见唐代燕乐与雅乐,燕乐与清乐,同时并存,相互借用,其间关系并非相互对立,泾渭分明。

---

① 《旧唐书》卷二八,第1049页。

② [唐]陈致雍《雅乐奏》,见[清]董诰等《全唐文》卷八七三,中华书局,1983年版,第9132页。

③ 《新唐书》卷二二,第474页。

④ 王小盾《隋唐音乐及其周边——王小盾音乐学术论集》,上海音乐学院出版社,2012年版,第152页。

三　关于燕乐包含民间乐曲

很多学者之所以认为燕乐是俗乐,还有一层意思,即燕乐包含民间乐曲。如丘琼荪《燕乐探微》云:“一切民间乐曲,可称无一不在燕乐范围之内,所以‘燕乐’二字,在唐以后便成为俗乐代名词了。”①王小盾《隋唐燕乐和东文化交流》亦云:“不管是宫廷燕乐还是民间燕乐,都有非雅乐、兼包华夷的特色。”②刘大杰《中国文学发展史》称:“外乐民曲错杂流行于世,对于词的成长,有很大的影响。”③杨海明《唐宋词史》还认为,“在词的兴起过程中,民间的乐工伶人又是最先作出贡献的,因而民间词应该早于文人所作之词”④。

然而实际情况是,用唐人燕乐概念,就不能包含民间乐曲;用宋人燕乐概念,以燕乐统称雅乐之外的所有乐曲,就失去了燕乐作为宴飨用乐的涵义。换言之,既云燕乐,就不能称民间;既称民间,就不能叫燕乐。只有一种情况可能既是民间又是燕乐,即乐府曲目回流到民间。宋代以来学者将唐代燕乐定性为俗乐,实际上已经抛弃了唐人宴飨用乐这层涵义,这不符合唐代燕乐的真实情况。

有些文学史家根据《旧唐书·音乐志》“自开元以来歌者

---

① 丘琼荪《燕乐探微》,上海古籍出版社,1989年版,第5页。

② 王小盾《隋唐音乐及其周边——王小盾音乐学术论集》,第143—144页。

③ 刘大杰《中国文学发展史》,上海古籍出版社,1982年版,第534—535页。

④ 杨海明《唐宋词史》,江苏古籍出版社,1987年版,第39页。

杂用胡夷里巷之曲”和唐玄宗分列太常乐和教坊乐而将燕乐定性为民间音乐[①]。其实胡夷音乐来到中原朝廷主要通过战争夺取、边将进献、使者朝贡等渠道,官方色彩十分浓厚,不得谓之民间乐曲[②]。其中并不排除有少数民族艺人将其所习音乐带到京城,但是那些被记录下来的都是乐府曲目,必然经过了乐府机构的选择加工,这部分乐曲已经不能称作民间乐曲了。里巷商伎演出的乐曲和教坊乐曲有时会发生双向流动,所谓“歌者杂用胡夷里巷之曲”,是说教坊歌者有时把里巷演出曲目拿来表演,但拿来后肯定经过加工,水平会有所提高,性质已发生变化,所以把教坊曲称作民间乐曲也不符合实际。且教坊和太常各部乐曲大量通用,不能以有些乐曲出自《教坊记》所列曲目认定其属于民间乐曲。

五四以来文学史家普遍持进化文学史观,认为一切新兴文学样式都来源于民间,所以认为词起源于民间,不仅认为词乐属于民间,而且认为词人也属于民间。如冯沅君、陆侃如《中国诗史》第五章“唐五代词”云:“富于创作性的民间诗人便进一步,于整齐的五七言形式之外,依照声音繁变的乐调,创作句法参差的新歌辞。这种新歌辞的创作便是词的诞生。”[③]袁行霈《中国文学史》云:“词起源于民间,但在1900年敦煌石室打开之前,研究中很难见到民间作品。直到敦煌卷子中的词曲面世,才补救了这方面的缺陷。”[④]其实敦煌曲子词创作时间并无

① 刘大杰《中国文学发展史》云:“里巷是指的民间歌曲。”

② 吴相洲《乐府学概论》,人民文学出版社,2015年版,第66页。

③ 冯沅君、陆侃如《中国诗史》,百花文艺出版社,1999年版,第441页。

④ 袁行霈《中国文学史》(第二卷),第446页。

明确系年，有学者推测是在武则天到晚唐时所作，而这并不比文人作曲子词创作早，说民间诗人创造了曲子词并没有确凿证据。

四　关于“词起源于燕乐”

几乎所有文学史在谈到词的起源时都称“词起源于燕乐”，给出的理由是：燕乐旋律复杂，齐言歌诗无法配合，于是产生了词体。如冯沅君、陆侃如《中国诗史》第五章“唐五代词”就说：“唐人多以律绝为乐章……就性质上说，外族音乐声音多繁变，而律绝的字句极整齐。这两种来源和性质都不同的东西，骤然配合在一处，自然要发生龃龉。……于是富于创作性的民间诗人便进一步，于整齐的五七言形式之外，依照声音繁变的乐调，创作句法参差的新歌辞。这种新歌辞的创作便是词的诞生。”①游国恩《中国文学史》说：“配合词调的音乐主要是周、隋以来从西各族传入的燕乐，同时包含着魏晋南北朝以来流行的清商乐。燕乐的乐器以琵琶为主，琵琶有二十八调，音律变化繁多，五七言诗体不容易跟它配合，长短句的歌词就应运而生。”②袁行霈《中国文学史》称：“胡乐以音域宽广的琵琶为主要伴奏乐器，能形成繁复曲折、变化多端的曲调。……词正是在燕乐的这种需求下产生。”③章培恒、骆玉明《中国文

① 冯沅君、陆侃如《中国诗史》，第441页。

② 游国恩等《中国文学史》，人民文学出版社，1963年版，第254页。

③ 袁行霈《中国文学史》（第二卷），第444—445页。

学史》认为:“燕乐新鲜活泼,曲调繁多……富于变化……词是燕乐的产物。”[①]其实词并非新兴音乐流行的产物,而是新兴诗歌创作方式的产物,即诗人歌诗创作从“选词以配乐”到“因声以度词”创作方式的转变促成了词的产生[②]。以下从两方面来分析其中道理。

首先,“因声度词”的创作方法不是燕乐所独有,雅乐有,清乐也有。晋代乐府制作燕射歌辞,荀勖和张华就各自使用了这两种方法。《晋书·乐志》载:“至泰始五年,尚书奏,使太仆傅玄、中书监荀勖、黄门侍郎张华各造正旦行礼及王公上寿酒、食举乐歌诗。荀勖云:‘魏氏行礼、食举,再取周诗鹿鸣以为乐章。又鹿鸣以宴嘉宾,无取于朝,考之旧闻,未知所应。’勖乃除鹿鸣旧歌,更作行礼诗四篇,先陈三朝朝宗之义。又为正旦大会、王公上寿歌诗并食举乐歌诗,合十三篇。又以魏氏歌诗或二言,或三言,或四言,或五言,与古诗不类,以问司律中郎将陈颀。颀曰:‘被之金石,未必皆当。’故勖造晋歌,皆为四言,唯王公上寿酒一篇为三言五言焉。张华以为‘魏上寿、食举诗及汉氏所施用,其文句长短不齐,未皆合古。盖以依咏弦节,本有因循,而识乐知音,足以制声度曲,法用率非凡近之所能改。二代三京,袭而不变,虽诗章辞异,兴废随时,至其韵逗留曲折,皆系于旧,有由然也。是以一皆因就,不敢有所改易’。”[③]二人争论的焦点就是燕射歌辞应该按照“选词入乐”方式制作还是

---

① 章培恒、骆玉明《中国文学史》(中册),复旦大学出版社,1996年版,第266页。

② 吴相洲《中国诗歌通史·唐五代卷》(人民文学出版社,2012年版,第624页)曾论及,可参看。

③ [唐]房玄龄《晋书》卷二二,中华书局,1974年版,第685页。

“因声度词”方式制作。荀勖所作都是四言，不是不能歌唱，而是歌唱时需要乐工进行更多加工；张华按照已有歌辞体式创作，乐工可能很容易进行演唱。陈颀称旧词“被之金石，未必皆当”，是说旧乐辞曲大体和谐，只是个别地方不够和谐，荀勖便以为可以随便写作歌辞，没有听懂陈颀之意。到梁代，梁武帝、简文帝、沈约曾合作《江南弄》，则是给清乐写作歌辞，前三句七言，后四句三言，应是根据乐曲而作，属于“因声度词”。如梁武帝《江南弄七首》其一：“众花杂色满上林，舒芳耀绿垂轻阴。连手蹀躞舞春心。舞春心，临岁腴。中人望，独踟蹰。”[①]《乐府诗集·新乐府辞》录有谢偃《新曲一首》和长孙无忌《新曲二首》。谢作为齐言，是“选词以配乐”之作；长孙作为杂言，是“因声以度词”之作。按宋人说法，新曲属于燕乐，长孙无忌所作即是依燕乐曲而度新词。总之，雅乐、清乐、新兴音乐，都有“因声度词”之作，不是到了唐代新兴音乐出现才有了这种创作方式。

其次，繁弦变曲，历代有之，非唐代独有，并未催生出词体。《汉书·外戚传》曰：“孝武李夫人，本以倡进。初，夫人兄延年性知音，善歌舞，武帝爱之。每为新声变曲，闻者莫不感动。”[②]《文选》陆机《文赋》李善注引蔡邕《琴赋》曰：“繁弦既抑，雅音复扬。”[③]潘岳《筝赋》曰：“新声变曲，奇韵横逸，萦缠歌鼓，网

① ［宋］郭茂倩撰，聂世美、仓阳卿点校《乐府诗集》卷五〇，上海古籍出版社，1998 年版，第 560 页。

② ［汉］班固《汉书》卷九七，中华书局，1962 年版，第 3951 页。

③ ［南朝·梁］萧统《文选》卷十七，上海古籍出版社，1986 年版，第 768 页。

罗锺律,烂熠爚以放艳,郁蓬勃以气出。”①而宋人所谓燕乐在隋唐以前就已经十分盛行,如《隋书·音乐志》云:“杂乐有西凉鼙舞、清乐、龟兹等。然吹笛、弹琵琶、五弦及歌舞之伎,自文襄以来,皆所爱好。至河清以后,传习尤盛。后主唯赏胡戎乐,耽爱无已。于是繁手淫声,争新哀怨。故曹妙达、安未弱、安马驹之徒,至有封王开府者,遂服簪缨而为伶人之事。后主亦自能度曲,亲执乐器,悦玩无倦,倚弦而歌。别采新声,为《无愁曲》,音韵窈窕,极于哀思,使胡儿阉官之辈,齐唱和之,曲终乐阕,莫不殒涕。虽行幸道路,或时马上奏之,乐往哀来,竟以亡国。”②可见在北齐后主时新声变曲就已经十分繁盛,但并未见到当时有诗人“因声以度词”的记载。

综上所述,词与音乐的关系应该这样表述:唐代音乐活动繁盛,需要诗人写作大量歌词,一些诗人在与艺人近距离接触时根据歌曲实际演唱需要写出了句式长短不一的歌词,于是产生了“曲子词”这一新的诗体。因为在商业演出中这种近距离合作机会更多,所以商家歌者多唱新兴曲调就成了词乐主体。词乐以燕乐(按宋人所说概念)为主体是符合实际的,但称“词起源于燕乐”就很不准确了。

(原载《中国韵文学刊》2019 年第 2 期)

① 《文选》卷十七,第 861 页。

② 《隋书》卷十四,第 331 页。

唐代边地民族乐府《凉州》考论

音乐是文化交流重要载体，对民族文学发展有着不可替代的作用。唐代社会高度开放，民族高度融合，音乐交流频繁，孕育出一批民族乐府名曲，如《凉州》《伊州》《甘州》等。尤其是《凉州》，上到宫廷，下至民间，流传十分广泛，堪称唐代民族乐府第一曲调。王之涣"黄河远上白云间"、王翰"葡萄美酒夜光杯"等都是脍炙人口的《凉州》名句。到中晚唐，《凉州》更是超出文学范围，成了盛唐记忆符号和抒发唐朝失去河西之痛的代表性意象。但已有研究成果尚未能将上述意义予以充分揭示，已有研究主要集中在两方面：一是对王之涣《凉州词二首》其一、王翰《凉州词二首》其一的不同解读；二是对《凉州》乐曲体制问题的讨论。本文拟从民族文化交流角度系统考察这一曲调，旨在澄清学界对《凉州》的一系列误解，弄清其音乐特点及传播流布情况，分析《凉州词》特殊创作方式，揭示其独特文化内涵，为揭示唐代民族文化融合与乐府诗创作之间的关联提供一个生动案例。

一 《凉州》称谓、来源、归属诸问题辨疑

在考察《凉州词》文学特点之前，有必要先澄清学界对《凉州》的诸多误解。

《凉州》又称《梁州》《新梁州》《西凉州》《凉州曲》《凉州歌》等。任半塘认为《凉州》还称《倚楼曲》。依据是《明皇杂录》中"上初自巴蜀回，夜来乘月登楼，命妃侍者红桃歌《凉州》，即妃所制，上亲御玉笛为之《倚楼曲》"①的记载。其实"倚楼曲"之"楼"是衍文。中华书局"唐宋史料笔记丛刊"本《明皇杂录》已校正为："唐玄宗自蜀回……遂命歌《凉州词》，贵妃所制，上亲御玉笛为之倚曲。"②又，宋人陈旸《乐书》载："唐天宝中，明皇命红桃歌贵妃《凉州曲》，亲御玉笛为之倚曲。"③也证明"倚楼曲"之"楼"乃是衍文，《凉州》并未衍生出《倚楼曲》这一称谓。

关于《凉州》来源，郭茂倩《乐府诗集》《凉州》解题引《乐苑》云："《凉州》，宫调曲。开元中，西凉府都督郭知运进。"④这一记述可谓简洁明了，但学人在进献时间、进献者上也出现

① 任半塘《唐声诗》下编，上海古籍出版社，1982 年版，第 488—489 页。

② ［唐］郑处诲撰，田廷柱点校《明皇杂录·东观奏记》，中华书局，1994 年版，第 46 页。

③ ［宋］陈旸《乐书》卷一三六，影印文渊阁四库全书，第 211 册，台湾商务印书馆，1986 年版，第 618 页。

④ ［宋］郭茂倩编撰，聂世美、仓阳卿点校《乐府诗集》卷七九，上海古籍出版社，1998 年版，第 540—541 页。

了争议。

关于进献时间，唐人郑綮《开天传信记》云："西凉州俗好音乐，制新曲曰《凉州》。开元列上献。"[①]然而究竟是开元哪一年进献？宋人李上交《近事会元》云："《凉州》，唐明皇开元六年，西凉州都督郭知运进。"[②]王国维、任半塘均采此说[③]。但李上交并未给出具体理由。有学者分析称：开元六年郭知运曾入朝献捷，此曲当为献捷时进献[④]。这一推测有其合理性，但仍有可议之处：即没有资料证明郭知运开元六年入朝献捷同时进献乐曲，且不能排除郭知运另派遣他人入朝献曲的可能，所以开元六年说尚不能成为定论。但郭知运开元九年十月二十二

---

① ［唐］郑綮《开天传信记》，上海古籍出版社编《唐五代笔记小说大观》下册，上海古籍出版社，2000年版，第1224页。

② ［宋］李上交《近事会元》卷四，影印文渊阁四库全书，第850册，台湾商务印书馆，1986年版，第283页。

③ 任半塘《唐声诗》下编，第487页；王国维《唐宋大曲考》，载谢维扬、房新亮主编《王国维全集》卷二，浙江教育出版社，2009年版，第384页。

④ 王颜玲《论唐代大曲〈陆州〉〈凉州〉》，载吴相洲主编《乐府学》第四辑，学苑出版社，2009年版，第261页。也有学者认为郭知运开元八年受诏征讨"六州胡康待宾"，至开元九年去世，其间没有机会献乐。因此，他的献乐时间只可能是在开元二年秋到开元七年之间。见袁秀柏、曾智安《近代曲辞研究》，北京大学出版社，2009年版，第93页。但据张说所作《赠凉州都督上柱国太原郡开国公郭公（神道）碑（铭并序）》，郭知运开元八年因战胜六州群胡受封，班师临洮后感染疟疾，终于开元九年十月二十二日逝世。从受诏征讨六州群胡到染疾逝世，其间间隔时间并不短，似并非全无机会献乐，而且这其中仍不能排除派遣他人入朝献乐的可能。（见张说《赠凉州都督上柱国太原郡开国公郭公（神道）碑（铭并序）》，［唐］张说撰，熊飞校注《张说集校注》卷十七，中华书局，2013年版，第825—828页。）

日卒于军中[①],因此将进献时间定于开元九年之前似更为妥当。

关于进献者,有学者认为郭知运生前并未担任凉州都督一职,并据此否定献《凉州》者不是郭知运而是杨敬述[②]。这一观点看似有据实则大谬。据张说《赠凉州都督上柱国太原郡开国公郭公(神道)碑(铭并序)》,郭知运死后朝廷追赠其为凉州都督[③]。后人因此称其"凉州都督"自是无误。

关于《凉州》属于乐府何部,学界也有不同看法。其实王昌龄《殿前曲二首》其二已经说得很清楚:"胡部笙歌西殿头,梨园弟子和《凉州》。新声一段高楼月,圣主千秋乐未休。"[④]《凉州》属胡部。晚唐段安节《乐府杂录》也将《凉州》列于胡部[⑤]。《新唐书・礼乐志》亦云:"开元二十四年,升胡部于堂上。而天宝乐曲,皆以边地名,若《凉州》《伊州》《甘州》之类。后又诏道调、法曲与胡部新声合作。"[⑥]但任半塘《唐声诗》却对王昌龄诗另有解读,他认为:"胡部在殿西,梨园在殿东,彼此

---

① 张说《赠凉州都督上柱国太原郡开国公郭公(神道)碑(铭并序)》,《张说集校注》卷十七,第825—828页。

② 朱伟杰《大曲〈凉州〉进献者考疑》,《大众文艺》2009年第21期。

③ 《张说集校注》卷十七,第827页。

④ [清]彭定求等编《全唐诗》卷一四三,中华书局,1960年版,第1444页。

⑤ [唐]段安节《乐府杂录》中也有《凉州》列于胡部的记载,只是传本《乐府杂录》脱去了《凉州》曲名而已。参看亓娟莉《〈凉州曲〉文献新考》,《中国音乐》2009年第1期。

⑥ [宋]欧阳修、宋祁等撰《新唐书》卷二二,中华书局,1975年,第477页。

峙立。《凉州》不属胡部。”[①]考察唐代相关文献可知,胡部在殿前,梨园在光化门北,没有分列殿东殿西的记载[②]。《乐府杂录·胡部》云:“乐有琵琶、五弦、筝、箜篌、笙、觱篥、笛、拍板。……合曲后立唱歌。”[③]可知胡部表演以弦管乐器伴奏为主。这正好与王昌龄“胡部笙歌”句相印证,说明《凉州》确属胡部,为民族乐曲无疑。

二 《凉州》音乐特点及传播

《凉州》有其独特音乐特点,体现在调式、体制、乐器、舞蹈、音乐风格五个方面。

关于调式,《乐府诗集》曰:“《乐苑》曰:‘《凉州》,宫调曲。……’《乐府杂录》曰:‘《梁州曲》,本在正宫调中……至贞元初,康昆仑翻入琵琶玉宸宫调,初进曲在玉宸殿,故有此名。合诸乐即黄钟宫调也。’张固《幽闲鼓吹》曰:‘段和尚善琵琶,自制《西凉州》。后传康昆仑,即《道调凉州》也,亦谓之《新凉州》云。’”[④]《新唐书·礼乐志》载:“《凉州曲》,本西凉所献

---

① 任半塘《唐声诗》下编,第489页。

② 胡部有立部有坐部,均在殿前表演。见[唐]段安节撰,亓娟莉校注《乐府杂录校注》,上海古籍出版社,2015年版,第46页。唐代梨园有三处:禁苑梨园、梨园别教院、梨园新院。后两者在宫外,故此处只论前者。《雍录》载:“梨园在光化门北,光化门者,禁苑南面西头第一门,在芳林、景曜之西也。”可知禁苑梨园在光化门北。见[宋]程大昌撰,黄永年点校《雍录》,中华书局,2002年版,第197页。

③ 《乐府杂录校注》,第43页。

④ 《乐府诗集》卷七九,第840页。

也,其声本宫调……贞元初,乐工康昆仑寓其声于琵琶,奏于玉宸殿,因号《玉宸宫调》,和诸乐,则用黄钟宫。”①可知《凉州》本为宫调,传入宫廷后随艺人演绎,不断发生变化,又有“黄钟宫调”、“道调”。到宋代,甚至出现七个宫调。王灼《碧鸡漫志》云:“今《凉州》见于世者凡七宫曲,曰黄钟宫、道调宫、无射宫、中吕宫、南吕宫、仙吕宫、高宫,不知西凉所献何宫也。然七曲中,知其三是唐曲,黄钟、道调、高宫者是也。”②可知《凉州》在唐代常用调式为黄钟、道调、高宫三调。

《凉州》是大曲,崔令钦《教坊记》记唐代大曲有《凉州》等六十余曲③。关于《凉州》的结构,沈括《梦溪笔谈》、陈旸《乐书》、王灼《碧鸡漫志》均有载录,说法不一。唐代大曲结构比较庞大,大体分为三大段:散序、中序、破。《凉州》体制争议集中在有无“小遍”上。《乐府诗集》引《乐府杂录》云:“《梁州曲》,本在正宫调中,有大遍小遍。”④王灼《碧鸡漫志》曰:“史及《脞说》又云‘《凉州》有大遍、小遍’,非也。凡大曲有散序、靸、排遍、攧、正攧、入破、虚催、实催、衮遍、歇拍、杀衮,始成一曲,此谓大遍。……及《脞说》谓有大遍小遍,其误识此乎?”⑤王灼根据宋代大曲体制指出整套大曲即为大遍。任半塘不同

① 《新唐书》卷二二,第477页。

② [宋]王灼撰,岳珍校正《碧鸡漫志校正》,巴蜀书社,2000年版,第73页。

③ [唐]崔令钦撰,任半塘笺订《教坊记笺订》,中华书局,1962年版,第153页。

④ 《乐府诗集》卷七九,第841页。

⑤ 《碧鸡漫志校正》,第74页。

意王灼说法，认为："'大遍'殆指大曲，'小遍'指杂曲。"[①]其实这一争论源于《乐府杂录》传抄错误。有学者考察《乐府杂录》版本后指出，原文最初是"有大遍者"，后变成"大遍小者"，最后变成今本"大遍小遍"[②]。可见王灼认为《凉州》不可能有大遍、小遍，见解很独到。郭茂倩、任半塘均因《乐府杂录》版本错误而造成误判。

《凉州》所用乐器，主要有觱篥、琵琶、胡笳、羌笛、筝、横笛[③]。此外尚有笙和方响。《凉州五首·排遍第二》有"鸳鸯殿里笙歌起"[④]，白居易《秋夜听高调凉州》有"月中银字韵初调"[⑤]，均可证乐器有笙。苏鹗《杜阳杂编》云："上于内殿看牡丹……时有宫人沈阿翘为上舞《河满子》……俄遂进白玉方响……上因令阿翘奏《凉州曲》，音韵清越，听者无不凄然。"[⑥]苏轼有《浣溪沙》咏方响云："花满银塘水漫流，犀槌玉板奏《凉州》。顺风环佩过秦楼。　　远汉碧云轻漠漠，今宵人在鹊桥头。一声敲彻绛河秋。"[⑦]可证乐器有方响。仔细考

① 任半塘《唐声诗》下编，第492页。

② 亓娟莉《〈凉州曲〉文献新考》，《中国音乐》2009年第1期。

③ 王颜玲《论唐大曲〈陆州〉〈凉州〉》，《乐府学》第四辑，第265页。

④ 《乐府诗集》卷七九，第841页。

⑤ 银字又称银字笙，古笙的一种，因笙管上标有表示音调高低的银字，故称。如和凝《山花子》曰："银字笙寒调正长。水纹簟冷画屏凉。玉腕重□金扼臂，澹梳妆。"见曾昭岷等编《唐五代词》卷三，中华书局，1999年版，第471页。

⑥ ［唐］苏鹗《杜阳杂编》卷中，载《唐五代笔记小说大观》下册，第1387页。

⑦ ［宋］苏轼撰，邹同庆、王宗堂校注《苏轼词编年校注》，中华书局，2002年版，第848页。

察这些乐器可以看出,《凉州》所用大多是西凉地区使用广泛且具有代表性的乐器,音色凄冷、悲凉,利于表达感伤情绪和悲凉心境。

大曲是歌舞曲,《凉州》自然也有舞蹈,且类型属软舞。《乐府诗集》云:“开元中,又有《凉州》《绿腰》……之属,谓之软舞。”①唐代大曲分散序、中序和破三段。散序部分无歌且不舞,中序以歌为主,破则歌舞并作以舞为主且节拍急促。据此可知,《凉州》舞当在入破后表演。

《凉州》音乐风格愁苦悲凉。孟浩然《凉州词》云:“异方之乐令人悲,羌笛胡笳不用吹。”②白居易《题灵岩寺》云:“今愁古恨入丝竹,一曲《凉州》无限情。”③欧阳詹《闻邻舍唱凉州有所思》云:“有善伊凉曲,离别在天涯。……因之增远怀,惆怅菖蒲花。”④《凉州》流传既广且久,艺人虽各有演绎,但愁苦悲凉的主体风格没有变化。

《凉州》传入宫廷后受到极大欢迎。前引王昌龄《殿前曲二首》就写梨园弟子表演《凉州》的情景。上有所好,下必甚焉。由于玄宗喜爱,《凉州》迅速传播,风靡天下,相关表演,文献多有记载。如张祜《悖拏儿舞》写到悖拏儿在玄宗面前即兴舞《凉州》的情形:“春风南内百花时,道唱《梁州》急遍吹。揭

---

① 《乐府诗集》卷五三,第 592 页。

② [唐]孟浩然撰,徐鹏校注《孟浩然集校注》,人民文学出版社,1989 年版,第 298 页。

③ [唐]白居易撰,谢思炜校注《白居易全集校注》卷二一,中华书局,2006 年版,第 1677 页。

④ [清]彭定求等编《全唐诗》卷三四九,中华书局,1960 年版,第 3905 页。

手便拈金碗舞，上皇惊笑悖拏儿。”[①]元稹《连昌宫词》写想象中玄宗时盛大歌舞表演中演奏《凉州》的情景：“逡巡大遍《凉州》彻，色色龟兹轰录续。……平明大驾发行宫，万人歌舞涂路中。”[②]除宫廷以外，《凉州》还在民间广泛传播并深受喜爱。杜牧诗云：“听取满城歌舞曲，《凉州》声韵喜参差。”[③]《凉州》甚至流传至吐蕃，成为吐蕃宫廷表演曲目。唐人刘元鼎《使吐蕃经见纪略》载：“唐使者始至，给事中论悉答热来议盟。大享于牙右，饭举酒行，与华制略等。乐奏《秦王破阵曲》，又奏《凉州》《胡渭》《录要》杂曲，百伎皆中国人。”[④]

因表演《凉州》著名的歌者、舞者和演奏者也多见于史料记载。歌者盛唐有红桃、中唐有米嘉荣、晚唐有沈阿翘、民间有多美与金吾妓等，河湟收复以后，此歌更加风行，善歌者应更多[⑤]。关于舞者，除了前引悖拏儿外，还有会用木偶表演《凉州》舞的韩志和。《太平广记》载：“韩志和者，本倭国人也……善雕木……于唐宪皇前，出蝇虎子五六十头，分立队，令舞《梁州曲》，皆中曲度。”[⑥]从这条记载可知《凉州》舞极为流行，以至于来自日本之巧匠能作木偶表演这一舞蹈。悖拏儿是少数

① 《全唐诗》卷五一一，第5840页。

② ［唐］元稹撰，周相录校注《元稹集校注》卷二四，上海古籍出版社，2011年版，第704页。

③ 杜牧《今皇帝陛下一诏征兵不日功集河湟诸郡次第归降臣获睹圣功辄献歌咏》，《全唐诗》卷五二一，第5953页。

④ 《全唐文》卷七一六，第7360页。

⑤ 《唐声诗》下编，第489页。

⑥ ［宋］李昉等编《太平广记》卷七五，中华书局，1961年版，第472页。同书卷二二七又引《杜阳杂编》，文字略有出入。

民族,韩志和来自日本,说明《凉州》舞表演有多民族参与其间。关于《凉州》演奏者,有名有姓者更多。除了《幽闲鼓吹》所记段善本、康昆仑以外,还有顾况《李湖州孺人弹筝歌》写到的李湖州孺人,吴融《李周弹筝歌》写到的李周、元稹《琵琶歌》写到的管儿、孙光宪《北梦琐言》所记王保义女,等等。《凉州》盛行一时,其演奏场景甚至成为绘画题材。《太平广记》载:"有别画者,与人同游寺,看壁画音声一铺曰:'此《凉州》第几遍。'不信,召乐官奏《凉州》。至画处,用指更无差异。"①

至于《凉州》听看者更是数不胜数。欧阳詹《闻邻舍唱凉州有所思》、刘禹锡《与歌者米嘉荣》、李益《夜上西城听梁州曲二首》、武元衡《听歌》、白居易《宅西有流水墙下构小楼临玩之时颇有幽趣因命歌酒聊以自娱独醉独吟偶题五绝句》其四、熊孺登《奉和兴元郑相公早春送杨侍郎》、韩琮《京西即事》、王贞白《歌(一作《凉州行》)》、高骈《宴犒蕃军有感》、吴融《李周弹筝歌》、李涉《听多美唱歌》、李频《闻金吾妓唱梁州》、杜牧《河湟》、杜牧《今皇帝陛下一诏征兵不日功集河湟诸郡次第归降臣获睹圣功辄献歌咏》、于濆《织素谣》、聂夷中《公子行二首》、薛能《清河泛舟》、张乔《宴边将》、廖融《退宫妓》、冯延巳《抛球乐》,等等,都曾写到听看《凉州》表演,可见《凉州》流传十分广泛。

值得注意的是,中晚唐诗人常把《凉州》称作古调。如武元衡《听歌》云:"月上重楼丝管秋,佳人夜唱古《梁州》。"②于

① 《太平广记》卷二一四,第 1643 页。

② 《全唐诗》卷三一七,第 3578 页。

渍《织素谣》云:"一曲古《凉州》,六亲长血食。"[①]聂夷中《公子行二首》其二云:"美人楼上歌,不是古《凉州》。"[②]熊孺登《奉和兴元郑相公早春送杨侍郎》云:"丞相新裁别离曲,声声飞出旧《梁州》。"[③]王贞白《歌(一作《凉州行》)》:"调古清风起,曲终凉月沉。"[④]"古凉州"、"旧梁州"、"调古"之类,说明《凉州》不仅流传范围广,而且流行时间长。

在唐代,歌唱是诗歌的重要存在形式,也是大众欣赏诗歌的主要途径。《凉州》乐曲的广泛流传,必然伴随着《凉州词》的飞速散播,插上歌曲翅膀的《凉州词》应是唐代家喻户晓的歌辞。

三 《凉州词》作者及创作方式

乐府诗作者具有多元性,创作方式也具有特殊性。《凉州词》的作者,除了诗人,还有艺人。诗人创作诗歌,艺人选诗入乐,才是《凉州词》创作的整个过程。这种情况在乐府诗创作中颇具代表性,值得仔细分析。

《凉州词》的这种创作方式在《乐府诗集》中仍然有迹可寻。《乐府诗集》收录《凉州词》六首,前五首为《歌第一》《歌第二》《歌第三》《排遍第一》《排遍第二》。五首中《歌第三》为

---

① 《全唐诗》卷五九九,第 6930 页。

② 《全唐诗》卷六三六,第 7297 页。

③ 《全唐诗》卷四七六,第 5421 页。

④ 《全唐诗》卷七〇一,第 8060 页。

高适《哭单父梁九少府》前四句,《排遍第一》为王建《凉州歌》①,其他三首不知作者姓名。第六首为耿湋《凉州词》,与前五首不是一组大曲。这五首有“歌”,有“遍”,没有“破”,显然不是《凉州》大曲的全部歌辞。但从五首中也能看到盛唐大曲表演的基本结构:边地传来战事警报;天子派兵出征;良人辛苦征战;闺中痛苦相思;凯旋而归;天子封赏;群臣为天子祝寿。这五首《凉州词》虽然不是完整大曲,但也能大致看出有意安排。第一首:“汉家宫里柳如丝,上苑桃花连碧池。圣寿已传千岁酒,天文更赏百僚诗。”写春日天子举行酒会,群臣献诗。第二首:“朔风吹叶雁门秋,万里烟尘昏戍楼。征马长思青海北,胡笳夜听陇山头。”写边塞征戍。“雁门”、“戍楼”、“胡笳”、“青海”、“陇山”,都是边塞典型意象。第三首:“开箧泪沾襦,见君前日书。夜台空寂寞,犹是紫云车。”写征人与闺中人别后相思。第四首:“三秋陌上早霜飞,羽猎平田浅草齐。锦背苍鹰初出按,五花骢马喂来肥。”写深秋时节将士打猎,表明战事轻松取得胜利。第五首:“鸳鸯殿里笙歌起,翡翠楼前出舞人。唤上紫微三五夕,圣明方寿一千春。”再写天子安居大殿,群臣为天子祝福。而为天子祝福似乎是《凉州词》必有内容。王昌龄《殿前曲二首》其二“圣主千秋乐未休”句也有这一内容。

大曲内容的这种安排,艺人发挥了重要作用。因为这些大曲歌辞大都不是一人一时创作完成,而是艺人从当时流行诗篇中选取而来。这些诗原来可能不是乐府诗,通过艺人选辞入乐

---

① ［明］馏绩《霏雪录》卷下,影印文渊阁四库全书,第 866 册,台湾商务印书馆,1986 年版,第 695 页。

才成为乐府诗。艺人为大曲选取歌辞时对诗作进行了编排，形成一个抒情或叙事结构，从而使原有一个个独立诗作或原有诗作中一部分变成大曲表演的有机组成部分[①]。例如《歌第三》便是从高适《哭单父梁九少府》中选取而来。

除了这组大曲，其他留存下来的《凉州词》也能看到选诗入乐的痕迹。检索《全唐诗》，唐人所作《凉州词》尚有王翰二首、孟浩然二首、王之涣二首、张籍三首、薛逢三首、韩琮一首。薛逢《凉州词三首》其一“千里东归客，无心忆旧游。挂帆游□水，高枕到青州”，又是大曲《伊州》歌第四；其二“君住孤山下，烟深夜径长。辕门渡绿水，游苑绕垂杨”，又作《伊州》入破第五；其三“树发花如锦，莺啼柳若丝。更游欢宴地，悲见别离时”，又作大曲《陆州》排遍第一。其三《全唐诗》又作韩琮《凉州词》。这种重出现象说明，这些歌辞是艺人从诗人诗作中选取而来。因选取具有随机性，才会出现这种重合。

唐人薛用弱《集异记》所记王之涣、王昌龄、高适三人“旗亭画壁”故事，生动印证了《凉州词》被梨园弟子选取演唱的

---

① 吴相洲认为：“艺人主要是选诗入乐，间接参与创作：一、把非乐府变成乐府。例如盛唐大曲《凉州》《伊州》《陆州》选取许多诗人诗作。这些诗原来大都不是乐府，是通过艺人选取，才使成为乐府的；二、在为大曲选诗时对诗作进行编排，形成一个抒情或叙事结构，从而使原有一个个独立诗作或原有诗作中一部分变成大曲表演有机组成部分，使诗作价值放大、缩小或转移；三、艺人为了合乐方便，有时会对改动原有诗作字句。这种改造从音乐作品制作上可能是必须的，但也很可能对诗作文学价值造成损害。”（见吴相洲《乐府学概论》，人民文学出版社，2015 年版，第 64 页。）

情景，分别选取了王昌龄两首，高适一首，王之涣一首。所唱高适诗就是《凉州》歌第二“开箧泪沾臆”，王之涣诗就是著名的“黄沙远上白云间”[①]。王昌龄两首不能判定入何曲调[②]，但以《凉州》可能性为最大。可见《凉州》乐曲深受梨园弟子喜爱，著名诗人的诗作经过她们有选择的演唱，从而成为乐府歌辞。

《凉州》是边地大曲，因此《凉州词》以边塞为主要题材。《凉州词》通过选诗入乐方式进入乐府后传播更为广泛，受众更多，因此其固定题材一定程度上容易引导唐诗创作。这从唐人的《凉州词》创作和唐人歌咏《凉州》的诗作中都可以得到印证。前述王翰二首、孟浩然二首、王之涣二首、张籍三首、薛逢一首、韩琮一首，莫不如此。如孟浩然《凉州词二首》其二云：“异方之乐令人悲，羌笛胡笳不用吹。坐看今夜关山月，思杀边城游侠儿。”[③]柳中庸《凉州曲二首》其一云：“关山万里远征人，一望关山泪满巾。青海戍头空有月，黄沙碛里本无春。”[④]其二云：“高槛连天望武威，穷阴拂地戍金微。九城弦管声遥发，一夜关山雪满飞。”[⑤]都以边塞为主要题材。这样的题材还可以从唐人歌咏《凉州》的诗作中得到印证。如欧阳詹《闻邻舍唱凉州有所思》云：“有善伊凉曲，离别在天涯。虚堂正相思，所妙发邻家。声音虽类闻，形影终以遐。因之增远怀，惆怅

① ［元］陶宗仪等编《说郛三种》卷二五，上海古籍出版社，1988年版，第445页。

② “秦时明月汉时关”曾被时人以《盖罗缝》演唱。见《乐府诗集》卷八〇，第846页。

③ 《孟浩然集校注》，第298页。

④⑤ 《全唐诗》卷二五七，第2877页。

菖蒲花。”①李益《夜上西城听〈梁州曲〉二首》其一云:“行人夜上西城宿,听唱《梁州》双管逐。此时秋月满关山,何处关山无此曲。”②李频《闻金吾妓唱梁州》云:“闻君一曲《古梁州》,惊起黄云塞上愁。秦女树前花正发,北风吹落满城秋。”③王贞白《歌(一作《凉州行》)》云:“谁唱关西曲,寂寞夜景深。一声长在耳,万恨重经心。调古清风起,曲终凉月沉。”④张乔《宴边将》云:“一曲《梁州》金石清,边风萧飒动江城。座中有老沙场客,横笛休吹塞上声。”⑤从这个意义上讲,《凉州词》不仅是唐代第一民族乐府,也堪称唐代第一边塞乐府。

四 《凉州》与盛世记忆、乱世先兆和河西之痛

作为唐代民族乐府第一曲调,《凉州》在唐人文化生活中占据重要位置。唐人用《凉州》书写了丰富内容,赋予了它诸多文化意义:它既是盛世记忆的符号,也是乱世将临的先兆,更是唐人书写河西之痛的载体。

由于《凉州》在盛唐广泛流行,它随之也成为盛唐人文化生活重要组成部分。安史之乱爆发,盛唐一去不返,人们每当听到熟悉的《凉州》乐曲时,自然会联想昔日的盛世繁华。《凉州》因此成了盛世记忆的符号。最先赋予《凉州》这一内涵的

① 《全唐诗》卷三四九,第3905页。
② 《全唐诗》卷二八三,第3225页。
③ 《全唐诗》卷五八七,第6813页。
④ 《全唐诗》卷七〇一,第8060页。
⑤ 《全唐诗》卷六三八,第7305页。

是唐玄宗。前引《明皇杂录》中玄宗自蜀返回听贵妃侍者红桃歌《凉州词》以至相顾掩泣的故事，说明在这位酷爱音乐的风流天子心中，《凉州》引发了他对杨贵妃的刻骨相思和盛世一去不返的极端悔恨。中晚唐诗人回忆盛唐，也往往写到《凉州》。如王建《行宫词》云："开元歌舞古草头，《梁州》乐人世嫌旧。"①吴融《李周弹筝歌》云："供奉供奉且听语，自昔兴衰看乐府。只如《伊州》与《梁州》，尽是太平时歌舞。"②《凉州》饱含着诗人对盛唐景象的深情追忆和深切怀恋。

当经历安史之乱的创痛，唐人开始反思这场灾难时，《凉州》作为边地乐曲代表，又成了灾祸之兆。《大唐传载》云："天宝中，乐章多以边地为名，若《凉州》《甘州》《伊州》之类是焉。其曲遍繁声名入破，后其地尽为西蕃所没没，其破兆矣。"③《新唐书·礼乐志》亦云："天宝乐曲，皆以边地名，若《凉州》《伊州》《甘州》之类。……安禄山反，凉州、伊州、甘州皆陷吐蕃。"④《开天传信记》还具体阐述了其中道理："西凉州俗好音乐，制新曲曰《凉州》，开元中列上献。上诏诸王便殿同观。曲终，诸王贺，舞蹈称善，独宁王不拜。上顾问之，宁王进曰：'此曲虽嘉，臣有闻焉：夫音者，始于宫，散于商，成于角、徵、羽，莫不根柢囊橐于宫、商也。斯曲也，宫杂而少徵，商乱而加暴。……臣恐一日有播越之祸，悖逼之患，莫不兆于斯曲也。'上闻之默然。及安

① 《全唐诗》卷二九八，第3386页。

② 《全唐诗》卷六八七，第7899页。

③ 佚名《大唐传载》，载《唐五代笔记小说大观》上册，第889页。

④ 《新唐书》卷二二，第476页。

禄山作乱，华夏鼎沸，所以见宁王审音之妙也。”[1]尽管音乐与政治本无关联，但审乐知政在儒家理论中向来备受重视[2]，而音乐与政治治乱的关系，又往往是在政治衰乱之际被强化揭出。《凉州》被视为灾祸之兆恰恰就是在这样的背景之下出现的。

安史乱发，吐蕃乘机占领河西，《凉州》又成了唐人书写河西之痛的载体。凉州地处唐朝连通西域的交通要道，北有突厥、南有吐蕃，处在几股势力中间。徐坚《初学记》载：“陇西、汉阳、武都、金城、安定、北地、武威、张掖、酒泉、敦煌、张掖属国、居延属国，凉州刺史所部也。”[3]《旧唐书·地理志》亦载：“凉州节度使。治凉州，管西、洮、鄯、临、河等州。”[4]能否有效控制凉州，成为王朝盛衰的关键。初唐后期“郭元振为凉州都督”，“北却突厥，西走吐蕃，制地一万里，握兵三十万”[5]。盛唐时王忠嗣“为河西、陇右节度使，权朔方、河东节度，佩四将印，劲兵重地，控制万里”[6]。哥舒翰镇凉州，“下石堡，戍青海城，

① 郑綮《开天传信记》，载《唐五代笔记小说大观》下册，第1224页。

② 《礼记·乐记》曰：“是故审声以知音，审音以知乐，审乐以知政，而治道备矣。”见［清］阮元《十三经注疏》，中华书局，1980年版，第1528页。《毛诗序》曰：“治世之音安以乐，其政和；乱世之音怨以怒，其政乖；亡国之音哀以思，其民困。”见［清］阮元校刻《十三经注疏》，第270页。

③ ［唐］徐坚等编《初学记》卷八，中华书局，1962年版，第164页。

④ ［五代］刘昫等撰《旧唐书》卷三八，中华书局，1975年版，第1392页。

⑤ ［唐］杜牧《上宣州高大夫书》，《全唐文》卷七五二，第7794页。

⑥ 《新唐书》卷一三三，第4553页。

出白龙,逾葱岭,界铁关"[①],威震河西。但安史之乱爆发后,吐蕃乘机入侵河西,河西百姓沦为吐蕃子民,朝廷却无力收复失地。刘元鼎《使吐蕃经见纪略》载沦陷区百姓"见使者麾盖夹观。……耋老千人拜且泣,问天子安否。言顷从军没于此,今子孙未忍忘唐服,朝廷尚念之乎?兵何日来?言已皆呜咽"[②]。失去河西,从这一区域诞生的《凉州》乐曲就成了唐人心中难以言说之痛。

进入中唐以来,借《凉州》书写河西之痛的诗作大量出现。如王建《凉州行》云:"凉州四边沙皓暗,汉家无人开旧道。边头州县尽胡兵,将军别筑防秋城。万里人家皆已没,年年旌节发西京。多来中国收妇女,一半生男为汉语。"[③]张籍《凉州词三首》其三亦云:"边将皆承主恩泽,无人解道取凉州。"[④]元稹《西凉伎》云:"一朝燕贼乱中国,河湟泪尽空遗丘。……连城边将但高会,每听此曲能不羞。"[⑤]白居易《西凉伎》亦云:"贞元边将爱此曲,醉坐笑看看不足。"[⑥]凉州的失陷,百姓的艰难,将领的无能,诗人的伤感与愤怒,残酷的现实和复杂的情感都让《凉州》书写显得无比沉痛。这种伤痛直到咸通二年归义军节度使张义潮收复凉州以后才得以缓解。

一曲《凉州》,经历过盛唐的繁华,记载着战乱的伤痛,有唐一代再也没有哪个乐府曲调能够如此牵动人心。它是唐代

---

① [唐]陈鸿祖《东城老父传》,《全唐文》卷七二〇,第7414页。

② 《全唐文》卷七一六,第7360页。

③ 《全唐诗》卷二九八,第3374页。

④ 《乐府诗集》卷七九,第842页。

⑤ 《元稹集校注》卷二四,第724页。

⑥ 《白居易全集校注》卷四,第367页。

第一民族乐府，是名副其实的边地乐府绝唱。幸运的是，《凉州》曲谱至今仍存，叶栋《唐乐古谱译读》、李健正《大唐长安音乐风情》分别根据不同曲谱破译了《凉州》乐曲，这使人们至今仍能领略到唐代这首边地乐府绝唱的魅力。

（原载《民族文学研究》2016 年第 6 期）

《柘枝舞》起源三说平议

《柘枝词》《屈柘词》为《柘枝舞》歌辞。《柘枝舞》是唐代著名舞蹈，与《胡旋舞》《胡腾舞》并称“三大舞”，唐宋诗文多有歌咏。《柘枝舞》起源，唐宋人有拓跋、石国、南蛮三说。二十世纪三十年代向达作《〈柘枝舞〉小考》，主石国说[①]；四十年代杨宪益作《〈柘枝舞〉的来源》，主南诏说[②]；世纪之交韩国学者沈淑庆作《关于“莲花台舞”历史演变的研究》，主拓跋说[③]。二十世纪八十年代任半塘作《唐声诗》，以为拓跋说较浅无需讨论，石国说、南诏说虽各有所据但均不健全，但他并没有进一

① 向达《〈柘枝舞〉小考》，原载《清华周刊》第三十七卷第十二期，见向达《唐代长安与西域文明》，河北教育出版社，2001 年版，第 98 页。

② 杨宪益《〈柘枝舞〉的来源》，见杨宪益《译余偶拾》，山东画报出版社，2006 年版，第 10 页。

③ ［韩］沈淑庆撰，奚治茹译《关于“莲花台舞”历史演变的研究》，《舞蹈》2000 年第 4 期。

步论述[1]。石国说被后来学者普遍采纳[2]。笔者重新考察了三家说法,认为石国说虽然可信但论证仍有待充实,拓跋说出现原因尚可进一步申论,南诏说看似有理实则经不起推敲。

一　石国说补证

向达《〈柘枝舞〉小考》认为《柘枝舞》出自石国。他据《新唐书·西域传》中"石,或曰柘支、曰柘折、曰赭时,汉大宛北鄙也"的记载和唐人薛能《柘枝词三首》中"震鼓伐西羌"、"悬军征柘羯"两句诗认为柘支、柘折、赭时、柘枝及柘羯,均为波斯语Chaj之译音,皆指西域之石国[3]。这一看法极有见地,但他遗漏了一条重要证据。这一证据不仅可使石国说论证更加圆满,而且有利于弄清拓跋说之来源。而且,向先生以为《柘枝舞》为天宝九载高仙芝平石国时带回的观点也有商榷空间。

向先生遗漏之证据为唐人卢肇《湖南观双〈柘枝舞〉赋》中的记载,赋云:"古也郅支之伎,今也柘枝之名。"[4]卢肇明确指出《柘枝舞》出自古郅支。这样,弄清郅支与石国之间的关系就成了支撑石国说的关键一环。

---

① 任半塘《唐声诗》下编,上海古籍出版社,2006年版,第176页。

② 如冯文慈《中外音乐交流史》,湖南教育出版社,1998年版;王克芬《中国舞蹈发展史》,上海人民出版社,2004年版;徐有富《唐诗中的〈柘枝舞〉》,《新乡师范高等专科学校学报》2006年第2期。

③ 向达《〈柘枝舞〉小考》,见《唐代长安与西域文明》,河北教育出版社,2001年版,第98页。

④ [清]董诰《全唐文》卷七六八,中华书局,1983年版,第7994页。

郅支是西汉时北匈奴五单于之一,《汉书·傅常郑甘陈段传》云:

> 先是,宣帝时匈奴乖乱,五单于争立,呼韩邪单于与郅支单于俱遣子入侍,汉两受之。……(郅支单于)怨汉拥护呼韩邪而不助己……遂西奔康居。康居王以女妻郅支,郅支亦以女予康居王。康居甚尊敬郅支,欲倚其威以胁诸国。……郅支单于自以大国,威名尊重,又乘胜骄,不为康居王礼,怒杀康居王女及贵人、人民数百……汉兵四面推卤楯,并入土城中。……单于被创死。……生虏百四十五人,降虏千余人,赋予城郭诸国所发十五王。[①]

郅支附汉而又背汉,赴康居而又杀康居王,被汉将陈汤、甘延寿等率兵诛灭,其俘虏一部分被赋予康居国。这部分人在康居国生存下来,传衍至北魏,称者舌国。《魏书·西域传》载:"者舌国,故康居国,在破洛那西北,去代一万五千四百五十里。太延三年,遣使朝贡,自是不绝。"[②]有学者指出,"者舌"是"石"的音译,至隋唐时称石国[③]。

除音译外,其他史料亦可证明者舌国与石国之关系。《隋书·西域传》云:"石国居于药杀水。都城方十余里,其王姓石名涅。"[④]《新唐书·西域传》亦云:"石或曰柘支,曰柘折,曰赭

① [汉]班固《汉书》卷七〇,中华书局,1962年版,第3008—3015页。

② [唐]魏收《魏书》卷一〇二,中华书局,1974年版,第2274页。

③ 余太山《大宛和康居综考》,《西北民族研究》1991年第1期。

④ [唐]魏徵《隋书》卷八三,中华书局,1973年版,第1850页。

时，汉大宛北鄙也。去京师九千里……王姓石，治柘折城，故康居小王窳匿城地。西南有药杀水。"①这些记载恰可与《汉书·西域传》相互印证："康居有小王五：……三曰窳匿王，治窳匿城，去都护五千二百六十六里，去阳关七千五百二十五里……凡五王，属康居。"②可见，《新唐书·西域传》所载石国治所柘折城与《汉书·西域传》所载汉康居小王窳匿王治所相同，隋唐石国和北魏者舌国同为汉代康居国之后。石国与者舌国同源，恰可印证北魏者舌国就是隋唐石国的结论。而以上石国从汉至唐的演变过程，也正好与卢肇"古也郅支之伎，今也柘枝之名"的说法相吻合。

石国在流变过程中产生过多种称谓，汉代叫郅支，北魏称者舌，隋唐叫石国，又称柘支、柘折、赭时、柘羯。多种称谓长期混用，增加了探索《柘枝舞》起源问题的复杂性。经季羡林等学者考证，已基本厘清各种名称之来历："者舌"、"柘支"、"柘折"、"赭时"、"柘羯"等均为音译，粟特语作 Č'c，波斯语作 Chach 或 Jaj，阿拉伯语作 Shash，突厥语作 Tash。"石"为义译。石国在今乌兹别克斯坦塔什干，塔什干意即石城③。《柘枝舞》是以国命名的乐舞。

《柘枝舞》何时传入中原，以何种方式传入，向达据薛能

① ［宋］欧阳修、宋祁《新唐书》卷二二一，中华书局，1975 年版，第 6246 页。

② ［汉］班固《汉书》卷九六，中华书局，1962 年版，第 3894 页。

③ ［唐］玄奘、辩机撰，季羡林校注《大唐西域记校注》卷一，中华书局，1985 年版，第 83 页；［唐］杜环撰，张一纯笺注《经行记笺注》，中华书局，2000 年版，第 125 页。

《柘枝词》推测是天宝九载高仙芝平石国时带回[1]。这一推测有其道理，但不能证实，更不能排除其他可能性。

首先，柘枝舞在天宝九载之前就可能已经传入中原。北周隋唐时西域有康国，是汉代康居国之后。《隋书·西域传》载："康国者，康居之后也。……名为强国，而西域诸国多归之。米国、史国、曹国、何国、安国、小安国、那色波国、乌拉曷国、穆国皆附之。"[2]《新唐书·西域传》载："康者，一曰萨末鞬，亦曰飒秣建，元魏所谓悉斤者。……君姓温，本月氏人。……枝庶分王，曰安，曰曹，曰石，曰米，曰何，曰火寻，曰戊地，曰史，世谓'九姓'，皆氏昭武。"[3]《新唐书·西域传》又载："安者，一曰布豁，又曰捕喝，元魏谓忸蜜者。……治阿滥谧城，即康居小君长罽王故地。……石，或曰柘支，曰柘折，曰赭时……治柘折城，故康居小王窳匿城地。"[4]可见康国为汉康居国之后，枝庶分为九国，即昭武九姓国，皆以康国为宗主国，其中包含石国。康国乐北周时通过突厥传入中原。《隋书·音乐志》载："其后帝婚皇后于北狄，得其所获康国、龟兹等乐，更杂以高昌之旧，并于大司乐习焉。"[5]《旧唐书·音乐志》亦载："周武帝聘虏女为后，西域诸国来媵，于是龟兹、疏勒、安国、康国之乐大聚长安。"[6]北周武帝与突厥联姻，龟兹乐、疏勒乐、安国乐、康国乐

---

① 向达《〈柘枝舞〉小考》，《唐代长安与西域文明》，河北教育出版社，2001年版，第100页。

② 《隋书》卷八三，第1848页。

③ 《新唐书》卷二二一，第6243页。

④ 《新唐书》卷二二一，第6244—6247页。

⑤ 《隋书》卷十四，第342页。

⑥ ［五代］刘昫《旧唐书》卷二九，中华书局，1975年版，第1069页。

等西域乐舞同时传入中原，康国乐中可能含有石国乐，这即是说北周时《柘枝舞》就已传入中原。

其次，唐人沈亚之《柘枝舞赋》云："昔神祖之克戎，宾杂舞以混会。柘枝信其多妍兮，命佳人以继态。"①言及《柘枝舞》为"神祖""克戎"传入。"神祖"指开国之祖，唐代开国之祖李渊无"克戎"之实。既有"神祖"之名又有"克戎"之实者为太宗。"戎"一般指西域胡人，太宗克西戎，应该指攻克西突厥。石国隶属西突厥，《柘枝舞》很有可能是太宗讨伐西突厥时传入中原。

再次，除联姻和武力获取外，还可能通过其他方式传入。进贡就是方式之一。《新唐书·西域传》就记有康国开元初年向唐朝进贡胡旋女子事："开元初，贡锁子铠、水精杯、玛瑙瓶、鸵鸟卵及越诺侏儒、胡旋女子。"②此外，使者带回也是一种方式。《旧唐书·外戚传》云："延秀，承嗣第二子也。则天时，突厥默啜上言有女请和亲，制延秀与阎知微俱往突厥，将亲迎默啜女为妻。既而默啜执知微，入冠赵、定等州，故延秀久不得还。神龙初，默啜更请通和，先令延秀送款，始得归，封桓国公，又授左卫中郎将。时武崇训为安乐公主婿，即延秀从父兄，数引至主第。延秀久在蕃中，解突厥语，常于主第，延秀唱突厥歌，作胡旋舞，有姿媚，主甚喜之。及崇训死，延秀得幸，遂尚公主。"③武延秀出使突厥时学会了《胡旋舞》，并将其带回唐土。边地艺人将胡舞带入中原也有可能。李端《胡腾儿》就曾描写一个凉州胡人跳《胡腾舞》的情形："胡腾身是凉州儿，肌肤如

---

① 《全唐文》卷七三四，第7572页。

② 《新唐书》卷二二一，第6244页。

③ 《旧唐书》卷一八三，第1069页。

玉鼻如锥。桐布轻衫前后卷,葡萄长带一边垂。帐前跪作本音语,拾襟搅袖为君舞。安西旧牧收泪看,洛下词人抄曲与。"①刘言史《王中丞宅夜观舞胡腾》亦云:"石国胡儿人见少,蹲舞尊前急如鸟。"②既然胡旋舞和胡腾舞能以上述方式传入中原,同理,《柘枝舞》也有可能通过进贡、使者和边地艺人带入等多种途径传入。

唐人崔令钦《教坊记》曰:"凡棚车上击鼓非《柘枝》,则《阿辽破》也。"③宋人陈旸《乐书》卷一八四《乐图论·俗部·舞》云:"唐明皇时那胡柘枝,众人莫不称善。"④可知《柘枝舞》于玄宗年间已在宫廷表演。至于何时传入唐朝,以何种方式传入,存在多种可能性。高仙芝天宝九载平石国时获取只是其中一种可能。

二　拓跋说申论

《柘枝舞》源于拓跋,始自唐人赵璘《因话录》:"《柘枝舞》之本出拓跋氏之国,流传误为柘枝也,以其字相近耳。"⑤宋人

---

① [清]彭定求《全唐诗》卷二八四,中华书局,1960年版,第3238页。

② 《全唐诗》卷四六八,第5323页。

③ [唐]崔令钦撰,任半塘笺订《教坊记笺订》,中华书局,1962年版,第35页。

④ [宋]陈旸《乐书》卷一八四,第211册,影印文渊阁四库全书,台湾商务印书馆,1986年版,第829页。

⑤ [清]陈梦雷、蒋廷锡《古今图书集成·乐律典》卷九〇"舞部",中华书局,1986年版,第89917页。

曾慥《类说》“子部·杂家类”亦云：“《柘枝舞》，本后魏拓拔氏之戏，后人鄙之，易拓以柘，易拔以枝。”[①]宋人温革《琐碎录》亦云：“《柘枝舞》，本北魏拓拔之名，易拓为柘，易拔为枝。”[②]韩国学者沈淑庆认可拓跋说却并未给出有力佐证，向达认定此说“固属猜测之词”，任半塘以为“其说较浅”，不值一驳。但笔者认为拓跋说的出现并非猜测浅薄之词，而是事出有因。

前已言及，石国在流变过程中产生过多种称谓。其中“柘羯”一名，唐代有时便称作“拓拔”。吴兢《贞观政要·安边》载：

> 自突厥颉利破后，诸部落首领来降者，皆拜将军中郎将，布列朝廷，五品已上百余人，殆与朝士相半，唯拓拔不至，又遣招慰之，使者相望于道。[③]

杜佑《通典·边防》载：

> 颉利之败也，其部落或走薛延陁，或走西域，而来降者甚众。酋豪首领至者，皆拜将军，布列朝廷，五品以上百余人，殆与朝士相半。惟柘羯不至，诏使招慰之。[④]

---

① ［宋］曾慥《类说》卷四七，影印文渊阁四库全书，第873册，台湾商务印书馆，1986年版，第599页。

② ［明］陶宗仪《说郛》卷二五，上海古籍出版社，1988年版，第1219页。

③ ［唐］吴兢《贞观政要》卷九，上海古籍出版社，1978年版，第275页。

④ ［唐］杜佑《通典》卷一九七，中华书局，1988年版，第5413页。

两条史料均记东突厥颉利可汗战败后西域小国首领降唐事。其中未降唐者，《贞观政要》称“拓拔”，《通典》称“柘羯”。《贞观政要》取材于《贞观实录》①，所记不致有误。而杜佑“为学冠冕六籍，衣裳群史，履屡百氏”②，《通典》所记亦不致有误。出现这种情况的最大可能是“拓拔”与“柘羯”为同一事物的不同称谓。

这两个称谓的出现，可能与石国伴随突厥兴衰东迁有关。陈寅恪等学者认为，柘羯在唐初即属于西突厥，东突厥败亡后有少数柘羯东迁。至高宗、则天、玄宗时期，东突厥又全面复兴，向南对唐朝，向西对西突厥，向北对铁勒诸部，向东对契丹、奚拓展③。在这反复迁徙过程中，柘羯可能正好进入位于东北部的鲜卑拓跋故地，与拓跋部落融合，因此才会出现吴兢、杜佑将“柘羯”、“拓跋”混用的情形。而柘羯人在迁徙过程中，将《柘枝舞》带入鲜卑拓跋部落，于是出现了《因话录》和《琐碎录》中《柘枝舞》源自拓跋国之说。向达以该说为猜测之词而未做深究，任半塘以该说较浅而不作讨论，实为千虑一失。

此外，《玉堂闲话》中曾记“朝士使朔方”一事，其中确实出现了名为“拓拔”的舞蹈：

□□□□□□□□□□□□□□□□□□□□□□

① 黄永年《唐史史料学》，上海书店出版社，2002 年版，第 131 页。

② ［唐］符载《淮南节度使灞陵公杜佑写真赞并序》，见《全唐文》卷六九〇，第 7078 页。

③ 陈寅恪《唐代政治史述论稿》，上海古籍出版社，1997 年版，第 45 页；李方《后东突厥汗国复兴》，《边疆史地研究》2004 年第 9 期。

> □□□□□□□□□□□□□□□□□□□□□□□□跳索百戏俱呈,使臣观之如不见。□意不足为欢笑□□别非□《胡腾》。使臣仰观《拓拔》,又斜盼《胡腾》,遂敛衽恭□□□位视有若惭□□之貌。逡巡舞罢,趋而前谢曰:"已蒙相公排置宴筵,百戏娱乐,更不令烦贤郎□□歌舞颇□□□?"再三辞谢。盖见《拓拔》中有与《胡腾》鼻相类,乃呼作贤郎,以此轻薄之。①

这条史料所载为朝使至朔方,朔方守将安排百戏歌舞招待的欢宴场景,宴会歌舞中就有《拓拔舞》和《胡腾舞》。其中的《拓拔舞》很可能就是《柘枝舞》。可见,称《柘枝舞》出自拓跋确有事实依据,只是在探究其来源时犯了望文生义的错误。

三 南诏说证伪

南诏说出自南蛮说,最早由郭茂倩提出。《乐府诗集》卷五六《柘枝词》解题云:"《柘枝》,本《柘枝舞》也,其后字讹为柘枝。……沈亚之赋云:'昔神祖之克戎,宾杂舞以混会。柘枝信其多妍,命佳人以继态。'然则似是戎夷之舞。按今舞人衣冠类蛮服,疑出南蛮诸国也。"②宋葛立方《韵语阳秋》卷十五亦云:"《柘枝舞》起于南蛮诸国,而盛于李唐。得于今者,

① [宋]李昉《太平广记》卷二六六,中华书局,1961年版,第2085页。

② [宋]郭茂倩编撰,聂世美、仓阳卿点校《乐府诗集》卷五六,上海古籍出版社,1998年版,第630页。

尚其遗制也。”[①]杨宪益沿着郭茂倩“今舞人衣冠类蛮服,疑出南蛮诸国也”的思路,从舞者服饰入手,提出十条证据证明《柘枝舞》源于南诏[②]。这十条证据可以归结为四点:其一,柘树是南诏特产,《柘枝舞》者执柘而舞,故该舞为出自云南大理南诏之舞曲;其二,据服饰颜色、款式、所系腰带、孔雀罗衫的名称、帽子形制认为该舞出自南诏;其三,伴奏乐器蛮鼍和道具莲花有南方暗示;其四,骠国舞曲与《柘枝舞》相似,故《柘枝舞》出自南诏。这四点证据看似确凿,实则都不能成立。

第一,柘树是南诏特产和舞者执柘枝而舞的说法不能成立。杨宪益据唐人樊绰《蛮书》中“蛮地无桑,悉养柘蚕,绕树村邑,人家柘林多者数顷,耸干数丈”[③]的记载认为柘树为南诏特产。尽管云南多种柘树确为事实[④],然而唐人文献中亦多见他地种植此物。如陆长源《唐东阳令戴公去思颂》、梁肃《过旧园赋序》、元稹《弹奏剑南东川节度使状》、孙樵《兴元新路记》分别记录唐代东阳(今浙江东阳市)、新安(今河南新安县)、剑

---

① [清]何文焕编《历代诗话》,中华书局,1981年版,第605页。

② 任半塘将杨宪益的证据归结为九条:(一)用蛮鼍;(二)穿孔雀罗衫;(三)服红紫二色,适为南诏人所贵;(四)系金银镂花锦带;(五)戴卷檐帽;(六)穿窄袖罗衫;(七)舞中所用莲花,乃云南之木莲;(八)配金铃,缅人辟邪亦用金铃;(九)对舞姿态与骠国乐相似。见任半塘《唐声诗》下编,上海古籍出版社,1982年版,第177页。在杨宪益提供的证据中,任半塘漏掉了一条,即杨宪益以柘树是南诏特产、柘枝舞者执柘而舞,认为该舞是出自云南大理的南诏舞曲。

③ 杨宪益引文断句有误,应为:“蛮地无桑,悉养柘蚕绕树。村邑人家柘林多者数顷,耸干数丈。”见[唐]樊绰,向达点校《蛮书校注》卷七,第173页,中华书局。

④ 《蛮书校注》卷七,第173页。

南(今四川)、郿(今陕西眉县)等地种植桑柘。又据《中国植物图志》可知,柘树"产华北、华东、中南、西南各省区(北达陕西、河北)"[①]。唐代原始文献记载和现代植物学研究均表明,柘树并非南诏特产。杨宪益又据清人李调元《雨村曲话》认为《柘枝舞》舞者执柘而舞[②]。其实,在《雨村曲话》之前清人毛奇龄《西河词话》卷二"词曲转变"亦有类似表述:"自唐人作柘枝词,莲花镟歌,则舞者所执,与歌者所措词,稍稍相应,然无事实也。"[③]其中"然无事实也"一句至为关键,这透露出的讯息即是《柘枝舞》实际表演中并非执柘而舞。

第二,服饰与南诏服饰相似也不能证明《柘枝舞》出自南诏。杨宪益据《蛮书》中南诏人贵绯紫两色的记载和唐人张祜、白居易咏《柘枝舞》诗中舞人服饰为红紫二色的描写,认为相同的服色正表明其渊源关系。实际上,衣贵绯紫不单是南诏人之好尚,实为唐人之普遍好尚。在唐代,皇室子孙着绯紫,高级官员也服绯紫,流风所及,百姓也经常衣绯着紫。舞者衣绯紫也常见于文献记载。《通典》卷一四六"坐立部伎"载:"贞观中……庆善乐,舞四人,紫绫袍,大袖,丝布葱,假髻;破阵乐,舞四人,绯绫袍,锦衿褾,绯绫葱;承天乐,舞四人,紫袍,进德冠,

① 张秀实、吴征镒《中国植物志》卷二三,第1册,科学出版社,1998年版,第63页。

② 杨宪益所引李调元《雨村曲话》原文为:"古人歌者舞者,各自为一,两不照应,至唐人《柘枝词》《莲花镟歌》,则舞者所执与歌人所歌之词稍有相应矣。"见杨宪益《〈柘枝舞〉的来源》,《译余偶拾》,山东画报出版社,2006年版,第10页。

③ 唐圭璋《词话丛编》,中华书局,1985年版,第582页。

并金铜带。”[①]庆善、破阵、承天三乐舞者或衣紫、或衣绯的记载恰恰说明不能因《柘枝舞》者着红紫就认定其源出南诏。杨宪益还认为《柘枝舞》者系金银镂花锦带,与《蛮书》所载南诏人系金佉带相同。但从上引《通典》记载可以看出,《承天乐》舞者也系金铜腰带。杨宪益还认为,《柘枝舞》者窄袖舞衣与南诏人服饰特点一致。其实衣袖窄小为胡服之典型特色。唐人姚汝能《安禄山诗迹》载:“天宝初,贵游士庶好衣胡服,为豹皮帽,妇人则簪步摇,衩衣之制度,衿袖窄小,识者窃怪之,知其戎矣。”[②]刘言史《王中丞宅夜观舞胡腾》亦有“细氎胡衫双袖小”句。《柘枝舞》者穿窄袖舞衣正说明该舞出自西域。杨宪益又据张祜《感王将军柘枝妓殁》中“鸳鸯殿带抛何处,孔雀罗衫付阿谁”两句诗认为孔雀罗衫含有南方暗示,这也是一种误解。《新唐书·地理志》载:“镇州常山郡,大都督府。本恒州恒山郡……元和十五年避穆宗名更。土贡:孔雀罗、瓜子罗、春罗、梨。”[③]可见孔雀罗是恒州(今河北正定)特产,故而当地以此作为进献朝廷的贡品。又,北宋诗人沈辽《龟兹舞》云:“玉颜二女高髻花,孔雀罗衫金画缕。”[④]龟兹舞出自西域。若以《柘枝舞》身着孔雀罗衫而断定其源于南诏,那么能否因龟兹舞者身着孔雀罗衫也称龟兹舞源于南诏呢?杨宪益还据唐人张祜《观杨瑗柘枝》中“卷檐虚帽交带垂”句及清人倪蜕《滇小记》

---

① 《通典》卷一四六,第3721页。

② [唐]姚汝能撰,曾贻芬点校《安禄山诗迹》卷下,中华书局,2006年版,第107页。

③ 《新唐书》卷三九,第1014页。

④ 傅璇琮等《全宋诗》卷七一六,北京大学出版社,1993年版,第8160页。

中大理人戴钺形帽的记载,认为卷檐虚帽就是钺形帽。综合唐宋以来史料记载可知,《柘枝舞》者所戴帽子具有如下特征:卷檐、有飘带、有金铃或珠子一类饰物、体长而尖、靴型、有绣花。与藏传佛教喇嘛头上所戴鸡冠形状帽子类似的钺形帽绝非一物。

第三,称伴奏乐器蛮鼍和莲花道具有南诏风味也不可靠。张祜《观杨瑗柘枝》中有"促叠蛮鼍引柘枝"句,杨宪益据此认为"蛮鼍"本身就在暗示南方。对此有学者早已指出,"鼍"指鼍皮鼓面的鼓,蛮鼍表明其西域渊源[①]。杨宪益又据《南中杂记》所载云南木莲花和《乐苑》所载《柘枝舞》用二女童"于莲花中藏"两条史料,认为《柘枝舞》中莲花道具与云南木莲有关。此说亦不确,莲花广泛生于南北各省,并非云南独有。此外,莲花与佛教关系至为密切,莲花所具有的化生寓意、所蕴涵的清净功德和清凉智慧都使它与佛教有着不解之缘。敦煌莫高窟壁画中被认定是《柘枝舞》表演场景的盛唐第217窟、第320窟,晚唐第173窟、第196窟,宋代第400窟、榆林12窟中都有莲花出现[②]。因此,与其说柘枝舞中莲花道具含有云南地域暗示,倒不如说这是佛教对唐宋乐舞影响的体现。

第四,以《骠国乐》中相对赴节之状与《柘枝舞》相似为据认为《柘枝舞》来自南诏也不可靠。杨先生所据为《文献通

---

① 冯文慈《中外音乐交流史》,湖南教育出版社,1998年版,第7页。

② 谢生保《敦煌壁画中的唐代胡风之一——胡乐胡舞》,《社科纵横》1994年第4期。

考》，其文曰："骠国乐每为曲，皆齐声唱，各以两齐敛为赴节之状，一低一仰，未尝不相对，有类中国《柘枝舞》焉。"[①]以舞姿相似来判定《柘枝舞》起源过于简单。骠国乐舞者二至十人不等，《新唐书·骠国传》载："初奏乐，有赞者一人先导乐意，其舞容随曲。用人或二、或六、或四、或八、至十。"[②]唐代《柘枝舞》舞者多为单人舞和双人对舞，直至五代才有二人以上队舞。因此，只能说《骠国乐》以二至十名舞者两两相对为赴节之状，与《柘枝舞》之双人舞相似，但不能据此断定二者同源。此外，《骠国乐》至中唐贞元年间才传入中原。《唐会要》载："骠国乐，贞元十八年正月，骠国王来献。"[③]而《柘枝舞》早于开元天宝年间就已风靡唐土。更为重要的是，开元年间玄宗曾赐胡乐和龟兹乐与南诏，《蛮书》载："牟寻指之曰，先人归蕃来国，开元皇帝赐胡部及龟兹音声各两部。"[④]因此，不仅不应以《骠国乐》舞姿相似于《柘枝舞》来推断《柘枝舞》的来源，反倒可以说《骠国乐》中相对赴节之状的舞姿可能是受包含《柘枝舞》在内的胡乐影响的结果。

综上所述，向达主张《柘枝舞》源于西域石国的说法虽然可信，但论证不够充分，其传入时间和方式有待进一步考证；沈

---

① 《文献通考》这段记载中"各以两齐敛为赴节之状"一句殊为难解，所幸《唐会要》也有记载："各以两手十指齐开齐敛，为赴节之状。"仔细比对可以看出，《文献通考》所记有阙文，漏掉"手十指"三字，《唐会要》所载正好补足其阙。见［宋］王溥《唐会要》卷三三，中华书局，1955年版，第620页。

② 《新唐书》卷二二二，第6314页。

③ 《唐会要》卷三三，第620页。

④ 《蛮书校注》卷十，第252页。

淑庆认为《柘枝舞》出自拓跋虽非言之无据，只是在探究其来源时犯了望文生义的错误；杨宪益力主《柘枝舞》出自南诏看似有理，实则并不可靠。

（原载《民族文学研究》2014年第5期）

柘枝舞九论

柘枝舞源于西域，风靡于唐宋，与胡旋舞、胡腾舞并称西域三大舞。它在唐人文学艺术生活中占有极其重要的地位，很多诗人为之写作歌辞，或在诗中描写其表演形态。其歌辞收录于《乐府诗集》的有无名氏《柘枝词》一首、薛能《柘枝词》三首、温庭筠《屈柘词》一首。此外，《全唐诗》尚有白居易《柘枝词》一首。描述柘枝舞表演形态的唐代诗人有二十二位，涉及诗文四十篇。对于诗人来说，《柘枝词》不仅是乐府曲调，而且是重要诗歌题材，他们围绕其进行的文学创作俨然形成了一个“柘枝舞文学”。然而由于古代文学界对柘枝舞表演形态关注不够，从而未能对《柘枝词》作出深刻理解，因此本文拟对柘枝舞具体表演情况作出系统描述[①]，以期对认识唐代柘枝舞文学有

① 《柘枝词》和《屈柘词》是柘枝舞表演的歌辞。关于柘枝舞，其起源问题在学界也颇具争议，拙文《柘枝舞起源三说平议》（《民族文学研究》2014年第5期）对此有详细论述，可参看。

所裨益。

关于柘枝舞表演情况，音乐舞蹈史论著虽多有提及，但均较为简略。文史学界以向达《〈柘枝舞〉小考》和任半塘《唐声诗》论述最为详尽。向文云："柘枝舞舞者之服饰，舞时之容态，尽具不传；兹唯从唐宋人书中籀绎一二，述之如次。"[①]以举例形式描述了柘枝舞服饰、舞态、乐器、眼神、形制、演变等内容。《唐声诗》下编分《柘枝辞》《屈柘辞》两条描述该舞。《柘枝辞》述及"辞"、"乐舞"、"杂考"三项内容；《屈柘辞》述及"辞"、"乐"、"歌"、"舞"、"杂考"五项内容。列举材料较向文丰富，但描述相对简单。尽管向文、任著描述柘枝舞表演形态有筚路蓝缕之功，但还不够全面，多处材料仍有误读。海滨《文学与考古双重视野中的"柘枝舞"》、杨冬梅《唐代咏柘枝舞诗词研究》等文章也论及该舞，但主旨不在描述柘枝舞表演形态。柘枝舞作为唐宋时期最受欢迎的舞蹈之一，其历史存在情形理应得到清晰描述。有鉴于此，本文拟从类属、乐曲、乐器、舞者、形制、舞容、服饰、舞具、传播九个方面入手，还原柘枝舞之真实存在。

一　类属

宫廷舞蹈分雅舞和杂舞。雅舞用于郊庙朝飨，杂舞用于宴会。雅舞分文舞、武舞。杂舞分类复杂，或因风格刚柔而分健舞、软舞。柘枝舞属杂舞，健舞软舞兼而有之。崔令钦《教坊

---

① 向达《〈柘枝舞〉小考》，见《唐代长安与西域文明》，河北教育出版社，2001 年版，第 100 页。

记》载:“垂手罗、回波乐、兰陵王、春莺啭、半社渠、借席、乌夜啼之属,谓之软舞;阿辽、柘枝、黄麞、拂林、大渭州、达摩支之属,谓之健舞。”①可见盛唐软舞中尚无柘枝舞。至晚唐段安节《乐府杂录》,软舞中便列有屈柘:“健舞曲有《棱大》《阿连》《柘枝》《剑器》《胡旋》《胡腾》,软舞曲有《凉州》《绿腰》《苏合香》《屈柘》《团圆旋》《甘州》等。”②可知唐代柘枝是健舞,《屈柘》是软舞。《柘枝舞》属胡部,为大曲。

《柘枝舞》何时演化出《屈柘》是个问题。唐人言及《屈柘》者为段成式与温庭筠。段成式《寄温飞卿笺纸》曰:“待将袍袄重抄了,写尽襄阳《掘柘词》。”③“掘柘”应为“屈柘”。温庭筠《屈柘辞》今存。《乐府杂录》作者段安节是段成式之子、温庭筠之婿,《乐府杂录》言有软舞《屈柘》,可与段成式、温庭筠诗相印证。若据此称《屈柘》于晚唐出现固然没有问题,但据南卓《羯鼓录》记载,《屈柘》早已存在:“广德中,蜀客前双流县丞李琬者亦能之,调集至长安,就居务本里。尝夜闻羯鼓,曲颇工妙。……夫《耶婆娑鸡》当用《屈柘》急遍解。”④可见《屈柘》至少在广德年间就已出现。

任半塘《唐声诗》云:“《屈柘辞》属软舞,以双舞为主,又分两种:一则丹裾、峨冠,锦靴、细带,仍是胡装……一则所谓‘莲花掘柘’二女童先藏莲花中,花坼,乃现,绣帽、金玲,舞姿以幽

① 任半塘《教坊记笺订》,中华书局,1962年版,第35页。

② [唐]段安节撰,亓娟莉校注《乐府杂录》,上海古籍出版社,2015年版,第61页。

③ [清]彭定求《全唐诗》卷五八四,中华书局,1960年版,第6767页。

④ [唐]南卓《羯鼓录》,古典文学出版社,1957年版,第8页。

雅胜，全非胡舞。玄宗时所谓‘那胡柘枝，众人莫及’者，或即软舞之第一种，则盛唐固早有之矣。”①这一推断证据不足。那胡善舞柘枝的记载出自宋人陈旸《乐书》所引《唐杂说》：“按《唐杂说》，羽调有《柘枝曲》，商调有《掘柘枝》，角调有《五天柘枝》。用二童舞，衣帽施金铃，抃转有声。始为二莲华，童藏其中，华拆而后见，对舞相占，实舞中之雅妙者也。然与今不同，岂亦因时损益耶？唐明皇时，那胡柘枝，众人莫及也。”②这段文字先称柘枝舞曲有三种调式，次述二童舞服饰舞容，后言那胡善舞柘枝，均为陈述柘枝舞一般情况，看不出所言调式、舞容、舞者间有严格对应关系。任先生将二童服饰舞容当作软舞《屈柘》之服饰舞容，将那胡当作软舞《屈柘》之舞者，有主观认定之嫌。

二　乐曲

音乐是舞蹈的灵魂，舞蹈须有乐曲伴奏。《柘枝舞》伴奏乐曲中调式、结构、歌唱、曲谱等情况均有史料记载。

（一）调式

陈旸《乐书》引《唐杂说》云：“有《柘枝曲》，有《掘柘枝》，角调有《五天柘枝》。”③《乐府诗集》中《柘枝词》解题引《乐苑》曰：“羽调有《柘枝曲》，商调有《屈柘枝》。”④可见《柘枝舞》乐

① 任半塘《唐声诗》下编，上海古籍出版社，1982年版，第243页。

② ［宋］陈旸《乐书》卷一八四，影印文渊阁四库全书，第211册，台湾商务印书馆，1986年版，第829页。

③ 《乐书》卷一八四，第829页。

④ ［宋］郭茂倩编撰，聂世美、仓阳卿点校《乐府诗集》卷五六，上海古籍出版社，1998年版，第629页。

曲有羽调、商调、角调三种调式。

（二）结构

沈括《梦溪笔谈》载："柘枝旧曲，遍数极多，如《羯鼓录》所谓《浑脱》解之类，今无复此遍。寇莱公好《柘枝舞》，会客必舞柘枝，每舞必尽日，时谓之'柘枝颠'。今凤翔有一老尼，犹是莱公时柘枝妓，云：'当时柘枝，尚有数十遍。今日所舞柘枝，比当时十不得二三。'"①遍是乐曲结构，《柘枝舞》伴奏乐曲有数十遍之多，当属大曲。王国维《唐宋大曲考》指出："自沈约至于两宋，皆以遍数多者为大曲，虽渊源不同，其义固未尝有异也。"②《柘枝舞》乐曲的大曲性质从唐诗中也可得到印证，如薛能《柘枝词》云："急破催摇曳，罗衫半脱肩。"③"破"即大曲散序、中序、破三段曲体结构之一。

（三）解曲

南卓《羯鼓录》云："凡曲有意尽声不尽者，须以他曲解之……如《柘枝》用《浑脱》解之，《甘州》用《急了》解是也。"④这段记载殊为难解，当代古乐发掘专家李健正据此记载用《浑脱》曲谱解《柘枝》后发现："《柘枝》的尾部有一个变调乐段，虽变调但主旋律未变，而这个旋律的主题动机与《浑脱》的主题动机完全一样，正好衔接。接过去之后，随着动机的展开，便进入了《浑脱》的主题，对《柘枝》来说它是一种新的感觉，但也

① ［宋］沈括撰，胡道静校证《梦溪笔谈校证》卷五，上海古籍出版社，1987年版，第228页。

② 王国维《唐宋大曲考》，见罗振玉编校《海宁王忠慤公遗书》第四集，海宁王氏校印，1927年版，第2页。

③ 《全唐诗》卷五五八，第6476页。

④ 《羯鼓录》，第9页。

是告知人们乐曲将要结束了。因为《柘枝》是个‘回旋曲’，没有解曲的话很难结束，也就找不到终止感。所以南卓的话‘夫曲有不尽者’应按‘乐曲无法终止’来理解。”[①]解曲是乐工实际演奏中对乐曲所作的调整，《羯鼓录》所记“《柘枝》用《浑脱》解之”之说被后世广泛征引，但都没有对其做出合理解释，李健正这一解释令人信服。

《柘枝》曲还可以作为其他乐曲之解曲。前引南卓《羯鼓录》载李琬建议太常乐工以《屈柘》急遍解《耶婆娑鸡》就是明证。

（四）歌唱

《柘枝舞》伴奏乐曲并非单纯的器乐曲，而是杂之以歌。沈亚之《柘枝舞赋》曰：“扬厉唱于鼍鼓兮，俪兰露之芳津。”[②]张祜《观杨瑗柘枝》云：“缓遮檀口唱新词。”[③]张承福《柘枝舞》曰：“黄莺娇啭唱新词。”[④]可知该舞有乐、有唱。因为有唱，才有《柘枝词》。

（五）曲谱

宋乐史作有《柘枝谱》，然至明万历年间袁时选便称当时《柘枝》乐谱已散失殆尽，其《屠纬真挽词二首》其二云：“《玉树》《柘枝》今谱尽，到头《薤露》为谁哀。”[⑤]今存长安古乐半字

---

① 李健正《大唐长安音乐风情》，河北大学出版社，2010年版，第29页。

② ［清］董诰《全唐文》卷七三四，中华书局，1983年版，第7572页。

③ 《全唐诗》卷五一一，第5827页。

④ 陈尚君《全唐诗补编》下册，中华书局，1992年版，第1582页。

⑤ ［清］钱谦益《列朝诗集》丁集第六，四库禁毁书丛刊集部第96册，北京出版社，1997年版，第36页。

谱有《柘枝引》,别名《柘枝大曲》。李健正破译后共有131拍,加上解曲《浑脱》,共388小节。[①]

(六)其他

宋代《柘枝舞》表演插入了其他乐曲,如史浩《柘枝舞》就记该舞除了吹《柘枝》引子、《柘枝令》以外,还吹《三台》《射雕》《朵肩》《扑胡蝶》《画眉》等,并声称这是“一部俨然”旧乐[②]。杂用其他乐曲应当并非《柘枝舞》常态,而是其在宋代演变成大型队舞之后的一种表演形态。

三 乐器

《柘枝舞》伴奏乐器以鼓为主,同时也有管弦乐器。

(一)鼓

鼓是《柘枝舞》使用最多的乐器,所有舞蹈动作均随鼓声而动。如郑谷《牡丹》曰:“柘枝鼓振红英绽。”[③]白居易《奉和汴州令狐令公二十二韵》云:“雷捶柘枝鼓。”[④]舞蹈开场以鼓招之,如章孝标《柘枝》云:“柘枝初出鼓声招。”[⑤]结束仍以鼓收束,如卢肇《湖南观双柘枝舞赋》曰:“鼓绝而曲既终。”[⑥]可为《柘枝舞》伴奏的鼓有很多种类:

---

① 《大唐长安音乐风情》,第29页。

② 唐圭璋《全宋词》,中华书局,1965年版,第1255页。

③ 《全唐诗》卷六七七,第7761页。

④ 谢思炜《白居易全集校注》卷二四,中华书局,2006年版,第1866页。

⑤ 《全唐诗》卷五〇六,第5755页。

⑥ 《全唐文》卷七六八,第7993页。

大鼓。《教坊记》载："凡棚车上击鼓非柘枝，则阿辽破也。"[①]棚车上所击之鼓当为大鼓。杨巨源《寄申州卢拱使君》中"大鼓当风舞柘枝"[②]句可为佐证。

画鼓。白居易《柘枝妓》云："连击三声画鼓催。"[③]其《想东游五十韵》亦云："柘枝随画鼓。"[④]

蛮鼍。蛮鼍或称蛮鼓、鼍鼓。张祜《观杨瑗柘枝》云："促叠蛮鼍引柘枝。"[⑤]杜牧《怀钟陵旧游四首》其二亦云："柘枝蛮鼓殷晴雷。"[⑥]

羯鼓。前引《羯鼓录》载广德中李琬教演奏羯鼓之太常乐工以《屈柘》急遍解《耶婆娑鸡》，说明羯鼓曾用于柘枝演奏。

《柘枝舞》以鼓为主要伴奏乐器，说明该舞节奏鲜明、风格刚健。

（二）管弦乐器

《柘枝舞》伴奏乐器中还有管弦乐器，白居易《房家夜宴喜雪戏赠主人》云："柘枝声引管弦高。"[⑦]沈亚之《柘枝舞赋序》曰："乐作，堂下行舞。男女纷杂交贯，率以百品，而观者盖矍然。既罢，升鼓堂上，弦吹大奏，命为柘枝舞，则皆排目矢

---

① 《教坊记笺订》，第 35 页。

② 《全唐诗》卷三三三，第 3740 页。

③ 《白居易全集校注》卷二三，第 1822 页。

④ 《白居易全集校注》卷二七，第 2118 页。

⑤ 《全唐诗》卷五一一，第 5827 页。

⑥ 吴在庆《杜牧集系年校注》卷四，中华书局，2008 年版，第 471 页。

⑦ 《白居易全集校注》卷一八，第 1478 页。

座。"[1]使用管弦乐器当与《柘枝舞》传入中原后逐渐汉化,在刚健主旋律中融入柔婉和缓音乐元素有关。

四 舞者

《柘枝舞》传入中原后,深受社会欢迎,上自宫廷下至民间,竞相学习,出现许多善舞柘枝的伎人。任半塘《唐声诗》云:"擅此舞之可考者,除那胡外,有杨瑗、萧炼师、韦应物之女,及李家、灼灼等。"[2]其中灼灼和李家任著论述尚需辨证。

《唐声诗》下编云:"张君房《丽情集》谓锦官城官妓灼灼,善舞柘枝,能歌《水调》。秦观《调笑》云:'锦城春暖花欲飞。灼灼当庭舞柘枝。'属唐属宋,犹俟考。"[3]其实,晚唐韦庄即有《伤灼灼》咏其事,题下注云:"灼灼,蜀之丽人也。"知灼灼为唐人。

唐代民间商业表演出现了专门表演《柘枝舞》的商家,甚至形成了各自的品牌。品牌命名方式往往是在柘枝前加上姓氏,如"李家柘枝",晚唐诗人张祜即有《李家柘枝》诗。任半塘对这一情况有所失察,误把"李家"当作人名。唐代以姓氏命名歌舞品牌者有很多,从唐诗中随处可见"某家歌"、"某家琵琶"等字样。如张祜诗集中就有《听刘瑞公田家歌》《题宋州田大夫家乐丘家筝》《耿家歌》《王家琵琶》《董家笛》等诗。"某家柘枝"说明当时《柘枝舞》在私营乐伎表演中非常兴盛。

---

① 《全唐文》卷七三四,第7572页。

② 《唐声诗》下编,第243页。

③ 《唐声诗》下编,第244页。

此外,唐代善《柘枝舞》者还有王将军柘枝妓,张祜有《感王将军柘枝妓殁》诗。有潇湘二姬,卢肇《湖南观双柘枝舞赋》即为观潇湘二姬舞柘枝后作。有双舞柘枝妓,张祜有《周员外出双舞柘枝妓》诗。

五　形制

《柘枝舞》有单人独舞、双人对舞、多人队舞三种形制。

(一) 单人独舞

唐郑在德咏柘枝诗云:"三敲画鼓声催急,一朵红莲出水迟。"①则舞者一人而已。

(二) 双人对舞

唐人张祜《周员外出双舞柘枝妓》和卢肇《湖南观双柘枝舞赋》,皆表明舞者又可为两人。前引陈旸《乐书》中就有二童对舞的记载。对舞形制还可从《唐会要》所载唐德宗时骠国所献乐舞表演情况得到佐证:"骠国乐……每为曲,皆齐声唱,各以两首十指齐开齐敛,为赴节之状。一低一昂,未尝不相对,有类中国《柘枝舞》。"②

(三) 多人队舞

到五代,《柘枝舞》表演规模有所扩大,发展成集体队舞。1992 年陕西彬县发掘的五代后周冯晖墓甬道东西两壁彩绘乐舞砖被认定为《柘枝舞》表演场景,共有 28 位乐舞伎人,东壁

---

① 《全唐诗补编》下册,第 1592 页。

② [宋]王溥《唐会要》卷三三,中华书局,1955 年版,第 620 页。

为男伎,西壁为女伎①。宋代宫廷《柘枝舞》表演人数增至72人,称“柘枝队”。《宋史·乐志》载:“队舞之制,其名各十。小儿队凡七十二人:一曰柘枝队。”②民间表演规模可能要小一些,北宋名臣寇准家柘枝队舞用24人。《石林燕语》载:“寇莱公性豪侈,所临镇燕会,常至三十盏。必盛张乐,尤喜柘枝舞,用二十四人,每舞连数盏方毕,或谓之‘柘枝颠’。”③

宋史浩《柘枝舞》曾描写了一个五人队舞表演过程,颇为具体:

> 五人对厅一直立,竹竿子勾念:“伏以瑞日重光,清风应候。……请翻妙舞,来奉多欢。鼓吹连催,柘枝入队。”
>
> 念了,后行吹引子半段入场,连吹《柘枝令》,分作《五方舞》。
>
> 舞了,竹竿子又念:“适见金铃错落,锦帽蹁跹。……。”
>
> 念了,花心出,念:“但儿等名参乐府,幼习舞容。……”
>
> 念了,竹竿子问,念:“既有清歌妙舞,何不献呈?”
>
> 花心答,念:“旧乐何在?”
>
> 竹竿问,念:“一部俨然。”
>
> 花心答,念:“再韵前来。”
>
> 念了,后行吹《三台》一遍,五人舞拜。
>
> 舞罢,后行再吹《射雕》遍连《歌头》。
>
> 舞了,众唱《歌头》:“□人奉圣……征舞《柘枝》。”

---

① 贾嫚《柘枝舞从唐到宋之迭嬗》,《文艺研究》2013年第8期。

② [元]脱脱《宋史》卷一四二,中华书局,2004年版,第3350页。

③ [宋]叶梦得《石林燕语》卷四,中华书局,1984年版,第60页。

唱了，后行吹《朵肩》遍。

吹了，又吹《扑胡蝶》遍，又吹《画眉》遍。

舞转，谢酒了，众唱《柘枝令》："我是柘枝娇女。……来献呈歌舞。"又唱："回头却望尘寰去。……蟠桃仙酒醉升平，望凤楼归路。"

唱了，后行吹《柘枝令》。

众舞了，竹竿子念遣队："雅音震作，既呈仪凤之吟；……相将好去。"

念了，后行吹《柘枝令》出队。[①]

在五人队舞中：主要角色有为花心、竹竿子、后行、舞者四类。其中花心当为领舞，竹竿子为舞队指挥，后行为乐曲演奏者，舞者为群舞表演者。从角色分工也可看出，柘枝队舞集合了唱、念、吹、舞多种形式，呈现出戏剧化倾向。

六　舞容

唐代共有22位诗人40篇诗文咏及《柘枝舞》，从中可以大致还原《柘枝舞》的舞容舞态。

（一）表演过程

《柘枝舞》开场击鼓三声，舞者在鼓声伴奏下出场起舞，所谓"平铺一合锦筵开，连击三声画鼓催。红蜡烛移桃叶起，紫罗衫动柘枝来。"[②]此时舞蹈处在开始阶段，节奏比较舒缓，舞

---

① 《全宋词》，第1255页。

② 《白居易全集校注》卷二三，第1822页。

者轻移舞步，绣帽迎风飘飖，“移步锦靴空绰约，迎风绣帽动飘飖”①。舞者窄长衣袖随着鼓点节奏加快变换出各种姿态，时而低拂，时而飞翘，“翘袖中繁鼓，”“长袖入华裀”②。脚下舞步也随之移动，同时伴有转体动作，帽上金铃随之响动，所谓“帽转金铃雪面回”③，“旁收拍拍金铃摆”④。

舞蹈过程中，舞者根据情绪表达需要适时加入眼神流转：“惊顾兮若严……傍睨兮如慵，俯视兮如引……善睐睢盱，偃师之招周伎。”⑤舞者还时时出现俯身、旋转、背转、跪蹲、下腰等舞姿，“亚身踏节鸾形转，背面羞人凤影娇”⑥，“紫罗衫宛蹲身处”⑦，“碧排方胯背腰来”⑧。大幅度的下腰和激烈跳跃速转使表演进入高潮，此时舞蹈即将结束，节奏更快，动作更为剧烈，“急破催摇曳，罗衫半脱肩”⑨，“鼓催残拍腰身软，汗透罗衣雨点花”⑩，“差重锦之华衣，俟终歌而薄袒”⑪。

舞蹈在鼓声中进入尾声，舞者敛身施礼，拜谢观众后退场，“一时欻腕招残拍，斜敛轻身拜玉郎”⑫。舞者在曲终离场时，仍返身还顾，余波回瞥，“曲尽回身处，层波犹注人”⑬，“既多妙以多能，亦再羞而再顾”⑭。“再羞再顾”、“层波犹注”的舞姿和眼神进一步强化了舞蹈的意境表现，扩充了观

---

①⑥ 《全唐诗》卷五〇六，第 5755 页。
②⑬ 《刘禹锡全集编年校注》卷十二，第 775 页。
③ 《白居易全集校注》卷二三，第 1822 页。
④⑦⑧⑫ 《全唐诗》卷五一一，第 5827 页。
⑤⑭ 《全唐文》卷七六八，第 7993 页。
⑨ 《全唐诗》卷五五八，第 6476 页。
⑩ 《刘禹锡全集编年校注》卷五，第 304 页。
⑪ 《全唐文》卷七三四，第 7572 页。

众想象空间。

在整个表演过程中,《柘枝舞》舞姿变化十分丰富,时而婉转绰约,含蓄舒缓,时而矫捷劲健,激烈奔放。这些变化在卢肇《湖南观双柘枝舞赋》中描写得更为生动完整:“乍折旋以赴节,复宛约而含情。突如其来,翼尔而进。每当节而必改,乍惨舒而复振。惊顾兮若严,进退兮若慎。或迎兮如流,即避兮如吝。傍睨兮如慵,俯视兮如引……相迩兮如借,相远兮如谢。忽抗足而相跳,复和容而若射。势虽窘于趋走,态终守乎闲暇……将腾跃之激电,赴迅疾之惊雷。忽如厌乎挥霍,戢余势以徘徊。屹而立,若双鸾之窥石镜;专而望,似孤云之驻蓬莱。”①通过卢肇的描述,舞者轻盈飘逸、矫健敏捷的舞姿如在目前。

(二)舞容特点

向达等学者据刘禹锡《观舞柘枝》中“曲尽回身去,曾波犹注人”、沈亚之《柘枝舞赋》中“鹭游思之情香兮,注光波于眄睇”和卢肇《湖南观双柘枝舞赋》中“善睐睢盱,偃师之招周伎。轻躯动荡,蔡姬之詟齐公”,认为《柘枝舞》以注重目部表情为舞蹈特点②。其实习舞者都知道,使用眼神是所有舞蹈之必须。舞蹈是通过有节奏的动作表现人物思想感情、塑造人物性格和精神面貌的一种表演艺术。它要求舞者不仅通过肢体动作表达情感,同时也需要用眼神配合肢体语言,表达舞者内心

① 《全唐文》卷七六八,第7993页。

② 见向达《唐代长安与西域文明》,第98页;徐有富《唐诗中的〈柘枝舞〉》,《新乡师范高等专科学校学报》2006年第2期;贾利亚《浅谈唐诗中的〈柘枝舞〉》,《黄淮学刊》1994年第3期。

对舞蹈的理解,表达舞蹈的不同情感,加强与观众的互动沟通。舞蹈动作只有在相应眼神中才能达到艺术升华。眼神的“聚、放、凝、收、合”并非眼球随机运动,而是受着舞蹈内涵和舞者心理节奏的支配。而称得上舞蹈特点的,是指某一舞蹈独有而其他舞蹈皆无的独特性。比如同为民族舞,傣族舞特点是身体和手指的“三道弯”;藏族舞特点是“颤”、“开”、“顺”、“左”、“绕”五大要素以及松胯、含胸、垂背、弓腰、前倾五种体态;新疆舞特点是运用头和手腕,主要动作是晃头移颈、拍掌弹指。总之,目部表情不能视为《柘枝舞》特点。

可称为《柘枝舞》特点的是腰部技艺,对此很多诗作都有描写。刘禹锡《和乐天柘枝》云:“鼓催残拍腰身软。”①徐凝《宫中曲二首》其二曰:“腰细偏能舞柘枝。”②章孝标《柘枝》亦曰:“花钿罗衫耸细腰。”③从这些描述可以看出,腰肢纤细柔软又不失劲健是《柘枝舞》最显著的特点。在舞蹈中腰部是控制整体舞姿的中枢,它关系着舞者身体线条的表现,腰部带动臀部转动与背肌运用,这些都是舞蹈中非常重要的环节。而《柘枝舞》强调腰部动作本身即表明这种舞蹈要求舞者腰部具有极好的柔软度和力度,具备较高难度的技巧能力。正因为有了这些常人难以达到的技巧,才形成了类似那胡柘枝、李家柘枝一类的表演品牌。

(三)关于“袒肩”

向达《〈柘枝舞〉小考》称:“柘枝舞舞至曲终,例须半袒其

---

① 《刘禹锡全集编年校注》卷五,第304页。

② 《全唐诗》卷四七四,第5379页。

③ 《全唐诗》卷五〇六,第5755页。

衣。”[①]任半塘《唐声诗》亦云:“以舞终袒肩为其特征。”[②]尽管唐人诗文中确有“罗衫半脱肩”、“俟终歌而薄袒”之类描写,但这不能称之为舞蹈特点。袒肩多是因舞蹈动作剧烈致使舞衣松散,舞终袒肩是舞者难以有意完成的。实际上,在舞蹈中服饰出现些许偏离是表演中的常见现象,沈约《乐将殚恩未已应诏诗》中“云鬓垂宝花,轻妆染微汗”[③]写的就是舞者在表演过程中导致头饰偏离的情形。

七 服饰

现存史料对《柘枝舞》服饰多有记载,主要集中在衣袖、帽子、舞靴三方面。

(一) 舞衣

《柘枝舞》传入中原后虽逐渐汉化,但在服饰方面仍保留着浓郁的西域胡风。刘禹锡《观舞柘枝》中“胡服何葳蕤”句明确称《柘枝舞》衣为胡服。胡服显著特征是衣袖窄小。姚汝能《安禄山事迹》载:“天宝初,贵游士庶好衣胡服,为豹皮帽,妇人则簪步摇,衩衣之制度,衿袖窄小,识者窃怪之,知其戎矣。”[④]《柘枝舞》舞衣袖窄小常见于唐人诗中,如白居易《柘枝词》即云:“香衫袖窄裁。”[⑤]

---

① 《唐代长安与西域文明》,第102页。

② 《唐声诗》下编,第243页。

③ 逯钦立《先秦汉魏晋南北朝诗·梁诗》卷七,中华书局,1983年版,第1648页。

④ [唐]姚汝能《安禄山事迹》卷下,中华书局,2006年版,第107页。

⑤ 《白居易全集校注》卷二五,第2026页。

《柘枝舞》舞衣多为红、紫二色。张祜《周员外出双舞柘枝妓》云:“金丝蹙雾红衫薄。”①其《观杨瑗柘枝》曰:“紫罗衫宛蹲身处。”②舞衣制作精美,上有金丝绣花图案,张祜《李家柘枝》云:“金绣罗衫软著身。”③温庭筠《屈柘词》曰:“绣衫金騕褭。”④因《柘枝舞》强调腰部动作,需要凸显腰肢纤细,故舞衣为收腰款式且多系以金银绣花腰带强化收腰效果。张祜诗云:“银蔓垂花紫带长。”⑤白居易诗亦云:“带垂细胯花腰重。”⑥上述服饰特点证之以敦煌壁画中着窄袖衫之供养女像和窄袖披肩巾之唐代女俑尤可一目了然(见图1、图2)。

图1 敦煌壁画中着窄袖衫之供养女像

(选自向达《唐代长安与西域文明》,河北教育出版社,2001年版)

---

①⑤ 《全唐诗》卷五一一,第5827页。

② 《全唐诗》卷五一一,第5827页。

③ 《全唐诗》卷五一一,第5844页。

④ 刘学锴《温庭筠全集校注》卷七,中华书局,2007年版,第624页。

⑥ 《白居易全集校注》卷二三,第1822页。

1　2　3　4　5

图 2　俑 4 为窄袖披肩巾之唐代女俑

(选自向达《唐代长安与西域文明》)

宋代宫廷小儿柘枝队舞服饰有所变化。陈旸《乐书》载:"柘枝舞童衣五色,绣罗宽袍,胡帽银带。"[①]《宋史·乐志》亦载:"柘枝队衣五色绣罗宽袍,戴胡帽,系银带。"[②]舞衣变为宽袍,服色也改为五色。但这种服饰可能仅限于宋代小儿柘枝队舞,其他柘枝舞衣仍沿袭唐代模样,如清吴伟业《赠妓郎圆》云:"轻靴窄袖柘枝装,舞罢斜身倚玉床。"[③]

(二)舞帽

柘枝舞帽在唐宋人笔下记载颇多。张祜《观杨瑗柘枝》云:"卷帘虚帽带交垂。"[④]表明所戴舞帽帽檐上卷且有下垂飘带装饰。白居易《柘枝妓》中"帽转金铃雪面回"句、其《柘枝词》中"绣帽珠稠缀"句及陈旸《乐书》中"衣帽施金铃"都说

① 《乐书》卷一八四,第 2 页。

② 《宋史》卷一四二,第 3350 页。

③ [清]吴伟业《吴梅村全集》卷八,上海古籍出版社,1990 年版,第 202 页。

④ 《全唐诗》卷五一一,第 5827 页。

明,柘枝舞者所戴帽子上有金铃或珠子一类饰物。从章孝标《柘枝》中“迎风绣帽动飘飖”①和王珪《宫词》中“未戴柘枝花帽子”又可看出,舞帽上还有绣花图案。

舞帽颜色当为红色。黄庭坚《浪淘沙·荔枝》曾用荔枝的红色果壳形容柘枝舞帽颜色云:“冰肌照映柘枝冠。”②宋人俞琰《席上腐谈》描述帽子颜色及形状尤详:“向见宫妓舞柘枝,戴一红物,体长而头尖,俨如靴型,想即今之罟姑也。”③罟姑又有顾姑、固姑、罟罟等十多种称谓,是古代蒙古族妇女头饰(见图3)。

图3 头戴罟姑的元世祖皇后像

绢本,61.5cm×48cm,台北“故宫博物院”藏

(选自郑艳《绮罗余韵》,文化艺术出版社,2010年版)

① 《全唐诗》卷五〇六,第5755页。

② 《全宋词》,第404页。

③ [宋]俞琰《席上腐谈》,见嵇璜《续文献通考》卷一一九《乐考·散乐百戏》,台湾商务印书馆,1978年版,第629册,第399页。

罟姑高度多为一尺到二尺左右，帽身部分多为圆形，内胎为桦树皮或竹子，外面包裹面料或为销金红罗、或为大红罗，也有青毡、黑布[①]。

综合唐宋人描述可知，柘枝舞者所戴舞帽具有如下特征：红色、卷檐、两侧有飘带、体长而尖、靴型、帽身有绣花图案、帽上有金铃或珠子一类饰物。这些形制特点与五代冯晖墓甬道西壁线刻舞蹈砖中柘枝舞伎所戴帽子完全吻合[②]（见图4）。

图4　五代冯晖墓室西壁线刻舞蹈砖

（选自咸阳市文物考古研究所编《五代冯晖墓》，重庆出版社，2001年版）

（三）舞靴

柘枝舞者所穿舞靴也常见于诗人笔端。如章孝标《柘枝》

① 李莉莎《罟罟冠的演变与形制》，《内蒙古大学学报》（社会科学版）2007年第1期。

② 周伟洲《五代冯晖墓出土文物考释》，《中华文史论丛》，上海古籍出版社，2012年第2期。

曰："移步锦靴空绰约。"[1]张祜《观杨瑗柘枝》云："红锦靴柔踏节时。"[2]"锦靴"、"红锦靴柔"表明柘枝舞靴为柔软的红色锦缎材质。

唐人有"蛮靴"一称，也指柘枝舞靴。舞柘枝女《献李观察》云："湘江舞罢忽成悲，便脱蛮靴出绛帷。"[3]"蛮靴"极易引人产生该舞出自南蛮的联想。清人桂馥《札朴》即云："唐人诗：'湘江舞罢忽成悲，便脱蛮靴出绛帷。'案，蛮靴，蛮夷舞者所着也。韦皋作《南诏奉圣乐》，其舞人服画皮靴是也。……今云南人以麂皮作半截靴，开其前面，既着而后结之，即蛮靴之制。"[4]桂馥此说纯属望文生义。其实，蛮靴是女子舞鞋的一种称谓。自白居易用"杨柳小蛮腰"形容善舞家伎小蛮腰肢柔弱纤细如同杨柳以后，"小蛮腰"就成为描写美丽细腰女子的必用词语。人们还将这种用法延伸，称女靴为"小蛮靴"，形容女子衣服叫"小蛮衣"。至今京剧中武旦所着薄底短筒快靴，专用名词便叫小蛮靴[5]。

八　舞具

任半塘《唐声诗》下编《屈柘辞》列此辞别名有《屈柘》《柘

① 《全唐诗》卷五〇六，第5755页。

② 《全唐诗》卷五一一，第5827页。

③ 《全唐诗》卷八〇二，第9025页。

④ ［清］桂馥《札朴》，清嘉庆十八年李宏信小李山房刻本，第199页。

⑤ 吴同宾、周亚勋《京剧知识词典》，天津人民出版社，1990年版，第113页。

枝》《屈柘枝》《掘柘枝》《掘柘辞》《握柘辞》《播掿辞》,并考证云:"'屈'、'掘'义皆未通,'播掿'二字或是形讹,或别有义。大概诸字皆因'握'而来。'握柘'谓舞者手中执柘枝。与《竹枝》之始舞手中持竹枝为一类。"[①]遍检唐宋人关于《柘枝舞》的描写,未见言及舞者手执柘枝而舞。见诸记载的《柘枝舞》舞具有三种:莲花、舞筵、竹竿子。

(一)莲花

莲花是《柘枝舞》使用较多的舞具。唐郑在德咏《柘枝舞》诗云:"一朵红莲出水迟。"[②]敦煌壁画中被认定是《柘枝舞》表演场景的盛唐第217窟、第320窟,晚唐第173窟、第196窟,宋代第400窟、榆林12窟中都有莲花出现[③]。陈旸《乐书》记载《柘枝舞》中莲花道具的使用情形云:"用二童舞,衣帽施金铃,抃转有声。始为二莲华,童藏其中,华拆而后见。"[④]舞童藏于莲花,花拆童现,很像佛祖莲花化生故事情景。使用莲花为舞具很可能源于佛教影响。

(二)舞筵

《柘枝舞》另一舞具为铺垫在舞者足下之小毯,唐人称为舞筵、锦筵。这在唐人咏乐舞诗中极为常见,如王勃《铜雀妓二首》其一云:"舞筵纷可就,歌梁俨未倾。"[⑤]白居易《青毡帐二十韵》

---

① 《唐声诗》下编,第240页。

② 《全唐诗补编》下册,第1592页。

③ 谢生保《敦煌壁画中的唐代胡风之一——胡乐胡舞》,《社科纵横》1994年第4期。

④ 《乐书》卷一八四,第2页。

⑤ [唐]王勃撰,蒋清翊点校《王子安集注》卷三,上海古籍出版社,1995年版,第90页。

亦云："侧置低歌座，平铺小舞筵。"[①]顾况《宫词》曰："九重天乐降神仙，步舞分行踏锦筵。"[②]元稹《立部伎》亦曰："胡部新声锦筵坐，中庭汉振高音播。"[③]舞筵和锦筵也用于《柘枝舞》表演，王建《宫词》曰："玉箫改调筝移柱，催换红罗绣舞筵。未戴柘枝花帽子，两行宫监在帘前。"[④]白居易《柘枝妓》亦曰："平铺一合锦筵开。"[⑤]均说明《柘枝舞》表演时需要铺设舞筵。

有学者研究表明，锦筵、舞筵等皆为西域毛织物品的义译词，既可用作坐褥，也用作地毯[⑥]。舞筵在唐代并不罕见，据《册府元龟》记载，西域诸国仅在玄宗朝就至少四次进献舞筵[⑦]。舞筵和《柘枝舞》均由西域传入中原，以舞筵作为舞具，有利于营造美轮美奂的舞蹈意境，但唐代宫廷舞蹈也以红丝毯为舞具。白居易《红线毯》云："红线毯，择茧缫丝清水煮，拣丝练线红蓝染。染为红线红于蓝，织作披香殿上毯。……美人蹋上歌舞来，罗袜绣鞋随步没。……宣城太守加样织，自谓为臣能竭力。"[⑧]想必唐代宫廷舞者也在红丝毯上舞柘枝。宋代宫廷表演《柘枝舞》确实使用了红丝毯。宋白《宫词》其四云："十

---

① 《白居易全集校注》卷三一，第 2384 页。

② 《全唐诗》卷二六七，第 2966 页。

③ [唐]元稹撰，冀勤点校《元稹集》卷二四，中华书局，1982 年版，第 284 页。

④ 《全唐诗》卷三〇二，第 3445 页。

⑤ 《白居易全集校注》卷二三，第 1822 页。

⑥ 徐时仪《"锦筵"、"舞筵"、"腕艇"考》，《文学遗产》2006 年第 3 期。

⑦ [宋]王钦若《册府元龟》卷九七一，中华书局，1982 年版，第 11407、11411、11412、11413 页。

⑧ 《白居易全集校注》卷四，第 384 页。

二楼前御柳垂，九重城里百花时。宣州恰进红丝毯，便遣宫娥舞柘枝。”①所用舞具正是来自宣州的红丝毯。

（三）竹竿子

在唐宋诗文中，柘枝独舞和对舞都没有发现舞者手中执有道具，直至其演变为大型队舞后，出现了一个叫“竹竿子”的角色，手执竹竿子（见图5）。1983年陕西彬县出土五代冯晖墓壁画柘枝队舞中就有手持竹竿子的舞者（见图6）。前引宋人史浩《柘枝舞》对竹竿子表演情形描述极详。

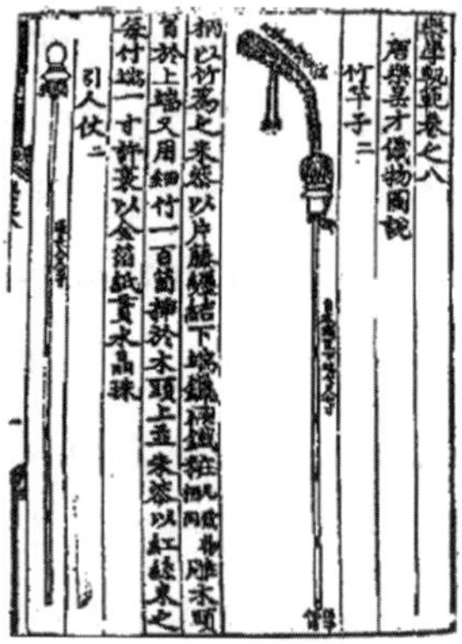

图5　柳子光《乐学轨范》卷八竹竿子图像

图6　五代冯晖墓甬道西壁女伎乐舞图

（选自咸阳市文物考古研究所编《五代冯晖墓》，重庆出版社，2001年版）

九　传播

《柘枝舞》精彩的表演往往能产生良好表演效果。沈亚之

① 《全宋诗》卷二〇，第281页。

《柘枝舞赋序》记述观众反响曰:"观者盖矍然。"[1]刘禹锡《观柘枝舞二首》其二亦曰:"观者皆耸神。"[2]张祜《感王将军柘枝妓殁》云:"今来席上翻如醉。"[3]《柘枝舞》不仅在唐宋时期备受欢迎,而且流风所及直到民国。从地域、阶层、场景、年代几个维度都可看出其传播之深广。

(一) 地域

《柘枝舞》自传入中原后,风靡一时,流播遍及各地,仅唐人诗文中提及者就有如下地域:

长安:"未戴柘枝花帽子,两行宫监在帘前。"(王建《宫词》)

常州:"莫惜新衣舞柘枝,也从尘污汗沾垂。"(白居易《看常州柘枝妓赠贾使君》)

杭州:"舞停歌罢鼓连催,软骨仙蛾暂起来。"(张祜《观杭州柘枝妓》)

潭州:"姑苏太守青娥女,流落长沙舞柘枝。"(殷尧藩《潭州席上赠舞柘枝妓》)

同州:"君有一般输我事,柘枝看校十年迟。"(白居易《和同州杨侍郎夸柘枝见寄》)

湖南:"潇湘二姬,桃花玉姿。献柘枝之妙舞,佐清宴于良时。"(卢肇《湖南观双〈柘枝舞〉赋》)

申州:"小船隔水催桃叶,大鼓当风舞柘枝。"(杨巨源

① 《全唐文》卷七三四,第7572页。

② 《刘禹锡全集编年校注》卷十二,第775页。

③ 《全唐诗》卷五一一,第5827页。

《寄申州卢拱使君》)

浙右:“柘枝随画鼓,调笑从香球。”(白居易《想东游五十韵》)

南昌:“滕王阁上柘枝鼓,徐孺亭西铁轴船。”(杜牧《中丞业深韬略,志在功名,再奉长句一篇兼有谘劝》)。

宣州:“坐来情态犹无限,更向楼前舞柘枝。”(赵嘏《代人赠杜牧侍御宣州会中》)

从以上诗句可以看出,《柘枝舞》在唐代就已风行全国各地。

宋代情形与之相似,并一度流传至海外,成为韩国乐舞曲目。据《高丽史·乐志》记载,宋徽宗政和四年(1114),曾赠送朝鲜乐器、乐谱、舞服等,其中所赠乐舞中有《莲花台舞》。有学者指出,《莲花台舞》就是《柘枝舞》①。

(二)阶层

《柘枝舞》在流传过程中受到各阶层共同喜爱。例如在宋代,宫廷十大小儿队舞中就有柘枝队。名臣寇准每次会客都要安排《柘枝舞》表演。普通文士也将其视为风雅生活的一部分,聚宴时经常观赏。刘兼《宴游池馆》云:“俭莲发脸当筹著,绪柳生腰按柘枝。”②刘次庄《尘土黄笺》云:“春台女儿似红玉,曾奉当筵柘枝曲。舞成早自得痴名,更傍春风情不足。”③都是写聚宴时观赏《柘枝舞》。临歧送别要观赏《柘枝舞》,胡

---

① 沈淑庆《关于“莲花台舞”历史演变的研究》,《舞蹈》2000 年第 4 期。

② 《全宋诗》卷十六,第 246 页。

③ 《全宋诗》卷九七八,第 11324 页。

寅《留别王元治师中谭纯益三首》其二曰："少留画鹞呼桃叶，卷尽红螺看柘枝。"①日常闲暇也要观赏《柘枝舞》，梅尧臣《和永叔柘枝歌》云："始知事简乐民和，不厌来观柘枝舞。"②甚至连僧人也不掩饰对《柘枝舞》的喜爱，如释怀深诗云："佳人十八正娇痴，一曲堂前舞柘枝。"③

（三）场景

《柘枝舞》表演不拘于华堂锦筵，舟船等临时处所也可成为表演场地。魏野《陪乔职方泛舟之三门谒禹祠》就描写了在船中表演《柘枝舞》的情形："城里闲棠树，船中舞柘枝。"④即使边远古寨，每逢特殊庆典也必要舞柘枝。如朱汝贤《题秩巴寨》就记载了江西广昌秩巴古寨在庆贺圣寿时表演《柘枝舞》的情景，诗云："慢曲出入和柘枝，四部中分声递随。"⑤南宋末年，汪元量在淮安水驿曾见越女舞柘枝，因作《淮安水驿》云："漠儿快意歌荷叶，越女含愁舞柘枝。"⑥其《竹枝歌十首》也提及民间《柘枝舞》表演："柘枝舞罢竹枝歌，风烛须臾奈尔何。"⑦

（四）年代

《柘枝舞》在唐宋风靡一时，到元代盛行程度虽不及唐宋，但

---

① 《全宋诗》卷一八七四，第 20984 页。

② ［宋］梅尧臣撰，朱东润校注《梅尧臣集编年校注》卷二，上海古籍出版社，1980 年版，第 35 页。

③ 《全宋诗》卷一四〇四，第 18155 页。

④ 《全宋诗》卷七九，第 902 页。

⑤ 《全宋诗》卷三六〇二，第 42129 页。

⑥ ［宋］汪元亮撰，孔凡礼点校《增订湖山类稿》卷二，中华书局，1984 年版，第 32 页。

⑦ 《增订湖山类稿》卷四，第 132 页。

仍有表演。白朴写给妓女楚英的《水调歌头·夜醉西楼为楚英作》即言楚英极善舞柘枝,词云:“舞遍柘枝遗谱,歌尽桃花团扇,无语到东风。”[①]袁易《春雨漫兴》其二也写到观看妓女表演《柘枝舞》的情形:“谁能苦惜缠头锦,唤起娇娆舞柘枝。”[②]元代日常聚会欢宴场景也可见到《柘枝舞》表演。如张可久《八咏楼上酬正则李侯》云:“舞裙催柘枝,曲阑摇柳丝。”[③]戴善夫《陶学士醉写风光好》第四折《要孩儿》亦云:“日玉堂前舞柘枝。”[④]元代《柘枝舞》仍然强调腰肢纤细柔软。如周德清《赠小玉带》即云:“细思,好称瘦腰肢,围上偏宜舞柘枝。”[⑤]

到明代,《柘枝舞》已是明日黄花,但并没有完全销声匿迹。在宫廷内苑时有伶人舞柘枝。王叔承《宫词一百首》其四十九曰:“诏点伶官又采诗,谱翻奇调学来迟。新词半是龙标尉,舞向歌前合柘枝。”[⑥]在内蒙古边城,也有人会《柘枝舞》。纪赐《题忠顺夫人画像四首》其二云:“边城新舞柘枝辞,降得浑邪罢汉师。不道长安春色少,甘泉宫里画阏氏。”[⑦]明成化弘治年间,程敏政《题田家娶妇图》写到农人婚宴场景中《柘枝舞》表演环节云:“欢声一路到柴关,野伶山歌柘枝舞。”[⑧]

---

① 唐圭璋《全金元词》,中华书局,1979 年版,第 628 页。

② 张景星《元诗别裁集》卷五,岳麓书社,1998 年版,第 64 页。

③ 隋树森《全元散曲》,中华书局,1964 年版,第 904 页。

④ 王学奇《元曲选校注》第 2 册上卷,河北教育出版社,1991 年版,第 1439 页。

⑤ 《全元散曲》,第 1346 页。

⑥ 《列朝诗集》丁集第九,第 96 册,第 4 页。

⑦ 《列朝诗集》丁集第十一,第 96 册,第 34 页。

⑧ [明]程敏政《篁墩文集》卷九一,上海古籍出版社,1991 年版,第 700 页。

至清代，仍可见到《柘枝舞》表演。盛大业《天津桥酒楼歌》记述其在天津桥酒楼观看歌妓舞柘枝："红阑六曲酒幔青，燕姬琵琶赵女筝。阳阿歌发柘枝舞，曼睩酡颜娇不语。"①徐乾学《赠歌者》也言及观看舞柘枝事："柘枝舞罢忆家山，落日长楸走马还。"②清代《柘枝舞》表演场景也多为送别聚宴之时，如田雯送别赵铁源时即有歌妓舞柘枝助兴，其《送赵铁源归胶西》云："曳杖穿云翠峡深，呼妓登筵柘枝舞。"③吴骞聚宴时曾见友人家乐表演《柘枝舞》，其《观友人演家乐即事八首》其三云："柘枝舞罢杨枝舞，画出江南二月天。"④清代《柘枝舞》服饰沿袭了唐宋轻靴窄袖样式，伴奏乐器仍以鼓为主，同时杂以管弦。吴伟业《鸳湖曲》记述当时《柘枝舞》服饰和乐器曰："画鼓队催桃叶伎，玉箫声出柘枝台。轻靴窄袖娇妆束，脆管繁弦竞追逐。"⑤

总体上看，明清两代《柘枝舞》已远不如唐宋时期流行，但却并未绝迹，到了晚清还可见到《柘枝舞》表演，丘逢甲诗中就有"华灯夜照柘枝舞，满地香云散花雨"⑥句。甚至到了民国，徐世昌还曾观看《柘枝舞》，其《杨花曲》云："金缕歌残玉树空，

---

① [清]盛大士《蕴愫阁诗集》卷一一，清道光元年刻本，第113页。

② [清]徐轨《本事诗》卷九，清光绪十四年徐氏刻本，第132页。

③ [清]田雯《古欢堂集》卷五，影印文渊阁四库全书，台湾商务印书馆，1986年版，第1324册，第38页。

④ [清]吴骞《拜经楼诗集》续编卷二，清嘉庆八年刻增修本，第153页。

⑤ 《吴梅村全集》卷三，第71页。

⑥ 丘逢甲《得伯瑶和章叠前韵》，见《岭云海日楼诗钞》卷五，民国本，第53页。

柘枝舞罢罗帏悄。”①如此顽强的生命力正说明《柘枝舞》具有独特的艺术魅力。

（原载《舞蹈》2017年第5期，刊发时有删减，题作《千年流韵柘枝舞》）

---

① 徐世昌《晚晴簃诗汇》卷一八二，民国退耕堂刻本，第4208页。

宋代乐府文献考论

《文苑英华·乐府》所见《乐府诗集》未收歌辞

《文苑英华》是宋初官纂类书，与《太平御览》《册府元龟》《太平广记》并称宋四大书。该书完成后，不仅成为后世总集和类书编纂参考的范本①，还起到保留前代文献的作用。如南宋周必大认为："是时印本绝少，虽韩柳元白之文尚未甚传，其他如陈子昂、张说、九龄、李翱等诸名士文集世尤罕见。修书官于宗元、居易、权德舆、李商隐、顾云、罗隐辈或全卷收入。"②

《文苑英华》1000卷中，收诗180卷，其中有乐府20卷③，

---

① 如清代纂修《全唐诗》《全唐文》和《四库全书》时都用其作为参考。

② [宋]周必大《纂修〈文苑英华〉事始》，《文苑英华》第1册，中华书局，1966年版，第8—9页。

③ 《文苑英华》卷一五一至三三〇收录诗歌，第1701—1722页；卷一九二至二一一收录乐府诗，第935—1049页。

所录乐府诗达到1076首①，占据诗部总目的十分之一。以次序论，乐府列在天部、地部、帝德、应制、省试、朝省之后，一定程度上体现了李昉等人对乐府的重视。笔者把《文苑英华》与宋人郭茂倩《乐府诗集》作了严格文本比对，发现二者所收乐府诗不尽相同。《文苑英华》“乐府”20卷中，存在《乐府诗集》未收作品195首。故本文全面清理这些作品，以补《乐府诗集》之缺漏。所补以《乐府诗集》同题收录为主，可补类别包含鼓吹曲辞、横吹曲辞、相和歌辞、清商曲辞、舞曲歌辞、琴曲歌辞、杂曲歌辞、杂歌谣辞、新乐府辞九类。具体篇目及数量见下表：

《文苑英华》可补《乐府诗集》失收诗作表

	题　名	总数
鼓吹曲辞	《巫山高》7首、《有所思》3首、《临高台》2首、《上之回》1首、《将进酒》1首、《战城南》5首、《芳树》2首	21首
横吹曲辞	《长安道》2首、《洛阳道》4首、《雨雪曲》1首、《刘生》1首、《出塞》4首、《入塞》1首、《关山月》2首、《陇头水》2首、《折杨柳》6首、《梅花落》1首、《紫骝马》2首、《骢马》4首	30首
相和歌辞	《京洛篇》1首、《对酒》13首、《燕歌行》1首、《胡无人行》1首、《度关山》1首、《陇西行》4首、《从军行》12首、《东武吟》1首、《鞠歌行》1首、《长歌行》1首、《短歌》6首、《放歌行》3首、《长门怨》8首、《昭君怨》3首、《班婕好怨》1首、《铜雀台》1首、《铜雀妓》2首、《采桑》1首、《拟饮马长城窟》1首、《赋鸡鸣篇》1首、《公无渡河》1首、《苦寒》2首、《古挽歌》1首、《怨歌行》1首	68首

① 《文苑英华》收录乐府诗共1080首；其中“乐府”20卷重出4首，包括《少年行》崔国辅，并见于卷一九四与卷二〇五；《战城南》并见于卷一九六与卷二〇五；《绍古歌三》梁简文帝，并见于卷二〇三与卷二〇五；《东飞百劳歌》辛德源，并见于卷二〇五与二〇六，所以《文苑英华》“乐府”20卷共收录1076首乐府诗。

续表

	题　名	总数
清商曲辞	《阳春歌》1 首、《乌栖曲》1 首、《采莲》7 首、《采菱女》1 首	10 首
舞曲歌辞	《殿前生桂树》1 首	1 首
琴曲歌辞	《飞龙引》1 首、《湘妃怨》1 首、《胡笳曲》3 首	5 首
杂曲歌辞	《道士步虚词》2 首、《美女篇》1 首、《少年行》4 首、《结客少年场行》1 首、《行行且游猎篇》1 首、《侠客行》1 首、《出自蓟北门行》2 首、《行路难》4 首、《长相思》5 首、《古别离》1 首、《浩歌》1 首、《古意》5 首、《空城雀》1 首、《游子吟》2 首、《妾薄命篇》2 首、《白马》3 首、《苦热》4 首、《秦王卷衣》1 首、《悲哉行》2 首、《独不见》2 首	45 首
杂歌谣辞	《鸡鸣曲》1 首	1 首
新乐府辞	《公子行》3 首、《塞上曲》8 首、《塞下曲》2 首、《塞上》1 首	14 首
合计		195 首

由于《乐府诗集分类研究》已补录一部分，[①]故下文仅列出其未补录的诗歌并试做分析。

① 《乐府诗集分类研究》是吴相洲主持的北京市"十五"社科规划项目和北京市教委重点项目(2003—2005),包含《郊庙衍射歌辞研究》《鼓吹横吹曲辞研究》《相和歌辞研究》《清商曲辞研究》《舞曲歌辞研究》《琴曲歌辞研究》《杂曲歌辞与杂歌谣辞研究》《近代曲辞研究》《新乐府辞研究》。

一 鼓吹曲辞

《文苑英华》“乐府”20卷中，鼓吹曲辞类可补《巫山高》《有所思》《临高台》《上之回》《将进酒》《战城南》《芳树》7题21首乐府诗，其中韩宁《鼓吹横吹曲辞研究》已补录20首[①]，故本文只补《战城南》1首。

《文苑英华》卷一九六载《战城南》10首，吴均4首（其中一首名《古意》，列于卷二〇五，此篇不予讨论），张正见1首、杨炯1首，卢照邻1首，李白2首，刘驾1首，经与《乐府诗集》仔细比对，其中5首二书所录相同，另五首韩宁《鼓吹横吹曲辞研究》已补3首[②]，故本文补《战城南》1首。

战城南

战地何昏昏，战士如群蚁。气重日轮红，血染蓬蒿紫。乌乌衔人肉，食闷飞不起。昨日城上人，今日城下鬼。旗色如罗星，鼙声殊未已。妾家夫与儿，俱在鼙声里。[③]

按，此诗录自《文苑英华》卷一九六，太白“去年战，桑干源”之后，载此一首，不录作者姓名。亦见于《李太白诗集注》卷三十

① 韩宁《鼓吹横吹曲辞研究》，北京大学出版社，2009年版，第274页。

② 《鼓吹横吹曲辞研究》，第275页。

③ ［宋］李昉等编《文苑英华》卷一九六，中华书局，1966年版，第969页。

诗文拾遗，题下小注曰："乐府汉鼓吹铙歌详三卷注。"[1]说明此诗在诗人别集中，属于乐府类，且系李白所作；郭茂倩《乐府诗集·鼓吹曲辞》收有同题诗作8首，故予补入。

二　横吹曲辞

《文苑英华》"乐府"20卷中，横吹曲辞类可补《长安道》《洛阳道》《雨雪曲》《刘生》《出塞》《入塞》《关山月》《陇头水》《折杨柳》《梅花落》《紫骝马》《骢马》12题30首乐府诗，其中韩宁《鼓吹横吹曲辞研究》已补29首[2]，故本文只补《出塞》1首。

《文苑英华》卷一九七载《出塞》28首，经与《乐府诗集》仔细比对，其中24首所录相同，另4首《鼓吹横吹曲辞研究》已补3首[3]，故本文补《出塞》1首。

出塞　于　鹄

行人朝走马，直走蓟城傍。蓟城通汉北，万里别吴乡。海上一烽火，沙中百战场。军书发上郡，春色度河阳。袅袅汉宫柳，青青胡地桑。琵琶出塞曲，横笛断君肠。[4]

---

① ［唐］李白撰，［清］王琦注《李太白集注》卷三〇，上海古籍出版社，1992年版，第539页。

② 《鼓吹横吹曲辞研究》，第283页。

③ 《鼓吹横吹曲辞研究》，第285页。

④ 《文苑英华》卷一九七，第975页。

按,此诗录自《文苑英华》卷一九七,其中《石仓历代诗选》《唐诗拾遗》均题作《古塞下曲》,作者李颀。《全唐诗》一首分列两处,卷一三二题为《古塞下曲》,作者李颀。卷三一〇题为《塞上曲》,一作《出塞曲》,作者于鹄。

三　相和歌辞

《文苑英华》“乐府”20 卷中,相和歌辞类可补《京洛篇》《对酒》《燕歌行》《胡无人行》《度关山》《陇西行》《从军行》《东武吟》《鞠歌行》《长歌行》《短歌行》《放歌行》《长门怨》《昭君怨》《班婕妤怨》《铜雀台》《铜雀妓》《采桑》《拟饮马长城窟》《公无渡河》《苦寒》《古挽歌》《怨歌行》《鸡鸣曲》24 题 68 首乐府诗,其中王传飞《相和歌辞研究》已补 64 首①,故本文补录 4 首。

《文苑英华》卷二〇六载《鸣鸡篇》5 首,包括《鸡鸣高树巅》1 首、《晨鸡高树鸣》1 首、《赋鸡鸣篇》1 首、《鸡鸣曲》2 首。经与《乐府诗集》仔细比对,其中《鸡鸣高树巅》1 首、《晨鸡高树鸣》1 首、《鸡鸣曲》1 首二书所录相同,又因《鸡鸣曲》属杂歌谣辞类,故此类只补《赋鸡鸣篇》1 首。

赋鸡鸣篇　隋　岑德润

钟响应繁霜,晨鸡锦臆张。帘迴犹侵露,枝高已映光。排空下朝揭,奋翼上花场。雨晦思君子,关开脱孟尝。既

① 王传飞《相和歌辞研究》,北京大学出版社,2009 年版,第 306 页。

得依云外，安用集陈仓。[1]

按，此诗录自《文苑英华》卷二〇六，又见《古诗纪》卷一三六，《古乐苑》卷十五相和歌辞，《佩文斋咏物诗选》卷四六六，题皆作《鸡鸣篇》；且《古乐苑》和《乐府诗集》相和歌辞中均有《鸡鸣篇》，故此诗归入《乐府诗集·相和歌辞》中。

《文苑英华》卷二〇四载《昭君怨》35 首，经与《乐府诗集》仔细比对，其中 32 首所录相同，另 3 首《相和歌辞研究》补 1 首[2]，故本文只补《昭君怨》2 首。

昭君怨 董思恭

新年犹尚小，那堪远聘秦。裙裾沾马汗，眉黛染胡尘。举眼无相识，路逢皆异人。唯有梅将李，犹带故乡春。[3]

按，此诗录自《文苑英华》卷二〇四，有董思恭《昭君怨》2 首，《乐府诗集》有董思恭 1 首，题作《王昭君》，故本文只补 1 首。另见《石仓历代诗选》卷一六，《全唐诗》卷六三，又作董初诗。

昭君怨 储光羲

胡王知妾不胜悲，乐府皆传汉国词。朝来马上箜篌引，稍似云一作宫中闲夜时。[4]

---

① 《文苑英华》卷二〇六，第 1021 页。

② 《相和歌辞研究》，第 319 页。

③ 《文苑英华》卷二〇四，第 1011 页。

④ 《文苑英华》卷二〇四，第 1012 页。

按,此诗录自《文苑英华》卷二〇四,有储光羲《昭君怨》2 首,《乐府诗集》有储光羲 1 首,题作《王昭君》,故本文补录 1 首。此诗另见《全唐诗》和《储光羲诗集》,均题作《明妃曲》,《万首唐人绝句诗》《唐诗品汇》亦收,题作《明妃词》。

《文苑英华》卷二一〇载《苦寒》6 首,经与《乐府诗集》仔细比对,其中 4 首所录相同,另有乔知之 1 首《相和歌辞研究》已补[①],故本文只补 1 首。

苦寒 刘 驾

百泉冻皆咽,我吟一作今寒更切。半夜倚乔松,不觉满衣雪。竹竿有甘苦,我爱抱苦节。鸟声有悲欢,我爱口流血。潘生若解吟,更早生白发。[②]

按,此诗录自《文苑英华》卷二一〇,又见《石仓历代诗选》卷八一,《全唐诗》卷五八五,题作《苦寒吟》。

四 舞曲歌辞

《文苑英华》"乐府"20 卷中,舞曲歌辞类可补《殿前生桂树》1 首。

《乐府诗集》卷五三舞曲歌辞《魏陈思王鼙舞歌》题解曰:"《古今乐录》曰:'《鞞舞》,梁谓之《鞞扇舞》,即《巴渝》是也。鞞扇,器名也。鞞扇上舞作《巴渝弄》,至《鞞舞》竟,岂非《巴

① 《相和歌辞研究》,第 335 页。

② 《文苑英华》卷二一〇,第 1042—1043 页。

渝》一舞二名,何异《公莫》亦名《巾舞》也。汉曲五篇:一曰《关东有贤女》,二曰《章和二年中》,三曰《乐久长》,四曰《四方皇》,五曰《殿前生桂树》,并章帝造。'"[①]由此可知,《殿前生桂树》属《鼙舞歌》中汉曲五调之一。《文苑英华》卷二〇八有《殿前生桂树》1 首。

殿前生桂树 陈 陶

仙娥玉宫秋夜明,桂枝拂槛参差琼。香风下天漏丁丁,牛渚翠梁横浅清,羽帐不眠恨吹笙。栖鸟暗惊仙子落,步月鬓云堕金雀。蕙楼凉簟翠波空,银缕香寒凤皇薄。东海郎为郎酌,绮疏长悬七星杓。[②]

按,此诗录自《文苑英华》卷二〇八,又见《全唐诗》卷七四五,《全五代诗》卷三七。

五 琴曲歌辞

《文苑英华》"乐府"20 卷中,琴曲歌辞类可补《飞龙引》《湘妃怨》《胡笳曲》3 题 5 首。

《文苑英华》卷二〇四载《湘妃怨》2 首,经与《乐府诗集》仔细比对,其中陈羽 1 首二书所录相同,故本文只补 1 首。

---

① 《乐府诗集》卷五三,第 596 页。

② 《文苑英华》卷二〇八,第 1031 页。

湘妃怨 王贞白

舜欲省蛮陬，南巡非逸游。九山沉白日，二女泣沧洲。目极楚雨断，恨深湘水流。至今闻鼓瑟。咽绝不胜愁。①

按，此诗录自《文苑英华》卷二〇四，又见《石仓历代诗选》卷一〇一，《全五代诗》卷三〇，《江西诗征》卷三，作者王贞白。《唐诗品汇》卷六七，作者陈羽，《全唐诗》分录两处，卷三四八作者为陈羽，卷七〇一作者为王贞白。

《文苑英华》卷二一一载《胡笳曲》6首，经与《乐府诗集》仔细比对，其中3首二书所录相同，故本文补录3首。

胡笳曲 郑 愔

汉将留边朔，遥遥岁序深。谁堪牧马思，正是胡笳吟。曲断关山月，声悲雨雪阴。传书问苏武，陵也独何心。②

按，此诗录自《文苑英华》卷二一一，又见《唐诗纪事》卷一一，《石仓历代诗选》卷二五，《唐诗品汇》卷二五，《全唐诗》卷一〇六；《乐府诗集》卷五九有同题诗4首，故予补入。

胡笳曲 王昌龄

城南虏已合，一夜几重围。自有金笳引，能沾出塞衣。听临关月苦，清入海风微。三奏高楼晓，胡人掩泪归。③

① 《文苑英华》卷二〇四，第1014页。

②③ 《文苑英华》卷二一一，第1048页。

按,此诗录自《文苑英华》卷二一一,又见《唐诗品汇》卷六三,《唐诗选》卷三五,《古今诗删》卷十五,《全唐诗》卷一四二,《唐诗镜》卷十二;《乐府诗集》有同题诗4首,故予补入。

胡笳曲 王贞白

陇底悲笳引,陇头鸣北风。一轮霜月落,万里塞天空。戍卒泪应尽,胡儿笑未终。争教班定远,不念玉关中。[①]

按,此诗录自《文苑英华》卷二一一,又见《全唐诗》卷七〇一,《全五代诗》卷三〇,《乐府诗集》有同题诗4首,故予补入。

《文苑英华》卷一九三载《飞龙引》3首,经与《乐府诗集》仔细比对,其中2首二书所录相同,故本文只补1首。

飞龙引 陈陶

有熊之君好神仙,餐霞炼石三千年。一旦黄龙下九天,骑龙枿枿升紫烟。万姓攀髯髯堕地,啼呼弓剑飘寒水。紫鸾八九堕玉笙,金镜空留照魑魅。羽幢襹褷银汉秋,六宫望断芙蓉愁。应龙下挥中园笑,泓泓水绕青苔洲。瑞风飒还天光浅,瑶阙峨峨横露苑。沆瀣楼头紫凤歌,三株树下青牛饭。鸿胧九阙相玉皇,钧天乐引金华郎。散花童子鹤衣短,投壶姹女蛾眉长。彤庭侍宴瑶池席,老兔春高桂宫白。蓬莱下国赐分珪,阿母金桃容小摘。仙流万缄虫篆春,三十六洞交风云。千年小兆一蝉蜕,丹台职亚扶桑君。

① 《文苑英华》卷二一一,第1048—1049页。

金乌试浴青门水,下界蜉蝣几回死。[①]

按,此诗录自《文苑英华》卷一九三,《乐府诗集》卷六〇琴曲歌辞四有同题诗 3 首。又见《全唐诗》卷七四五,《江西诗征》卷四。

六　杂曲歌辞

《文苑英华》“乐府”20 卷中,杂曲歌辞类可补《道士步虚词》《美女篇》《少年行》《结客少年场行》《行行且游猎篇》《侠客行》《出自蓟北门行》《行路难》《长相思》《古别离》《浩歌》《古意》《空城雀》《游子吟》《妾薄命篇》《白马》《苦热》《秦王卷衣》《悲哉行》《独不见》20 题 45 首。其中向回《杂曲歌辞和杂歌谣辞研究》中已补 37 首[②],故本文补录 8 首。

《文苑英华》卷一九八有《出自蓟北门行》5 首,经与《乐府诗集》仔细比对,其中 3 首二书所录相同,故本文补录 2 首。

出自蓟北门行　曹　邺

长河冻如石,征人夜中戍。但恐筋力尽,敢惮将军遇。古来死未歇,白骨碍官路。岂无一有功,可以高其墓。亲戚牵衣泣,悲号自相顾。死者虽无言,那堪生者悟。不如

① 《文苑英华》卷一九三,第 948—949 页。

② 向回《杂曲歌辞和杂歌谣辞研究》,北京大学出版社,2009 年版,第 67 页。

无手足,得见齿发暮。乃知七尺躯,却是速死具。①

按,此诗录自《文苑英华》卷一九八,又见《曹祠部集》卷二,《石仓历代诗选》卷八四,《唐诗归》卷三四,《全唐诗》卷五九三,题作《蓟北门行》。《全唐诗》题下注曰:“一本作《出自蓟北门行》。”②《乐府诗集》有同题诗 11 首。《乐府解题》曰:“《出自蓟北门行》,其致与《从军行》同,而兼言燕蓟风物及突骑勇悍之状。若鲍照云‘羽檄起边亭’,备叙征战苦辛之意。”③曹邺此诗强烈控诉繁重兵役,符合汉乐府“感于哀乐,缘事而发”之精神。

出自蓟北门行　王贞白

蓟北连极塞,塞色昼冥冥。战地骸骨满,长时风雨腥。沙河留一作流不定,春草冻难青。万户封侯者,何谋静虏庭。④

按,此诗录自《文苑英华》卷一九八,又见《石仓历代诗选》卷一〇一,《全唐诗》卷七〇一,《全五代诗》卷三〇,《江西诗征》卷三,《乐府诗集》有同题诗 11 首,故予补入。

《文苑英华》卷一九三载《美女篇》4 首,经与《乐府诗集》仔细比对,其中 3 首二书所录相同,故本文只补 1 首。

---

①④ 《文苑英华》卷一九八,第 981 页。

② [清]彭定求《全唐诗》卷五九三,中华书局,1960 年版,第 6873 页。

③ 《乐府诗集》卷六一,第 682 页。

美女篇 王　琚

东邻美女实名倡，绝代容华无比方。浓纤得中非短长，红素天生谁饰妆。桂楼椒阁木兰堂，绣户雕轩文杏梁。屈曲屏风绕象床，萎蕤翠帐缀香囊。玉台龙镜洞彻光，金炉沉烟酷烈芳。遥闻行珮音锵锵，含娇含笑出洞房。二八三五闺心切，褰帘卷幔迎春节。清歌始发词怨咽，鸣琴一弄心断绝。借问哀怨何所为，盛年情多心自悲。须臾破颜倏敛态，一悲一喜并相宜。何能见此不注心，惜无媒氏为传音。可怜盈盈直千金，谁家君子为藁砧。①

按，此诗录自《文苑英华》卷一九三。《乐府诗集》卷六三杂曲歌辞《齐瑟行》解题引《歌录》曰："《名都》《美女》《白马》，并《齐瑟行》也。曹植《名都篇》曰：'名都多妖女。'《美女篇》曰：'美女妖且闲。'《白马篇》曰：'白马饰金羁。'皆以首句名篇，犹《艳歌罗敷行》有《日出东南隅篇》，《豫章行》有《鸳鸯篇》是也。"②说明《美女篇》属于《齐瑟行》，可被于声；且《乐府诗集》有同题诗 7 首，故予补入。

《文苑英华》卷二〇九载《白马》10 首，《乐府诗集 · 杂曲歌辞》有同题诗 11 首；经与《乐府诗集》仔细比对，其中 7 首二书所录相同，故本文补录 3 首。

白马 杜　甫

白马东北来，空鞍贯双箭。可怜马上郎，意气今谁见。

① 《文苑英华》卷一九三，第 952 页。

② 《乐府诗集》卷六三，第 696 页。

近时主将戮,中夜商于战。丧乱死多门,呜呼涕如霰。[1]

按,此诗录自《文苑英华》卷二〇九,又见《钱注杜诗》卷八,《全唐诗》卷二二三,《唐诗品汇》卷八五,《诗源辨体》卷十九,题皆作《白马》。

白马 贾 至

白马紫连乾,嘶鸣丹阙前。闻珂自蹀躞,不要下金鞭。[2]

按,此诗录自《文苑英华》卷二〇九,又见《全唐诗录》卷二〇。

白马 翁 绶

渥洼龙种雪霜同,毛骨天生胆气雄。金埒乍调光照地,玉关初别远嘶风。花明锦襜垂杨下,露湿朱缨细草中。一夜羽书催转战,紫髯骑出佩骍弓。[3]

按,此诗录自《文苑英华》卷二〇九,又见《石仓历代诗选》卷一二一,《全唐诗》卷六〇〇,《佩文斋咏物诗选》卷四〇五。

《文苑英华》卷一九六载《侠客行》6 首,经与《乐府诗集》仔细比对,其中 5 首二书所录相同,故本文只补 1 首。

---

① 《文苑英华》卷二〇九,第 1036 页。
② 《文苑英华》卷二〇九,第 1037 页。
③ 《文苑英华》卷二〇六,第 1037 页。

侠客行　庾　信

侠客重连镳，金鞍被桂条。细尘障路起，惊花乱眼飘。酒醺人半醉，汗湿马全骄。归鞍畏日晚，争路上河桥。①

按，此诗录自《文苑英华》卷一九六，又见《庾子山集》卷二“乐府”，《艺文类聚》卷三三，《乐府诗集·杂曲歌辞》有同题诗3首，故予补入。

《文苑英华》卷二〇三载《浩歌》3首，经与《乐府诗集》仔细比对，其中2首二书所录相同，故本文只补1首。

浩歌　权德舆

杖策出蓬荜，浩歌愁兴长。北风吹荷衣，萧飒景气凉。通逵抵山郭，里巷连湖光。孤云净远峰，绿水溢方塘。鱼鸟乐天性，杂英互芬芳。我心独何为，万虑萦中肠。履道身未泰，主家谋不臧。心为世教牵，迹寄翰墨场。出处两未定，羁孤一作羸空自伤。沉忧不可裁，伫立河之梁。晚归茅檐下，左右陈壶觞。独酌复长谣，放心游八荒。得丧同一域，是非亦何常。胡为苦此生，矻矻徒自强。乃知杯中物，可令一作使忧患亡一作忘。因兹谢时辈，栖息无何乡。②

按，此诗录自《文苑英华》卷二〇三，又见《权载之文集》卷一，《石仓历代诗选》卷六六，《唐诗镜》卷三五，《全唐诗》卷三二

① 《文苑英华》卷一九六，第965页。

② 《文苑英华》卷二〇三，第1005页。

〇,《乐府诗集·杂曲歌辞》有同题诗1首,故予补入。

七　杂歌谣辞

《文苑英华》卷二〇六载《鸡鸣曲》2首,经与《乐府诗集》仔细比对,其中1首二书所录相同,故本文只补1首。

鸡鸣曲　陈　陶

鸡声春晓乘一作来林中,一声惊落虾蟆宫。二声□□洒天梦,三声行人烟海红。平旦慵将百鸰语,蓬松锦绣当阳处。愧君饮食长相呼,为君昼鸣下高树。[1]

按,此时录自《文苑英华》卷二〇六,又见《石仓历代诗选》卷九五,《全唐诗》卷七四五,《全五代诗》卷三七,《佩文斋咏物诗选》卷四六六,《江西诗征》卷四,《乐府诗集·杂歌谣辞》有《鸡鸣曲》2首,故予补入。

此外,清商曲辞类可补录4题10首乐府诗,新乐府辞类可补录的4题14首乐府诗,这些在曾志安《清商曲辞研究》和张煜《新乐府辞研究》中已有涉及,详见前表,兹不赘述。

总之,《文苑英华》"乐府"20卷,可补《乐府诗集》未收乐府诗76题195首,包括鼓吹曲辞7题21首,横吹曲辞12题30首,相和歌辞24题68首,清商曲辞4题10首,舞曲歌辞1题1首,琴曲歌辞3题5首,杂曲歌辞20题45首,杂歌谣辞1题1首,新乐府辞4题14首。由于《乐府诗集分类研究》已补174

① 《文苑英华》卷二〇六,第1022页。

首,包括鼓吹曲辞20首,横吹曲辞29首,相和歌辞64首,清商曲辞10首,杂曲歌辞37首,新乐府辞14首,故本文共补21首。详见下表:

类　别	题　　名	数量
鼓吹曲辞	《战城南》1首	1首
横吹曲辞	《出塞》1首	1首
相和歌辞	《鸡鸣篇》1首、《昭君怨》2首、《苦寒》1首	4首
舞曲歌辞	《殿前生桂树》1首	1首
琴曲歌辞	《湘妃怨》1首、《胡笳曲》3首、《飞龙引》1首	5首
杂曲歌辞	《出自蓟北门行》2首、《美女篇》1首、《白马》3首、《侠客行》1首、《浩歌》1首	8首
杂歌谣辞	《鸡鸣曲》1首	1首
合　计		21首

综上所述,《文苑英华·乐府》收录了数量丰富的乐府诗,这些乐府诗是乐府学研究不可或缺的资料;其中近1/5可以补《乐府诗集》之缺,其乐府学价值更是不言而喻。

(与王丽合作)

《太平御览·乐部》所见《乐府诗集》未收歌辞

在《太平御览》中，乐部是比重最大的一个部类，共二十二卷，有关于歌曲来源、本事背景等内容的丰富记载，还收录歌辞。其所录歌辞起于上古迄于晚唐，是了解宋前歌辞的重要参考资料。这些歌辞，有些《乐府诗集》未见收录。在这些《乐府诗集》未收歌辞中，有的题辞皆存，有的仅存题名。缘此之故，本文亦分《乐府诗集》未收题辞皆存者和《乐府诗集》未收题存辞佚者两类做一梳理，以补《乐府诗集》之缺漏。

一　《太平御览·乐部》所见《乐府诗集》未收题辞皆存者

在《太平御览·乐部》中有一些歌辞未见《乐府诗集》收录，这些歌辞主要集中在“歌”类，可考者有：

南蒯乡人歌

我有圃。生之杞乎。从我者子乎。去我者鄙乎。倍其邻者耻乎。已乎已乎。非吾党之士乎。

按,《太平御览·乐部·歌》引《左传》记其本事曰:“鲁昭公十二年,季平子立。而不礼于南蒯。南蒯以费叛。将适费。饮乡人酒。乡人或歌曰:‘我有圃。生之杞乎。从我者子乎。去我者鄙乎。倍其邻者耻乎。已乎已乎。非吾党之士乎。’”①据《乐府诗集》,此曲当属杂歌谣辞。

莱人歌

景公死乎不与埋,三军之事乎不与谋,师乎师乎,何党之乎?

按,《太平御览·乐部·歌》引《左传》记其本事曰:“哀公五年秋,齐景公卒。冬十月,公子嘉、公子驹、公子黔奔卫,公子钼、公子阳生来奔。(皆景公子在莱者。)莱人歌之:‘景公死乎不与埋,三军之事乎不与谋,师乎师乎,何党之乎?’”②据《乐府诗集》,此曲亦当属杂歌谣辞。

秦始皇三十九年歌

神仙得者茅初成,驾龙上升入泰清,时下玄洲戏赤城,

① [宋]李昉等编《太平御览》卷五七〇,中华书局,1960年版,第2577页。

② 《太平御览》卷五七〇,第2577页。

继世而往在我盈，帝若学之腊嘉平。

按，《太平御览·乐部·歌》引《太元真经·茅盈内记》记其本事曰："秦始皇三十年九月庚子，盈曾祖于华山之中，乘云驾龙，白日升天。是时，其邑谣歌曰：'神仙得者茅初成，驾龙上升入泰清，时下玄洲戏赤城，继世而往在我盈，帝若学之腊嘉平。'始皇闻谣歌，乃有寻仙之志，因改腊曰嘉平。"[①]据《乐府诗集》，此曲亦当属杂歌谣辞。

箕山之歌

登彼箕山兮瞻望天下，山川丽崎，万物还普。日月运照，靡不记睹。游放其间，何所却虑。叹彼唐尧，独自愁苦，劳心九州，忧勤后土。谓余钦明，传禅易祖，我乐如何，盖不盼顾。河水流兮缘高山，甘瓜施兮弃绵蛮，高林肃兮相错连，居此之处傲尧君。

按，《太平御览·乐部·歌》引《古今乐录》记其本事曰："许由者，古之贞固之士也。尧时，为布衣，徒步，不与远方交通，衣食财得自足。夏则巢居，冬则穴处。无杯杅，每以手捧水而饮之。人有见其饮无杯，以瓢遗之，许由受以操，饮毕辄挂于树枝。风吹树，瓢摇动，历历有声。许由尚以为繁扰，取而弃之。以清节约闻于尧。尧大其志，乃遣使以符玺禅为天子。于是许由喟然叹曰：'匹夫结志，固如盘石。采山饮河，所以养性，非以求禄位也。放发一优游，所以安已不惧，非以贪天下也。'使者有

---

① 《太平御览》卷五七二，第2584页。

愧,还以状报尧。尧知许由不可动,亦已矣夫。于是许由以使者言为不善,乃临河洗耳。樊坚见由方且洗耳,问之:‘耳有垢乎?’由曰:‘无垢,闻恶语耳。’坚曰:‘何等语者?’由曰:‘尧聘吾为天子。’坚曰:‘尊位何为恶之?’由曰:‘吾志在青云,何乃劣劣当作九州伍长乎?’于是樊坚方且饮牛,闻其言而去,耻饮子之下流,于是许由名布四海。尧既殂落,乃作《箕山之歌》曰:‘登彼箕山兮瞻望天下,山川丽崎,万物还普。日月运照,靡不记睹。游放其间,何所却虑。叹彼唐尧,独自愁苦,劳心九州,忧勤后土。谓余钦明,传禅易祖,我乐如何,盖不盼顾。河水流兮缘高山,甘瓜施兮弃绵蛮,高林肃兮相错连,居此之处傲尧君。’”[①]此曲又作《箕山操》,许由所作,最早见载于《琴操》[②],故其应属琴曲歌辞。

哀慕之歌

> 先王即徂,长寘异都。哀丧腹心,未写中怀。追念伯仲,季我何如?梧桐萋萋,生于道周。宫馆徘徊,台阁既除。何为远去,使此空虚。支骨离别,垂思南隅,瞻望荆越,涕泪交流。伯兮仲兮,逝肯来游,自非二人,谁诉此忧?

按,《太平御览·乐部·歌》记其本事曰:“周太伯者,周太王古公之长子也。古公有子三人,长者太伯,次者虞仲,少者季历。季历之子名昌,昌即文王也。古公寝疾将死,国当有传,心欲以

---

① 《太平御览》卷五七一,第2582页。

② [汉]蔡邕《琴操》卷下,丛书集成初编,中华书局,1985年版,第13—14页。

传季历,乃呼三子谓曰:'我不起此病,继体兴者,其在昌乎?'太伯见太王传季历,于是太伯与虞仲俱去。被发文身以变形,托为王采药。后闻古公卒,乃还奔丧,哭于门外,示夷狄之人不得入王庭。于是季历谓:'太伯长子也,伯当立,何不就?'太伯曰:'吾生不供养,死不饭含,哭不临棺。不孝之子,焉得继父乎?断发文身,刑余之人也,戎狄之民也。三者除焉,何可为君矣?'季历垂涕而留之,终不肯止。遂委而去,到江海之涯,吟咏优游,仰览俯观,求膏腴之处,遂适于吴。率以仁义,化以道德。荆越之人,移风易俗,成集韶夏,取象中国,乃太伯之化也。是后,季历作哀慕之歌章曰:'先王即徂,长贯异都。哀丧腹心,未写中怀。追念伯仲,季我何如?梧桐萋萋,生于道周。宫馆徘徊,台阁既除。何为远去,使此空虚。支骨离别,垂思南隅,瞻望荆越,涕泪交流。伯兮仲兮,逝肯来游,自非二人,谁诉此忧?'"[①]此曲最早亦见载于《琴操》,所载本事与此同,则其亦属琴曲歌辞。然二书所录歌辞微异,兹录《琴操》所载歌辞如下:"先王既徂,长陨异都。哀丧伤心,未写中怀。追念伯仲,我季如何?梧桐萋萋,生于道□。宫馆徘徊,台阁既除。何为远去,使此空虚?支骨离别,垂思南隅。瞻望荆越,涕泪双流。伯兮仲兮,逝肯来游,自非二人,谁诉此忧?"[②]

避世歌

天地之道,近在胸臆;呼噏精神,以养九德。渴不求饮,饥不索食;避世俟道,志洁如玉。卿相之位,难可宜当。

① 《太平御览》卷五七一,第 2582 页。

② 《琴操》卷下,第 14 页。

岩岩之石，幽而清凉，枕块寝处，乐在其央，寒凉回固，可以久长。

按，诗题为笔者所加。《太平御览·乐部·歌》引《古今乐录》记其本事曰："庄周者，齐人也。明笃学术，多所博达。进准见，方来却睹未发。是时齐湣王好为兵事，习用干戈。庄周儒士，不合于时。自以不用，行欲避乱，自隐于山岳。后有达庄周于湣王，遣使赍金百镒以聘相位，周不就。使者曰：'金，至宝；相，尊官，何辞之为?'周曰：'君不见夫郊祀之牛，衣之以朱采，食之以禾粟，非不乐也。及其用时，鼎镬在前，刀俎列后，当此之时，虽欲还就孤犊，宁可得乎？周所以饥不求食，渴不求饮者，便欲全身远害耳。'于是重谢，使者不得已而去。后引声歌曰：'天地之道，近在胸臆；呼噏精神，以养九德。渴不求饮，饥不索食；避世俟道，志洁如玉。卿相之位，难可宜当。岩岩之石，幽而清凉，枕块寝处，乐在其央，寒凉回固，可以久长。'"①此曲最早亦见载于《琴操》，则其当属琴曲歌辞。《琴操》所载本事与此同，歌辞微异，兹录于此："天地之道，近在胸臆。呼噏精神，以养九德。渴不求饮，饥不索食。避世守道（按《文选·陆机荐谯元彦表》注引作俟道），志洁如玉。卿相之位，难可直当。岩岩之石，幽而清凉。枕块寝处，乐在其央。寒凉固回，可以久长。"②

---

① 《太平御览》卷五七一，第2583页。

② 《琴操》卷下，第19—20页。

庐山夫人女琴歌

登庐山兮郁嵯峨，晞阳风兮拂紫霞。招若人兮濯灵波，欣良运兮畅云柯。弹鸣琴兮乐莫过，云龙会兮乐太和。

按，诗题为笔者所加。《太平御览·乐部·歌》引晋人祖台《志怪》记其本事曰："建康小吏曹著见庐山夫人，夫人命女婉出与著相见。婉见著欣悦，命婢琼林令取琴出，婉抚琴歌曰：'登庐山兮郁嵯峨，晞阳风兮拂紫霞。招若人兮濯灵波，欣良运兮畅云柯。弹鸣琴兮乐莫过，云龙会兮乐太和。'歌毕，婉便还去。"①从本事可知，此曲当属琴曲歌辞。

二　《太平御览·乐部》所见《乐府诗集》未收题存辞佚者

《太平御览·乐部》中还有一些《乐府诗集》未收歌曲，但这些歌曲大多只存曲名，未见歌辞。兹考录如下：

《隋书·乐志》曰："梁武笃敬佛法，作《善哉》《天乐》《大欢》《天道》《仙道》《神王》《龙王》《灭过恶》《除爱水》《断苦转》十篇，名为正乐。"②

按，《善哉》《天乐》《大欢》《天道》《仙道》《神王》《龙王》《灭过恶》《除爱水》《断苦转》诸曲中，见载于《乐府诗集》者唯《善哉

① 《太平御览》卷五七三，第 2588 页。

② 《太平御览》卷五六八，第 2566 页。

行》一曲，属相和歌辞瑟调曲①，其他 9 曲均不见于《乐府诗集》。

《后魏书》："太武既平河西，得西凉乐。至魏、周之际，遂谓之国伎。魏代至隋，咸重之。其曲项琵琶、竖箜篌之徒，并出自西域，非华夏旧器。杨泽新声、神白马之类，生于故歌，非汉魏遗曲。故其乐声调，悉与书史不同。其歌曲有《永代（国讳改焉）乐》，解曲有《万代丰曲》，有《于寘佛曲》。工人平上绩绯褶，白舞一人，方舞四人。白舞令阙，方舞四人，假髻，玉支钗，紫丝布褶，白大口袴，五彩接袖，乌皮靴。后魏道武帝天兴六年冬，诏大乐总章鼓吹，增修杂戏，造五兵角抵、麒麟、凤凰、仙人、长蛇、白象武及诸畏兽、鱼龙、辟邪、鹿马、仙车，高絙百尺长，趫幢跳丸，以备百戏。大飨，设之于殿前。明元帝初，又增修之，撰合大曲，更为钟鼓之节。北齐神武平中山，有鱼龙烂漫、俳优、侏儒、山车、巨象、拔井、种瓜、杀马剥驴等奇怪异端，百有余物，名为百戏。"②

按，《永代乐》《万代丰曲》《于阗佛曲》3 曲均不见于《乐府诗集》。据以上记载，此三曲或当属燕射歌辞。

《唐会要》曰："汴州节度使韩弘进《圣朝万岁乐》曲

① ［宋］郭茂倩编撰，聂世美、仓阳卿点校《乐府诗集》卷三六，上海古籍出版社，1998 年版，第 421 页。

② 《太平御览》卷五六九，第 2571 页。

谱,凡三百首。”①

《唐会要》曰:“延载元年正月二十三日,制《越古长年乐》一曲。”②

《唐会要》曰:“十二年十二月,昭义节度使王虔休献《继天诞圣乐》。(表曰:臣伏见开元中天长节度日,四海欢娱,万年献寿。窃以陛下降诞之日,有惟新之曲,适过之音。臣遣成继天诞圣乐一曲,天抵宫为调,表五音之奉君也。以上为德知五运之居中也。凡二十四遍,法二十四气,而成一岁之功也。不闻沾滞之音,以作中和之乐,其曲谱同进上。先太常人刘玠流落至潞州,虔休因令造此曲以进,今中和乐起于此中。)”③

按,《乐府诗集·清商曲辞》《泛龙舟》解题有隋炀帝时乐正白明达所制《万岁乐》,虽未见收录歌辞,但据所载本事,似与《圣朝万岁乐》《越古长年乐》《继天诞圣乐》不同,此3曲当属燕射歌辞,未见于《乐府诗集》。

《唐会要》曰:“咸通中,伶官李可久善音律,尤能转喉为新声,音辞曲折,听者忘倦。京师屠沽少年效之,谓之拍弹。时同昌公主除丧,懿宗与郭淑妃悼念不已,可久为《叹百年》舞曲。舞人皆盛饰珠翠,仍画鱼龙地衣以列之。曲终乐阕,珠翠覆地,词语凄恻,闻者流涕。又常于安乐寺作《菩萨蛮》舞,上益怜之。(可久常为子娶妇,帝赐酒二

---

①②③ 《太平御览》卷五六八,第2567页。

银樽，启之，乃金翠也。时宰相曹确、中尉西门季玄屡论之，懿宗不纳。至僖宗即位，宰相崔彦昭奏，遂死于岭表。)"①

《唐会要》曰："调露元年，太子使乐工于东宫新作《宝庆》之曲。成，命工者奏于太清观。始平县令李嗣真谓道士刘概、辅俨曰：'此乐商宫不和，君臣相阻之征也；角徵失位，父子不协之兆也。杀声既多，哀调又苦。若国家无事，太子受其咎矣。'数月，太子废。"②

按，《叹百年》舞曲和《宝庆》之曲均不见于《乐府诗集》。据以上记载，《叹百年》当属舞曲歌辞，《宝庆》之曲当属新乐府辞。

《古乐志》曰："……古歌曲有《阳陵》《白霞》《朝日》《鱼丽》《白水》《白云》《江南》《阳春》《淮南》《驾辩》《绿水》《阳阿》《采菱》《下俚巴人》(并见《襄阳耆旧传》及梁元帝《纂要》)、《八阕》(葛天氏之歌，见《吕氏春秋》也)、《唐歌》(帝喾之歌)、《南风》《卿云》(并虞舜歌)、《晨露》(汤歌。并见《吕氏春秋》)。汉歌曲有《大风》(高祖所作)、《芝房》《白麟》《朱雁》《交门》《天马》《房中》(已上并郊庙歌，见《汉书》也)、《盛唐》《枞阳》(武帝歌，见《汉书》)、《瓠子》(武帝观决河所作歌)、《玄云》《步云》(西王母歌，见《汉武内传》)。古乐府有歌行，《艳歌行》《长歌行》《短歌行》(魏武帝作)、《朝歌行》《怨歌行》《前缓声

① 《太平御览》卷五六九，第2574—2575页。

② 《太平御览》卷五六九，第2574页。

歌行》《后缓声歌行》《棹歌行》《鞠歌行》《放歌行》《蔡歌行》《陈歌行》。”①

按,以上诸曲中,《八阕》《唐歌》《盛唐》《枞阳》《步云》《朝歌行》《蔡歌行》《陈歌行》8曲不见于《乐府诗集》。

《文士传》曰:“嵇康临死,颜色不变,谓其兄曰:‘向以琴来不?’兄曰:‘已至。’康取调之,为《太平引》,曲成,叹息曰:‘《太平引》绝于今日耶!’”②

《琴历》曰:“琴曲有《蔡氏五弄》《双凤离鸾》《归风送远》《幽兰》《白雪》《长清》《短清》《长侧清调》《瑟调》《大游》《小游》《昭君》《胡茄》《广陵散》《白鱼叹》《楚妃叹》《风入松》《乌夜啼》《楚明光》《石上流泉》《临汝侯》《子安之》《流渐洄》《双燕离》《阳春弄》《悦弄》《连弄》《悦人弄》《连珠弄》《中挥清》《畅志清》《看客清》《僻清》《婉转清》。”③

按,以上诸曲均为琴曲,《太平引》《长清》《短清》《大游》《小游》《白鱼叹》《楚明光》《石上流泉》《临汝侯》《子安之》《流渐洄》《阳春弄》《悦弄》《连弄》《悦人弄》《连珠弄》《中挥清》《畅志清》《看客清》《僻清》《婉转清》21曲不见于《乐府诗集》。其中,《长侧清调》《瑟调》或为调类,疑非曲名。

---

① 《太平御览》卷五七三,第2589页。

② 《太平御览》卷五七七,第2606页。

③ 《太平御览》卷五七八,第2608—2609页。

三 结 语

综上所述,《太平御览·乐部》所见《乐府诗集》未收歌辞中可考之题辞皆存者7曲7首,题存辞佚者46曲。这些歌辞和题名均可补《乐府诗集》之缺,作为《乐府诗集》补编的重要资料,由此也说明《太平御览·乐部》在乐府学研究中具有不容忽视的地位和价值。

(与焦洁合作)

《全宋诗》失收乐府诗补遗 64 首

《全宋诗》是有宋一代诗歌总集，于宋诗“长篇短制，细大不捐，断章残句，在所必录”①，为宋代文学、历史乃至文化研究提供了极大方便，是二十世纪古籍整理最重要的成果之一。但由于宋代文献浩繁，遗珠之憾在所难免。自《全宋诗》出版以来，学者们做了大量补遗工作，但仍有不少宋诗散落在浩如烟海的古籍中。笔者在阅读《江湖后集》《江湖小集》等文献时又发现赵鼎臣、赵崇璠、项安世、武衍、刘仙伦、杜旟 6 位诗人 64 首佚诗，这些诗作均为乐府诗，且未见于其他《全宋诗》辑补文章，可补《全宋诗》之阙，今胪列如下，以飨同好。其作者以《全宋诗》已收与未收相区分。已收者按《全宋诗》收录顺序排列，并注明所在册数及卷数；未收者置于已收者之后，并于诗末附

① 傅璇琮等《全宋诗 · 凡例》，北京大学出版社，1995 年版，第 23 页。

简要小传。不妥之处,敬祈方家赐教。

一 《全宋诗》已收诗人所作乐府诗

赵鼎臣、项安世、赵崇璠、武衍4人大部分诗作已见《全宋诗》著录,今补此4人乐府诗58首,均未见于《全宋诗》。

(一)赵鼎臣50首(册22,卷一三〇九至一三一四)

正旦大朝群臣第一盏《正安》之曲

开岁发春,锡兹纯嘏。皇膺受之,惠及臣下。有俶兹觞,咸拜稽首。熏兮乐胥,如此春酒。[①]

按,宋之燕射歌辞指朝会、上寿、食举、大射、御楼肆赦、上册宝、上尊号、乡饮酒、闻喜宴、鹿鸣宴诸礼之乐歌。[③] 据诗题,赵鼎臣此诗做于正旦大朝会,则其歌辞当属燕射歌辞。

冬至大朝会公卿入门《正安》之曲

帝乘新阳,受福无疆。有壬有林,执贽捧觞。造廷无哗,同寅有庄。纷如葵倾,列此雁行。[③]

按,据前述宋代燕射歌辞所指,又据诗题,赵鼎臣此诗作于冬至

---

①② [宋]赵鼎臣《竹隐畸士集》卷十五,影印文渊阁四库全书,台湾商务印书馆,1986年版,第1124册,第231页。

③ 参看笔者与吴相洲教授合著《乐府续集·宋代卷》燕射歌辞叙论(上海古籍出版社,2020年版)。

大朝会,则其歌辞当属燕射歌辞。

景灵宫奉香币《灵安》之曲大吕宫

我躬我飨,以我齐明。肃乎僾然,如闻其声。有度斯簏,明德惟馨。猗欤格思,绥我思成。[①]

《宋史·乐志》载:"(大中祥符)五年,圣祖降……圣制荐献圣祖文舞曰《发祥流庆之舞》,武舞曰《降真观德之舞》。自是,玉清昭应宫、景灵宫亲荐皆备乐,用三十六虡。"[②]按,《宋史·乐志》又有《真宗奉圣祖玉清昭应宫御制十一首》,其中有奉香用《灵安》之曲[③],属郊庙歌辞,则赵鼎臣此诗亦属郊庙歌辞。

太庙酌献

僖祖室,《基命》之曲无射宫

宋之初基,受命于天。皇矣我祖,有开必先。奕奕清庙,是飨是宜。顾予蒸尝,曾孙思之。

亚、终献,《正安》之曲无射宫

维皇蒸蒸,先祖是承。有虔辟公,来相来登。声以五均,献以三成。如式如几,戬谷是膺。[④]

《宋史·乐志》载:"岁之大祀三十:……四孟、季冬荐享太庙、

① 《竹隐畸士集》卷十五,第231页。

② [元]脱脱《宋史》卷一二六,中华书局,1985年版,第2947页。

③ 《宋史》卷一三五,第3169—3171页。

④ 《竹隐畸士集》卷十五,第231—232页。

后庙。”[①]按,《乐府诗集·郊庙歌辞》又有太庙歌、享太庙乐章等,赵鼎臣此诗亦属此类,为大祀乐章,属郊庙歌辞。

冬祀圆坛

出入大小次,《干安》之曲黄钟宫

穆穆皇皇,天子之光。肃肃雝雝,毖祀之容。有夙其兴,匪居则宁。彼锵斯何,玉佩之鸣。[②]

按,据《宋史·礼志》:“岁之大祀三十:……冬至圜丘祭昊天上帝。”[③]《乐府诗集·郊庙歌辞》又有祀圜丘歌、祀圜丘乐章等,则赵鼎臣此诗亦属此类,为大祀乐章,属郊庙歌辞。

秋飨明堂

降神,《诚安》之曲夹钟宫

于昭明堂,惟圣时制。我卜元辰,以祀上帝。曰我昭考,既侑飨之。云车在天,跂予望之。

撤豆肃雝,《显相》之曲大吕宫

嘉荐飨矣,不愆于仪。撤兹豆笾,我不敢迟。帝之居歆,岂以其物。于单厥心,肆用有格。[④]

按,据《宋史·礼志》:“岁之大祀三十:……季秋大享明堂。”[⑤]《乐府诗集·郊庙歌辞》又有明堂歌、明堂乐章等,则赵鼎臣此诗亦属此类,为大祀乐章,属郊庙歌辞。

---

①③⑤ 《宋史》卷九八,第2425页。

②④ 《竹隐畸士集》卷十五,第232页。

夏祭方泽

太祖位奠币,《恭安》之曲应钟宫

于赫烈祖,受命作宋。俾我文孙,万年承统。陟配于郊,惟帝时克。吉蠲为饎,荐是簠实。

饮福,《禧安》之曲应钟宫

惟圣能飨,式礼莫愆。受贶之厘,神不以言。隆福无疆,实在兹酒。酌言举之,天子万寿。[①]

按,方泽即方丘,古代夏至祭地祇的方坛,因坛设于泽中,故称。《乐府诗集·郊庙歌辞》有祀方泽歌、祭方丘乐章。又,《宋史·礼志》曰:"岁之大祀三十:……夏至祭皇地祇。"[②]则赵鼎臣此诗为大祀乐章,当属郊庙歌辞。

祭神州地祇

迎神,《宁安》之曲林钟宫

于铄神州,以乂万国。厥壤五千,惟祇是职。时和年丰,匪神孰依。我烹羊牛,神毋我违。

曲同前太簇角

至哉坤元,福此神州。博厚其德,以为民休。维月之阳,祇荐芬芳。神其吐诸,有苾其香。

曲同前姑洗徵

有充斯牲,有丰斯盛。穆将愉之,其纯其精。载坤惟舆,行地斯马。有风肃然,神兮来舍。

① 《竹隐畸士集》卷十五,第 232 页。

② 《宋史》卷九八,第 2425 页。

曲同前南吕羽

昆仑之南，幅员既长。神持载之，俾民用康。于豆于登，亦有牲俎。飨以御神，欣其来许。

盥洗，《正安》之曲太蔟宫，舆归版位、望瘗通用

载谋载惟，谷旦于差。自豆俎笾，靡不静嘉。酌言飨之，敢不洁清。克咸厥恭，熙事备成。

捧俎，《丰安》之曲太蔟宫

牲也硕之，鼎也涤之。于俎斯登，神也食之。我蕲神飨，亶惟斋明。神允予衷，岂伊割烹。

神州地祇位酌献，《嘉安》之曲应钟宫

厥民蚩蚩，食土之毛。爰报其德，其敢弗昭。酌我清酤，荐我嘉玉。我祖侑之，绥予祉福。

退文迎武，《威安》之曲太蔟宫

有奕其舞，文德既崇。干戚系兴，昭此武功。至阴肃肃，不怒而威。我仪厥成，神其宴娭。

撤豆，《和安》之曲应钟宫

羞之芬芬，酌之熏熏。舞之蹲蹲，飨之欣欣。神莫予违，维志用竭。既顾而歆，其敢弗撤。

送神，《宁安》之曲林钟宫

霓旌舒舒，式旋其驱。百神骏奔，万灵翼趋。我宁神归，神介予祉。原隰畇畇，黍稷薿薿。①

按，《乐府诗集·郊庙歌辞》有神州歌、祭神州乐章。《宋史·

① 《竹隐畸士集》卷十五，第232页。

礼志》曰:“岁之大祀三十:……孟冬祭神州地祇。”①则赵鼎臣此诗为大祀乐章,当属郊庙歌辞。

祀黑帝

降神,《高安》之曲夹钟宫

帝厘天工,宅坎之维。阴翕而藏,实颛其机。迄成岁功,用荐明祀。我维忱斯,神其飨止。

曲同前黄钟角

皇天平分,以运四时。盛德在水,神则司之。黍稷惟馨,笾豆有践。维天盖高,神降无远。

曲同前太蔟徵

旆兮缤纷,黮兮如云。有北之神,孰不骏奔。从帝之车,来即于坛。噬其肯留,式燕以安。

曲同前姑洗羽

既博我牲,又丰我盛。我酌惟醹,我肴既馨。周旋执事,靡不钦承。神其来歆,以孚我诚。

酌献,《佑安》之曲南吕羽

物成于冬,惟帝之庸。寒之时若,厥庸允博。以我精纯,荐是苾芳。其庥我民,裕此蓄藏。

送神,《理安》之曲夹钟宫

神之徕止,肃然余喜。神旋言归,邑余之思。沛乎天游,我不敢留。时节来临,以为民休。

---

① 《宋史》卷九八,第2425页。

中望迎神,《凝安》之曲姑洗宫

节彼崇山,宅田之中。储祉炳灵,为皇屏墉。协德之符,用望以秩。鸩其来思,维时之吉。

酌献,《成安》之曲南吕宫

彼高维嵩,有峻其霍。奠于并汾,宅是河洛。跂于望之,于荐有格。匪祝之私,旸雨时若。

送神,《凝安》之曲姑洗宫

假之愉愉,去之徐徐。川祇前马,谷灵后车。言还言归,眷我无射。福此京师,及彼邦国。[①]

按,《宋史·礼志》曰:"岁之大祀三十:……四立及土王日祀五方帝。"[②]《乐府诗集·郊庙歌辞》有歌黑帝、黑帝歌等。黑帝为五方帝之一,则赵鼎臣此诗亦属郊庙歌辞。

祭晶鼎

迎神,《凝安》之曲南吕宫

帝缵禹功,以作宝镇。屹然皇威,万国时训。曰兊之方,神司其职。既分而中,维荐用格。

升降殿,《同安》之曲南吕宫

有将维馨,有假维诚。蹜蹜其降,栗栗其升。神锡余休,惠然肯留。敢不肃祇,荐此庶羞。

奠币,《明安》之曲南吕宫

嘉荐惟时,精意式孚。沼沚之毛,其可虚拘。明禋而

① 《竹隐畸士集》卷十五,第234页。

② 《宋史》卷九八,第2425页。

求，又实以篚。虽仪之多，物不敢废。

酌献，《成安》之曲南吕宫

秋既分矣，物落其华。剥枣登禾，穰穰满家。神奠其方，谷我士女。敢不吉蠲，以荐稷黍。

亚终献，《成安》之曲南吕宫

既荐清酤，神乐且湛。尚其飨之，于再而三。我之媚神，夫岂其已。鼓瑟龡笙，神具醉止。

送神，《凝安》之曲南吕宫

神既飨矣，浩其莫留。乘彼阊阖，燕于蓐收。奸妖播奔，魑魅执囚。维皇之将，百禄是遒。[1]

按，《宋史·徽宗本纪》载："（崇宁）三年春正月己卯，安化蛮降……甲辰，铸九鼎"[2]又载："（崇宁四年）八月甲申，奠九鼎于九成宫。"[3]宋徽宗于崇宁三年铸九鼎，并仿明堂，在汴京太一宫之南建造九成宫，内有九室，陈列九鼎。中央之鼎为帝鼎，东方为苍鼎，南方为彤鼎，北方为宝鼎，东北为牡鼎，东南为冈鼎，西南为阜鼎，西方为晶鼎，西北为魁鼎。又，《宋史·礼志》载："其后，神宗诏改定大祀：……雷神、历代帝王、宝鼎、牡鼎、苍鼎、冈鼎、彤鼎、阜鼎、晶鼎、魁鼎、会应庙、庆厉军祭后土为中祀。"[4]则赵鼎臣《祭晶鼎》当为中祀乐歌，属郊庙歌辞。

---

① 《竹隐畸士集》卷十五，第 234 页。

② 《宋史》卷十九，第 368 页。

③ 《宋史》卷二〇，第 375 页。

④ 《宋史》卷九八，第 2426 页。

祠司中、司命、司民、司禄

迎神,《兴安》之曲姑洗宫

文昌煌煌,丕显其光。惟神彪列,以介福祥。物成于冬,礼报其本。我殽既将,神降其敏。

升、降坛,《钦安》之曲南吕宫

甫盥而升,其志兢兢。厥降以趋,其色愉愉。一降一登,岂曰瘽止。钦以事神,庶几燕喜。

奠币,《容安》之曲南吕宫

戒期惟先,诹日既良。神徕况予,肃如有光。仪以物将,物以诚显。我交匪纾,肆用有荐。

酌献,《雍安》之曲南吕宫

于昭于天,有粲其职。厥临孔威,于鉴靡忒。坎其击鼓,酌此嘉觞。神毋我违,降以福祥。

送神,《欣安》之曲姑洗宫

车隐雷兮,阊阖开兮。升泰阶兮,神归徕兮。神归康只,弭节逴只。降福穰只,佑我皇只。①

按,《宋史·礼志》曰:"小祀九:……立冬后亥日祠司中、司命、司人、司禄。"②则赵鼎臣此诗为小祀乐章,当属郊庙歌辞。

祭先农

迎神,《凝安》之曲姑洗宫

厥初生民,茹毛饮血。神实基之,俾康稼穑。维孟之

---

① 《竹隐畸士集》卷十五,第234—235页。

② 《宋史》卷九八,第2425—2426页。

春，土膏脉起。祇以荐神，神其顾止。

升降坛，《同安》之曲太蔟宫

陟彼坛矣，如或临之。神斯假斯，载降不迟。有斋其容，有棣其仪。匪躬之瘽，神实在兹。

奠币，《明安》之曲太蔟宫

噫嘻田祖，粒我烝民。匪今斯今，利泽则均。何以事神，惟牲用币。余忱是将，而寓诸篚。

酌献，《成安》之曲太蔟宫

我稷我黍，自彼中田。为耒为耨，神则使然。锡我士民，福既多有。何以娱之，跪荐兹酒。

送神，《凝安》之曲姑洗宫

惟风其马，翩然来下。惟云其车，忽兮去余。其来不勤，其去欣欣。畀我丰年，其穑如云。①

按，《宋史·礼志》曰："中祀九：……立春后丑日祀风师、亥日享先农。"②则赵鼎臣此诗为中祀乐章，当属郊庙歌辞。

祭会应庙

迎神，《禧安》之曲姑洗宫

惟皇建国，宅是浚都。百神受职，靡功弗图。啸雨呼云，伟此神物。贲然来思，飨我嘉粟。

升降堂，《雅安》之曲南吕宫

我酒惟旨，我乐惟谐。既升于堂，复降于阶。匪伊勤

---

① 《竹隐畸士集》卷十五，第235页。

② 《宋史》卷九八，第2425页。

斯，维神之假。其安其徐，嗜此饮食。

奠币，《文安》之曲南吕宫

神之至矣，会言嘉矣。币惟礼矣，实此篚矣。窅兮幽幽，谁则测之。皇祀之恤，其必格之。

酌献，《恺安》之曲南吕宫

日吉时良，神兮满堂。荐我桂酒，酌我椒浆。噫呜为云，咄嗟为雨。天子是承，介予稷黍。

送神，《登安》之曲姑洗宫

灵兮连蜷，忽兮蛇蜒。或升于霄，或降于渊。食于帝都，锡号有崇。其钦其承，咸祇厥功。[①]

按，《宋史·礼志》曰："其后，神宗诏改定大祀：……雷神、历代帝王、宝鼎、牡鼎、苍鼎、冈鼎、彤鼎、阜鼎、皛鼎、魁鼎、会应庙、庆历军祭后土为中祀。"[②]则赵鼎臣此诗为中祀乐章，当属郊庙歌辞。

（二）项安世 1 首（册 44，卷二三七〇至卷二三八二）

抛球

彩球丹柱倚春风，寒食清明罢绣工。汉北将军贪蹴鞠，岂知兵法在吴宫。[③]

① 《竹隐畸士集》卷十五，第 235—236 页。

② 《宋史》卷九八，第 2426 页。

③ ［清］厉鹗《宋诗纪事》卷五四，上海古籍出版社，2013 年版，第 1383 页。

按,《乐府诗集·近代曲辞》有《抛球乐》,项安世《抛球》当出于此,故属近代曲辞。

（三）赵崇嶓 1 首(册 60,卷三一七一)

清平乐

乐府新声替旧歌,沉香亭北醉颜酡。牡丹谢后生秋草,一曲霓裳已觉多。①

按,《乐府诗集·近代曲辞》有《清平调》,赵崇璠《清平乐》当出于此,故属近代曲辞。

（四）武衍 6 首(册 62,卷三二六八至卷三二六九)

有所思寄二琴友

怀伊人兮在帝乡,山月白兮秋夜长。流泉响绝横秋床,感而不寐摧我肠。美人遗我正始音,何以报之百炼金。相睽相离兮岁月深,欲往从之兮梦难寻。

怀伊人兮在东粤,山月出兮寒照雪。匣尘不拂朱丝折,感而不寐心悁结。美人赠我璠玙乐,何以报之和氏璞。相思相望兮天一角,欲往从之兮云路邈。②

按,《乐府诗集·鼓吹曲辞》有《有所思》,武衍此诗当为同题拟作,故属鼓吹曲辞。

---

① ［宋］陈起《江湖后集》卷八,影印文渊阁四库全书,台湾商务印书馆,1986 年版,第 1357 册,第 815 页。

② 《江湖后集》卷二二,第 992 页。

步虚词四阕寿吴静庵

朝元天路庆云多，桂树吹香冷郁罗。应为仙翁今日寿，玲玲环佩下星河。

紫凤衔书出九关，频年光动虎林山。龙奎锡号恩虽异，自视浮荣只等闲。

欲识吾庵以静名，内观何有外无形。探天别得长生诀，独抱清明合至灵。

金简标名玉篆阶，莫将松鹤拟年华。逍遥太极秋光里，细挹天浆对菊花。[①]

按，《乐府诗集·杂曲歌辞》有《步虚词》，武衍此诗当为同题拟作，故属杂曲歌辞。

二　《全宋诗》未收诗人所作乐府诗

《全宋诗》未收刘仙伦、杜旟 2 人诗作，今补此 2 人乐府诗 8 首。

（一）刘仙伦 7 首

哀青楼曲

东风吹衣楼百尺，青钱唤酒春壶碧。楼中女儿颜如花，栏干徒倚春无力。

翻腾旧曲偷宫商，顾曲岂怕周家郎。态浓意远淡梳掠，依约风韵追韦娘。

---

① 《江湖后集》卷二二，第 995 页。

樽前时复度芳眄，长恐秋波落金盏。自言流落小民家，似恨相逢成太晚。

吁嗟绿绮琴，弦绝无知音。行云忽何处，十二巫山深。

巫山深兮君不来，春无色兮意徘徊。夕阳下兮猿叫哀，可怜宋玉空多材。①

按：刘仙伦，生卒年不详，一名儗，字叔儗，号招山，庐陵人。仙伦诗名闻海内，曾与刘过并称，淳熙间称“庐陵二刘”。才甚豪，不遇，布衣终其身。其诗新警峭拔，洗脱尘腐，不为格律所拘，有《招山小集》。《乐府诗集·新乐府辞》有《青楼曲》，刘仙伦《哀青楼曲》当出于此，故属新乐府辞。

秋夜长曲

秋夜长，秋月明，愁人不成眠，搔首行中庭。天高气肃万籁息，银床冻损寒露零。碧梧已萧条，栖乌中夜惊。枯荷倒秋水，夜气冰流萤。铜壶悲咽漏下涩，深闺何处鸣寒砧。亦有朱门人，环坐围娉婷。玉觞催唤酒，银甲纷弹筝。衣篝龙脑熏绣被，珊瑚枕暖愁鸡声。秋夜长，秋月明，此时几人知此情。②

按，《乐府诗集·杂曲歌辞》有《秋夜长》，刘仙伦此诗当为同题拟作，故属杂曲歌辞。

---

① 《江湖小集》卷四九《刘仙伦招山小集》，台湾商务印书馆，1986年版，第1357册，第372页。

② 《江湖小集》卷四九《刘仙伦招山小集》，第373页。

骢马行

忆昔初见骝马归，主人爱马过爱儿。丁宁围人谨相视，一夜十起刍秣之。长年煮料杂以豆，按时饲马欲马肥。爬梳剔抉去疥痒，裂鼻灌药烦兽医。膘成十个料花出，如以膏沭膏其皮。青丝络头鞍韂好，鋈金作镫光陆离。主人爱马马恋豆，牵来顾主时骄嘶。口才三齿力方壮，未老保生常乘骑。淮南忽然有马至，骨骼比此尤雄奇。骟黄铁脊豹其脚，云鬃雾鬣风披披。刺头啮膝过若电，脱兔犇鹿何由追。主人意却在新马，众口共誉无一违。停灯在厩洁水草，恰似骝马初来时。骝马在傍意惨淡，虽未见斥头已垂。呜呼骝马勿用悲，自古世事皆如斯。幽王昔日娶申后，既得褒姒后宠衰。楚王宫中弃前鱼，红袖呜咽流涕洟。人心改变在顷刻，呜呼骝马勿用悲。呜呼骝马勿用悲，淮南无日无马来音离。①

按，《乐府诗集·横吹曲辞》有《骢马》，刘仙伦此诗当出于此，故属横吹曲辞。

(二) 杜旟 1 首

白头吟

长安春风万杨柳，新人妖妍旧人丑。贫贱相从富贵移，旧时犊鼻今存否？长门作赋价千金，不知家有白头吟。②

---

① 《江湖小集》卷四九《刘仙伦招山小集》，第 375 页。

② 《宋诗纪事》卷五六，第 1423—1424 页。

按,杜旟,生卒年不详,字伯高,金华人。尝登吕成公之门,淳熙开禧间,两以制科荐,有《桥斋集》。《乐府诗集 · 相和歌辞》有《白头吟》,杜旟此诗当为同题拟作,故属相和歌辞。

(原载《古籍研究》2020 年上卷,原题作《〈全宋诗〉补遗 137 首》,收入时有删改)

宋代杂歌谣辞辑考

郭茂倩《乐府诗集》有杂歌谣辞一类，分歌、谣著录宋前诗作，为研究宋前杂歌谣辞提供了重要资料。然而宋代究竟有无杂歌谣辞，如果有的话，其数量几何，这些均未见前人讨论，这为宋代杂歌谣辞研究乃至整个宋代乐府研究造成了一定障碍，故本文尝试解决这一问题。《乐府诗集》十二类其他各类收录乐府诗力求完备，然而杂歌谣辞却颇为特殊，不求其全，只举例以见其貌。其去取之准绳，实难判别。因此辑考宋代杂歌谣辞则需依以下准则进行：一、凡《乐府诗集·杂歌谣辞》同题拟作者，均予收录；二、凡宋代史志笔记及其他史料所载有本事之歌、谣，有见必录并考其本事。至于宋代诗人自作，取名“歌”“谣”之诗，虽形似乐府，实则非之，本文不录。依照第一条准则判定宋代杂歌谣辞较为简便，只需在宋人总集及别集中找出《乐府诗集·杂歌谣辞》同题诗作即可，在宋代这类诗作数量极多。而依照第二条标准判定宋代杂歌谣辞则较为困难，主要问题在于这些歌、谣散见于宋代史志笔记及其他史料中，要在纷繁的文献中搜寻出这些歌、谣有很大难度。缘此之故，本文只辑考此类宋代歌谣。

贾知微遇曾城夫人及二妃歌

黄陵庙前春草生，黄陵女儿茜罗裙。轻舟短棹唱歌去，水远天长愁杀人。

宋祝穆《方舆胜览》载其本事曰："《小说》：'开宝中有贾知微遇曾城夫人及二妃于洞庭。歌曰云云。歌毕，赠之罗巾而去。'"①

民间为寇准丁谓歌

欲时之好呼寇老，欲世之宁当去丁。

宋田况《儒林公议》载其本事曰："寇准在相位，以纯亮得天下之心。丁谓作相，专权黩货，为天下所愤。民间歌之曰云云。及相继贬斥，民间多图二人形貌，对张于壁，屠酤之肆往往有焉。虽轻眇顽冥，少年无赖者，亦皆口陈手指，颂寇而诟丁，若己之恩仇者，况耆旧有识者哉？"②

① ［宋］祝穆撰，［宋］祝洙增订，施和金点校《方舆胜览》卷二九湖北路，中华书局，2003年版，第513页。

② ［宋］田况《儒林公议》卷上，影印文渊阁四库全书，台湾商务印书馆，1986年版，第1036册，第294—295页。

五来子

《宋史·五行志》载其本事曰“建隆中,京师士庶及乐工、少年竞唱歌曰《五来子》。自建隆、开宝,凡平荆、湖、川、广、江南,五国皆来朝。”①按,此歌仅存题名,辞已佚。

袁州民为王懿歌

李渠塞,王君开,四民惠利绝火灾。

明李贤《明一统志》载其本事曰:“宋王懿至道间知袁州,时州多火灾,懿疏唐李渠以备之,民歌之曰云云。”②

长安人为杨谭林特歌

杨谭见手先教锁,林特逢头便索枷。

宋司马光《涑水记闻》载其本事曰:“至道中,国家征夏虏,调发陕西刍粟随军至灵武,陕西骚动,民皆逃匿,赋役不肯供给。有诏:‘督运者皆得便宜从事,不牵常法。’吏治率皆峻急,而京兆府通判水部员外郎杨谭、大理寺丞林特尤甚。长安人歌之曰云云。长安多大豪及有荫户,尤不可号令。有见任知某州妻清河县君者,不肯运粮,谭录而杖之,于是民莫敢不趋令。谭、特令

① [元]脱脱等撰《宋史》卷四六,中华书局,1985年版,第1446页。

② [明]李贤《明一统志》卷五七,影印文渊阁四库全书,台湾商务印书馆,1986年版,第473册,第176页。

民每驴负若干，每人担若干，仍赍粮若干，官为封之，须出塞乃听食，怨嗟之声满道。既而京兆最为先办，民无逃弃者；诸州皆稽留不能办，比事毕，人畜死者什八九。由是人始复称之。二人以是得显官：谭终谏议大夫，特至尚书、三司使。”①

陈尧咨梦独脚鬼歌

有官便有妻，有妻便有钱，有钱便有田。

宋洪迈《夷坚志》载其本事曰：“建宁城东梨岳庙所事神，唐刺史李频也，灵异昭格。每当科举岁，士人祷祈，赴之如织。至留宿于庙中以求梦，无不验者。浦城县去府三百里，邑士陈尧咨，苦贫惮费，不能应诏，乃言曰：‘惟至诚可以动天地，感鬼神，此中自有护学祠，吾今但赍香纸谒之，当获丕应。’是夕，宿于斋，梦一独脚鬼，跳跃数四，且行且歌曰云云。尧咨既觉，遍告朋友，决意入城。其事喧播于乡里，或传以为戏笑。秋闱揭榜，果预选，一举登科。”②

余干县民为吴在木歌

吴在木，政严肃。恶者忧羁囚，善者乐化育。鸟有白翎雀，兽有青毛鹿。不见大声急走人，昔之屡空今皆足。

---

① ［宋］司马光撰，邓广铭、张希清点校《涑水记闻》卷二，中华书局，1989年版，第24页。

② ［宋］洪迈撰，何卓点校《夷坚志》夷坚支丁卷第八，中华书局，2006年版，第1030页。

明李贤《明一统志》载其本事曰:“吴在木咸平间知余干县,兴利除害,县中称治,有白雀青鹿之瑞,民歌曰云云。”①

广人为邵晔陈世卿歌

邵父、陈母,除我二苦。

宋王稱《东都事略·邵晔传》载其本事曰:“邵晔字日华,其先京兆人也。家于贵阳,举进士,为邵阳簿、连州录事参军。州将杨全诬部民十三人为劫盗,欲置之死,晔察其枉,不肯书牍,白全愿劾其实再系狱。按验得实,民由是获免,全坐废。晔代还,引对,太宗谓曰:‘尔能活吾平民,深可嘉也。’赐钱五万,命使广南采访刑狱。累迁工部员外郎,为淮南转运使。又使交趾,晔上邕州至交州水陆为四图以进。坐所举非其人免官。大中祥符初,起知兖州,又为江浙荆湖发运使,改右谏议大夫、知广州。城濒海,每蕃船及岸,常苦飓风,晔凿内壕通舟,飓不为害。及卒,广人怀其惠,多洒泣者。方晔之病也,朝廷以陈世卿代之。世卿,南剑州人,亦良吏也。广南计口买盐,人以为害,世卿奏免之。于是广人歌曰云云。”②

天圣中人为谢泌王臻章频郑载歌

前有谢、王,后有郑、章。

① 《明一统志》卷五〇,第43页。

② [宋]王称撰,孙言诚,崔国光点校《东都事略》卷一一二,齐鲁书社,2000年版,第970—971页。

宋王象之《舆地纪胜》载其本事曰："福州官吏。谢泌，《长乐志》云：'景德初，守谢泌，以石易澳溪桥，名曰去思，盖公于民不张权，不恃威。兄弟而争者训之，顽狠者责之，讼几乎息矣。王臻，天禧中。章频，天圣中。郑载，天圣中歌曰云云。'见《牧守序》。"①

蓬州父老歌

使君来兮，父母鞠我。礼化行兮，民无寒饿。使君去兮，不可复留，人意怅怅兮，泪双堕。

明凌迪知《万姓统谱》载其本事曰："吴几复，汝州人，登进士，皇祐中为太学直讲知蓬州，秩满去，父老拜送歌曰云云。"②

东城泉野老歌

滭沸滂沱，畚此泉兮，被彼山阿，吾唯灌沐兮，不知其他。

宋秦观《汤泉赋》载其本事曰："大江之滨，东城之野，有泉出焉……野老告余曰：'泓泓涓涓，莫虞岁年。不火而燠，其名汤泉。'……曳杖而去，行歌于涂曰云云。"③

---

① ［宋］王象之《舆地纪胜》卷一二八福建路，第7册，四川大学出版社，2005年版，第4038页。

② ［明］凌迪知《万姓统谱》卷十，影印文渊阁四库全书，台湾商务印书馆，1986年版，第956册，第222页。

③ ［宋］秦观《淮海集笺注》卷一，上海古籍出版社，2000年版，第13—14页。

苏辙梦闻仙人歌

红尘纷处兮人间世，白云深处兮神仙地。仙家春色兮亿万年，蟠桃香暖兮双鸾睡。北看瀛洲兮咫尺间，西顾方壶兮三百里。逍遥无为兮古洞天，洞天不老兮无人至。

宋洪迈《夷坚志》载其本事曰："熙宁十年，苏文定公在南京幕府。四月一日，以卧病方愈，忽忽不乐，因起独步于庭。天清日高，乃命仆暴书。闲取《山海经》，隐几而读，不觉假寐。梦薄游一所，楼观巍然，金朱晶荧，丛以奇花香草，杂以丹霞紫烟。入其门，登其堂，门之榜曰'神府'，堂之榜曰'朝真'。自堂趋殿，殿名篆体难识。旋临一阁，阁名甚高，不可辨。左碧池，右雕栏，中有一亭，几案酒殽悉备。九人聚坐其间，所披鹤氅或紫或白，其冠或铁叶本作"金"。或鹿皮，或熊经鸟伸，或弹琴对弈。欢笑谈话，视苏公自若。苏颇嫌其简傲，舍自此至"有以招之"，凡四百四十字，原本佚去，今从叶本补。而出。俄闻招呼之声，回明钞本多一"首"字。顾之，一青鬟也。谓曰：'君何人而到此？奉灵君之命有请。'引诣庭中，一人云：'邀至与坐。'苏辞不获，辄厕其傍。其一苍髯白发者问曰：'子尘中人耶？'曰：'然。'曰：'何以至此？'曰：'信步而来。'其人笑曰：'非信步也。岂非心有所祈，意有所感而然欤？'苏曰：'此为何所？'曰：'金泉洞天也。'苏曰：'孔孟之道，心有所祈；颜冉之学，意有所感。若夫神仙之事，了未尝撄虑。而至于此者，真信步耳！'其人与之剧论儒老之同异，遂及长生。曰：'金丹之术百数，其要在神水华池；玉女之术百数，其要在还精采气。驯致之久，则自能脱百骸，遗六腑，如蜩甲焉，蝉蜕焉。形貌有移，而神炁无改。若夫迷于炼石化金，惑于金箓玉检，以求长生者，非吾所谓道也。”苏曰：“世传白日飞升者，何邪？”曰：“其变靡常，其化无方，此又非所以语子也。’言毕，命酒同酌。有抵掌而歌者曰云云。酒酣，苏求退。其人曰：‘盍不少留，以竟挥麈之乐乎？’苏曰：‘有生则不能无形；有形则不能无累。故物色之际，相仍焉。形貌有移，而神炁无改。若夫迷于炼石化金，惑于金箓玉检，以求长生者，非吾所谓道也。’苏曰：‘世传白日飞升者，何邪？’曰：‘其变靡常，其化无方，此又非所明钞本、吕本均作“刃”。而不停。忧患之来，有进明钞本、吕本均作“迷”。而无已。’其人曰：‘子知有形而不知所以有形，知有累而不知所以有累，如影之随形，响之应声者，皆有以招之以上四百四十字，从叶本补。故也。’苏谢曰：‘谨受教。’良久，为家人所惊，遂寤。乃作《梦仙记》。叶本作《游仙记》。或谓苏公借梦以成文章，未必有实。上三字叶本作“实有”。予窃爱其语而书之。”①

苏轼游桓魋墓歌

桓山之上，维石嵯峨兮。司马之恶，与石不磨兮。桓山之下，维水弥弥兮。司马之藏，与水皆逝兮。

宋苏轼《游桓山记》载其本事曰：“元丰二年正月己亥晦，春服既成，从二三子游于泗之上。登桓山，入石室，使道士戴日祥鼓雷氏之琴，操《履霜》之遗音，曰：‘噫嘻悲夫，此宋司马桓魋之墓也。’或曰：‘鼓琴于墓，礼欤？’曰：‘礼也。季武子之丧，曾点倚其门而歌。仲尼，日月也，而魋以为可得而害也。且死为石

① 《夷坚志》夷坚支癸卷七，第1270—1271页。

椁，三年不成，古之愚人也。余将吊其藏，而其骨毛爪齿，既已化为飞尘，荡为冷风矣，而况于椁乎，况于从死之臣妾、饭含之贝玉乎？使魋而无知也，余虽鼓琴而歌可也。使魋而有知也，闻余鼓琴而歌知哀乐之不可常、物化之无日也，其愚岂不少瘳乎？'二三子喟然而叹，乃歌曰云云。歌阕而去。从游者八人：毕仲孙、舒焕、寇昌朝、王适、王遹、王肄、轼之子迈、焕之子彦举。”①

苏轼游赤壁歌

桂棹兮兰桨，击空明兮溯流光，渺渺兮予怀，望美人兮天一方。

宋苏轼《赤壁赋》载其本事曰：“壬戌之秋，七月既望，苏子与客泛舟，游于赤壁之下。清风徐来，水波不兴。举酒属客，诵明月之诗，歌窈窕之章。少焉，月出于东山之上，徘徊于斗牛之间，白露横江，水光接天……于是饮酒乐甚，扣舷而歌之，歌曰云云。”②

周邦彦述汴都童子歌

孰为我尸，孰厘我栽，茫茫九有，莫知其界。

宋周邦彦《汴都赋》载其本事曰：“上方咀嚼乎道味，斟酌乎圣

① ［宋］苏轼撰，孔凡礼点校《苏轼文集》卷十一，中华书局，1986年版，第370页。

② 《苏轼文集》卷二，第5—6页。

泽,而意犹未快。又欲浮槎而上,穷日月之盈具,寻天潢之流派,操执北斗之柄,按行二十八星之次,夺雷公之枹,收风伯之鞴,一瞬之间,而甘泽滂沛。囚孛彗于幽狱,敷景云而黯霭,统摄阴机,与帝唯诺而无阂。如此淫乐者十有七年,疲而不止,谏而不改。吾不知天王之用心,但闻夫童子之歌曰云云。"①

钦宗朱后歌

幼富贵兮,厌绮罗裳。长入宫兮,奉尊觞。今委顿兮,流落异乡。嗟造物兮,速死为强!

昔居天上兮,珠宫玉阙。今日草莽兮,事何可说。屈身辱志兮,恨何可雪。誓速归泉下兮,此愁可绝!

《宣和遗事》载其本事曰:"(靖康二年)四月十四日,至信安县,帝及太上、太后、皇后自离京未尝涤面,至是见野水澄清,四人方掬水洗面灌涤,相视哽咽不胜。傍有人献牛酒于泽利者,泽利拔刀切肉啖食,饮酒连五七杯。以其余酒残食饷帝曰:'食之!前途无与吃也!'复视朱后曰:'这一块好肉,你自吃之。'方吃酒,有人言知县来相见,乃见一番官,衣褐纻丝袍,皂靴,裹小巾,执鞭揖泽利。又办酒食羊肉同坐饮食。移时乘醉命朱后劝酒唱歌,朱后以不能对。泽利怒曰:'四人性命在我掌握中,安得如是不敬我!'后不得已,不胜泣涕,乃持杯,遂作歌曰云云。歌毕,上泽利酒。泽利笑曰:'词最好!可更唱一歌劝知县酒。'后再歌曰云云。遂举杯劝知县酒。泽利起拽后衣曰:'坐此同饮。'后怒,欲手格之,力不及,为泽利所击,赖知县劝

① [宋]周邦彦《周邦彦集》,江西人民出版社,1983 年版,第 137 页。

止之。复举杯付后手中曰:‘劝将军酒!’后曰:‘妾不能矣,愿将军杀我,死且不恨。’欲自投庭井,左右救止之。知县曰:‘将军不可如此迫他,北国皇帝要四人活的朝见,公事不小。’酒罢,各散去。”①

元祐中阆州里人歌

锦屏名山,三人状元。

宋王象之《舆地纪胜》载其本事曰:“阆州风俗形胜。云云。谓陈尧叟、陈尧咨、马涓也。元祐中里人歌云。”②

酒肆歌

吃酒二升,籴麦一斗。磨面五斤,可饱十口。

宋范公偁《过庭录》载其本事曰:“崧山道中小市曰金店,范弇学究居焉。先子自许省坟河南,往来数见之,貌古性直,君子人也。邻有酒肆,诗云云。虽遇岁时,歌乐喧集,乡人竞观,范公闭户读书自若也。”③按,《宋诗纪事》据《过庭录》亦收此诗,题作《酒肆歌》④,本文从之。

---

① [宋]无名氏《宣和遗事》后集,丛书集成初编,第3889册,中华书局,1985年版,第73—74页。

② 《舆地纪胜》卷一八五利东路,第9册,第5385页。

③ [宋]范公偁撰,孔凡礼点校《过庭录》,中华书局,2002年版,第328页。

④ [清]厉鹗《宋诗纪事》卷一〇〇,上海古籍出版社,2013年版,第2358页。

时为李宗伯歌

大卿做事轻，文字送司呈。每日去巡仓，丰济与广盈。

宋张知甫《可书》载其本事曰："李伯宗为司农卿，居第之侧，有丰济、广盈二仓，每出按则止此二处，即起近也。又词状、申陈之类，必判司呈。时为之歌曰云云，后坐此罢。"①

淮甸人为李大有歌

天下奸臣皆守室，虔州太守独勤王。

宋王象之《舆地纪胜》载其本事曰："赣州官吏。李大有，字仲谦，居新喻之钟口，登绍圣第，守虔州。宣和末，金敌入寇，大有召募，不旬日得五千人，鼓行而前。淮甸歌云云。"②

李若水死义时歌

矫首问天兮，天卒无言。忠臣效死兮，死亦何愆？

《宋史·李若水传》载其本事曰："李若水，字清卿，洺州曲周人……靖康元年，为太学博士。开府仪同三司高俅死，故事，天子当挂服举哀，若水言：'俅以幸臣躐跻显位，败坏军政，金人长驱，其罪当与童贯等。得全首领以没，尚当追削官秩，示与众弃；而有司循常习故，欲加缛礼，非所以靖公议也。'章再上，乃

① ［宋］张知甫撰，孔凡礼点校《可书》，中华书局，2002年版，第414页。

② 《舆地纪胜》卷三二江南西路，第3册，第1502页。

止。钦宗将遣使至金国，议以赋入赎三镇，诏举可使者，若水在选中。……二年，金人再邀帝出郊，帝殊有难色，若水以为无他虑，扈从以行。金人计中变，逼帝易服，若水抱持而哭，诋金人为狗辈。金人曳出，击之败面，气结仆地，众皆散，留铁骑数十守视。粘罕令曰：'必使李侍郎无恙。'若水绝不食，或勉之曰：'事无可为者，公昨虽言，国相无怒心，今日顺从，明日富贵矣。'若水叹曰：'天无二日，若水宁有二主哉！'其仆亦来慰解曰：'公父母春秋高，若少屈，冀得一归觐。'若水叱之曰：'吾不复顾家矣！忠臣事君，有死无二。然吾亲老，汝归勿遽言，令兄弟徐言之可也。'后旬日，粘罕召计事，且问不肯立异姓状。……宁得归，具言其状。高宗即位，下诏曰：'若水忠义之节，无与比伦，达于朕闻，为之涕泣。'特赠观文殿学士，谥曰忠愍。死后有自北方逃归者云：'金人相与言，'辽国之亡，死义者十数，南朝惟李侍郎一人'。临死无怖色，为歌诗卒，云云，闻者悲之。'"①

夔州人为吕锡山王大辩歌

我有父母，前吕后王。抚爱我民，千里安康。

宋王象之《舆地纪胜》载其本事曰："蓬州官吏。吕锡山，王大辩。绍兴二年。吕锡山、王大辩相继为守。人歌之曰云云。"②

① 《宋史》卷四四六，第13160—13162页。

② 《舆地纪胜》卷一八八利州路，第9册，第5532页。

秦昌龄歌

四十三,四十三,一轮明月落清潭。

宋洪迈《夷坚志》载其本事曰:“秦昌龄写真挂于书室,鱼肉和尚见之,题曰:‘动着万丈悬崖,不动当处沉埋。弥勒八万楼阁,击着处处门开。会得紫罗帐里事,不妨行处作徘徊。’时绍兴二十三年也。至九月,昌龄调宣州签判,归。中涂感疾,至溧水,疾亟,寓于王季羔宗丞空宅中。忽觉寒甚,欲得夹帐。县令薛某买紫罗制以遗之,遂死于其间。又是年春,在茅山观前遇一人,目如鬼,着白布袍,担草屦一双,笼饼两枚,歌而过曰云云。盖昌龄正四十三岁也。”[①]

画上丽人答翟望歌

茗之荣兮,春日陂迟。湿汀苹以建址兮,冒卿云以为帷。吹浩香以渡汉兮,示秀色与华姿。居谁与复兮,挽明月以扬辉。怅溪风兮,聊咏言于兹。

宋曹勋《松隐集》载其本事曰:“(翟望)喜读骚经楚些,亦寓词蘅杜间,规衍其才意,纫兰握蕙,遇合非常,每水边沙外,属思幽放。人莫测其意,尝寄言曰,洞箫吹兮春烟绿,风光粲兮人如玉,搴木兰兮溯流波,怀彼美兮忧心若何。一夕梦丽人,庄容独秀,翳修竹而立,隔溪语望曰云云。歌毕,致一笑而逝。望寤,亟书于纸,心惝恍者累日。后思天清寺之菊坡,谒僧琴,会僧出,因憩北轩,有一姬先在焉,容色鲜丽,疑若素识,

---

① 《夷坚志》夷坚丙志卷十六,第502页。

因质名氏，不自知体之前也。姬笑曰：'妾有外姻，约我会此，偶故渝爽，然室有酒肴，能少驻否？'望欣然从之至，则一奇丑妇传餐酒数行，移坐相近。稍既情昵，望被酒、讽苕之荣以自喜。姬曰：'溪风之隔，殆不然矣。'望领其语而不讶，复叩以他辞，宛不蒙答。日暮，姬曰：'而后月半，约当预闻，愿置君子之念，姬先出门，莫知所适。望徘徊，欲归，见轩壁挂所喜玉女观泉图，心以为画之灵遇，后售图以归，亦拟梦询作《灵遇赋》。"①

绩溪邑人为叶楠歌

前有苏黄门，后有叶令君。

（乾隆）《池州府志》载其本事曰："叶楠，贵池人，乾道进士。为绩溪令多惠政，邑人歌之。苏黄门者苏辙也，曾任绩溪令。"②

蛮　歌

小娘子，叶底花，无事出来吃盏茶。

宋陆游《老学庵笔记》载其本事曰："辰、沅、靖州蛮有犵狑，有犵獠，有犵榄，有犵猹，有山猺，俗亦土著，外愚内黠，皆焚山而耕，所种粟豆而已。食不足则猎野兽，至烧龟蛇啖之。其负物则少

---

① ［宋］曹勋《松隐集》卷三七，影印文渊阁四库全书，台湾商务印书馆，1986年版，第1129册，第557—558页。

② （乾隆）《池州府志》卷四四，见汤华泉《全宋诗辑补》，第12册，黄山书社，2016年版，第6109页。

者轻,老者重,率皆束于背,妇人负者尤多。男未娶者,以金鸡羽插髻,女未嫁者,以海螺为数珠挂颈上。嫁娶先密约,乃伺女于路,劫缚以归。亦忿争叫号求救,其实皆伪也。生子乃持牛酒拜女父母。初亦阳怒却之,邻里共劝,乃受。饮酒以鼻,一饮至数升,名钩藤酒,不知何物。醉则男女聚而踏歌。农隙时至一二百人为曹,手相握而歌,数人吹笙在前导之。贮缸酒于树阴,饥不复食,惟就缸取酒恣饮,已而复歌。夜疲则野宿。至三日未厌,则五日,或七日方散归。上元则入城市观灯。呼郡县官曰'大官',欲人谓己为'足下',否则怒。其歌有曰云云。盖《竹枝》之类也。诸蛮惟犵狣颇强习战斗,他时或能为边患。"①

林刘举梦中闻人歌

五飞云翔,坐吸湖光。子今变化,因溯吾乡。

宋洪迈《夷坚志》载其本事曰:"福州长溪人林刘举在国学,淳熙四年,将赴解省,祷于钱塘门外九西五圣行祠。梦成大殿,见五人正坐,着王者服,赞科如礼。闻殿上唱云云,觉而不能晓。是秋获荐,来春于姚颖榜登科黄甲,注德兴尉。既交印,奠谒五显庙,知为祖祠,始验梦中之语。"②

为祁令张拱辰歌

桑底不闻儿捕雉,道旁只见马留钱。

---

① [宋]陆游撰,李剑雄、刘德权点校《老学庵笔记》卷四,中华书局,1979年版,第44—45页。

② 《夷坚志》夷坚三志己卷第十,第1379页。

永乐《祁阊志》载其本事曰："张拱辰，字南晖，淳熙十四年知祁门，性尚纯谨，不事华靡，遇岁旱，蠲租除赋，以恤民隐，邑人歌之云云。"①

淳熙中淮西歌

骑驴度江，过江不得。②

有个秀才姓汪，骑个驴儿过江。江又过不得，做尽万千趋锵。

往在祁门下乡，行第排来四八。③

《宋史·五行志》载其本事曰："淳熙中，淮西竞歌《汪秀才曲》曰云云。又为㹀舞以和之。后舒城狂生汪格谋不轨，州兵入其家，缚之。其子拒杀，聚恶少数千为乱，声言渡江。事平，格亦伏诛。"④宋岳珂《桯史》载此事及歌辞更详，曰："淳熙辛丑，舒之宿松民汪革，以铁冶之众叛，比郡大震，诏发江、池大军讨之，既溃，又诏以三百万名捕。其年，革遁入行都，厢吏执之以闻，遂下大理。狱具，枭于市。支党流广南。余尝闻之番易周国器元鼎，曰：'革字信之，本严遂安人，其兄孚师中尝登乡书，以财豪乡里，为官榷坊酤，以捕私酝入民家，格斗杀人，且因以掠敚，黥隶吉阳军。壬午、癸未间，张魏公都督江、淮，孚逃归，上书自诡，募亡命为前锋，虽弗效，犹以此脱黥籍，归益治赀产，复致千

① (永乐)《祁阊志》，见汤华泉《全宋诗辑补》，第 12 册，第 6106 页。

② 《宋史》卷六六，第 1448 页。

③ [宋]岳珂撰，吴企明点校《桯史》卷六，中华书局，1981 年版，第 64—68 页。

④ 《宋史》卷六六，第 1448 页。

金。革偶阋墙不得志，独荷一伞出，闻淮有耕冶可业，渡江至麻地，家焉。麻地去宿松三十里，有山可薪，革得之，稍招合流徙者，治炭其中，起铁冶其居旁。又一在荆桥，使里人钱某秉德主焉。故吴越支裔也，贫不能家，妻美而艳，革私之。邑有酤坊在仓步白云，革讼而擅其利，岁致官钱不什一。别邑望江有湖，地饶鱼蒲，复佃为永业。凡广袤七十里，民之以渔至者数百户，咸得役使。革在淮仍以武断称，如居严时，出佩刀剑，盛骑从。环数郡邑官吏，有不惬志者，辄文致而讼其罪，或莫夜啸乌合，殴击濒死，乃置。于是争敬畏之，愿交欢奉颐旨。革亦能时低昂，折节与游，得其死力，声焰赫然，自俦夷以下不论也。初江之统帅曰皇甫倜，以宽得众，别聚忠义为一军，多致骁勇。继之者刘光祖，颇矫前所为，奏散遣其众。太湖邑中有洪恭训练，居邑南门仓巷口，旧为军校，先数年已去尺籍，家其间。军士程某，二人素识之，往归焉。恭无以容，又不欲逆其意，革之长子某，好骑射，轻财结客，遂以书荐之往，果喜，留之。一年而尽其技，革赀用适窘，谢以铁镪五十缗，二人不满。问其所往，曰将如太湖，革因寄书以遗恭。革与恭好，有私干，期以秋，以其便之，弗端，亶书纸尾曰：'乃事俟秋凉即得践约。'二人既出，饮它肆，酣，相与咨怨，窃发缄窥之而未言。至太湖见恭，恭门有茗坊，延之坐，自入于室，取四缣将遗之。恭有妾曰小姐，躬蚕织劳，以恭之好施也，恪不予缣。屏后有詈言，二人闻之，怒。恭坚持缣出，不肯受，亦不投以书，径归九江。扬言于市，谓革有异谋，从我学弓马兵阵，已约恭以秋叛，将连军中为应，我因逃归。故使逻者闻之，意欲以籍手冀复收。光祖廉得之，恐，捕二人送后司，既无以脱，遂出其书为证。光祖缴上之朝，有诏捕革。郡命宿松尉何姓，忘其名，素畏其豪，弯卒又咸辞不敢前，妄谓拒捕，幸其事之它属以自解。时邑无令，有王某者以簿摄邑事，郡檄簿往说谕。革已闻之，颇为备，饮簿以酒，烹鹅不熟而荐，意绪仓皇，簿觉有异，不敢言而出。行数里，解后，郡遣客将郭择者至。择与汪革交稔，故郡使继簿将命，从以吏卒十余人，簿下马道革语，劝勿往，择不可，曰：'太守以此事属择，今徒还，且得罪。'遂入，革复饮之。时天六月方暑，虐以酒，自巳至申，不得去。择初谓革无他，既见，乃露刃列两厢门下，憧憧往来，袒裼呼啸，颇惧，亶孙辞匄去。革毕饮，字谓择曰：'希颜，吾故人，今事藉藉，革且不知所从始，雀鼠贪生，未敢出，有楮券四百，匄希颜为我展限。'择阳诺，方取楮，捕吏有王立者，亦以革之饷饮也，醉，闻其得钱，扣窗呼曰：'三省枢密院同奉圣旨，取谋反人，教练乃受钱展限耶？'革长子闻之，跃出缚择，曰：'吾父与尔善，尔乃匿圣旨文书，给吾父死地。'户阖，甲者兴，王立先中二刀，仆，伪死。尽歼捕吏，钩曳出置墙下。将杀择，探怀中，得所藏郡移，择搏颊祈哀曰：'此非他人，乃何尉所为，苟得尉辨正，死不恨。'革许之，分命二子往起炭山及二冶之众。炭山皆乡农，不肯从，争迸逸；惟冶下多逋逃群盗，寔从之。夜起兵，部分行伍，使其腹心龚四八、董三、董四、钱四二及二子分将之，有众五百余。六日辛亥，迟明，蓐食趋邑。数人者故军士，若将家子弟，亦有能文者，侠且武，平居以官人称，革皆亲下之。革有三马，号惺惺骝、小骢骒、曰番婆子，骏甚，驭曰刘青，骁捷过人。革是日被白锦袍，属櫜鞬，腰剑，总鹅梨旋风髻，道荆桥，秉德之妻闯于垣，匿，弗之见，乃过之。未至县五里，钱四二有异心，因谓革曰：'今捕何尉，顾不足多烦兵，君以亲骑入，大队姑屯此可也。'革然其言，以三十骑先入郭门，问尉所在，则前一日以定民讼，舍村寺未归。乃耀武郭中，复南出，刘青方鞚，忽顾革曰：'今虽不得尉，能质其家，尉且立来。'革曰：'良是。'反骑趋县，尉廨在县治，革将至，有长人衣白立门间，高与楼齐，其徒俱见之，人马辟易，亟奔还。则钱四二者已与其众溃逃略尽，惟龚、董守郭择不去者，尚五六十人，计无所出，乃杀择而还麻地。其居屋数百间，藏书甚富，谷粟山积，尽火之。幼孙千一甫十一岁，使乘惺惺骝，如无为漕司，分析非敢反，特为尉迫胁状。遂杀二马，挈其孥至望江，以五舟分载入天荒湖，泊苇间，与龚、董洒涕别去，曰：'各逃而生，毋以为君累也。'其次子有妇张，实太湖河西花香盐贾张四郎之女，有智数，尝劝革就逮，弗从，至是与其子相泣，自湛于湖，时人哀之。王立既不死，负伤而逃，归郡。郡闻革起聚民兵，会巡尉来捕，且驿书上言，诏发两统帅偏裨扑灭，勿使炽。居十日，而兵大合，徒知其在湖，不敢近。视舟有烟火，且闻伐鼓声，稍久不出，使闯之，则无人焉。烟乃焮麻屑，为诘曲如印盘，缚羊鼓上，使以蹄击，革盖东矣。革之至江口，劫二客舟，浮家至雁汊、采石，伪官归峡者，谒征官而去，人莫之疑。舒军既失革，朝廷益虑其北走胡，大设赏购。革乃匿其家于近郊故死友家，夜使宿弊窑，曰：'吾事明，家可归师中兄。'遂入北关，遇城北厢官白某者于涂，白尝为同安监官，识革，方骇避，革曰：'闻官捕我急，请以为君得。'束手诣阙，下天狱，狱吏讯其家所在，备楚毒，卒不言。从狱中上书，言臣非反者，蹭蹬至此，盖尝投匭请得以两淮兵，恢复中原，不假援助，臣志可见矣。不知讼臣反而捕者为谁，请得以辨。乃诏九江军送二人，捕洪恭等杂验，皆无反状，书所言秋期乃它事，革亶坐手杀平人，论极典，从者末减。二人亦以首事妄言，杖脊窜千里。方其孙诉漕司时，递押系太湖，荷小校过棠梨市，国器尝见之，惺惺骝弃野间，为人取去。宿松人复攘之，以瘠死。革之婿曰毛翥,字时举,第百一,居仓步,亦业儒,以不预谋,至今存。后其家果得免,依孚而居。后一年,事益弛,乃如宿松,识故业,董四,从。有总首詹怨之,捕送郡,郭择家人逆诸门,搏击之,至郡庭,首不发矣。其捕董时,亦赏缗十,郡不复肯畀,薄其罪,仅编管抚州。革未败,天下谣曰云云,又曰云云。首尾皆同,凡十余曲,舞者率侑以鼓吹,莫晓所谓。至是始验。革第十二,以四合八,其应也。二人初言,盖谓革将自庐起兵如江云。国器又言,革存时,每酒酣,多好自舞,亦不知兆止其身。宿松长人,或谓其邑之神,曰福应侯,威灵极著,革时亦欲纵火杀掠,使无所睹,邑几殆。时守安庆者李,岁久,亦不知其为何人也。'"[①]按,《宋史》仅载"骑驴度江,过江不得"二句。

铁弹子白塔湖曲

《宋史·五行志》载其本事曰:"嘉泰四年,越人盛歌《铁弹子白塔湖曲》。俄有盗金十一者自号'铁弹子',谬传其斗死于白塔湖中,后获于诸暨县。"[②]按,此歌仅存题名,辞已佚。

淳熙末莎衣道人歌

胡孙死,闹啾啾,也须还我一百州。[③]

---

① 《程史》卷六,第64—68页。

② 《宋史》卷六六,第1448页。

③ [元]马端临撰,上海师范大学古籍研究所,华东师范大学古籍研究所点校《文献通考》卷三九〇,中华书局,2011年版,第8374页。

元马端临《文献通考》载其本事曰:"淳熙末,上以恢复之占访莎衣道人何者,何授以歌词,末云云。后金酋葛王死,其孙璟立不以序,诸酋争立内乱,志士以抚机为惜。"①

开禧牧童歌

朝出耕田暮饭牛,林泉风月共悠悠。九重虽窃阿衡贵,争得功名到白头。

清厉鹗《宋诗纪事》引《昨非庵日纂》载其本事曰:"侂胄过南园山庄,赵师睪偕行。至东郊别墅,宛然乡井,见林薄中一牧童歌云云。赵呵曰:'平章在此。谁敢唐突。'迹牧童至草庐,屏上有诗云:'玉津园内行天讨,怨血空啼杜宇红。'后韩为史诛于玉津园。"②《宋人轶事汇编》据《坚瓠集》载之更详:"韩侂胄一日过南园山庄,赵师罿偕行。至东村别墅,桑麻掩映,鸡犬相闻……一牧童骑犊且行且歌曰云云。师罿呵曰:'平章在此,谁敢唐突。'牧童笑曰:'吾但识山中宰相,安知朝内平章?'胄曰:'宰相何人? 奈未识荆。'童曰:'公如欲见,枉驾草庐。'欣然而行,至,至则竹篱茅舍,石磴藤床,书画琴棋,亦甚整洁,屏间有二律诗,其一曰:'病国妨贤主势孤,生民无计乐樵苏。伪名枉玷朱元晦,谋逆空污赵汝愚。羊质虎皮千载耻,民膏血脉一时枯。若知不可同安乐,早买扁舟去五湖。'其二曰:'定策微劳总是空,一时狐假虎威风。不知积下滔天罪,尚欲谋成盖世功。披露奸心愚幼主,彰闻恶德辱先公。玉津园内行天讨,

① 《文献通考》卷三九〇,第8374页。

② 《宋诗纪事》卷九六,第2292页。

怨血空流杜宇红。'胄阅毕，勃然变色。方欲促驾，童报曰：'主人至矣。'乃见一叟庞眉鹤发，深衣幅巾，扶筇而来，年可七八旬，态度闲雅，自称袁处士，揖胄进曰：'贵人光贲，有失祇迎，乞恕不恭之罪。'揖逊而坐。胄徐曰：'屏间之诗，何人所作？'处士答曰：'老朽写怀，不意见让于贵人也。'胄曰：'军国重事，谁敢私议？'处士曰：'太师挟振主之威，操不赏之权。群小盈朝，国事日非，土崩瓦解，可立而待。虽欲建恢复之功，诚恐北方未可图，而南方已骚动矣。愚意势倒冰山，危如朝露，诚孔子所谓不在颛臾，而在萧墙之内也。太师其审图之。'胄面色如土，左右欲兵之。胄叹曰：'真谅士也！'扶而去之。"①

吴中舟师歌

月子弯弯照几州，几家欢乐几家愁。

宋赵彦卫《云麓漫钞》载其本事曰："彭祭酒，学校驰声，善破经义，每有难题，人多请破之，无不曲当。后在两省，同寮尝戏之，请破云云。彭停思久之，云：'运于上者无远近之殊，形于下者有悲欢之异。'人益叹伏。此两句，乃吴中舟师之歌，每于更阑月夜，操舟荡桨，抑遏其词而歌之，声甚凄怨。唐人有诗云：'从倚仙居凭翠楼，分明宫漏静兼秋。长安一夜家家月，几处笙歌几

① 周勋初主编，葛渭君、周子来、王华宝编《宋人轶事汇编》卷三五，上海古籍出版社，2014 年版，第 2472—2473 页。

处愁。'盛行于时,具载《辇下岁时记》,云是章孝标制,与此意同。"①

绍定都城歌

东君去后花无主。

《宋史·五行志》载其本事曰:"嘉定三年,都城市井作歌词,末句皆曰云云,朝廷恶而禁之。未几,太子询薨。"②按,明田汝成《委巷丛谈》亦载③。《宋诗纪事》据《宋史·五行志》录此歌,题作《绍定都城歌》④,本文从之。

秦顺临刑歌

生为潞州人,死为蕲春鬼。

宋赵与容《薪巳泣蕲录》载其本事曰:"(嘉定十有四年,岁在辛巳,二月三十日,)又捕获番人秦顺,据供系潞州人,油面行为活,酆王起我军为,日支麦二升,有妻一人子一人在家,各请官中麦二升,随逐左监军人马前来打掳,自黄州分正军三万人来打蕲州,本意只来打巴州便回,即巴河也,实有蕲州归附人卢立,与张奇张三韩四说,来打蕲州,不妨,彼处无大军守城,只有

---

① [宋]赵彦卫撰,傅根清点校《云麓漫钞》卷九,中华书局,1996年版,第156页。

② 《宋史》卷六六,第1448页。

③ [明]田汝成《西湖游览志余》卷二三,上海古籍出版社,1980年版,第421页。

④ 《宋诗纪事》卷四〇,第2374页。

民兵四五百人，所以遣我前来。……次日将秦顺斩于市曹，押出之际，口说大金鄷王无道，连年用兵，使我兄弟五人皆死于军，歌唱自如，曰云云。”①

济王未废时市井俚歌

花儿王开。

宋周密《癸辛杂识》载其本事曰：“济王夫人吴氏，恭圣太后之侄孙也，性极妒忌。王有宠姬数人，殊不能容，每入禁中，必察之杨后，具言王之短，无所不至。一日内宴后，以水精双莲花一枝，命王亲为夫人簪之，且戒其夫妇和睦。未几，王与吴复有小竞，王乘怒误碎其花。及吴再入禁中，遂谮言碎花之事，于是后意甚怒，已有废储之意。会王在邸新饰素屏，书‘南恩新’三大字，或扣其说，则曰：‘“花儿王”王墉之父，号花儿王。与史丞相通同为奸，待异日当窜之上二州也。’既而语达，王与史密谋之杨后，遂成废立之祸焉。盖当时盛传‘花儿王’者秽乱宫闱，市井俚歌所唱云云，盖指此也。”②

襄阳人歌

叶光化，丰谷城，清如水，平如衡。

---

① ［宋］赵与容《薪巳泣蕲录》，四库全书存目丛书，史部第45册，齐鲁书社，1993年版，第72—73页。

② ［宋］周密撰，吴企明点校《癸辛杂识》后集，中华书局，1988年版，第86—87页。

《宋史·叶康直传》载其本事曰:“叶康直,字景温,建州人。擢进士第,知光化县。县多竹,民皆编为屋,康直教用陶瓦,以宁火患。凡政皆务以利民。时丰稷为谷城令,亦以治绩显,人歌之曰云云。”①按,清厉鹗《宋诗纪事》据《乾道四明图经》亦载:“丰稷相之为襄阳谷城令,叶康直方为光化令,皆有能名,襄阳人歌之。”②题作《襄阳人歌》,本文从之。

苏州民为王觌歌

吏行水上,人在镜心。

《宋史·王觌传》载其本事曰:“寻改右司员外郎,未几,拜侍御史、右谏议大夫。坐论尚书右丞胡宗愈,出知润州,加直龙图阁、知苏州。州有狡吏,善刺守将意以挠权,前守用是得讥议。觌穷其奸状,置于法,一郡肃然。民歌咏其政,有云云之语。”③

广州人为邵晔陈世卿歌

邵父陈母,除我二苦。

宋释文莹《玉壶清话》载其本事曰:“邵晔知广州,凿内濠以泊舟楫,不为飓风所害。相次陈世卿代之,奏乞免本州岛计口买盐之害。五年之后,民始有完衣饱食,广人歌云云。”④

---

① 《宋史》卷四二六,第 12706 页。

② 《宋诗纪事》卷一〇〇,第 2355 页。

③ 《宋史》卷三四四,第 10943—10944 页。

④ [宋]释文莹撰,郑世刚、杨立扬点校《玉壶清话》卷三,中华书局,1984 年版,第 31 页。

谷城民为王丰歌

天厚谷城生王公，为宰三月恩泽通，室如悬盘今击钟。

元陶宗仪《说郛》卷三一下引《贾氏说林》载其本事曰："王丰为谷城令，治民有法，民多暴富，歌之云云。"①

大观中姑苏小儿歌

沈逍遥。

宋龚明之《中吴纪闻》载其本事曰："（姑苏）盖自长庆以来，更七代三百年，吴人死不见兵革……大观中，枢密章公之子綖，为蔡京诬以盗铸，诏开封尹李孝寿，即吴中置狱，连逮千余人。遣甲士五百围其家……又遣三御史萧服、沈畸、姚重案。其至也，人皆自门隙中窥之，不敢正视。识者已知非太平气象，故其后有建炎之祸。方章氏事未觉时，城中小儿所在群聚，皆唱云云，莫知其由，已而三御史果至。"②

广东民为李伦歌

石门之水清且清，晋吏一歃千古荣。争如李公投杯盟，江流汹汹杯停停。

---

① ［元］陶宗仪《说郛》卷三一，上海古籍出版社，1988 年版，第 1465 页。

② ［宋］龚明之《中吴纪闻》卷六，上海古籍出版社，1986 年版，第 143—144 页。

宋王象之《舆地纪胜》载其本事曰："南恩州官吏。李纶，李邴之子也。寓居泉南，所至有清操。提举广东常平日，适伯氏维出守恩平，酌别江滨，兄弟相励以'清白传家'之语。纶慷慨临江矢言曰：'傥负君民。有如此水。'遂投杯于江，时江流汹汹，杯停不没久之，观者无不惊叹。民歌之曰云云。"①

镇江府民歌

我潴我水，以灌以溉。俾我不夺，蔡公是赖。

《宋史·蔡洸传》载其本事曰："蔡洸，字子平，其先兴化仙游人，端明殿学士襄之后，徙霅川。父伸，左中大夫。洸以荫补将仕郎，中法科，除大理评事，迁寺丞，出知吉州。召为刑部郎，徙度支，以户部郎总领淮东军马钱粮、知镇江府。会西溪卒移屯建康，舳舻相衔。时久旱，郡民筑陂潴水灌溉，漕司檄郡决之，父老泣诉。洸曰：'吾不忍获罪百姓也。'却之。已而大雨，漕运通，岁亦大熟。民歌之曰云云。"②按，《宋诗纪事》亦据《宋史·蔡洸传》录此歌，题作《镇江府民歌》，③本文从之。

舒州石塘民为周必正歌

乌石陂，石塘陂，流水溅溅有尽时，思公无尽时。

宋陆游《渭南文集》载其本事曰："《监丞周公墓志铭》：公讳必

① 《舆地纪胜》卷九八广南东路，第6册，第3349页。
② 《宋史》卷三九〇，第11955页。
③ 《宋诗纪事》卷一〇〇，第2369页。

正，字子中，知舒州郡。东南有乌石陂，分其流，旁则为石塘陂，乌石之民，欲专其利，乃壅水使不得行。石塘之田，岁以旱告，公命怀宁令丞视之，得实，图上于州。公按图自以意定水门高下，甫去壅，水未尺余。得古旧迹，与所高下不少差，陂利始均，石塘民喜，至感泣，乃歌曰云云。"①

张义实、杨泰之歌

前张后杨，惠我无疆。

《宋史·杨泰之传》载其本事曰："杨泰之，字叔正，眉州青神人。少刻志于学，卧不设榻几十岁。庆元元年类试，调泸州尉，易什邡，再调绵州学教授、罗江丞，制置司檄置幕府。吴猎谕蜀，泰之贻书曰：'使吴曦为乱，而士大夫不从，必有不敢为；既乱，而士大夫能抗，曦犹有所惮。夫乱，曦之为也；乱所以成，士大夫之为也。'改知严道县，摄通判嘉定。白厓砦将王埙引蛮寇利店，刑狱使者置埙于法，又罥绁余人当坐死。泰之访知夷都实迩利店，夷都蛮称乱，不需引导，固请释之，不听。乃去官。宣抚使安丙荐之曰：'蜀中名儒杨虞仲之子，当逆臣之变，勉有位者毋动。言不用，拂衣而去。使得尺寸之柄，必能见危致命。'召泰之赴都堂审察，以亲老辞。差知广安军，未上，丁父忧。免丧，知富顺监。去官，以禄禀数千缗予邻里，以千缗为义庄。知普州，以安居、安岳二县受祸尤惨，泰之力白丙尽蠲其赋。丙复荐于朝，召赴行在，固辞。知果州。踦零钱病民，泰之

① ［宋］陆游《渭南文集》卷三八，影印文渊阁四库全书，台湾商务印书馆，1986年版，第1163册，第606页。

以一年经费储其赢为诸邑对减，上尚书省，按为定式。民歌之曰云云，张谓张义，实自发其端，而泰之踵行之。”①

杭州歌

《宋史·贾似道传》载其本事曰：“福王与芮素恨似道，募有能杀似道者使送之贬所，有县尉郑虎臣欣然请行。似道行时，侍妾尚数十人，虎臣悉屏去，夺其宝玉，彻轿盖，暴行秋日中，令舁轿夫唱《杭州歌》谑之，每名斥似道，辱之备至。”②按，此歌仅存题名，辞已佚。

东海人为刘家歌

海州东望富刘家，朐山一族更奢华。牵牛厮儿着锦袄，牵车婢子带金花。

宋谢蔡伯《密斋笔记》载其本事曰：“《刘氏家传》云：‘刘为东海望族，乡人歌曰云云。有名之华者，两请文解。绍兴辛巳，魏公领兵收复海州。之华与父俨谋罄家财输军，借补将仕郎，两上书陈六事，皆恢复大计。孝宗韪之，特赐进士出身，再吴门而殁，葬蔡岭庵，有诗刻石。’”③

---

① 《宋史》卷四三四，第12900页。

② 《宋史》卷四七四，第13787页。

③ ［宋］谢采伯《密斋笔记》卷四，影印文渊阁四库全书，台湾商务印书馆，1986年版，第864册，第677页。

董鸿与戆史歌

昔啬兮今丰，昔窘步兮今从容。月之羡以百计，岁之羡以千计，吾其免乎屡空。信乎狡之为吾谋也忠。

露零零兮沾衣，鹤翩翩兮夕饥。鹤饥兮何憾，伤子产之智兮，而受校人之欺。

元俞德邻《佩韦斋辑闻》载其本事曰："宝祐丁巳，淮东总领献羡余三百万。旨转一官，依旧职时。董鸿仪父以司户参军为幕僚，作《奴戒》讥之。其辞曰：董子宫于南徐，俸钱二百有三十券，贮以箧，百费取需焉。率兼旬而尽，复问闵焉数日以待继。有奴狡笑于旁曰：'使狡得职是箧，当不至乏绝，且有赢羡。'余甘其言也，使职之，已而，默计其瓶罄罍耻也，呼狡来前问有余。狡曰'有'。余曰：'子非以吾之券，贷于人而取其倍称之息欤。不然，则子获草中之蚨欤？'狡曰：'亡是也。狡能使郎有余足矣，奚以问为？'余喜而歌曰云云。一夕，月明，步于庭。有歌于墙阴者云云。审而听之，吾史戆也。余曰：'戆，尔何歌之悲也。'曰'自郎之任是狡也，戆不得以受子之佣矣。戆不足计也，以物售子者，不得以受子之直矣。子之所识穷乏者，不得以时蒙子之惠矣。'余矍然曰：'兹狡之所谓有余者哉！'诘朝，亟斥箧中券偿之，其羞涩也如初。"①

林自然歌

访果老洞天，撞见神仙，饮三杯，复三杯，又三杯，不觉

① ［元］俞德邻《佩韦斋辑闻》卷二，影印文渊阁四库全书，台湾商务印书馆，1986年版，第865册，第590页。

醺醺醉，回头看人间，身在青烟外。

元吾衍子行《闲居录》载其本事曰："林回阳名自然，临江人，善导引之术。咸淳间有朝士杨文仲股上患赘，大可半升，众医莫能治。有言其人，因召之。但相与对坐，教其导引运气，不数日而愈，因厚礼之。常游宜兴张公洞，见诸仙人，与之饮酒，素不识字，忽作歌曰云云。常自歌之，或如曲调，或时如读书诵经，皆此词也。宋之末年，忽别去，不知所往。后数年，有道士见诸蜀山，呼之不应，追之不及。"①

五祖唱绵州巴歌

豆子山，打瓦鼓。杨平山，撒白雨。白雨下，取龙女。织得绢，二丈五。一半属罗江，一半属玄武。

宋普济《五灯会元》载其本事曰："汉州无为宗泰禅师，涪城人。自出关，遍游丛社。至五祖告香日，祖举'赵州洗钵盂话'俾参。洎入室，举此话问师：'你道赵州向伊道甚么。这僧便悟去。'师曰：'洗钵盂去聻！'祖曰：'你只知路上事，不知路上滋味。'师曰：'既知路上事，路上有甚滋味？'祖曰：'你不知邪？'又问：'你曾游浙否？'师曰：'未也。'祖曰：'你未悟在。'师自此凡五年，不能对。祖一日升堂，顾众曰：'八十翁翁辊绣球。'便下座。师欣然出众曰：'和尚试辊一辊看。'祖以手作打仗鼓势，操蜀音唱《绵州巴歌》曰云云。师闻大悟，掩祖口曰：'只消

① ［元］吾衍《闲居录》，影印文渊阁四库全书，台湾商务印书馆，1986年版，第866册，第636页。

唱到这里。'祖大笑而归。师后还蜀，四众请开法无为，迁正法。上堂：'此一大事因缘，自从世尊拈华，迦叶微笑，世尊曰：吾有正法眼藏，分付摩诃大迦叶。以后灯灯相续，祖祖相传，迄至于今，绵绵不坠。直得遍地生华，故号涅盘妙心，亦曰本心，亦曰本性，亦曰本来面目，亦曰第一义谛，亦曰烁迦罗眼，亦曰摩诃大般若。在男曰男，在女曰女。汝等诸人，但自悟去，这般尽是闲言语。'遂拈起拂子曰：'会了唤作禅，未悟果然难。难难，目前隔个须弥山。悟了易。易易，信口道来无不是。'僧问：'如何是佛？'师曰：'阿谁教你恁么问？'僧拟议，师曰：'了。'"①

关子谣

使到十八九，纸钱飞上天。

《宋史·五行志》载其本事曰："宋初，陈抟有纸钱使不行之说，时天下惟用铜钱，莫喻此旨。其后用交子、会子，其后会价愈低，故有此谣。似道恶十九界之名，乃名关子，然终为十九界矣，而关子价益低，是纸钱使不行也。"②按，《宋诗纪事》亦据《宋史·五行志》录此谣，题作《关子谣》③，本文从之。

刘鋹末年童谣

羊头二四，白天雨至。

---

① ［宋］普济撰，苏渊雷点校《五灯会元》卷十九，中华书局，1984年版，第1267—1268页。

② 《宋史》卷六六，第1450页。

③ 《宋诗纪事》卷一〇〇，第2376页。

《宋史·五行志》载其本事曰:"开宝初,广南刘鋹令民家置贮水桶,号'防火大桶'。又鋹末年,童谣云云。后王师以辛未年二月四日擒鋹。识者以为国家以火德王,房为宋分;羊,未神也;雨者,王师如时雨之义也;'防'与'房'、'桶'与'宋'同音。"①《宋史·南阳刘氏传》亦载:"又广州童谣曰云云,识者以羊是未之神,是岁岁在辛未,以二月四日擒鋹。天雨者,王师如时雨之义。又前一年九月八日夕,众星皆北流,有知星者言,刘氏归朝之兆也。"②

益州人为王曙谣

蜀守之良,前张后王。惠我赤子,而无流亡。何以报之,俾寿而昌。

宋王称《东都事略·王曙传》载其本事曰:"王曙字晦叔,河南人也。隋文中子弟绩之后,名同英宗御讳,故以字称。举进士,为巩县簿,又举贤良方正入等,授著作郎。知定海县,通判陈州,与修《册府元龟》,以工部员外郎充龙图阁待制,改右谏议大夫、河北转运使。部吏受赇失举,劾罢。知寿州,改淮南转运使,知开封府加枢密直学士,知益州。为政严平而不可犯,人以比张咏,为之谣曰云云。召为给事中、太子宾客。"③

---

① 《宋史》卷六六,第1446页。

② 《宋史》卷四八一,第13928页。

③ 《东都事略》卷五三,第419—420页。

真宗时童谣

欲得天下宁，当拔眼中'丁'。欲得天下好，莫如召寇老。

宋王稱《东都事略·寇准传》载其本事曰："天禧元年，为山南东道节度使。三年。复拜中书侍郎兼吏部尚书、同中书门下平章事、集贤殿大学士，进右仆射。初，刘后之立也。准及王旦、向敏中皆谏，以为出于侧微，不可，后衔之。及真宗不豫，后参与朝政，准请闲曰：'太子睿德天纵，足以任天下之事，陛下胡不协天人之御望，讲社稷之丕谋，引登大明，敷照重宵。若丁谓恃才而协奸，曹利用恃权而使气，皆不可辅少主。愿择方正大臣，羽翼太子。'真宗然之。准乃属翰林学士杨亿草表请太子监国，且欲进亿以代谓。亿私语其妻弟张演曰：'数日之后，事当一新。'语稍泄。丁谓夜乘妇人车诣曹利用第，谋其事，遂密以闻。明日罢准为太子太傅，封莱国公。逾月，杨崇勋等告内侍周怀政谋废皇后，奉真宗为太上皇而传位太子，复用准为相。怀政既事泄被诛，又降准太常卿，知相州，徙安州，贬道州司马，再贬雷州司户参军。"[①]同书《丁谓传》曰："谓性憸巧，而善谈笑。在朱崖，尝问客：'天下州郡孰为大？'客曰：'京师也。'谓曰：'不然。朝廷宰相作崖州司户参军，则崖州为大也。'闻者绝倒。先是谓逐寇准，京师为之语曰云云。及谓得罪，人以为报云。"[②]宋李焘《续资治通鉴长编》"天禧四年七月"条曰："甲戌，昭宣使、英州团练使、入内副都知周怀政伏诛。大中祥符

① 《东都事略》卷四一，第 328 页。

② 《东都事略》卷四九，第 392 页。

末，上始得疾。是岁仲春，所苦浸剧，自疑不起，尝卧枕怀政股，与之谋，欲命太子监国。怀政实典左右春坊事，出告寇准。准遂请间建议，密令杨亿草奏，已而事泄，准罢相。丁谓等因疏斥怀政，使不得亲近，然以上及太子故，未即显加黜责。怀政忧惧不自安，阴谋杀谓等，复相准，奉帝为太上皇，传位太子，而废皇后。与其弟礼宾副使怀信潜召客省使杨崇勋、内殿承制杨怀吉、阁门祗候杨怀玉议其事，期以二十五日窃发。前是一夕，崇勋、怀吉夕诣谓第告变。谓中夜微服乘妇人车，过曹利用计之，及明，利用入奏于崇政殿，怀政时在殿东庑，即令卫士执之。……命载以车赴城西普安佛寺斩之。……丁丑，太子太傅寇准降授太常卿、知相州。……朝士与准亲厚者，丁谓必斥之。"[①]同书"乾兴元年七月辛卯"条曰："（丁）谓初逐准，京师为之语曰云云。"[②]按，《海录碎事》卷九、《宋才子传》均载。《宋诗纪事》卷一〇〇据《古今风谣》录此谣，题作《真宗时童谣》，本文从之。

天圣中童谣

曹门好有好好，曹门高有高高。

宋范镇《东斋记事》载其本事曰："天圣中，童谣云云。其后，今太皇太后为皇后，太皇太后姓曹氏。英宗皇帝即位，而高太后

① ［宋］李焘撰，上海师范大学古籍整理研究所、华东师范大学古籍整理研究所点校《续资治通鉴长编》卷九六，中华书局，2004 年版，第 2208—2210 页。

② 《续资治通鉴长编》卷九九，第 2294 页。

为皇后，高后，曹氏之所出。前史载谣言者，信哉不可忽也。”①

京师谣

朝廷无忧有范君，京师无事有希文。

宋孔平仲《孔氏谈苑》载其本事曰：“范仲淹字希文，知开封府事，决事如神，京师谣曰云云。每奏事，多陈治乱，历诋大臣不法。言者以仲淹离间君臣，落职知饶州。宝元中，元昊叛，上知其才兼文武，起师延安，日夕训练精兵。贼闻之，曰：‘无以延州为意，今小范老子腹中有数万甲兵，不比大范老子可欺也。’戎人呼知州为老子，‘大范’，谓雍也。”②

边上谣

军中有一韩，西贼闻之心骨寒。军中有一范，西贼闻之惊破胆。

宋孔平仲《孔氏谈苑》载其本事曰：“（仲淹）后知庆州时，王师定川之败，议点乡军，仲淹令刺其手，及兵罢，还庆路皆复得为农。上以四路都招讨委之。仲淹与韩琦谋，必欲收复灵、夏、横山之地，边上谣曰云云。元昊闻而惧之，遂称臣。”③宋王称《东

① ［宋］范镇撰，汝沛点校《东斋记事》卷一，中华书局，1980年版，第3页。

② ［宋］孔平仲撰，杨倩描、徐立群点校《孔氏谈苑》卷四，中华书局，2012年版，第252页。

③ 《孔氏谈苑》卷四，第252页。

都事略·范仲淹传》载之更详:“赵元昊反,仁宗知仲淹才兼文武,复天章阁待制,知永兴军。夏竦为陕西招讨使,进仲淹龙图阁直学士以副之。是时延州诸砦失守,东西四百里无藩篱,人心危恐。乃以仲淹知延州。仲淹析州兵为六将,将三千人,训练齐整,使更御贼。诸路皆用以为法,贼闻之,第戒曰:‘无以延州为意,今小范老子腹中自有数万兵甲,不比大范老子可欺也。’大范谓雍也。又筑青涧城以阨寇冲,垦田二千顷。复承平、永平废砦,属羌归业者数万户。时议诸路进讨,独仲淹固守鄜延不从。及元昊遣人遗书以求和,仲淹以谓:‘无事请和,难信。且书有僭号,不可以闻。’乃自为书,令去僭号,告以逆顺成败之说甚辩。见西夏事中。元昊复有书,不逊,仲淹焚其书不以闻,坐夺一官,知耀州。未逾月,徙庆州。后分陕西为四路,以仲淹为环庆路经略安抚招讨使。……仲淹待诸吏,必使畏法而爱己,所得赐赉皆以上意分赐诸将,使自为谢。诸蕃质子纵其出入,无一人逃者。蕃酋来,召之卧内,屏人撤卫,与语不疑。仲淹与韩琦俱有威名,军中为之语曰云云。”①同书《韩琦传》曰:“赵元昊叛,琦上疏曰:‘臣闻元昊,狂谋僭命,不修常贡,必为边患。今献谋者不过欲朝廷选择将帅,训习士卒,修利戎甲,营葺城隍,广蓄资粮,以待黠羌之可胜,此外忧也。若乃纲纪不立,忠佞不分,功罪不明,号令不信,浮费靡节,横赐无常,宴衎之逸游,宫庭之奢靡,受中谒之干请,容近昵之侥幸,此内患也。且四夷内窥中国,必观衅而后动,故外忧之起,必始内患。臣愿陛下先治内患,以去外忧,内患既平,外忧自息。傥外忧已兆,内患更滋。臣恐国家之患,非止一元昊而已。’擢知制

① 《东都事略》卷五九,第467—469页。

诰。益利岁饥,为两路安抚使,为饘粥济饥人一百九十余万。蜀人曰:'使者之来,更生我也。'元昊围延州,琦适自蜀还,论西州形势甚悉。乃以为陕西安抚使,至则贼引去矣。初,大将刘平军败,为贼所执,内侍黄德和惧罪,诬平降贼,朝廷信之。琦为直其冤。迁枢密直学士、陕西经略招讨使,与夏竦画攻守二策。琦入对,请用攻策。会元昊将寇渭州,遂趋镇戎军。时环庆副总管任福奉诏计事,琦尽出其兵,使福击贼,授以方略,令自怀远城趣德胜砦、羊牧隆城,出贼之后,如未可战,即据险设伏以邀其归。福既行,琦重戒之。福违琦节度,败没于好水川,琦坐夺秩一等,降知秦州。居数月,复为秦凤经略使,换秦州观察使。寻以旧职充陕西四路经略安抚招讨使,屯泾州。琦与范仲淹在兵间最久,二人名重一时,人心归之,朝廷倚以为重,故天下称为'韩范'。初,京师所遣戍兵,脆懦不习劳苦,贼常轻之,目曰'东军'。而土兵劲悍善战,琦奏增土兵以抗贼,而稍减屯戍,内实京师。又以笼竿城据冲要,乞建为顺德军,以蔽萧关鸣沙之道。又建请于鄜、庆、渭三州,各以土兵三万为一军,军虽别屯,而耳目相通为一。视虏所不备,互出捣之,破其和市,屠其落种,因以招横山之人,度横山隳则平。夏兵素弱,必不能支,我下视兴灵,穴中兔耳。章既上,又与仲淹定谋益坚。而元昊知不可敌,敛兵不敢近塞。"①按,《宋宰辅编年录校补》卷五亦有载。

缑氏令谣

永宁三镬,缑氏一镰。

---

① 《东都事略》卷六九,第570—571页。

《宋史·王佑传附子旭传》载其本事曰:“(王)旭字仲明。严于治内,恕以接物,尤笃友义。以荫补太祝,尝知缑氏县。时官邻邑者多贪猥,民有‘永宁三镬,缑氏一镰’之谣。又知雍丘县。”①

闽人谣

南台江合出宰相。

《宋史·章得象传》载其本事曰:“得象在翰林十二年,章献太后临朝,宦官方炽,太后每遣内侍至学士院,得象必正色待之,或不交一言。在中书凡八年,宗党亲戚,一切抑而不进。仁宗锐意天下事,进用韩琦、范仲淹、富弼,使同得象经画当世急务,得象无所建明,御史孙抗数言之,得象居位自若。既而章十上请罢,帝不得已,许之。初,闽人谣云云。至得象相时,沙涌可涉云。”②

时人为眉山苏氏谣

眉山生三苏,草木尽皆枯。

宋谢维新《合璧事类》载其本事曰:“苏洵生苏轼、辙,以文章名,其后二子继之。故时人谣曰云云。”③

---

① 《宋史》卷二六九,第 9243 页。

② 《宋史》卷三一一,第 10205 页。

③ [宋]谢维新《合璧事类》后集卷十臣道门,见汤华泉《全宋诗辑补》,第 12 册,第 6083 页。

十不如谣

《宋史 · 外国传》载其本事曰:“庆历元年二月,攻渭州,逼怀远城。韩琦徼巡边至高平,尽发镇戍兵及募勇士得万人,命行营总管任福等并击之,都监桑怿为前锋,钤辖朱观、都监武英继之。福申令持重,其夕宿三川,夏人已过怀远东南。翌日,诸军蹑其后。西路巡检常鼎、刘肃与夏人对垒于张家堡,怿以骑兵趣之。福分兵,夕与怿为一军,屯好水川。川与能家川隔在陇山外,观、英为一军,屯笼洛川,相离五里。期以明日会兵,不使夏人一骑遁,然已陷其伏中矣。元昊自将精兵十万,营于川口,候者言夏人有砦,数不多,兵益进。诘旦,福与怿循好水川西去,未至羊牧隆城五里,与夏军遇。怿为先锋,见道傍置数银泥合,封袭谨密,中有动跃声,疑莫敢发,福至发之,乃悬哨家鸽百余,自合中起,盘飞军上。于是夏兵四合,怿先犯,中军继之,自辰至午酣战。阵中忽树鲍老旗,长二丈余,怿等莫测。既而鲍老挥右则右伏出,挥左则左伏出,翼而袭之,宋师大败。怿、刘肃及福子怀亮皆战没。小校刘进劝福自拔,福不听,力战死。初,渭州都监赵津将瓦亭塞骑兵三千余为诸将后继。是日,朱观、武英兵会能家川与夏人遇,阵合,王珪自羊牧隆城以屯兵四千五百人助观略阵,阵坚不可动,英重伤,不能出军战。自午至申,夏军益至,东阵步兵大溃,众遂奔。珪、英、津及参军耿傅、队将李简、都监李禹享、刘均皆死于阵。观以千余人保民垣,发矢四射,会暮,夏军引去。将校士卒死者万三百人,关右震动。军须日广,三司告不足,仁宗为之旰食,宋庠请修潼关以备冲突。秋,夏人转攻河东,及麟、府,不能下,乃引兵攻丰州,城孤无援，遂据之；又破宁远砦，屯要害，绝麟、府饷道。杨偕始请弃河外，保合河津，帝不许。会张亢管勾麟府军马事，破之于柏子，又破之于兔毛川，亢筑十余栅，河外始固。元昊虽数胜，然死亡创痍者相半，人困于点集，财力不给，国中为'十不如'之谣以怨之。"[①]按，此谣仅存题名，辞已佚。

皇祐中谣

农家种，籴家收。

《宋史·五行志》载其本事曰："皇祐五年正月戊午，狄青败侬智高于归仁铺。初，谣言云云。至是，智高果为青所破。"[②]《宋史·蛮夷传》亦载："智高自起兵几一年，暴践一方，如行无人之境，吏民不胜其毒。朝廷为下赦令，优除复，慰拊疮痍，百姓始得更生云。先是，谣言云云，已而智高叛，为青破，皆如其谣。"[③]宋李焘《续资治通鉴长编》曰："（仁宗皇祐五年，狄）青始至邕州，会瘴雾昏塞，或谓贼毒水上流，士卒饮者多死，青甚忧之。一夕，有泉涌寨下，汲之甘，众遂以济。智高自起至平，几一年，暴残一方，如行无人之境，吏民不胜其毒。先是谣言云云，而智高为青所破，皆如其谣。"[④]

---

① 《宋史》卷四八五，第13996—13998页。

② 《宋史》卷六六，第1447页。

③ 《宋史》卷四九五，第14217页。

④ 《续资治通鉴长编》卷一七四，第4193页。

天堆童谣

天雷飞石头,一夜成汀州,五十年内兴公侯。

宋王象之《舆地纪胜》载其本事曰:"建昌军景物上,天堆。在广昌县东南江流之中。绍圣甲戌,一夕雷雨大作,有闻砂砾之声,旦而视之,屹然高丈余。童谣曰云云。暨分县日四十五年,信有兆也。"①

元符末都城童谣

家中两个萝卜精,撞着潭州海藏神。

一包菜。

宋朱弁《曲洧旧闻》载其本事曰:"晁之道尝言:'蔡侍郎准少年时,出入常有二人,见于马首或肩舆之前,若先驱,或前或却。问之从者,皆无所睹。准甚惧,谓有冤魂,百方禳禬,皆不能遣。既久,亦不以为事。庆历四年生京,而一人不见;又二年生卞,乃遂俱灭。元符末,都城童谣有'家中两个萝卜精'之语,语多不能悉记,而其末章云'撞着潭州海藏神'。至崇宁中,卖馂馅者又有'一包菜'之语。其事皆验。而京于靖康初贬死于长沙,岂潭州海藏亦应于此耶!'然之道语予此事时,京身为三公,子践三少,领枢密院,又为保和殿大学士者。而其孙判殿中监,班视二府。每出,传呼甚宠,飞盖相随者五人,若子若婿并诸孙腰黄金者十有七人,当此际气焰熏灼可炙手也。厥后流离岭海,妻孥星散,不能相保,而门生故吏皆讳言出其门。然则准

---

① 《舆地纪胜》卷三五江南西路,第3册,第1582页。

所见，果为蔡氏福耶？否耶？追思之道所论，深有意味，惜乎早世，不及亲见也。”①

里堠谣

我是里堠，奉白子厚。山陵归后，专此奉候。

宋陆游《家世旧闻》载其本事曰：“先君言：元符末，章相罢政，出东水门，至淮门道旁堠上，尽署大字，云云。沿路无一遗者。先君自京师侍行赴亳社时，犹见之。”②

二蔡二惇之谣

大惇小惇，入地无门。

二蔡一惇，必定沙门；籍没家财，禁锢子孙。

大惇、小惇，入地无门；大蔡、小蔡，还他命债。

《宋史·安惇传》载其本事曰：“刘后之受册也，百官仗卫陈于大庭，是日天气清晏，惇巍立班中，倡言曰：‘今日之事，上当天心，下合人望。’朝士皆笑其奸佞。又鞫邹浩事，檄广东使者钟正甫摄治之于新州，士大夫或千里会逮，踵蹇序辰初议，阅诉理书牍，被祸者七八百人，天下怨疾，为二蔡、二惇之谣。”③按，《宋史》未录谣辞。《东都事略》载有二惇谣，未见

---

① ［宋］朱弁撰，孔凡礼点校《曲洧旧闻》卷八，中华书局，2002 年版，第 194 页。

② ［宋］陆游撰，孔凡礼点校《家世旧闻》卷下，中华书局，1993 年版，第 204—205 页。

③ 《宋史》卷四七一，第 13718 页。

二蔡谣。此事亦见《宣和遗事》:"大赦天下。用丞相章惇言,举蔡京为翰林学士。满朝上下,皆喜谀佞,阿附权势,无人敢言其非。独有御史中丞丰稷,同着殿中侍御史陈师锡共写着表文一道,奏蔡京奸恶。表文云:'臣丰稷、陈师锡等,叨被圣恩,滥居言路,事有当言而不言,臣为旷职。切见公朝近除蔡京充翰林学士勾当者。缘蔡京身为禁从,外结后族,交缔东朝。伏望独断,出之于外。若果用蔡京,则治乱自此分矣,祖宗基业自此坏矣!又资政殿学士知江宁府蔡卞,乃王安石之婿,与京兄弟同恶,迷国误朝,为害甚大,乞正典刑。臣日夜为陛下忧,为宗庙忧,为天下贤人君子忧。若黜贬京等于外,则间言不入于慈闱,圣虑可忘于忧患,实宗庙社稷之福也!'表上,徽宗谓丰稷道:'事碍东朝,卿当熟虑。'丰稷奏言:'自古母后临朝,那曾见有如圣母手书还政的,可做万世法则。但是目即:在外,则闻向宗良、宗回藉势妄作;在内,则闻张琳、裴彦臣等凶焰炽然;又有蔡京交通其间。臣愚,欲乞戒饬后家,放逐张琳等,黜蔡京于外,庶绝朝廷之忧。'徽宗不从。那时殿中侍御史龚夬,亦上表奏言:'臣伏闻蔡卞落职太平州居住,天下之士,共仰圣断。然臣切见京、卞表里相济,天下知其恶。民谣有云云。又童谣云云。百姓受苦,出这般怨言。但朝廷不知之耳!蔡京、蔡卞为人反复变诈,欺陷忠良。天下不安,皆由京、卞二人簸弄。'是时章惇罢相,差知越州,专事刑名惨刻,编类章疏,看详诉理,受祸者千余家。民间或诉事,稍有暗昧言语,加以刀楷钉手足、剥皮肤、斩颈拔舌之刑。有道号了翁,姓陈名瓘的,论奏惇罪,将章惇贬雷州居住。三月,命内侍童贯,往杭州监造作局制御用器。自是杨戬始用事。五月,夺司马光等官。”[1]按,《东都事略》所载或即《宋史》所云之二蔡、二惇之谣。

王黼当国时京师谣言

三百贯,曰通判;五百索,直秘阁。

三千索,直秘阁;五百贯,擢通判。

三百贯,且通判;五百索,直秘阁。

《宣和遗事》载其本事曰:“王黼平时公然卖官,取赃无数,京师谣言云云,盖言其卖官爵之价也。”[2]《曲洧旧闻》《宋诗纪事》引《中兴姓氏奸邪录》均载其事,谣辞有异,兹录于右。《曲洧旧闻》曰:“王将明当国时,公然受贿赂,卖官鬻爵,至有定价。故当时为之语,曰云云。”[3]《宋诗纪事》引《中兴姓氏奸邪录》亦曰:“宣和初,王黼为少宰,置应奉司于其家,四方珍贡多半隐盗,公然卖官取赃无厌,京师语云云。”[4]

宣和民谣

打破筒,泼了菜,便是人间好世界。

宋周辉《清波别志》载其本事曰:“朋奸误国,如此时有谣语云

---

① [宋]无名氏《宣和遗事》前集,丛书集成初编,第3889册,中华书局,1985年版,第7—8页。

② 《宣和遗事》后集,第62页。

③ 《曲洧旧闻》卷十,第225页。

④ 《宋诗纪事》卷一〇〇,第2360页。

云,可见人心也。”[1]按,《能改斋漫录》亦载,《宋诗纪事》据后者录此谣,题作《宣和民谣》,本文从之。

小民为蔡京谣

蔡京居中人不美,万乘官家渠底串。

宋蔡京《太清楼侍宴记》附录载其本事曰:“庄绰曰:‘京之叙致,觌缕如此,不特欲夸耀于世,又将以恐动言者。然不知皆不足恃而荣也,适足以为国家之辱焉。……所谓天波溪者,由景宝箓宫循城西南,以至京第。其子絛上书其父,谓今日恩波,他年祸水。而小民谣言云云,是也。’”[2]

靖康民谣

城门闭,言路开。城门开,言路闭。

宋徐梦莘《三朝北盟会编》载其本事曰:“初,蕃贼至,朝廷日下求言诏。及兵退,则讳言,多责进谏者,言路遂塞,而士人知朝廷意,亦不复上书。时人为之语曰云云。”[3]《宣和遗事》亦载:“靖康元年正月,下求言诏,有监察御史余应求上书,诏赐章服。盖自金人犯边,求言之诏凡几下,往往事缓则阻抑言者。

① [宋]周辉撰《清波别志》卷上,影印文渊阁四库全书,台湾商务印书馆,1986年版,第1039册,第98页。

② [宋]蔡京《太清楼侍宴记》附录,[明]陶宗仪《说郛》卷一一四,上海古籍出版社,1988年版,第5237页。

③ [宋]徐梦莘《三朝北盟会编》卷九六,上海古籍出版社,1987年版,第706页。

当时民谣言。”①

范致虚勤王谣

草青青，水绿绿，屈曲蛇儿破敌国。

宋张知甫《可书》载其本事曰：“范致虚帅北京，值靖康之变，飞檄边帅，出关勤王。时谣云云。盖为‘范’字也。”②

行在军中谣

张家寨里没来由，使他花腿抬石头。二圣犹自救不得，行在盖起太平楼。

宋庄绰《鸡肋编》载其本事曰：“车驾渡江，韩、刘诸军皆征戍在外，独张俊一军常从行在。择卒之少壮长大者，自臀而下文刺至足，谓之‘花腿’。京师旧日浮浪辈以此为夸。今既效之，又不使之逃于他军，用为验也。然既苦楚，又有费用，人皆怨之。加之营第宅房廊，作酒肆名太平楼，般运花石，皆役军兵。众卒谣曰云云。绍兴四年夏，韩世忠自镇江来朝，所领兵皆具装，以铜为面具。军中戏曰‘韩太尉铜颔，张太尉铁颔’。世谓无廉耻不畏人者为铁颔也。”③

---

① 《宣和遗事》后集，第 62 页。

② ［宋］张知甫撰，孔凡礼点校《可书》，中华书局，2002 年版，第 410 页。

③ ［宋］庄绰撰，萧鲁阳点校《鸡肋编》卷下，中华书局，1983 年版，第 92 页。

绍兴初行都童谣

洞洞张，河爷娘，一似六军之教场。

宋张仲文《白獭髓》载其本事曰："绍兴初，行都童谣曰云云。忽民间遗火，自大瓦子至新街约数里，是时皆苇席屋。"[①]按，《宋诗纪事》亦据《白獭髓》引此谣，题作《行都童谣》，谣辞略异，兹录于此："洞洞张，阿爷娘，一似六军之教场。"[②]

绍兴中浙右谣

地上白毛生，老小一齐行。

宋庄绰《鸡肋编》载其本事曰："绍兴三年八月，浙右地震，地生白毛，韧不可断。时平江童谣曰云云。台臣论其事，因下求言之诏。宰相吕颐浩由此以罪罢。按《晋志》成帝咸康初，孝武太元二年、十四年，地皆生毛，近白祥也。孙盛以为人劳之异。其后征伐征敛赋役无宁岁，天下劳扰，百姓疲怨焉。时军卒多虏掠妇女，人有三四，每随军而行，谓之老小。方韩、刘自建康、镇江更戍。既而，刘移屯池州，韩复分军江宁，王瓔往湖南，岳飞自江外来行在，即至九江，郭仲荀赴明州，老小之行，已数十万人也。"[③]按，《宋诗纪事》据《西湖游览志余》引此谣，题作《绍兴中浙右谣》。[④]本文从之。

---

① ［清］杜文澜辑，周绍良校点《古谣谚》卷六二，中华书局，1958年版，第729页。

②④ 《宋诗纪事》卷一〇〇，第2365页。

③ 《鸡肋编》卷中，第69页。

三嵎古民谣

三嵎青，陵阳荣。三嵎翠，陵阳贵。

宋王象之《舆地纪胜》载其本事曰："隆州风俗形胜。云云。古民谣。绍兴中，郡守赤城何公凿石于东山之下，作青荣台以表之。"[①]按，《方舆胜览》卷五三"成都府路"亦载。

绍兴间鼎澧谣

若要除我，除是飞来。

明杨慎《古今风谣》载其本事曰："鼎澧间大盗夏诚、刘衡、杨么，据洞庭湖，有谣云云。后为岳飞所擒。"[②]

军民为张栻谣

百万生灵，由五十学士。

明黄淮、杨士奇《历代名臣奏议》载其本事曰："刘克庄上奏曰：'臣闻之……自昔论议之臣，人主无失德，则言掖庭，或言戚里，或言土木，或言聚敛，陛下毋怪其如此也，求之在上而已。仁祖恭俭之主，纳一女口而王素谏，擢一妃族而王举正等皆谏。章圣太平之世，筑一玉清宫而张咏谏；阜陵英明之主，创一发运使以治财而张栻谏。不特此也，有选人而上《流民图》者，有县佐而论储贰者，有诸生而谏花石者。国史书之，天下记之，非诸

① 《舆地纪胜》卷一五〇成都府路，第8册，第4472页。

② 《宋诗纪事》卷一〇〇，第2364页。

臣言之之难，而列圣容之之难，故曰求之在上而已。大臣无可议，则指除授，或指宾客，或指子弟，大臣毋怪其如此也。求之在我而已，权之所在，怨之所归。光荐祖禹，同列以为姻鼎；荐九成，言者以为党修。至于祖禹、九成，有所不免，公着为相，颐为客，求公着而不得者，惟颐之怨。修至于颐，有所不免，浚为父，栻为子，其视师淮蜀也，军民有云云之谣，台臣有军国大事付痴呆。小子之语，修至于栻，有所不免。'"①

淳熙中梁宋间童谣

黄河灾，天水来。

元马端临《文献通考》载其本事曰："孝宗淳熙中，河决入汴，梁、宋间为之语曰：'黄河灾，天水来。'天水，国姓也。遗黎以为恢复之兆。"②清厉鹗《宋诗纪事》引《古今风谣》亦载："时河决入汴，梁、宋间有此谣。天水者，宋姓也。时人以为恢复之兆。"③按，《宋诗纪事》题作《淳熙中梁宋间童谣》④，本文从之。

长沙状元谣

骆驼嘴断状元出。

宋洪迈《夷坚志》载其本事曰："王南强容，潭州湘乡人，元名

① ［明］黄淮、杨士奇编《历代名臣奏议》卷二〇七，影印文渊阁四库全书，台湾商务印书馆，1986年版，第438册，第872—873页。

② 《文献通考》卷三九〇，第8374页。

③④ 《宋诗纪事》卷一〇〇，第2368页。

午。淳熙壬寅岁,肄业于岳麓书院。尝与同舍小有竞,既而悔之,谋欲更名,以示佩韦之义。其兄弟皆连之字,乃改曰容之,且取‘宽柔以教,不报无道’之说,仍字南强。癸卯春,在书院待秋试,其兄为诣本县投家保状。及试前数日,将纳卷,而视县所解簿,则单为王容。方以为疑,而兄至,谓曰:‘我今以适为名,汝不必二名,径已除去之字,兹即汝也。’遂用此入试,是举预荐。甲辰省试毕,闻兄亡而归。既到家,报榜人至,既奏名矣。旧师舒谊周仁来贺云:‘二年前,吕本多一“有”字。术士来湘乡,游县学,自言能相夫子像,而知士人登科之多寡。今圣像开口而笑,合主两士登科。如此举只一人,则后当有继之者。去岁初春,学长王仲淹汾叟亲书桃符曰:“竞说素王颜有喜,定先黄甲捷先通。”吾尝思之:王者,君之姓;颜者,容也,实君之名;素王者,期丧之戚也;黄甲捷先通者,今岁阻廷对,后举还试必居黄甲,乃先通吉耗也。’其说颇传于士林。乙巳春,县学补试,王仁伯者,易名颜,遂中首选。丙午之春,舒周仁入府语南强曰:‘王汾叟又书桃符,更可怪,曰:“素王颜色津津喜,黄甲科名鼎鼎来。”汾叟写罢,惊悟曰:“前年为王南强作先兆,今复为王仁伯作先兆耶?”吾独以为不然,是亦南强先谶耳。鼎鼎者,三名前也。’是岁,王颜为解魁,满意巍级,已乃下第。南强果魁天下。所谓术者不复至,惜不记其乡里姓名。长沙古语,尝有谣云云。驼嘴者,山也,其形似之,在州北,正直水口,其下曰麻潭,皆巨石屹立。淳熙七年,辛幼安作守,创飞虎营,广辟衢陌,许僧民得以石赎罪,皆凿于潭中,所取不胜计。后帅林黄中又增益南街,取石愈多。迨丙午之夏,驼嘴中断为两,不一岁而南强应之。桃符证应,已载于癸志。比得南强笔示本末,始知前说班班得其粗要为未尽,故再记于此。而癸志既刊于麻沙书坊，不可芟去矣。”①

李孝先谣

李孝先，不用鞭。吏以法，民以宽。甑可尘，鱼可悬。君若去，谁为天？

（道光）《繁昌县志》载其本事曰：“李继字孝先，登淳熙十一年进士，授莆田令，有善政，莆人为之谣云云。”②

淳熙都城谣

汝亦不来我家，我亦不来汝家。

《宋史·五行志》载其本事曰：“（淳熙）十四年，都城市井歌曰云云。至绍熙二三年，其事始应于两宫。”③明田汝成《委巷丛谈》亦载：“淳熙十四年，都城市人谣曰云云。流传远近，莫详其说，或以为绍熙二三年两宫隔绝之兆。”④按，《宋诗纪事》亦据《宋史·五行志》录此谣，题作《淳熙都城谣》⑤，本文从之。

嘉泰初童谣

掀也。火里。

---

① 《夷坚志》夷坚支戊卷第八，第1113—1114页。

② （道光）《繁昌县志》卷一二《人物志》，见汤华泉《全宋诗辑补》，第12册，第6110页。

③ 《宋史》卷六六，第1448页。

④ 《西湖游览志余》卷二三，第421页。

⑤ 《宋诗纪事》卷一〇〇，第2370页。

宋张仲文《白獭髓》载其本事曰："后嘉泰初童谣曰云云，又曰云云，大小皆语及此。忽季春杨浩家遗火，由龙舌头山延烧至艮山门外船场，自南至北仅五十余里。"①

开禧二年鄂州民谣

塞上将军少，城南从事多，宣威不可问，恢复竟如何。

元马端临《文献通考》载其本事曰："开禧二年，鄂州民谣云云。时权臣开边，鄂为宣抚使置司，多辟亲故幕宾，聚城南为酣纵云。"②

开禧中民谣

天上台星少，人间宣干多。

城南宣干多。

宣威群下问，恢复竟如何？

塞上将军少，城南节干多。

宋叶绍翁《四朝闻见录》载其本事曰："开禧用兵，邓友龙、程松为宣抚、宣谕使，板授其属，谓之'宣干'。时政府惟有陈自强居相位，民谣谓之云云。或谓皇甫斌治于岳之城南，群优所萃也。其属谣焉，又谓之云云，又云云。后有以节制金山讨李全者，其属猥众，又有易前二句云云。《却扫编》载，旧制诸路监司属官曰'勾当公事'，建炎初，避高宗嫌名，易为'干办'。时

① ［宋］张仲文《白獭髓》，《古谣谚》卷六二，第729页。

② 《文献通考》卷三九〇，第8375页。

军兴,属公数倍平时,有题于传舍云:'北去将军少,南来干办多。'盖始此。曹武惠以平江南功归,诣合门,自称曰'勾当江南公事回'。今世借授白帖,辄自称'某干管'云。"①

仇家为许某谣

笙歌拥出画堂来,国恤亲丧总不知。府第更侵夫子庙,无君无父亦无师。

宋叶绍翁《四朝闻见录》载其本事曰:"浙西有大臣许某者,以国恤亲丧奏乐,又所居颇侵学宫,为雠家飞谣于台臣曰云云。竟以是登于劾章。虽得于风闻,而许为大臣,亦未必有是。然人言可畏,为君子者亦盍谨诸!"②

都下谣

释迦佛,中间坐,胡汉神,立两旁。文殊普贤自斗,象祖打杀师王。

宋曾三异《因话录》载其本事曰:"韩侂胄封平原郡,官至太师,一时献佞,过称师王,晚年伏诛。钱伯通在政府,奉御笔施行,都下为之语曰云云。象祖,乃伯通名也。缪妄称呼,至是遂作精对,可发后世一笑。"③按,《宋诗纪事》引《因话录》本事,谣

---

① [宋]叶绍翁撰,冯惠民、沈锡麟点校《四朝闻见录》丙集,中华书局,1989年版,第126—127页。

② 《四朝闻见录》戊集,第198—199页。

③ 《宋诗纪事》卷一〇〇,第2372页。

辞题作《都下谣》,本文从之。

韩侂胄将败时童谣

满潮都是贼,满潮都是贼。

宋叶绍翁《四朝闻见录》载其本事曰:"韩用事岁久,人不能平,又所引用,率多非类,天下大计,不复白之上。有市井小人以片纸摹印乌贼出没于潮,一钱一本以售。儿童且诵言云云。京尹廉而杖之。又有卖浆者,敲其盏以唤人曰:'冷底吃一盏,冷底吃一盏。'冷谓韩,盏谓斩也。亦遭杖。不三月,而韩为郑发所刺,及籍其家,得所收真圣语,末一句云'遭他罗网祸非轻',又一句云'远窜遐荒始得平'。韩尝怪其言。韩外有陈自强,内有周筠,启韩有图之者,韩犹以'一死报国'为辞。周苦谏,韩遂与自强谋,用林行可为谏议大夫,刘藻为察官,一网尽谋韩之人。仅隔日,未发而钱、李、史三公亦有所闻,命夏震速下手。震归,遂命郑发刺韩。震复刊御批于杰阁以记之。史恶之,旋以疽发于背而死于殿司。"[①]按,《古谣谚》据《四朝闻见录》录此谣,题作《韩侂胄将败时童谣》[②],本文从之。

唐天宝宋嘉定两朝谣

杨安史。

宋张端义《贵耳集》载其本事曰:"天宝间,杨贵妃宠盛。安禄

---

① 《四朝闻见录》戊集,第198—199页。

② 《古谣谚》卷六二,第728页。

山、史思明之作乱，遂有云云之谣。嘉定间，杨太后、史丞相、安枢密亦有谣云云。时异事异，姓偶同耳。”①

民间为薛极胡榘谣

草头古，天下苦。

虐我生民，莫匪尔极。

宋叶绍翁《四朝闻见录》载其本事曰：“嘉定间禁止青盖事，盖起于郑昭先无以塞月课，前录载其事。太学诸生与京兆辨，时相持之不下。薛会之极、胡仲方榘，皆史所任也。诸生伏阙言事，以民谣谓胡、薛为云云，象其姓也。谓云云，象其名也。薛不安其位，力乞去。时相谓曰：‘弥远明日行，则尚书今日去。’薛不能不留。自侂胄得柄，事皆不隶之都司。初议于苏师旦，后议之史邦卿，而都司失职。自时相用事，始专任都司。都司权居台谏上，既未免以身任怨，故蒙天下之谤。时聂善之亦时相，所任大抵以袁洁斋、真西山、楼旸叔、萧禹平、危逢吉、陈师虙辈，皆秀才之空言。善之帅蜀，道从金陵。逢吉之弟和为江东帅属，迎劳之于驿邸。聂因语之曰：‘令兄也只是秀才议论。’应祥不乐，按应祥前文未见，岂和字耶？竟不饯之，衔之终身。善之，士人也。薛、胡以儒家子习于文法云。”②

寒在五更头谣

寒在五更头。

---

① ［宋］张端义《贵耳集》卷下，中华书局，1985 年版，第 50 页。

② 《四朝闻见录》丙集，第 128—129 页。

《宋史·五行志》载其本事曰:"宋以周显德七年庚申得天下。图谶谓'过唐不及汉,一汴、二杭、三闽、四广',又有'寒在五更头'之谣,故宫漏有六更。按汉四百二十余年,唐二百八十九年。开庆元年,宋祚过唐十一年,满五庚申之数;至德祐二年正月降附,得三百一十七年,而见六庚申,如宫漏之数。"[1]

草祭谣

《宋史·孙鼛传》载其本事曰:"四辅建,以显谟阁待制知曹州。论经始规画之劳,转太中大夫,徙郓州。邑人子为'草祭'之谣,指切蔡京。鼛以闻,京怒,使言者诬以它谤,提举鸿庆宫。起知单州,遂致仕。"[2]按,此谣仅存题名,辞已佚。

益州人为王曙谣

蜀守之良,前张后王。惠我赤子,而无流亡。何以报之?俾寿而昌。

宋王称《东都事略》载其本事曰:"王曙字晦叔,河南人也。隋文中子弟绩之后,名同英宗御讳,故以字称。举进士,为巩县簿,又举贤良方正入等,授著作郎。知定海县,通判陈州,与修《册府元龟》,以工部员外郎充龙图阁待制,改右谏议大夫、河北转运使。部吏受赇失举,劾罢。知寿州,改淮南转运使,知开封府加枢密直学士,知益州。为政严平而不可犯,人以比张咏,

① 《宋史》卷六六,第 1450 页。

② 《宋史》卷三四七,第 10996 页。

为之谣曰云云。”①

襄阳谣

襄阳二害，田衍、魏泰。近日多磨，又添一豸。

宋张邦基《墨庄漫录》载其本事曰：“田衍、魏泰居襄阳，郡人畏其吻，谣曰云云。未几，李豸方叔亦来郡居，襄阳人憎之曰云云。”②

京师为童贯蔡京高俅何执中谣

杀了穜蒿割了蔡，吃了羔儿荷叶在。

宋曾敏行《独醒杂志》载其本事曰：“何执中居相位时，京师童谣曰云云。说者谓指童贯、蔡京、高俅三人及执中也。”③

马氏将乱时湘中童谣

马去不用鞭，咬牙过今年。

《宋史·湖南周氏世家》载其本事曰：“湖南周行逢，朗州武陵人。少无赖，不事产业。尝犯法配隶镇兵，以骁勇累迁裨校。

---

① 《东都事略》卷五三，第419—420页。

② ［宋］张邦基撰，孔凡礼点校《墨庄漫录》卷一，中华书局，2002年版，第43页。

③ ［宋］曾敏行《独醒杂志》卷九，影印文渊阁四库全书，台湾商务印书馆，1986年版，第1039册，第578页。

自唐干宁二年，马氏专有湖南二十州之地，虽禀朝廷正朔，其郡守官属皆自署。至周广顺初，兄弟争国，求援于江南李景，景遣大将边镐率兵赴之，因下长沙，迁马氏之族于建康，封希萼为楚王，居洪州，希崇镇舒，居扬州。宋兴，希崇率兄弟十七人归朝，皆为美官。景以镐为潭帅。会朗州众乱，推衙将刘言为留后，言以行逢为都指挥使。行逢以众情表于景，请授言节钺，景不从。召言入金陵，言惧，遣副使王进逵、行军何景真与行逢帅舟师袭破潭州，镐遁去，行逢等据其城。言遣使上言长沙兵乱，焚烧公府，请移治朗州。周祖即以言为朗帅，王进逵为潭帅，行逢为潭州行军司马、领集州刺史。未几，进逵寇朗州，害刘言，周祖即以进逵为朗州节度，以行逢领鄂州节度、知潭州军府事。初，朗州人谓刘言为'刘咬牙'，马氏将乱，湘中童谣云云。及边镐俘马氏，镐为刘言所逐，而言亦被害。"①

广右丁钱谣

三岁孩儿便识丁，更从阴府役幽魂。

宋罗大经《鹤林玉露》载其本事曰："广右深僻之郡，有所谓丁钱。盖计丁输钱于官，往往数岁之儿即有之。有至死而不与除豁者，甚为民病。故南人之谣曰云云。读之可为流涕。范西堂为广西宪，尝力请于朝，乞罢去，虽获从请，然诸郡多藉此为岁计，往往名除而实未除也。大概近来州郡赋税失陷，用度月增，其无名之征，未必皆官吏欲以自肥，往往多为补苴支撑之计。朝廷若欲除无名之征以宽民，须是究实一郡盈虚，有以补助之，

① 《宋史》卷四八三，第13947页。

使岁计不乏，然后实惠乃可及民。不然，亦徒为空言而已。”①

临安为韩左厢谣

韩厢明，无白擎。韩厢死，白擎起。

元杨维桢《元故用轩先生墓志铭》载其本事曰：“《杭图志》：有宋韩左厢者，以进士起身，由临安令，以严明升临安府左厢官。临安剽民财者，号白擎子。闻公至，皆屏迹，谣云云。”②

蜈蚣之谣

大蜈蚣，小蜈蚣，尽是人间业毒虫。夤缘扳附有百足，若使飞天能食龙。

《宋史·吴渊传》载其本事曰：“渊有材略，迄济事功，所至兴学养士，然政尚严酷，好兴罗织之狱，籍入豪横，故时有‘蜈蚣’之谣。”③《宋史》未载谣辞，《宋季三朝政要》亦载此事，并具谣辞曰：“七月，贬吴潜建昌军，寻徙潮州。潜为人豪隽，其弟兄亦无不附丽。有谗于上者曰：‘外间童谣云云。’此语既闻，惑不可解，而用之不坚，亦以此也。”④按，《宋稗类钞》卷四云贾似道

① ［宋］罗大经撰，王瑞来点校《鹤林玉露》卷五，中华书局，1983年版，第326页。

② ［元］杨维桢《东维子集》卷二五，影印文渊阁四库全书，台湾商务印书馆，1986年版，第1221册，第651页。

③ 《宋史》卷四一六，第12468页。

④ ［元］佚名撰，王瑞来笺证《宋季三朝政要笺证》卷三，中华书局，2010年版，第269页。

使人为此谣，后二句作“螙缘攀附百虫丛，若使飞天能食龙”[①]。《宋诗纪事》据《古杭杂记诗集》录此谣，题作《二吴谣》[②]，《全宋诗》亦据《古杭杂记诗集》录此谣，题作《淳祐民谣·二吴谣》。本文从《宋史》，题作《蜈蚣之谣》。

里巷为马光祖许堪史嵩之谣

光祖做总领，许堪为节制，丞相要起复援例。

《宋季三朝政要》载其本事曰：“（理宗淳祐四年九月）史嵩之丁父弥忠忧，诏起复右丞相兼枢密使、永国公。令学士院降制……太学生黄伯恺、金九万、孙翼奉、何子举等百四十四人上书曰：‘臣等恭睹御笔，起复右丞相史嵩之，令学士院择日降制。……且起复之说，圣经所无，而权宜变礼，衰世始有之……心术回邪，踪迹诡秘……在朝廷一日，则贻一日之祸，在朝廷一岁，则贻一岁之忧。万口一辞，惟恐其去之不亟也……嵩之不天，闻讣不行，乃徘徊数日。牵引奸邪，布置要地，弥缝贵戚，买嘱貂珰，转移上心。衷私御笔，必得起复之礼，然后徐徐引去……又摆布私人，以为去后之地，暨奸谋已遂，乃始从容就道。初不见其有忧戚之容也……且嵩之之为计亦奸矣。自入相以来，固知二亲耄矣，为有不测，旦夕以思，无一事不为起复张本。当其父未死之前，已预为必死之地，近畿总饷，本不乏人，而起复未卒哭之马光祖。京口守臣，岂无胜任？而起复未

① ［清］李宗孔《宋稗类钞》卷四，影印文渊阁四库全书，台湾商务印书馆，1986年版，第1034册，第278页。

② 《宋诗纪事》卷一〇〇，第2375页。

终丧之许堪。故里巷为十七字之谣也，曰云云。夫以里巷之小民，犹知其奸，陛下独不知之乎？’上意颇悟。嵩之乃奏札辞免，时相恶京学生言事，谓皆游士鼓倡之，讽京尹赵与欢逐游士。诸生闻之，作卷堂文。辞先圣以出，京尹遂尽削游士籍。淳祐五年。史嵩之以永国公致仕。”①

贾似道当国时临安谣

满头青，都是假，这回来，不作耍。

明田汝成《委巷丛谈》载其本事曰：“贾似道当国时，临安谣云云。其时京师女妆，竞尚假玉，因以假为贾，喻似道专权，而景炎丙子之乱，非复庚申之役也。似道遭贬，时人题壁云：‘去年秋，今年秋，湖上人家乐复忧，西湖依旧流。吴循州，贾循州，十五年间一转头，人生放下休。’此语视雷州寇司户之句尤警，吴循州谓履斋之贬，乃贾挤之也。”②

咸淳末民谣

满头多带假，无处不瑠璃。

元俞德邻《佩韦斋辑闻》载其本事曰：“咸淳末，贾似道以太傅平章军国，重禁天下妇人，不得以珠翠为饰。时行在悉以瑠璃代之，妇人行步皆琅然有声。民谣曰云云。假谓贾，瑠璃谓流离

① 《宋季三朝政要笺证》卷二，第151—286页。

② 《西湖游览志余》卷二三，第421页。

也。"[①]按,《宋史·五行志》《宋季三朝政要》亦载,谣辞有异,兹录于此。《宋史·五行志》载:"咸淳五年,都人以碾玉为首饰。有诗云:'京师禁珠翠,天下尽琉璃。'"[②]《宋季三朝政要》亦载:"禁珠翠,都人以碾玉为首饰。宫中簪琉璃花,都下人争效之。时有诗云:'京城禁珠翠,天下尽琉璃。'识者以为流离之兆。"[③]

宋季谣

江南若破,百雁来过。

元王恽《玉堂嘉话》载其本事曰:"宋未下时,江南谣云云。当时莫喻其意。及宋亡,盖知指丞相百颜也。夫荧惑之精下散而为童谣,不尔,何先事如此。"[④]按,《南村辍耕录》卷一亦载。《宋诗纪事》据《南村辍耕录》录此谣,题作《宋季谣》,[⑤]本文从之。

三 结 论

综括上考可知,就笔者目力所及,宋代史志笔记及其他史料所载题辞皆存之歌、谣,凡 97 题 109 首,题存辞佚之歌、谣凡 5 题,共计 97 题 109 首。

---

① 《佩韦斋辑闻》卷三,第 596 页。

② 《宋史》卷六五,第 1430 页。

③ 《宋季三朝政要笺证》卷四,第 339 页。

④ [元]王恽撰,杨晓春点校《玉堂嘉话》卷四,中华书局,2006 年版,第 103 页。

⑤ 《宋诗纪事》卷一〇〇,第 2377 页。

辽金元乐府文献考论

辽金杂歌谣辞辑考

郭茂倩《乐府诗集》杂歌谣辞一类，分歌、谣著录上古至五代诗作，是宋前杂歌谣辞研究重要资料。辽金究竟有无杂歌谣辞或有多少杂歌谣辞，未见前人讨论。故而笔者不揣谫陋，试做考察。

《乐府诗集》收录杂歌谣辞，颇为特殊，虽上及尧舜，下迄唐五代，却不求其全，只举例以见其貌。其去取准绳，实难确考。缘此之故，本文辑考辽金杂歌谣辞主要依据有二：一、凡《乐府诗集》杂歌谣辞同题拟作者，一概收录；二、凡辽金史志笔记及其他史料所载有本事之歌、谣，有见必录并考其本事。至于辽金诗人自作，取名"歌""谣"之诗，虽形似乐府，实非乐府，弃而不录。

一　辽代杂歌谣辞辑考

辽代共历九帝二百一十年，国祚不可谓不长，然其诗于中国诗歌史，地位不高，关注者寡。盖因史料散佚严重，全部辽诗，不过百余。杂歌谣辞，数量更少。兹辑考如下：

鹤野县命名歌

有鸟有鸟丁令威，去家千年今来归，城郭虽是人民非，何不学仙冢累累。[①]

元脱脱《辽史·地理志》载此诗本事曰："鹤野县。本汉居就县地，渤海为鸡山县。昔丁令威家此，去家千年，化鹤来归，集于华表柱，以朱画表云云。户一千二百。"[②]又，《增订辽诗话》亦收此诗，题作《鹤野县命名歌》[③]，本文从之。

武定军百姓为杨佶歌

何以苏我？上天降雨。谁其抚我？杨公为主。[④]

元脱脱《辽史·杨佶传》载此诗本事曰："杨佶，字正叔，南京人。幼颖悟异常，读书自能成句，识者奇之。弱冠，声名籍甚。统和二十四年，举进士第一，历校书郎、大理正。开泰六年，转

①② ［元］脱脱《辽史》卷三八，中华书局，1974 年版，第 457 页。

③ 蒋祖怡、张涤云《全辽诗话》，岳麓书社，1992 年版，第 218 页。

④ 《辽史》卷八九，第 1353 页。

仪曹郎，典掌书命，加谏议大夫。出知易州，治尚清简，征发期会必信。入为大理少卿。累迁翰林学士，文章号得体。八年，燕地饥疫，民多流殍，以佶同知南京留守事，发仓廪，振乏绝，贫民鬻子者计佣而出之。宋遣梅询贺千龄节，诏佶迎送，多唱酬，询每见称赏。复为翰林学士。重熙元年，升翰林学士承旨。丁母忧，起复工部尚书。历忠顺军节度使，朔、武等州观察、处置使，天德军节度使，加特进检校太师、同中书门下平章事，复拜参知政事，兼知南院枢密使。十五年，出为武定军节度使。境内亢旱，苗稼将槁。视事之夕，雨泽沾足。百姓歌云云。”[①]按，《古谣谚》《全辽金诗》均收此诗，前者题作《武定军百姓为杨佶歌》[②]，后者题作《喜雨歌》[③]，本文从前者。

讽谏歌 萧瑟瑟

勿嗟塞上兮暗红尘，勿伤多难兮畏夷人。不如塞奸邪之路兮，选取贤臣。直须卧薪尝胆兮，激壮士之捐身。可以朝清漠北兮，夕枕燕云。[④]

宋叶隆礼《契丹国志·海滨王文妃传》载此诗本事曰：“海滨王文妃，本渤海大氏人。幼选入宫，聪慧闲雅，详重寡言。天祚登

① 《辽史》卷八九，第1352—1353页。

② ［清］杜文澜辑，周绍良校点《古谣谚》卷十三，中华书局，1958年版，第252页。

③ 阎凤梧、康金声《全辽金诗》，山西古籍出版社，1999年版，第26页。

④ ［宋］叶隆礼撰，贾敬颜、林荣贵点校《契丹国志》卷十三，中华书局，2014年版，第146—147页。

位，册为文妃，生晋王。文妃自少时工文墨，善歌诗，见女真之祸日日侵迫，而天祚醉心畋游，不以为意，一时忠臣多所疏斥，时作歌诗以讽谏，曾有歌云云。词多不备载，其讽切不避权贵如此。又曾作咏史诗云：‘丞相朝来剑佩鸣，千官侧目寂无声。养成外患嗟何及，祸尽忠臣罚不明。亲戚并居兮藩屏位，私门潜蓄兮爪牙兵。可怜昔代秦天子，犹向宫中望太平。’其诗之感烈有如此者，天祚见而衔之。”[①]《辽史·天祚文妃萧氏传》载：“天祚文妃萧氏，小字瑟瑟，国舅大父房之女。乾统初，帝幸耶律挞葛第，见而悦之，匿宫中数月。皇太叔和鲁斡劝帝以礼选纳，三年冬，立为文妃。生蜀国公主、晋王敖卢斡，尤被宠幸。以柴册，加号承翼。善歌诗。女直乱作，日见侵迫。帝畋游不恤，忠臣多被疏斥。妃作歌讽谏，其词曰云云。又歌曰云云。天祚见而衔之。播迁以来，郡县所失几半，上颇有倦勤之意。诸皇子敖卢斡最贤，素有人望。元后兄萧奉先深忌之，诬南军都统余睹谋立晋王，以妃与闻，赐死。”[②]又，《全辽金诗》亦据《契丹国志》收录二诗，其一题作《讽谏歌》，其二题作《咏史》[③]。然据《辽史》所载本事，两首均当作《讽谏歌》。因《契丹国志》早于《辽史》，故本文从《契丹国志》，只收《讽谏歌》，不收《咏史》。

---

① ［宋］叶隆礼撰，贾敬颜、林荣贵点校《契丹国志》卷十三，中华书局，2014年版，第146—147页。

② 《辽史》卷七一，第1206—1207页。

③ 《全辽金诗》，第72页。

倚栏歌 无名氏

明月满空阶，梧桐落如雨。凉飔袭人衣，不知秋几许。[1]

明钱希言《辽邸纪闻》载此诗本事曰："辽王后宫中，往往有抑郁致死者。今沙桥门外宫人斜，即群姬埋香处。每阴寒晦黑，过者闻红愁绿惨之声。近有少年子乘醉蹋月，迷入空宫，经素香亭下，睹一美人，霓裳练裙，倚阑而歌曰云云。歌竟，杳然不见。"[2]又，《古谣谚》《全辽金诗》均收此诗，前者题作《辽王故宫美人吟》，后者题作《倚栏歌》[3]，本文从后者。

臻蓬蓬歌 无名氏

臻蓬蓬，外头花花里头空。但看明年正二月，满城不见主人翁。[4]

宋江万里《宣政杂录》载此诗本事曰："宣和初，收复燕山，以归于朝。金民来居京师，其俗有《臻蓬蓬歌》，每扣鼓和'臻蓬蓬'之音为节而舞，人无不喜闻其声而效之者。其歌云云。"[5]

---

①③ 《全辽金诗》，第89页。

② ［明］钱希言撰《辽邸纪闻》，见《古谣谚》卷九〇，第972—973页。

④ 《全辽金诗》，第84页。

⑤ ［宋］江万里《宣政杂录》，见《全宋笔记》第7编第8册，大象出版社，2016年版，第5—6页。

伎者歌 无名氏

百尺竿头望九州，前人田土后人收。后人收得休欢喜，更有收人在后头。①

宋江万里《宣政杂录》载此诗本事曰："宣和初，收复燕山，以归于朝。金民来居京师……又其伎有以数丈长竿系椅于梢，伎者坐椅上，少顷，下投于尖刀所围小棘坑中，无偏颇之失。未投时，念诗云云。此亦虏谶，而召祸可怪。"②又，此诗本事紧随《臻蓬蓬歌》，故《全辽诗话》将其置于《臻蓬蓬歌》本事中，未曾单列。《辽诗纪事》又将二诗分列，本事亦分置，前者题作《臻蓬蓬歌》，后者题作《伎者歌》。《全辽金诗》亦收此诗，题作《投坑伎诗》。本文从《辽诗纪事》。

小人歌

皇天生小人，皇地载小人。日月照小人，北斗辅小人。③

宋钱世昭《钱氏私志》载此诗本事曰："燕北风俗，不问士庶，皆自称'小人'。宣和间，有辽国右金吾卫上将军韩正归朝，授检校少保节度使，与诸兄同正任班，对中人以上说话即称'小

① 陈衍《辽诗纪事》卷十一，杨家骆主编《历代诗史长编》第十一种，台北鼎文书局，1971年版，第43页。

② ［宋］江万里《宣政杂录》，见《全宋笔记》第7编第8册，大象出版社，2016年版，第5—6页。

③ ［宋］钱世昭《钱氏私志》，影印文渊阁四库全书，台湾商务印书馆，1986年版，第1036册，第665页。

人’,中人以下即称‘我家’。每日到漏舍诵《天童经》数十遍,其声朗朗然。且云:‘对天童,岂可称我?’自‘皇天生我’,皆改为‘小人’,云云。前后二十余句,应称我字,皆改为小人。诵毕,赞叹云:‘这天童极灵!’圣王才元少师云:‘若无灵圣,如何持得许多小人?然小人有母,皆尝小人之食。小人之称,其来古矣。施之于经,是可笑也。’”①

龙蛇二歌

三藏寺里点灯去,有社主兮执我手。倘此有言兮出寺外,谓上座兮是汝语。

有蛇舍龙尾,闻过太山岑。岑人各一语,斟酌在两心。③

清王士祯《居易录》引《高丽史》所载此二诗本事曰:“三藏蛇龙二歌。忠烈王在位狎群小,选官妓、女巫有姿色者,籍置宫中,时人歌之,其词古拙,有捉搦遗意,录之曰云云。”④

辽土河童谣

青牛妪,曾避路。⑤

① [宋]钱世昭《钱氏私志》,影印文渊阁四库全书,台湾商务印书馆,1986年版,第1036册,第665页。

③ 《辽诗纪事》卷八,第38页。

④ [清]王士祯撰《居易录》卷八,影印文渊阁四库全书,台湾商务印书馆,1986年版,第869册,第405页。

⑤ 《辽史》卷七一,第1199页。

元脱脱《辽史·太祖淳钦皇后述律氏传》载此诗本事曰:“太祖淳钦皇后述律氏,讳平,小字月理朵。其先回鹘人糯思,生魏宁舍利,魏宁生慎思梅里,慎思生婆姑梅里,婆姑娶匀德恝王女,生后于契丹右大部。婆姑名月椀,仕遥辇氏为阿扎割只。后简重果断,有雄略。尝至辽、土二河之会,有女子乘青牛车,仓卒避路,忽不见。未几,童谣云云,盖谚谓地祇为青牛妪云。”①《全辽文》《全辽金诗》均收此诗,题作《童谣》。《古谣谚》亦收,题作《辽土河童谣》②,本文从后者。

幽州谣

旧来夸戴竿,今日不堪看。但见五月里,清水河边见契丹。③

按,陈衍《辽诗纪事》引《唐书》所载此诗本事曰:“安禄山未叛时,幽州有谣云云。时禄山与契丹连兵,往往收其人于帐下,故云。”④

二 金代杂歌谣辞辑考

金系女真人建立政权,军力强盛,文化落后。灭辽,“获契丹、汉人,始通契丹、汉字”⑤。至天辅三年(1119),完颜希尹始

① 《辽史》卷七一,第1199页。
② 《古谣谚》卷十三,第252页。
③ 《辽诗纪事》卷十一,第41页。
④ 《辽诗纪事》卷十一,第100页。
⑤ 《金史》卷六六,第1558页。

依汉字、契丹文造女真文。然契丹人但据燕云以北，金人则入主中原，大批汉族诗人加入创作队伍，诗歌创作数量远超辽诗，歌辞谣辞亦数倍于辽代。可考者如下：

客有自关辅来作商歌十章　雷　琯

扶桑西距若华东，尽在天王职贡中。一自秦原有烽火，年年选将戍河潼。

春明门前灞水滨，年年此地送行频。今年送客不复返，卷土东来避战尘。

尽室东行且未归，临行重自锁门扉。为语画梁双燕子，春来秋去傍谁飞。

灞水河边杨柳春，柔条折尽为行人。只愁落日悲笳里，吹断东风不到秦。

累累老稚自相携，侧耳西风听马嘶。百死才能到关下，仰看犹似上天梯。

上得关来似得生，关头行客唱歌行。虚岩远壑互相应，转见离乡去国情。

前歌未停后迭呼，歌词激烈声呜呜。天下可能无健者，不挽天河洗八区。

折来灞水桥边柳，尽向商於道上栽。明年三月花如雪，会有好风吹汝回。

行人十步九盘桓，岩壑萦回行路难。忽到商颜最高处，一时挥泪望长安。

西来迁客莫回首，一望令人一断魂。正使长安近于日，烟尘满目北风昏。①

按，《乐府诗集·杂歌谣辞》有《商歌》，雷琯此诗当为同题拟作，故亦属杂歌谣辞。《全金诗》载其诗序曰："客有自关辅来，言秦民之东徙者，余数十万口。携持负戴，络绎山谷间，昼餐无糗糒，夕休无室庐，饥羸暴露，滨死无几。间有为秦声写去国之情者，其始则历亮而宛转，若有所诉焉。少则幽抑而凄厉，若诉而怒焉。及其放也，呜呜焉，愔愔焉，极其情之所之，又若弗能任焉者。噫！秦予父母国也，而客言如是，闻之悲不可禁，乃为作《商歌》十章，倚其声以纾予怀，且俾后之歌者知秦风之所自焉。"②

渔　父　王　寂

一声叹乃破苍烟，万顷沧浪蘸碧天。黄篾筏头闲活计，绿蓑衣底懒因缘。酉年酒易多卯饮，亥日鱼收纵午眠。坐笑磻溪太多事，梦招西伯渭川畋。③

渔　父　李　节

举世从谁话独醒，短蓑轻箬寄余生。半篙春水世尘远，一笛晚风山雨晴，稚乳满船生事简。鱼虾到市利源轻，旁人莫怪机心少，曾与沧洲白鸟盟。④

渔父词二首　完颜璹

杨柳风前白板扉，荷花雨里绿蓑衣。红稻美，锦鳞肥。

①② 薛瑞兆、郭明志《全金诗》，南开大学出版社，1995年版，第4册，第251页。

③ 《全金诗》，第1册，第404页。

④ 《全金诗》，第3册，第142页。

渔笛闲拈月下吹。

钓得鱼来卧看书，船头稳置酒葫芦。烟际柳，雨中蒲。乞与人间作画图。①

按，《乐府诗集·杂歌谣辞》有《渔父歌》，金人《渔父》《渔父词》均当出于此，故亦属杂歌谣辞。

楚歌 萧贡

沙丘车过亡明镜，人头畜鸣自贤圣。阿房殿里醉宫娃，赵高手中持国柄。群雄云扰荡山东，邯郸却堕秦围中。项王一战动天地，诸侯膝行趋下风。割裂河山建侯国，天下畏威心不服。只贪衣绣荣楚猴，岂识金刀得秦鹿。楚歌一夜四面发，泣别虞姬歌数阕。残兵牢落似晨星，独骑凌兢踏寒月。乌江渡口方唤船，五侯追奔已江边。苦道天亡非战罪，剑化壮气成飞烟。君王雄武古无比，独无仁义谁相济。向能忠计资范增，未必汉家能卜世。谷城东头土一丘，悠悠遗恨何年休。②

按，《乐府诗集·杂歌谣辞》有《楚歌》，萧贡此诗为同题拟作，故属杂歌谣辞。

戚夫人 元好问

鸿鹄冥冥四海飞，戚夫人舞泪沾衣。无端恨杀商山

① 《全金诗》，第3册，第121页。

② 《全金诗》，第2册，第375页。

老，刚出山来管是非。①

按，《乐府诗集·杂歌谣辞》有《戚夫人》，元好问此诗为同题拟作，故属杂歌谣辞。

诅祝歌

取尔一角指天、一角指地之牛，无名之马，向之则华面，背之则白尾，横视之则有左右翼者。②

《金史·谢里忽传》载此诗本事曰："谢里忽者，昭祖将定法制，诸父、国人不悦，已执昭祖，将杀之。谢里忽亟往，弯弓注矢，射于众中，众乃散去，昭祖得免。国俗，有被杀者，心使巫觋以诅祝杀之者，乃系刃于杖端，与众至其家，歌而诅之曰……其声哀切凄婉，若《蒿里》之音。既而以刃画地，劫取畜产财物而还。其家一经诅祝，家道辄败。"③《全金诗》卷一五九、《全辽金诗》均收，前者题作《诅祝歌》，后者题作《巫歌》，本文从前者。

世祖时童谣

欲生则附于跋黑，欲列则附于劾里钵、颇刺淑。④

《金史·景祖英烈惠桓皇帝传》载此诗本事曰："第二子袭节度使，是为世祖，讳劾里钵。生，女直之俗，生子年长即异居。景祖

① 《全金诗》，第4册，第182页。

②④ 《全金诗》，第4册，第610页。

③ 《金史》卷六五，第7页。

九子,元配唐括氏生劾者,次世祖,次劾孙,次肃宗,次穆宗。及当异居,景祖曰:‘劾者柔和,可治家务。劾里钵有器量智识,何事不成。劾孙亦柔善人耳。’乃命劾者与世祖同居,劾孙与肃宗同居。景祖卒,世祖继之。世祖卒,肃宗继之。肃宗卒,穆宗继之。穆宗复传世祖之子,至于太祖,竟登大位焉。世祖,辽重熙八年己卯岁生。辽咸雍十年,袭节度使。景祖异母弟跋黑有异志,世祖虑其为变,加意事之,不使将兵,但为部长。跋黑遂诱桓赧、散达、乌春、窝谋罕为乱,及间诸部使贰于世祖。世祖犹欲抚慰之,语在跋黑、桓赧等传中。世祖尝买加古部锻工乌不屯被甲九十,乌春欲托此以为兵端,世祖还其甲,语在《乌春传》。部中有流言曰云云。”①《全金诗》卷一五九、《全辽金诗》均收,前者题作《世祖时童谣》,后者题作《童谣》,本文从前者。

正隆童谣

正军三匹马,签军两只鞋。郎主向南去,赵老送灯台。②

宋徐梦莘《三朝北盟汇编》载此诗本事曰:“宣梁汉臣孔彦舟抚问修大内,不意有人谮彦舟者,遂赐酒鸩之,彦舟捧卮跪饮。见彦舟臂上雕青,问曰:‘何物也。’彦舟曰:‘臣少年时不成器,教人刺来。’曰:‘卿如今成器,敢做甚?’彦舟股栗。命彦舟充西京留守,起行至路,药发而死。二年八月,在汴京,值中秋设宴,百官玩月。忽密云罩月,索笔作《鹊桥仙》词曰:‘停杯不举,停歌不发,等候银蟾出海,不知何处片云来?做许大通天障碍,虬髭捻断星

---

① 《金史》卷六五,第 7 页。

② 《全金诗》,第 4 册,第 610 页。

眸睁煞，惟恨剑锋不快，一挥挥断紫云根，要见婵娥体态。’翰林学士祁宰奏曰：‘陛下弃大国宫殿，遍幸诸州，败盟兴师，无故举事，劳力役生灵，兴工动土，修建西京之内，开掘无用之河，劳基军民，嗟怨盈路。太乙出现，陛下转以为妖，殊不惮畏。臣食禄于朝，焉可缄默，伏望陛下察天地之不祥，收兵罢役，通和南宋，复还故都，四海九州，咸感圣德，天下幸甚。’亮大怒，斩之，灭其族焉。隆三年二月下诏，小龙虎大王兵五万，守镇蒙古。右司虎牙卫将军大家奴改作大嘉努守镇上京。会宁府术律改作舒噜侍中兵三万，守燕京。中都葛王兵五万，屯齐郓两州，兼津发粮草。皇太子奉国卫将军、户部侍郎张昌等守汴京御营，前军高委礼管押御前射雕军一万三千，并紫茸细军三千。御前提举右将军达耳明威（改作塔尔明威）、御前左将军赤盏明威（改作持嘉明威）、御前前军伽罗明威（改作额噜明威）、御前后军西道部属这兴国奴（改作兴国努将紫茸细军）三千人，令分五部，一部五百人，每队六十人，谋克改作穆昆一人，队头一人，戎芦服一人，牌头二人，饭食五人，队身五十人。五年秋九月，起汴京，敕天使催促八路军马各依地，分入南界进发。时童谣云云。”①

大定童谣

鞑靼去，赶得官家没去处。②

宋孟珙《蒙鞑备录》载此诗本事曰：“征伐：鞑人在本国时，金虏

① ［宋］徐梦莘《三朝北盟汇编》卷二四三，上海古籍出版社，1987年版，第1746页。

② 《全金诗》，第4册，第610页。

大定间,燕京及契丹地有谣言云云。元忠按,‘鞑’宋人小说本作‘靼’。”①

金大定间谣

鞑靼去,赶得官家没去处。②

宋孟珙《蒙鞑备录》载此诗本事曰:“鞑人在本国时,金虏大定间,燕京及契丹地有谣言云云。葛酋雍宛转闻之,惊曰:‘必是鞑人为我国患。’乃下令极于穷荒,出兵剿之,每三岁遣兵向北剿杀,谓之‘减丁’,迄今中原人尽能记之曰:‘二十年前,山东河北谁家不买鞑人为小奴婢,皆诸军掠来者。’”③

明昌童谣

东欲行,西欲飞,中间一路亦垂垂,吾醉不醉知不知。④

宋宇文懋昭《大金国志》载此诗本事曰:“明昌四年十月,诛郑王允蹈。世宗第六子,于属为叔。先是,允恭太子既薨,允蹈次长,当立。枢密院张克己以宫僚私意,赞立太孙。然允蹈性宽厚,母赵氏亦远避恩宠,中外无党,世家称其局量,诸武将谓其有外家风,不甚附之。太孙既立,每见之,有愧色。是时,主日久酣饮,外间章奏不许通。京师谣言云云。”⑤

---

①②③ [宋]孟珙撰,[清]曹元忠校注《蒙鞑备录校注》,续修四库全书,上海古籍出版社,2002 年版,第 423 册,第 525 页。

④ 《全金诗》,第 4 册,第 611 页。

⑤ [宋]宇文懋昭撰,崔文印校证《大金国志校证》卷十九,中华书局,1986 年版,第 258—259 页。

泰和童谣

易水流，汴水流，百年易过又休休。两家都好住，前后总迟留。①

宋宇文懋昭《大金国志》载此诗本事曰："初，忠献王粘罕欲赞太宗都燕，司天监郝世才本辽臣也，精于天文地理，忠献攻讨，每携以行，所言皆验。谓'燕京土燥山远，水泉不润，可以威守，难以文定。若南征北伐未燕京童谣已，此地可居。如持盈守成，祸变必作。又泰和末有童谣曰云云。至此，燕京王气耗竭。'其言验矣。"②《金史·五行志》曰："（泰和）三年四月，旱。十月己亥，大风。四年正月壬申，阴雾，木冰。三月丁卯，大风，毁宣阳门鸱尾。四月，旱。壬戌，万宁宫端门灾。十一月丁卯，阴。木冰凡三日。五年夏，旱。八年闰四月甲午，雨雹。河南路蝗。六月戊子，飞蝗入京畿。八月乙酉，有虎至阳春门外，驾出射获之。时又有童谣云云。至贞祐中，举国迁汴。"③

贞祐童谣

团圞冬，劈半年。寒食节，没人烟。④

《金史·五行志》载此诗本事曰："宣宗贞祐元年八月戊子夜，将曙，大雾苍黑，跬步无所见，至辰巳间始散。十二月乙卯，雨，木

①④ 《全金诗》，第4册，第611页。

② 《大金国志校证》卷二四，第332—334页。

③ 《金史》卷二三，第540页。

冰。时卫州有童谣曰云云。明年正月,元兵破卫,遂丘墟矣。”①

兴定童谣

青山转,转山青。耽误尽,少年人。②

《金史·五行志》载此诗本事曰:“(宣宗兴定)五年三月,以久旱,诏中外,仍命有司祈祷。十一月壬寅,京师相国寺火。十二月丁丑,霜附木。先是,有童谣云云。盖言是时人皆为兵,转斗山谷,战伐不休,当至老也。”③

三　结　论

综括上考,可得出如下结论:

第一,辽代未见《乐府诗集·杂歌谣辞》同题拟作,可考歌、谣,仅存11题12首。

第二,金代杂歌谣辞可考者,一为《乐府诗集·杂歌谣辞》同题拟作,一为史志笔记所载之歌、谣。前者自《客有自关辅来作商歌十章》至《戚夫人》,凡5题16首,后者自《诅祝歌》至《兴定童谣》,凡9题9首,共计14题25首。

(原载《乐府学》第二十辑,社会科学文献出版社,2019年12月)

① 《金史》卷二三,第542页。

② 《全金诗》,第4册,第611页。

③ 《金史》卷二三,第543页。

元代“乐府”含义考论

乐府自产生以来，其含义随时代发展不断衍变，愈加丰富。早在秦代，乐府就指朝廷礼乐机构。汉武帝时，乐府职能扩大，收集整理民间诗歌音乐，其作为朝廷礼乐机构的含义更为稳固。至齐梁，乐府一词已具备诗体意义，用来指代乐府诗。到唐代，乐府作为诗体的内涵得到进一步延伸，出现了新乐府、系乐府等乐府诗学概念。至宋代，随着曲子词出现并兴盛，乐府内涵进一步扩容，又用来指代曲子词。然而到元代，前代乐府含义是否得到延续？乐府一词又增加了哪些新的内涵？今人研究中有对散曲乐府精神的探讨，[①]有关于乐府与曲学概念的

① 张筱南《元散曲的乐府精神与雅正特质》，《求索》2012 年第 8 期。

辨析,[1]但并没有针对元代乐府含义的深入探讨。有鉴于此,笔者拟就乐府一词在元代的含义进行全面分析,以期对元代乐府学研究有所助益。

一　乐府指朝廷礼乐机构

在元代各时期的诗文中,乐府常被作为朝廷礼乐机构的代称。元代前期如刘秉忠《寄崖梦臣》云:“乐府风流新摘阮,颂堂雅淡旧和琴。”[2]诗中谈到乐府所用乐器,可见是以乐府指朝廷礼乐机构。再如刘埙《谢陈总领惠寿词》云:“传来乐府,虽难期铜狄之龄;流入教坊,应可品玉箫之调。”[3]释希陵《正元祝赞诗并序》云:“臣作歌诗,播诸乐府。”[4]二诗皆提及诗歌传入乐府,则乐府均指朝廷礼乐机构无疑。又如马臻《赠歌者二首》云:“忆曾供奉独超群,怕问当年乐府名。”[5]“供奉”特指宫廷以某种伎艺侍奉君王的人,唐顾况有《李供奉弹箜篌歌》,白居易有《代琵琶弟子谢女师曹供奉寄新调弄谱》等,“供奉”皆指宫廷乐人,则马臻诗中“供奉”亦为此意,且此词与乐府相对,则乐府当指朝廷礼乐机构。乐府的此种含义在元代中后期也很常见。元代中期如马祖常《题织锦回文图》曰:“夫君成归

---

① 刘薇《从“乐府”角度探究元明清曲学》,《四川戏剧》2016 年第 5 期。

② 杨濂主编《全元诗》,第 3 册,中华书局,2013 年版,第 226 页。

③ 李修生编《全元文》卷三四四,凤凰出版社,2004 年版,第 287 页。

④ 《全元诗》,第 13 册,第 343 页。

⑤ 《全元诗》,第 17 册,第 37 页。

定何日，乐府陈娘歌第一。”[①]陈娘是一名乐府歌者，则乐府指朝廷礼乐机构无疑。再如王沂《白翎雀》云：“从此流传喧乐府，争买千金比鹦鹉。”[②]许有壬《中书疑予行前一日既大设祖翼日又遣使具牲醴追送通州走笔付使者以谢诸公》云：“梨园乐府太官羊，病久余醒岂易当。”[③]以上二诗也都是以乐府指朝廷礼乐机构。元代后期如王祎《代佛郎国进天马表》云：“大一统于舆图，永囿无为之化；协六律于乐府，伫闻太乙之歌。”[④]此处乐府即指朝廷礼乐机构。再如郭钰《赋鹤骨笛》云：“云沉碧海葬飞仙，乐府新裁紫玉员。”[⑤]诗中讲到乐府裁减乐工，可见乐府亦指朝廷礼乐机构。又如释宗泐《进应制献佛乐章》云：“翰林拜署延慈曲，乐府翻歌法寿音。”[⑥]乐府演奏《法寿乐歌》，则乐府仍指朝廷礼乐机构。

综上可见，虽然乐府指朝廷礼乐机构这一含义承袭于前代，但这一内涵在整个有元一代使用都非常广泛。

二　乐府指乐府诗

乐府指乐府诗在元代各时期的诗歌、散文中也十分常见。如王恽《羽林万骑歌》引言曰：“至元丙子岁立春后三日，醉入

---

① 《全元诗》，第 29 册，第 303—304 页。

② 《全元诗》，第 33 册，第 46 页。

③ 《全元诗》，第 34 册，第 351—352 页。

④ 《全元文》卷一六八三，第 223 页。

⑤ 《全元诗》，第 57 册，第 425 页。

⑥ 《全元诗》，第 58 册，第 433 页。

奉御宅……作古乐府一章,号曰《羽林万骑歌》。”①此中“古乐府”即指王恽诗《羽林万骑歌》。再如方回《跋汪崇亮诗》云:“其《青溪主客歌》云……此乐府之最佳者。”②此中乐府,即指王崇亮诗《青溪主客歌》。又如刘埙《雪笠诗跋》云:“雪笠翁曾元伯,诗精丽妥帖,各当其体,而乐府尤工。琢句如长吉,镕意如飞卿,殆骎骎逼籍、建,校今同社,夫谁与敌?”③此处乐府指曾元伯乐府诗。以上是元代前期的情形。到元代中期,也可看到此类记载。如杨载《酬贾郎中》云:“新裁乐府传宫体,旧着朝衣带御香。”④赵桀《春鸡行》诗序云:“客赵桀为作《春鸡行》乐府。”⑤以上记载均以乐府指称乐府诗。到了元代后期,出现了乐府诗大家杨维桢,他的很多乐府诗皆有诗序诗引,其中会径直点明该诗的乐府诗属性和本事,如《独禄篇》诗引曰:“古乐府《独禄篇》,为父报仇之作也。”⑥又如《乌夜啼》诗序曰:“古乐府《乌夜啼》者,宋王义庆妓妾报赦之词。予为补之,而少见规诫之义云。”⑦

此外,元人有些诗歌径直在诗题中标明乐府属性,如韩性《题鲜于伯机拱北楼乐府》、吾丘衍《桃花雨乐府一章寄翼之》、萨都剌《梳头乐府》、李齐贤《小乐府》、尹廷高《车中作古乐府》、戴良《题罗氏五老图乐府三解》。甚至还有许多诗作直接

① 《全元诗》,第5册,第95页。
② 《全元文》卷二一六,第190页。
③ 《全元文》卷三四五,第325页。
④ 《全元诗》,第25册,第278页。
⑤ 《全元诗》,第28册,第2页。
⑥ 《全元诗》,第39册,第5页。
⑦ 《全元诗》,第39册,第6页。

以乐府或古乐府为题，如：

天上云片谁剪裁，空中雨丝谁织来。蒺藜秋沙田鼠肥，贫家女妇寒无衣。女妇无衣何足道，征夫戍边更枯槁。朔雪埋山铁甲涩，头发离离短如草。（马祖常《古乐府》）[①]

妾有嫁时镜，皎皎无纤滓。照妾芳华年，涂泽如花美。郎行向天涯，岁月忽逾纪。空闺生远愁，妾容为谁理。妾容匪金石，宁复昔时比。重拂故匣看，炯炯光不已。人情重颜色，反目如覆水。愿郎待妾心，明与镜相似。

娟娟天上月，乃有盈与亏。区区世间人，宁无别与离。月亏尚有盈，君别无回期。月朒重可待，君信不可持。灼灼红槿花，落落青松枝。单居无与俦，贞白徒自知。人生良鲜欢，乃复长相违。托婚昔未久，幸无儿女悲。妾心有姑嫜，君忘倚门思。川长舟可逝，路远车可驰。人情不如月，素光流妾帏。（周权《古乐府》）[②]

君好锦绣段，妾好明月珠。锦绣可为服，服美令人愚。不如珠夜光，可以照读书。

君好春芍药，妾好夏池莲。芍药多艳色，春风迷少年。不如莲有实，可以寿君筵。

绵绵江上草，郁郁庭中柯。人生不相知，有如东逝波。食杏犹苦酸，食梅当若何。衣褐犹苦寒，衣葛寒更多。岂无千载友，肯听渔樵歌。（黄清老《古乐府三首》）[③]

---

① 《全元诗》，第29册，第386—387页。

② 《全元诗》，第30册，第7—8页。

③ 《全元诗》，第36册，第168—169页。

妾有青铜镜，置君白玉台。无盐与西子，都入此中来。

郎采芙蓉花，侬采芙蓉叶。叶绿比郎衣，花红似侬颊。(胡奎《古乐府》)[①]

吴门柳东风，岁岁离人手。千人万人于此别，长条短条那忍折。送君更折青柳枝，莫学柳花如雪飞。思君归来与君期，但愿柳色如君衣。

采采叶上莲，吴姬荡桨云满船。红妆避人隔花笑，一生自倚如花妍。低头更采叶上莲，锦云绕指香风传。殷勤裁缝作莲幕，为君高挂黄堂边，待君日日来周旋。(昂吉《乐府二章送吴景良》)[②]

显而易见，这些以乐府或古乐府为题的诗均指乐府诗而言。

值得注意的是，元人还常以乐府作为类名指代乐府诗，这种用法在有元一代都有广泛运用。元代前期如耶律铸《双溪醉隐集》卷二有“乐府”一类[③]，中期如马祖常《石田先生文集》卷五有“乐府歌行”一类[④]、宋褧《燕石集》卷四有“古乐府”一类[⑤]、李孝光《五峰集》卷二为“古乐府”[⑥]、陈樵《鹿皮子集》卷

① 《全元诗》，第48册，第159页。

② 《全元诗》，第58册，第341—342页。

③ ［元］耶律铸《双溪醉隐集》，影印文渊阁四库全书，台湾商务印书馆，1986年版，第1199册，第383—396页。

④ ［元］马祖常撰，李叔毅点校《石田先生文集》，中州古籍出版社，1991年版，第110—122页。

⑤ ［元］宋褧《燕石集》，影印文渊阁四库全书，台湾商务印书馆，1986年版，第1212册，第389—396页。

⑥ ［元］李孝光《五峰集》，影印文渊阁四库全书，台湾商务印书馆，1986年版，第1215册，第102—109页。

二有“乐府”一类[①]、张宪《玉笥集》卷三为“古乐府”[②],后期如戴良《九灵山房集》卷十五有“乐府”一类[③]、周巽《性情集》卷一和卷二为“拟古乐府”[④]、沈梦麟《花谿集》卷一有“古乐府”一类[⑤]、陈基《夷白斋稿》卷一有“乐府”一类[⑥]、梁寅《石门集》卷三有“乐府辞”一类[⑦]、吴会《吴书山先生遗集》有“古乐府卷十三计四首”[⑧],以上皆以乐府作为类名指代乐府诗。

更有甚者,元人还以乐府作为乐府诗总集和别集的名称。乐府诗总集如吴莱《乐府类编》、左克明《古乐府》;乐府诗别集如杨维桢《铁崖古乐府》《铁崖古乐府补》《杨铁崖咏史古乐府》。

综上可见,乐府指代乐府诗的含义在元代各时期的使用都非常稳定,广泛出现在诗歌(包括诗题、序引、正文)和散文中,甚至作为诗歌类名和诗集名称。

---

① [元]陈樵《鹿皮子集》,影印文渊阁四库全书,台湾商务印书馆,1986年版,第1216册,第664—665页。

② [元]张宪《玉笥集》,影印文渊阁四库全书,台湾商务印书馆,1986年版,第1217册,第390—411页。

③ [元]戴良《九灵山房集》,影印文渊阁四库全书,台湾商务印书馆,1986年版,第1219册,第419—422页。

④ [元]周巽《性情集》,影印文渊阁四库全书,台湾商务印书馆,1986年版,第1221册,第2—14页。

⑤ [元]沈梦麟《花溪集》,影印文渊阁四库全书,台湾商务印书馆,1986年版,第1221册,第55—57页。

⑥ [元]陈基《夷白斋稿》,影印文渊阁四库全书,台湾商务印书馆,1986年版,第1222册,第183—186页。

⑦ [元]梁寅《石门集》,影印文渊阁四库全书,台湾商务印书馆,1986年版,第1222册,第633—635页。

⑧ [元]吴会《吴书山先生遗集》,续修四库全书,第1325册,上海古籍出版社,2002年版,第317—318页。

三　乐府指曲子词

乐府代指曲子词这一含义在宋代出现,到元代仍然使用。

在元人前中期诗文中,乐府指曲子词较为多见。元代前期如王博文《白兰谷天籁集序》云:“(太素)尝与予言:‘作诗不及唐人,未可轻言诗;平生留意于长短句,散失之余,仅二百篇,愿吾子序之。’……噫,遗山之后,乐府名家者何人?”①《天籁集》是白朴词集,此处乐府即指曲子词。再如刘敏中《江湖长短句引》云:“礼部侍郎济南张养浩希孟使江南,往返仅半岁,得乐府百有余首,辑为一编,目之曰《江湖长短句》,归以示余。”②《江湖长短句》是张养浩所辑词集,此处言“得乐府百有余首”为《江湖长短句》,则乐府亦指曲子词。又如戴表元有《题陈强甫乐府》③,乐府指陈强甫词集《无我辞》。元代中期如黄溍《记居士公乐府》云:“居士作‘满庭芳’乐府,题太平楼云……遂归隐不复出。此与题壁词气格相近。”④王沂《题李敬斋乐府后》云:“余尝观敬斋赋‘雁邱双蕖怨’乐府数章于元遗山集中,经纬绵密,词旨清楚,似胜元作。”⑤满庭芳、雁丘、双蕖怨皆为词牌名,则以上记载中乐府亦指曲子词。另外,张之翰《方虚谷以诗饯余至松江因和韵奉答》云:“作诗作文乃如此,况复大小乐府词。……秦晁贺晏周柳康,气骨渐弱孰纲维。稼

① 《全元文》卷一四〇,第 90 页。

② 《全元文》卷三九一,第 439 页。

③ 《全元文》卷四二〇,第 183 页。

④ 《全元文》卷九四八,第 210 页。

⑤ 《全元文》卷一八三一,第 161 页。

翁独发坡仙秘，圣处往往非人为。”[1]吴师道《鲜于伯机自书乐府遗墨》云：“乐府词亦其所自作，前二首道退居之趣，恬淡闲雅，有稼轩、遗山风。后《无题》一首规模《香奁》《花间》，艳丽而媟，非庄士所欲闻，然古今词人极意以为工者，往往若是，岂惟伯机父哉！”[2]以上记载径称“乐府词”，则乐府均指曲子词无疑。

到元代后期，以乐府指曲子词的用法较少，笔者仅见一例。危素《大元故翰林侍讲学士中奉大夫知制诰同修国史同知经筵事赠中奉大夫江西等处行中书省参知政事护军追封江夏郡公谥文献黄公神道碑》曰：“公讳溍，字晋卿，姓黄氏。……琳生中辅，力学尚气节，秦丞相桧柄国，杀议己者，独奋然题乐府太平楼上，有‘劚剑欲斩佞臣头’之语，人至今诵之。”[3]所记之事与上文黄溍《记居士公乐府》相同，亦以乐府指曲子词。

除此之外，元人还以乐府作为类名指代曲子词，这种用法也主要集中在元代前中期，后期使用较少。如刘秉忠《藏春集》卷五为“乐府”[4]，赵孟頫《松雪斋集》卷十下有“乐府”一类[5]，许衡《鲁斋遗书》卷十一下有“乐府”一类，[6]刘因《静修

① 《全元诗》，第11册，第100页。

② 《全元文》卷一〇七六，第142页。

③ 《全元文》卷一四七八，第436—437页。

④ ［元］刘秉忠《藏春集》，影印文渊阁四库全书，台湾商务印书馆，1986年版，第1191册，第680—690页。

⑤ ［元］赵孟頫《松雪斋集》，影印文渊阁四库全书，台湾商务印书馆，1986年版，第1196册，第741—744页。

⑥ ［元］许衡《鲁斋遗书》，影印文渊阁四库全书，台湾商务印书馆，1986年版，第1198册，第434—435页。

集》卷十八有“乐府”一类[1],安熙《默庵集》卷五有“乐府”一类[2],王恽《秋涧集》卷七十四至卷七十七为“乐府”[3],程钜夫《雪楼集》卷三十有“乐府”一类[4],曹伯启《曹文贞公诗集》卷十为“乐府”[5],虞集《道园学古录》卷四和卷三十下都有“乐府”一类[6],又《道园遗稿》卷六为“乐府”[7],蒲道源《闲居丛稿》卷十二为“乐府”,[8]许有壬《至正集》卷七十八至卷八十一为“乐府”[9],宋褧《燕石集》卷十有“近体乐府”一类[10]。以上所举别集“乐府”类下所收皆为曲子词,且作者主要活动于元代前中期,其中许有壬等人的创作一直延续到元代后期。

---

① ［元］刘因《静修集》,影印文渊阁四库全书,台湾商务印书馆,1986年版,第1198册,第629—631页。

② ［元］安熙《默庵集》,影印文渊阁四库全书,台湾商务印书馆,1986年版,第1199册,第733—734页。

③ ［元］王恽《秋涧集》,影印文渊阁四库全书,台湾商务印书馆,1986年版,第1201册,第100—144页。其中,卷七十七所列并不全是曲子词,详见下文论述。

④ ［元］程钜夫《雪楼集》,影印文渊阁四库全书,台湾商务印书馆,1986年版,第1202册,第454—463页。

⑤ ［元］曹伯启《曹文贞公诗集》,影印文渊阁四库全书,台湾商务印书馆,1986年版,第1202册,第531—534页。

⑥ ［元］虞集《道园学古录》,影印文渊阁四库全书,台湾商务印书馆,1986年版,第1207册,第59—60、439—440页。

⑦ ［元］虞集《道园遗稿》,影印文渊阁四库全书,台湾商务印书馆,1986年版,第1207册,第803—811页。

⑧ ［元］蒲道源《闲居丛稿》,影印文渊阁四库全书,台湾商务印书馆,1986年版,第1210册,第669—673页。

⑨ ［元］许有壬《至正集》,影印文渊阁四库全书,台湾商务印书馆,1986年版,第1211册,第547—574页。

⑩ 《燕石集》,第460—466页。

收录元代文人词作的总集也以乐府命名。如陈恕可《乐府补题》就是宋元易代之际周密、王沂孙、王易简等十四位遗民词人结社联吟唱和而作的一部咏物词专集①。其他以乐府命名的文人词作别集也有很多,元代前中期如周玉晨《晴川乐府》、李治《敬斋乐府》、刘秉忠《藏春乐府》、王义山《稼村乐府》、赵孟頫《松雪斋乐府》、安熙《默庵乐府》、王恽《秋涧乐府》、王沂孙《碧山乐府》、张弘范《淮阳乐府》、刘敏中《中庵乐府》、程钜夫《雪楼先生乐府》、曹伯启《汉泉乐府》、周权《此山先生乐府》、虞集《道园乐府》、张埜《古山乐府》、蒲道源《顺斋乐府》、许有壬《圭塘乐府》、宋褧《燕石近体乐府》。后期如倪瓒《云林乐府》、周巽《性情乐府》、梁寅《石门先生乐府近体》。可见以乐府代指词集的用法也很普遍,只不过这种用法同样到元代后期呈现减少趋势。

另外,元人词作标题中也会出现以乐府指代曲子词的情形,如姚燧《木兰花慢·清明上巳同日亦吾生少遇赋乐府奉呈判县伯阳志友兼寄高侍读》、刘敏中《沁园春·畅泊然纯甫由山东佥宪谢病归襄阳以乐府沁园春见寄次韵奉答》,标题中的乐府都指曲子词。又有金固《戊辰三月十六夕,同彭待之宿,周存诚所取虞文靖公乐府杏花春雨江南之句,分韵赋诗得春字》,“杏花春雨江南”一句出自虞集词作《风入松·寄柯敬仲》②,诗题将之称为乐府,可见乐府指曲子词。

综上可见,乐府指代曲子词这一含义在元代前中期使用非

① 路成文《读〈乐府补题〉三记》,《词学》第十七辑,华东师范大学出版社,2006年版。

② 《道园学古录》卷四,第60页。

常广泛,到后期则有淡化趋势。这一现象或与元代后期曲子词创作后续乏力而散曲却逐渐发展兴盛不无关系。

四　乐府指元曲

元曲包括散曲和杂剧,散曲、杂剧作为元代盛行的文体形式,也被元人称为乐府。到元代中期,杂剧、散曲甚至被奉为“乐府”正宗。

(一)乐府指散曲

金元易代之际,散曲兴起并进一步发展。终有元一代,散曲大放异彩。元人钟嗣成《录鬼簿》开列“前辈名公乐章传于世者”①,第一名就是金人董解元。董解元以下还有张子益、商政叔、杜善夫、阎仲章等,这些人“皆高才重名,亦于乐府用心”②。此处乐府,即指散曲。据此推测,金代或元前期,乐府就已开始指散曲。但就笔者目前所见,金代相关记载较为匮乏,元代史料中明确以乐府指代散曲的最早是王恽《秋涧集》,该集卷七十七类名为乐府,其中除了《行香子》《眼儿媚》《鹊桥仙》等词作外,还收录了《平湖乐》十三首、《绛桃春》十首(其中包括《寿李夫人》六首)、《柳圈辞》六首、《乐府合欢曲》九首、《后庭破子》一首等众多散曲作品③。其中《平湖乐·乙亥三月七日宴湖上赋》诗题中有明确纪年,乃元世祖至元十二年

① [元]钟嗣成、贾仲明撰,马廉校注《录鬼簿新校注》卷上,文学古籍刊行社,1957 年版,第 1 页。

② 《录鬼簿新校注》卷上,第 8 页。

③ 《秋涧集》,第 132—144 页。

(1275)。又,《绛桃春》第九首的令前小序也有明确纪年和“乐府”指称:“辛卯九月二十五日夜,解衣欲睡,适有饮兴,顾樽湛余醁,灯缀玉虫而乐之。然酒味颇酷,乃以少蜜渍之。浮大白者再,觉胸中浩浩,殊酣适也。仍以乐府《绛桃春》歌之。”[①]辛卯年是元世祖至元二十八年(1291),可见最迟在元世祖至元年间就已经以乐府来指称散曲了。

元代中期,钟嗣成的《录鬼簿》中有许多记载谈到乐府,如其介绍钱霖云:“自作乐府,为《醉边余兴》。”[②]《醉边余兴》是散曲集,所以此中乐府即指散曲。又如介绍徐德可云:“名再思。好食甘饴,号甜斋。嘉兴路吏。多有乐府行于世。”[③]徐再思是散曲名家,此处乐府亦指散曲。

元代后期,乐府指代散曲的用法更频繁地出现在元人诗文中,如杨维桢《沈生乐府序》云:

> 我朝乐府辞益简,调益严,而句益流媚不陋。自疏斋、酸斋以后,小山局于方,黑刘纵于圆。……松江沈氏嵩尝从余朔南士间,听于音,往能吹余大小铁龙,作《龙吟曲》十二章,遂游笔乐府,积以成帙,求余一言重篇端。[④]

疏斋即卢挚,酸斋即贯云石,小山即张可久,黑刘即刘廷信,皆以散曲名家,则杨维桢所云“我朝乐府”是指元代散曲。再如

---

① 《秋涧集》,第142页。

② 《录鬼簿新校注》卷下,第134页。

③ 《录鬼簿新校注》卷下,第136页。

④ 《全元文》卷一三〇四,第309—310页。

钱惟善《送张小山之桐庐典史》曰:“君家乐府号《吴盐》,况是风姿美笑谈。”①《吴盐》是张可久的散曲集,此处乐府亦指散曲。又如夏庭芝《青楼集》记载梁园秀“所制乐府,如《小梁州》《青歌儿》《红衫儿》《抧砖儿》《寨儿令》等,世所共唱之。”②此处乐府显然也指散曲。又有孔齐《至正直记》“先君教谕”条云:“又一日,有歌妓千金奴者请赠乐府,容斋属之先君,即席赋《折桂令》一阕。容斋大喜,举杯度曲,尽兴而醉,由是得名,亦由是几至被劾。”③先君即孔齐之父孔文升,此处乐府即孔文升所作散曲《折桂令·赠千金奴》。

元人也用“今乐府”指称散曲,如虞集曾言:“一代之兴,必有一代之绝艺足称于后世者,汉之文章、唐之律诗、宋之道学,国朝之今乐府,亦开于气数音律之盛。”④今乐府即指元朝盛行的散曲。再如杨维桢《渔樵谱序》云:“诗三百后,一变为骚赋,再变为曲引、为歌谣,极变为倚声制辞,而长短句平仄调出焉。至于今乐府之靡,杂以街巷齿舌之狡,诗之变盖于是乎极矣。嘉禾素庵老人,过予云间邸次,出古锦朴一帙,曰《渔樵谱》者,凡若干阕,虽出乎倚声制辞,而异乎今乐府之靡者也。”⑤杨维桢历数从《诗经》到骚赋再到曲引歌谣又到长短句最后到今乐府的发展历程,指出今乐府为诗之变的终极形态,其所说今乐

① 《全元诗》,第41册,第57页。

② [元]夏庭芝《青楼集》,《中国古典戏曲论著集成》(二),中国戏剧出版社,1959年版,第17页。

③ [元]孔齐《至正直记》卷四,上海古籍出版社,1987年版,第137页。

④ 《至正直记》卷三,第96页。

⑤ 《全元文》卷一二九四,第149—150页。

府亦指元散曲。杨维桢另有《周月湖今乐府序》和《沈氏今乐府序》二文,《月湖今乐府》和《沈氏今乐府》分别是周文安和沈子厚的散曲集。以上资料以今乐府指称散曲皆为概述,或概言当世之情况,或概称一人之别集。另有一些资料中,也以今乐府明确言及某一作品。如孔齐《至正直记》“酸斋乐府”条云:“北庭贯云石酸斋,善今乐府,清新俊逸,为时所称。尝赴所亲某官燕,时正立春,座客以《清江引》请赋……酸斋即题云:‘金钗影摇春燕斜,木杪生春叶,水塘春始波,火候春初热,土牛儿载将春到也’满座皆绝倒。”[①]本条所记为贯云石小令《清江引·立春》,则此处今乐府指散曲。又如陶宗仪《南村辍耕录》“哨遍”条有云:“某人以善经纪,积资至巨万计,而既鄙且啬,不欲书其姓名。其尊行钱素庵者抱素,逸士也,多游名公卿间,善诗曲,有集行于世。某尝以贵富骄之,故作今乐府一阕讥警焉”[②],其后附有钱霖所作套数《哨遍·看钱奴》,则此处今乐府亦指散曲。值得注意的是陶宗仪《南村辍耕录》“作今乐府法”条的记载:“乔孟符吉博学多能,以乐府称。尝云:‘作乐府亦有法,曰凤头、猪肚、豹尾六字是也。大概起要美丽,中要浩荡,结要响亮,尤贵在首尾贯穿,意思清新,苟能若是,斯可以言乐府矣。’此所谓乐府,乃今乐府,如《折桂令》《水仙子》之类。”[③]《折桂令》《水仙子》皆为曲牌名,最后一句点明此处乐府是指今乐府——散曲,且带有强调意味,即乐府还有其他含义,而此

① 《至正直记》卷一,第3—4页。

② [元]陶宗仪撰,李梦生校点:《南村辍耕录》卷十七,上海古籍出版社,2012年版,第194页。

③ 《南村辍耕录》卷八,第95页。

处用来指代散曲的含义是当时才出现的,所以要强调是“今乐府”。可见这一称谓当是缘于时人有意强调散曲在当代的新创性以区分乐府的其他含义而产生的。

另外,元人也有许多散曲集直接以乐府命名。散曲别集如马致远《东篱乐府》、张养浩《云庄乐府》、张可久《张小山北曲联乐府》(其中包括《今乐府》《苏堤渔唱》《吴盐》《新乐府》四种散曲别集)、乔吉《惺惺道人乐府》、吴中立《本道斋乐府小稿》、朱凯《升平乐府》、顾德润《九山乐府》、郑杓次《夹漈余声乐府》、沈禧《竹窗乐府》等,散曲总集如杨朝英《乐府新编阳春白雪》《朝野新声太平乐府》、胡存善《类聚名贤乐府群玉》、佚名《乐府群珠》《梨园按试乐府新声》等,以上书名中乐府皆指散曲。

(二)乐府指杂剧

在由金入元的过渡时期,为数不少的“名公才人”也曾大量制作“乐府套曲”。套数是将同一宫调的若干不同曲牌连缀在一起,有头有尾,是小令由简入繁而成的一种文体形式,但仍属于散曲,这种称为散套。如果将套数作为一种音乐系统,与说故事相结合,也就形成了一种新的文学形式——北曲杂剧。杂剧中的套数则称为剧套,以与散套相区分。就笔者目力所及,至迟到元代中期,乐府含义扩大,已用于指杂剧。

元代中期,周德清于泰定元年秋写成《中原音韵》,这是一部总结北曲曲韵的专著。自序云:

> 乐府之盛,之备,之难,莫如今时。其盛,则自缙绅及闾阎歌咏者众。其备,则自关、郑、白、马一新制作,韵共守自然之音,字能通天下之语,字畅语俊,韵促音调;观其所

> 述，曰忠，曰孝，有补于世。其难，则有六字三韵，“忽听、一声、猛惊”是也。①

此处所举乐府“其难”例证，在该书“作词十法”中的“六字三韵语”下有完整表述：

> 前辈《周公摄政》传奇《太平令》云：“口来豁开两腮。”《西厢记》《麻郎么》云：“忽听一声猛惊”、“本宫始终不同”。韵脚俱用平声；若杂一上声，便属第二著。皆于务头上使。②

《中原音韵》一书中所谈及的用韵不仅针对散曲创作，也包括杂剧中的剧曲创作，周德清在序中概述当世乐府创作情况，是将散曲和杂剧一并论之。周氏对于北曲遣词行文所总结的“作词十法”即“作乐府十法”，以《周公摄政》《西厢记》为例，也可证乐府含义中包含杂剧。

元人罗宗信也在为《中原音韵》所作书序中写道：“世之共称唐诗、宋词、大元乐府，诚哉。学唐诗者，为其中律也；学宋词者，止依其字数而填之耳；学今之乐府，则不然。”③这里的大元乐府，与唐诗、宋词并列，笼统指代当世的散曲和杂剧。

需要注意的是，杂剧中包括乐曲套数、宾白、科介等不同因

---

① ［元］周德清《中原音韵》，《中国古典戏曲论著集成》(一)，中国戏剧出版社，1959年版，第175页。

② 《中原音韵》，第233页。

③ 《中原音韵》，第177页。

素，就乐府所特有的音乐属性来看，乐府指代杂剧其实更具体地说是指杂剧中的套曲部分，与宾白、科介无关，剧曲是单拎出来作为一种文体形式来讨论和评价的。吕薇芬曾在《杂剧的成熟以及与散曲的关系》一文中谈道：“《录鬼簿》中将‘乐府’作者与‘传奇’作者分得很清……但在对待戏曲构成的元素之一的剧曲时，却将它与作为诗歌形式的散曲混在一起了，而且在评论剧曲时，常常用抒情的诗歌评判标准，一般不联系戏剧文学的其他因素。当时现实的情况也是如此，歌妓们演唱散曲，也照样清唱剧曲，对欣赏者来说，不分其为何种文体而一视同仁，可就是太自然不过的事了。”①元人将散曲和剧曲一视同仁，《中原音韵》即可见一斑，讨论北曲曲韵时不仅涉及散曲，也会提到杂剧的剧曲。比如“定格四十首”中，有像白朴《寄生草·饮》等散曲作品，也有像郑光祖《醉思乡王粲登楼》杂剧中第三折的《迎仙客》曲，更是直接明证。

散曲、剧曲义理共通，元人常常混同，在以乐府来代称并讨论时，有时也会连类而及。如姚桐寿《乐郊私语》云：

> 州少年多善歌乐府，其传皆出于澉川杨氏。当康惠公存时，节侠风流，善音律，与武林阿里海涯之子云石交善。云石翩翩公子，无论所制乐府散套，骏逸为当行之冠，即歌声高引可彻云汉，而康惠独得其传。今杂剧中有《豫让吞炭》《霍光鬼谏》《敬德不伏老》，皆康惠自制，以寓祖父之意，第去其著作姓名耳。其后长公国材、次公少中，复与鲜

① 吕薇芬《杂剧的成熟以及与散曲的关系》，《文学遗产》2006 年第 1 期。

> 于去矜交好。去矜亦乐府擅场，以故杨氏家僮千指，无有不善南北歌调者。由是州人往往得其家法，以能歌名于浙右云。①

贯云石作为散曲名家，“无论所制乐府散套，骏逸为当行之冠”，此处乐府指代散曲。贯云石在元仁宗皇庆二年（1313）被任命为翰林侍读学士、中奉大夫、知制诰同修国史，一年后辞官隐于江南。贯云石居钱塘期间与杨梓（即“康惠公”，海盐澉浦人）交好，而杨梓得其真传创作出杂剧，此处提到的三部杂剧就是其代表作，至今犹存。由此也可见散曲创作与杂剧中的套曲创作义理相通。“去矜亦乐府擅场”，此处亦指散曲，鲜于必仁与杨梓之子国材、少中交游甚密，尽以作曲方法授之，以致杨氏家僮善南北歌调，而海盐州人也得杨氏家法，“州少年多善歌乐府，其传皆出于澉川杨氏”。后来，海盐地区还形成了明代南戏四大声腔之一的“海盐腔”，亦可见散曲与戏曲之间的共通关系。

乐府指代元曲，既包括散曲，也包括杂剧中的剧曲，二者义理相通，是音乐文学的发展衍生。乐府明确指代散曲的含义最早出现在元世祖至元年间，元代中后期这一含义的使用更为广泛，乐府也被用于命名散曲集。另外，元人也用“今乐府”来称呼散曲。而乐府指杂剧的含义则出现在元代中期，较为明显而集中地体现在《中原音韵》一书中。

---

① ［元］姚桐寿撰，李梦生校点《乐郊私语》，上海古籍出版社，2012年版，第134页。

五 余 论

当我们了解了乐府在元代的多重含义时，不难发现，乐府在其含义扩展过程中，始终保持着其作为音乐文学的本质属性，随着音乐文学的发展变化，乐府的含义也随之扩容。由于乐府最初是朝廷礼乐机构，乐府诗歌最初也被用于朝廷祭祀、宴会等重要场合，所以乐府自创制以来，就带有雅乐、雅文学属性。而这一属性在其漫长曲折的发展衍生过程中，始终都藏在其内涵之下，形成一种隐性要求。自然，在元人概念中，这一隐性要求也始终存在，元人对其内在属性的讨论可见于元曲理论专著中。这一点在刘薇《从“乐府”角度探究元明清曲学》一文第二章第二节“曲学‘乐府’一词深层内涵”中有所论述，但因为该文是从乐府角度出发对元明清曲学的分析，对元人乐府的雅属性论述并不充分，所以笔者在此作一些材料上的补充。

周德清《中原音韵》在“作词十法”中云：“造语可作乐府语、经史语、天下通语，不可作俗语、蛮语、谑语、嗑语、市语、方语、书生语、讥诮语、全句语、拘肆语、张打油语、双声叠韵语、六字三韵语。”[①]这里有一个问题需要辨析，即笔者在前文所说乐府指代元曲，《中原音韵》的“作词十法”就是对乐府——元曲文辞的要求，这是从文体上的解释。而此处的乐府语，和经史语、天下通语并列，与俗语、蛮语等对立，强调的是其文辞的雅俗属性，并非文体差别，从中可见乐府的雅属性。

又有元人燕南芝庵《唱论》云：“成文章曰‘乐府’，有尾声

① 《中原音韵》，第232—233页。

名‘套数’,时行小令唤‘叶儿’。套数当有乐府气味,乐府不可似套数。街市小令,唱尖歌倩意。”①由于《唱论》每一条言论主张皆言辞简约且相对独立,所以我们并不能从这句话中得出准确的信息,但是可以辅之以时人对这句话的理解,揣摩出其语意。如周德清云:

彼之能遵音调而有协音俊语可与前辈颉颃,所谓‘成文章曰乐府’也;不遵而增衬字,名乐府者,自名之也。②

又:

凡作乐府,古人云:“有文章者谓之乐府。”如无文饰者谓之俚歌,不可与乐府共论也。又云:“作乐府,切忌有伤于音律。”③

“成文章”是指能遵音调,有协音俊语,有文饰。这不仅有音律上的要求,也有文辞上的要求,如果做不到如此,就不是真正的乐府。相似的言论还有“张打油语”下所云:

吉安龙泉县水浛米仓,有于志能号无心者,欲县官利塞其口,作【水仙子】示人,自谓得意,末句云:“早难道水

① [元]燕南芝庵《唱论》,《中国古典戏曲论著集成》(一),中国戏剧出版社,1959年版,第160页。

② 《中原音韵》,第176页。

③ 《中原音韵》,第231页。

米无交。”观其全集，自名之曰乐府，悉皆类此。士大夫评之曰：“此乃张打油乞化出门语也，敢曰乐府？”作者当以为戒。①

虽然其人将自作称为乐府，但文辞粗白，都是如“旱难道水米无交”之类的语句，自然得不到士大夫的认同，而被评价为“张打油乞化出门语”，这也体现出乐府在文辞上的雅属性要求。

以上主要是针对芝庵的前半句而言，至于芝庵所说“套数当有乐府气味，乐府不可似套数。”将套数与乐府对举，初看似乎与笔者前文所得出的结论有所冲突，但笔者更倾向于认为这句话并非文体概念上的对立，而是从语言风格上所作的强调区分。周德清也曾言及：

套数中可摘为乐府者能几？每调多则无十二三句，每句七字而止，却用衬字加倍，则刺眼矣，倘有人作出协音俊语，无此等病，我不及矣。紧戒勿言。②

又如在“拘肆语”条下云：

不必要上纸，但只要好听，俗语、谑语、市语皆可。前辈云：“街市小令唱尖新茜意、成文章曰乐府”是也。乐府、小令两途，乐府语可入小令，小令语不可入乐府。③

---

① 《中原音韵》，第233页。

② 《中原音韵》，第234页。

③ 《中原音韵》，第232—233页。

套数、小令皆是元人时兴曲体，而放在这里与乐府作比较，是强调作乐府时文辞不可过多增加衬字，不可过于俚俗，用过多街头俗语。其实这是一个度的把握，协音律、讲文饰的小令、套数皆可入乐府行列，而过于俚俗、文辞粗白的则只是街头唱曲，不可算作乐府。

在申明乐府带有的雅属性内涵时，笔者不断强调其只是文辞上的要求，并非在文体上与小令、套数的对立，也是意在阐明乐府指代元曲（包括指代朝廷礼乐机构、乐府诗、曲子词）是其显性含义，而雅属性则是其内在的隐性要求，二者分属两个层面，需要格外辨明。元代文学在大方向上由雅入俗，而乐府作为音乐文学，在其含义扩展过程中所新吸纳的元曲含义与它自古以来带有的雅属性有所冲突，所以元人才会在理论著作中有所申述。理清这两个层面的含义和要求，也有助于我们更好地理解乐府在时代变化中所呈现出的特质。

综上所述，乐府一词自产生之后，其含义随时代发展不断衍变。元代之前，已具备朝廷礼乐机构、乐府诗、曲子词三种含义，因此元人乐府的这三种含义乃是承袭前代而来，且仍被广泛使用。其中，乐府代指曲子词的含义在元代后期逐渐淡化。除此之外，乐府含义在元代又进一步扩容，用以指代元曲。元世祖至元年间已经用乐府指代散曲，到了元代中期，乐府又被用于指代杂剧。值得注意的是，由于元代文学由雅入俗，元曲带有通俗化特点，但乐府本身又带有雅属性，所以乐府代指元曲时又强调其“遵音调、有文饰”的音律和文辞要求。

（与孙萌萌合作，原载《孔学堂》2019 年第 4 期）

元代契丹族诗人耶律铸乐府诗考论

耶律铸,字成仲,契丹族,元初著名诗人,在元代民族诗人中现存乐府诗数量位列第一。学界研究耶律铸诗歌虽有不少成果,但专论其乐府诗者则仅见和谈《耶律铸的乐府诗创作》(以下简称"和文")一篇[①]。然因作者研究专长并非乐府学,故而文中仍有疏误,如称耶律铸乐府诗共七十余首;耶律铸《骑吹曲辞九首》和《后骑吹曲词九首》是在《乐府诗集》十二类之外新增一类[②];《骑吹曲辞》《突厥三台》《婆罗门》是新题

① 耶律铸乐府诗研究确实尚未引起学者关注,相关论著在论及耶律铸及其诗歌时偶尔会涉及其乐府诗部分内容。迄今为止,专门研究耶律铸乐府诗的论文只有和谈《耶律铸的乐府诗创作》(《民族文学研究》2015 年第 2 期)一篇,和文也称:"虽然耶律铸的乐府诗留存至今者有七十余首,且其为契丹文学史上唯一一个大量创作乐府诗的作家,但研治乐府诗的学者无一人对其诗作进行过研究。"

② 和谈《耶律铸的乐府诗创作》,《民族文学研究》2015 年第 2 期。

乐府，等等[①]。因此有必要对耶律铸乐府诗重新考订，弄清耶律铸到底现存多少乐府诗，应归入何类，为进一步深入研究耶律铸乐府诗做好准备。

乐府诗是古代宫廷乐章，与一般诗歌不同，认定哪些诗为乐府，认定后如何归类，是一项有相当难度的工作。认定标准主要来自《乐府诗集》。《乐府诗集》是乐府学集大成之作，分乐府诗为十二类，每类皆有叙论，很多曲调题下又有解题，从中可以分析出郭茂倩收录乐府诗的基本准则。本文以《乐府诗集》对乐府诗的分类（郊庙歌辞、燕射歌辞、鼓吹曲辞、横吹曲辞、相和歌辞、清商曲辞、舞曲歌辞、琴曲歌辞、杂曲歌辞、近代曲辞、杂歌谣辞、新乐府辞）为序，对耶律铸存世乐府诗逐一考察[②]，理清其留存情况，澄清前人误解，以供后人研究耶律铸乐府诗之用。

《战城南》《古战城南》。耶律铸《双溪醉隐集》置此二诗于“乐府”类。《乐府诗集·鼓吹曲辞》有《战城南》，耶律铸此二诗为同题拟作，当属鼓吹曲辞。

《凯歌凯乐词九首并序》。耶律铸《双溪醉隐集》置凯歌、凯乐诸题于“乐府”类。但究竟属于乐府诗哪一类，还需从凯歌、凯乐说起。关于凯乐、凯歌，最早见于《周礼》。《周礼·大

---

① 阎福玲《耶律铸边塞诗论析》，《河北师院学报》1997 年第 3 期。

② 耶律铸诗集早佚，清四库馆臣从《永乐大典》辑出六卷，编成《双溪醉隐集》，收诗 832 首。然四库辑本《双溪醉隐集》又误收耶律楚材《湛然居士集》诗 3 首以及宋人王圭《双溪类稿》、苏籀《双溪集》共 12 首，对此，杨镰《全元诗》均已妥善处理。因此，本文所论耶律铸诗，均以《全元诗》所收为据。

司乐》曰:“王师大献,则令奏恺乐。”①《周礼·乐师》曰:“凡军大献,教恺歌,遂倡之。”②崔豹《古今注·音乐》引《周礼》曰:“王大捷,则令凯乐。军大捷,则令凯歌。”③《旧唐书·乐志》亦引《周礼》曰:“谨按凯乐,鼓吹之歌曲也。《周官·大司乐》:‘王师大献,则奏凯乐。’注云:‘献功之乐也。’又《大司马》之职,‘师有功,则凯乐献于社。’注云:‘兵乐曰凯。’《司马法》曰:‘得意则凯乐,所以示喜也。’《左氏传》载晋文公胜楚,振旅凯入。魏晋已来鼓吹曲章,多述当时战功,是则历代献捷,必有凯歌。太宗平东都,破宋金刚,其后苏定方执贺鲁,李绩平高丽,皆备军容凯歌入京师。”④知凯乐为鼓吹乐曲,魏晋以来历代大军献捷必奏凯歌。《乐府诗集》卷十九鼓吹曲辞有张华《晋凯歌二首》,同书卷二〇又有《隋凯乐歌辞三首》《唐凯乐歌辞四首》《唐凯歌六首》。其中,《唐凯乐歌辞四首》解题曰:“《唐书·乐志》曰:‘唐制,凡命将出征,有大功献俘馘,其凯乐用铙吹二部,乐器有笛筚篥箫笳铙鼓歌七种,迭奏《破阵乐》等四曲:一《破阵乐》,二《应圣期》,三《贺圣欢》,四《君臣同庆乐》。初,太宗平东都,破宋金刚,其后苏定方执贺鲁,李绩平高丽,皆备军容凯歌以入。’”⑤《唐凯歌六首》解题曰:“岑参

① 《周礼注疏》卷二二,[清]阮元《十三经注疏》中华书局,1980年版,第791页。

② 《周礼注疏》卷二三,第794页。

③ [晋]崔豹《古今注》卷中,丛书集成初编本,中华书局,1985年版,第11页。

④ [五代]刘煦《旧唐书》卷二八,中华书局,1975年版,第1053页。

⑤ [宋]郭茂倩编撰,聂世美、仓阳卿校点《乐府诗集》卷二〇,上海古籍出版社,1998年版,第254页。

《送封大夫出师西征序》曰:'天宝中,匈奴、回纥寇边,逾花门,略金山,烟尘相连,侵轶海滨。天子于是授钺常清,出师征之。及破播仙,奏捷献凯,参乃作凯歌'云。"①可见唐代凯乐凯歌完全符合记战功和献捷主旨,故郭茂倩收入鼓吹曲辞中。耶律铸《凯歌凯乐九首》下有九题,分别为:《南征捷》《拔武昌》《战芜湖》《下江东》《定三吴》《克临安》《江南平》《制胜乐辞》《圣统乐辞》。诗有总序曰:"列圣尤宋食言弃好。皇帝命将出师问罪,奏捷献凯,乃作《南征捷》等曲云。昔我太祖皇帝出师问罪西域。辛巳岁夏,驻跸铁门关。宋主宁宗,遣国信使苟梦玉通好乞和。太祖皇帝许之。敕宣差噶哈,护送苟梦玉还其国。辛卯冬,我太祖皇帝南征女真。诏睿宗皇帝,遣信使绰布干等使宋,宋人杀之。睿宗皇帝谓诸王大臣曰:'彼自食言弃好,辄害我使。今日之事,曲直有归,可下令诸军分攻城堡关隘。'由是,长驱入汉中。此其伐宋之端也。"②从九首诗题和总序可见,耶律铸《凯歌凯乐九首》主要写蒙古与南宋战争,歌颂蒙古取得胜利。无论从题名看还是从主旨看,都符合《乐府诗集·鼓吹曲辞》凯歌、凯乐歌辞标准。耶律铸又有《后凯歌词九首》《凯乐歌辞曲并序》《后凯歌词九首》,与《凯歌凯乐九首》性质相同,也当属鼓吹曲辞。

《骑吹曲辞九首》《后骑吹曲词九首》。耶律铸《双溪醉隐集》置后者于"乐府"类,二诗同题,可确认为乐府诗。因诗名为"骑吹曲辞",故和文便以为是耶律铸在《乐府诗集》十二类

---

① 《乐府诗集》卷二〇,第255页。

② 杨镰主编《全元诗》第4册,中华书局,2013年版,第2页。

之外新增一类。[①] 其所依据的是三则史料：一是《宋书・乐志》所载："雍门周说孟尝君：'鼓吹于不测之渊。'说者云：'鼓自一物，吹自竽、籁之属，非箫、鼓合奏，别为一乐之名也。'然则短箫铙哥，此时未名鼓吹矣。应劭《汉卤簿图》，唯有骑执菰，菰即笳，不云鼓吹。而汉世有黄门鼓吹。汉享宴食举乐十三曲，与魏世鼓吹长箫同。长箫短箫，《伎录》并云：'丝竹合作，执节者哥。'又《建初录》云：'《务成》《黄爵》《玄云》《远期》，皆骑吹曲，非鼓吹曲。'此则列于殿庭者名鼓吹，今之从行鼓吹为骑吹，二曲异也。又孙权观魏武军，作鼓吹而还，此应是今之鼓吹。魏、晋世，又假诸将帅及牙门曲盖鼓吹，斯则其时谓之鼓吹矣。"[②]二是《宋史・乐志》所载："汉有短箫铙歌之曲，凡二十二篇，军中谓之骑吹，其曲曰《战城南》《圣人出》之类是也。"[③]三是《白石道人歌曲》所载："铙歌者，汉乐也。殿前谓之鼓吹，军中谓之骑吹。"[④]作者据此认为"骑吹之名早已有之，且与鼓吹不同，'列于殿庭者'为鼓吹，'从行军中'为骑吹，二者奏曲场合原本有所区别；而骑吹骑马，鼓吹在马下，亦为二者之别。由于《建初录》所云《务成》等四曲，世已无存，而至北宋时又无相继者，故郭茂倩编《乐府诗集》时未能将其单列为乐府诗之一类。"[⑤]

先来分析第一则材料。这则材料来自郭茂倩《乐府诗集・鼓吹曲辞》叙论。然而郭茂倩引用这段记载意在说明鼓吹曲有

---

① 和谈《耶律铸的乐府诗创作》，《民族文学研究》2015 年第 2 期。

② [南朝・宋]沈约《宋书》卷十九，中华书局，1974 年版，第 558—559 页。

③ [元]脱脱《宋史》卷一三一，中华书局，1975 年版，第 3054 页。

④ [宋]姜夔《白石道人歌曲》，中华书局，1985 年版，第 1 页。

⑤ 和谈《耶律铸的乐府诗创作》，《民族文学研究》2015 年第 2 期。

多种称谓，并没有说骑吹不是鼓吹。郭茂倩在《乐府诗集·鼓吹曲辞》叙论开篇就已开宗明义的表达这一观点曰："鼓吹曲，一曰短箫铙歌。"①继而才引用《宋书·乐志》这段记载来梳理鼓吹在不同时期的称谓：从先秦时雍门周说孟尝君时短箫铙哥不名鼓吹，到东汉应劭《汉卤簿图》骑执菰亦不云鼓吹，然而汉代有黄门鼓吹，汉享宴食举乐十三曲与魏世鼓吹长箫同，继而引王僧虔《伎录》释长箫短箫，再引《建初录》《务成》《黄爵》《玄云》《远期》四曲说明此四曲乃骑吹，骑吹与鼓吹有别。末以孙权观魏武军作鼓吹还事，证彼之鼓吹应是今之鼓吹。最后称魏、晋之世，假诸将帅及牙门曲盖鼓吹，其时鼓吹已谓之鼓吹。更为重要的是在这段记载之后，郭茂倩还引《西京杂记》称不独列于殿庭者名鼓吹。再引《晋中兴书》称短箫铙歌汉时已称鼓吹，不自魏晋开始。后又引崔豹《古今注》称黄门鼓吹、短箫铙歌、横吹曲，通名鼓吹。最后再论鼓吹曲辞。简言之，郭茂倩鼓吹曲辞叙论征引大量文献，意在说明鼓吹在不同历史阶段和使用场合不断变化，它是以鼓为主要乐器的打击乐和以箫笳为主要乐器的吹奏乐之结合。作为演奏方式，先秦已有；作为乐种，成于汉代，宴飨、仪仗用之。其来源，既有对中土固有音乐的继承，也融入了北方民族音乐元素；其名称，有短箫铙歌、横吹、黄门鼓吹等名，又有鼓吹、骑吹、云吹之分；其曲辞，在汉代或叙军功，或言祥瑞，曹魏以后专叙君主开国功德。这才是郭茂倩鼓吹曲辞叙论传达的全部信息，从中不能得出骑吹不是鼓吹的结论。

再来分析第二、三则史料，由于作者未能正确理解第一则史料和郭茂倩鼓吹曲辞叙论，故而又征引第二、三则史料来进一步

① 《乐府诗集》卷十六，第194页。

分析鼓吹、骑吹之别。然而翻检《乐府诗集》可知，其所引第二则史料中骑吹曲《战城南》《圣人出》，歌辞就收录在《乐府诗集·鼓吹曲辞》中，这说明骑吹曲歌辞就是鼓吹曲辞。致误原因仍在于作者未能理解郭茂倩鼓吹曲辞叙论。关于鼓吹和骑吹，郭茂倩鼓吹曲辞叙论在征引《宋书》时间接引用了《建初录》称"《务成》《黄爵》《玄云》《远期》，皆骑吹曲，非鼓吹曲。此则列于殿庭者名鼓吹，今之从行鼓吹为骑吹，二曲异也。"[①]郭茂倩认为骑吹、鼓吹施用场合有别，但并没有说骑吹曲歌辞不属于鼓吹曲辞。前已言及，郭茂倩在说明该问题时引用了《建初录》。清沈雄《古今词话》"《水调》《河传》"条亦引《古今乐录》及《建初录》曰：

> 《古今乐录》曰：乐府有鼓吹曲，后则有鼓吹、骑吹、云吹之别。《建初录》曰：列于殿庭者名鼓吹。列于行驾者名骑吹，又名鼓吹。陆则楼车，水则楼船，是名云吹。《朱鹭》《临高台》诸篇，鼓吹曲也。谢朓诗："鸣笳翼高盖，叠鼓送华辀。"言骑吹也。梁简文帝诗："广水浮云吹，江风引夜衣。"言云吹也。[②]

从这条记载可以清楚地看到，鼓吹曲在发展变化过程中，又有鼓吹、骑吹和云吹之分。换言之，无论鼓吹、骑吹还是云吹，均属鼓吹曲。《建初录》所载骑吹曲《务成》《黄爵》《玄云》《远期》四曲，其同题歌辞均见于《乐府诗集·鼓吹曲辞》，而非和文所说

① 《乐府诗集》卷十六，第194页。

② [清]沈雄撰，孙克强、刘军政校注《古今词话》，上海古籍出版社，2009年版，第4—5页。

“《建初录》所云《务成》等四曲，世已无存。”[①]总之，鼓吹曲称谓虽然纷繁复杂，但郭茂倩都将其歌辞归入鼓吹曲辞。因此耶律铸《骑吹曲辞九首》《后骑吹曲词九首》当属鼓吹曲辞无疑，而非和文所说骑吹曲辞是耶律铸在《乐府诗集》十二类之外新增一类。

《横笛引有序》。《乐府诗集·横吹曲辞》有汉横吹曲《折杨柳》《梅花落》。耶律铸《横笛引》诗序曰：“许云封《说笛》有《落梅》《折柳》二曲，今逸其辞，因次韵《野梅》《官柳》以代其二曲，为《横笛引》云。”[②]序中所云《落梅》《折柳》二曲或即横吹曲《梅花落》《折杨柳》。诗序又云作《横笛引》代《落梅》《折柳》二曲，故《横笛引》当属横吹曲辞。

《对月吟》。《新唐书·仪卫志》载唐大横吹部节鼓二十四曲，其二十一曰《对月》。耶律铸《对月吟》当出于此，故属横吹曲辞。耶律铸又有《对月吟拟诸公体》，亦属此类。

《明妃二首》。《乐府诗集·相和歌辞》“吟叹曲”有《王昭君》(一曰《王明君》)《明君词》《昭君叹》，所咏皆为昭君出塞事。《乐府诗集·琴曲歌辞》有《楚明妃曲》，与此不同。琴曲歌辞又有《昭君怨》，亦咏昭君出塞事，然为骚体，亦与相和歌辞昭君诸题不同。耶律铸《明妃二首》，主旨体式均与相和歌辞昭君诸题同，故当属相和歌辞。

《铜雀台》。《乐府诗集·相和歌辞》“平调曲”有《铜雀台》。耶律铸《铜雀台》当为同题拟作，故属相和歌辞。

《门有车马客》。《双溪醉隐集》置此诗于“乐府”类。《乐

---

① 和谈《耶律铸的乐府诗创作》，《民族文学研究》2015年第2期。

② 《全元诗》第4册，第133页。

府诗集·相和歌辞》“平调曲”有《门有车马客行》。耶律铸《门有车马客》当为同题拟作,故属相和歌辞。

《蜀道有难易并序》。《乐府诗集·相和歌辞》“瑟调曲”有《蜀道难》,郭茂倩解题引《尚书谈录》曰:“李白作《蜀道难》,以罪严武。后陆畅谒韦南康皋于蜀郡,感韦之遇,遂反其词作《蜀道易》云:‘蜀道易,易于履平地。’”[①]耶律铸《蜀道有难易》当从相和歌辞《蜀道难》衍生而来[②],亦属相和歌辞。

《宫怨》。《乐府诗集·相和歌辞》“楚调曲”有《宫怨》。耶律铸《宫怨》当为同题拟作,故属相和歌辞。

《采莲曲》。《乐府诗集·清商曲辞》有《采莲曲》。耶律铸《采莲曲》当为同题拟作,故属清商曲辞。

《上云乐》。《双溪醉隐集》置此诗于“乐府”类。《乐府诗集·清商曲辞》有《上云乐》。耶律铸《上云乐》当为同题拟作,属清商曲辞。

《白雪谣》。《乐府诗集·琴曲歌辞》有《白雪歌》《白雪曲》。耶律铸《白雪谣》或出于此二题,属琴曲歌辞。

《梅花引》。元人周巽《性情集》“拟古乐府”类有《梅花引》,此诗有琴曲歌辞诗题标记“引”,故当属琴曲歌辞。耶律

① 《乐府诗集》卷四〇,第402页。

② 乐府诗在流传过程中会产生变异和衍生。变异指的是名称有所改变,乐曲没有太大变化。如杂曲歌辞《少年行》后又有《汉宫少年行》《长乐少年行》《长安少年行》《渭城少年行》《邯郸少年行》等。衍生指的是由一个曲调变成两个或两个以上曲调者。如近代曲辞《杨柳枝》可能从《折杨柳》衍生而来,再如杂曲歌辞《古别离》衍生出《生别离》《长别离》《远别离》《久别离》《新别离》《今别离》《暗别离》《潜别离》《别离曲》等。参看吴相洲《乐府学概论》,人民文学出版社,2015年版,第52—54页。

铸《梅花引》,当为同题拟作,故亦属琴曲歌辞。

《少年行》。《乐府诗集·杂曲歌辞》有《少年行》。耶律铸《少年行》当为同题拟作,故属杂曲歌辞。

《长相思》。《乐府诗集·杂曲歌辞》有《长相思》。耶律铸《长相思》当为同题拟作,故属杂曲歌辞。

《古意》。《乐府诗集·杂曲歌辞》有《淫思古意》,又有唐沈佺期《独不见》,一曰《古意呈补阙乔知之》。宋郑樵《通志二十略·乐略一》"古调二十四曲"于《淫思古意》前又有《古意》,则《古意》当为乐府。唐卢照邻《长安古意》,《文苑英华》亦收入"乐府"类。宋人薛季宣作《古意》,其《浪语集》置之于"乐府"类。故耶律铸《古意》当为同题拟作,属杂曲歌辞。

《金乐歌》。《乐府诗集·杂曲歌辞》有《金乐歌》。耶律铸《金乐歌》当为同题拟作,属杂曲歌辞。

《济黄河》。《乐府诗集·杂曲歌辞》有《济黄河》。耶律铸《济黄河》当为同题拟作,属杂曲歌辞。

《结袜子二首并序》。《双溪醉隐集》置此诗于"乐府"类。《乐府诗集·杂曲歌辞》有《结袜子》,耶律铸此诗当为同题拟作,故属杂曲歌辞。

《沐浴子》。《双溪醉隐集》置此诗于"乐府"类。《乐府诗集·杂曲歌辞》有《沐浴子》。耶律铸此诗当为同题拟作,属杂曲歌辞。

《前突厥三台》《后突厥三台》。耶律铸《双溪醉隐集》置此二题于"乐府"类。《乐府诗集·杂曲歌辞》有《突厥三台》,耶律铸《前突厥三台》《后突厥三台》当出于此,故属杂曲歌辞。

《筑城曲》。《双溪醉隐集》置此诗于"乐府"类。《乐府诗集·杂曲歌辞》有《筑城曲》,耶律铸《筑城曲》当为同题拟作,故属杂曲歌辞。

《大道曲》。《双溪醉隐集》置此诗于“乐府”类。《乐府诗集·杂曲歌辞》有《大道曲》,耶律铸《大道曲》当为同题拟作,属杂曲歌辞。

《采荷调并序》。《双溪醉隐集》置此诗于“乐府”类。《乐府诗集·杂曲歌辞》有《采荷调》,耶律铸《采荷调》当为同题拟作,属杂曲歌辞。

《起夜来》。耶律铸《双溪醉隐集》置此诗于“乐府”类。《乐府诗集·杂曲歌辞》有《起夜来》,耶律铸《起夜来》当为同题拟作,故属杂曲歌辞。

《玉华盐三首并序》。《乐府诗集·近代曲辞》有《昔昔盐》。耶律铸《玉华盐》诗序曰:“《乐府杂记》载:隋薛道衡《昔昔盐》一首,又曰《析析盐》。唐赵嘏《广昔昔盐》为二十章。《乐苑》以为羽调曲。《乐府诗集》又有无名氏《昔昔盐》一首。《朝野佥载》:龙朔已来,人唱歌名《突厥盐》。《容斋》载:《玄怪录》籧篨三娘工唱《阿鹊盐》,又《黄帝盐》《白鸽盐》《神雀盐》《满座盐》《归国盐》。唐诗,媚赖吴娘唱是盐,更奏新声刮骨盐。然则,歌诗谓之盐者,如吟、行、曲、引之类也。因独醉园对雪,作《玉华盐》三曲云。”[①]据此,则《玉华盐》出自《昔昔盐》,且耶律铸《双溪醉隐集》置《玉华盐》于“乐府”类,故亦当与《昔昔盐》同类,属近代曲辞。

《婆罗门六首》。耶律铸《双溪醉隐集》置此诗于“乐府”类。《乐府诗集·近代曲辞》有《婆罗门》。耶律铸《婆罗门》

① 《全元诗》,第4册,第18页。

当为同题拟作，属近代曲辞，而非和文所谓新题乐府。

《渔父叹》。《乐府诗集·杂歌谣辞》有《渔父歌》。耶律铸《渔父叹》当出于此，属杂歌谣辞。

《隋堤田家行》。《乐府诗集·新乐府辞》有《田家行》，咏田家生活之苦乐。耶律铸《隋堤田家行》与此相类，当出于此，故属新乐府辞。

《征妇怨》。《乐府诗集·新乐府辞》有《征妇怨》，耶律铸《征妇怨》当为同题拟作，故属新乐府辞。

《春词》。宋人张耒《张耒集》"古乐府歌辞"类有《春词》，为旧题新辞，应属新乐府辞。耶律铸此诗当为同题拟作，亦为旧题新辞，故属新乐府辞。

《宫词》。宋人张耒《张耒集》"古乐府歌辞"类有《宫词》，为旧题新辞，应属新乐府辞[①]。耶律铸此诗当为同题拟作，亦为旧题新辞，故属新乐府辞。耶律铸又有《离宫词》，当出于此，亦归新乐府辞。

《游仙》。宋人曹勋《松隐集》"古乐府"类有《游仙》，属旧题新辞，应为新乐府辞。耶律铸此诗当为同题拟作，亦为旧题新辞，故属新乐府辞。

《闺怨》。南朝至唐《闺怨》甚多，《乐府诗集》未见收录。然宋郑樵《通志二十略·乐略一》"怨思二十五曲"有《闺怨》，宋人曹勋亦有《闺怨》，其《松隐集》置之于"古乐府"类属旧题新辞，应为新乐府辞。耶律铸《闺怨》，当为同题拟作，亦为旧

① 新乐府的新，或是指新题，以区别于古题；或是指新词，以区别于旧词；或是指新声，以区别于旧曲。参看吴相洲《中国诗歌通史·唐五代卷》，人民文学出版社，2012年版，第406页。

题新辞,故属新乐府辞。

《去妇怨》。元人胡奎有《去妇怨》,其《斗南老人集》置之于"古乐府"类,则此诗属旧题新辞,应为新乐府辞。耶律铸《去妇怨》,当为同题拟作,亦属新乐府辞。

《德胜乐二首》。《乐府诗集》无此题,然耶律铸《双溪醉隐集》置《德胜乐》于"乐府"类,则《德胜乐》当为元时新题,此诗当为新辞。

《磨剑行》。元人马祖常有《磨剑词》,其《石田文集》置之于"乐府歌行"类,则《磨剑词》当为元时新题,马祖常所作当为新辞,故属新乐府辞。耶律铸《磨剑行》当出马祖常《磨剑词》,亦属新乐府辞。

《七夕》。《隋书·音乐志》载:"炀帝不解音律,略不关怀。后大制艳篇,辞极淫绮。令乐正白明达造新声,创《万岁乐》《藏钩乐》《七夕相逢乐》《投壶乐》……及《十二时》等曲,掩抑摧藏,哀音断绝。"[①]则隋时有《七夕相逢乐》。唐崔令钦《教坊记》有《七夕子》。宋人韩琦《辛亥七夕末伏》末二句云:"搏中新曲高难和,唯付珠喉任遏云。"诗末自注曰:"时签判沈太丞有《七夕》新曲。"[②]则《七夕》确为宋时新曲,宋人所作《七夕》,当属新乐府辞。耶律铸《七夕》,当拟宋人而来,亦属新乐府辞。

《送行人》。唐崔令钦《教坊记》有曲名《送行人》,则此题属乐府旧题,耶律铸此诗当属新辞,故应为新乐府辞。

---

① [唐]魏徵等《隋书》卷十五,中华书局,1973年版,第379页。

② 傅璇琮等《全宋诗》卷三三三,北京大学出版社,1992年版,第4087页。

《同心结》。唐崔令钦《教坊记》有曲名《同心结》,则此题属乐府旧题,耶律铸此诗当属新辞,故应为新乐府辞。

为明晰起见,将考述结果列表如下:

表1:耶律铸乐府诗分类统计表

类　别	题　名	数　量
郊庙歌辞		0
燕射歌辞		0
鼓吹曲辞	《战城南》《古战城南》《凯歌凯乐词九首并序》《后凯歌词九首》《凯乐歌辞曲并序》(九首)《后凯歌词九首》《骑吹曲辞九首》《后骑吹曲词九首》	56首
横吹曲辞	《横笛引有序》(三首)《对月吟》《对月吟拟诸公体》	5首
相和歌辞	《明妃二首》《铜雀台》《门有车马客》《蜀道有难易并序》《宫怨》	6首
清商曲辞	《采莲曲》《上云乐》	2首
舞曲歌辞		0
琴曲歌辞	《白雪谣》《梅花引》	2首
杂曲歌辞	《少年行》《长相思》《古意》《金乐歌》《济黄河》《结袜子二首并序》《沐浴子》《前突厥三台》(二首)《后突厥三台》(二首)《筑城曲》《大道曲》《采荷调并序》《起夜来》	16首
近代曲辞	《玉华盐三首并序》《婆罗门六首》	9首
杂歌谣辞	《渔父叹》	1首
新乐府辞	《隋堤田家行》《征妇怨》《春词二首》《宫词》《离宫词》《游仙》(二首)《闺怨》《去妇怨》《德胜乐二首》《磨剑行》《七夕》(三首)《送行人》《同心结》	18首
总计		115首

综上所述,可得出如下结论:

第一,耶律铸诗可确认为乐府诗者共115首[①],而非七十余首。仅从乐府诗创作数量看,耶律铸位居元代少数民族诗人之冠。

第二,在《乐府诗集》十二类中,耶律铸乐府诗分布在鼓吹曲辞、横吹曲辞、相和歌辞、清商曲辞、琴曲歌辞、杂曲歌辞、近代曲辞、杂歌谣辞、新乐府辞九类中,只有郊庙歌辞、燕射歌辞、舞曲歌辞三类未见歌辞留存。其中,《骑吹曲辞九首》《后骑吹曲辞九首》均属鼓吹曲辞,而非耶律铸新创之乐府诗类别。《突厥三台》属杂曲歌辞,《婆罗门》属近代曲辞,耶律铸之作均是拟作旧题,而非突破传统乐府类型采用新题。

第三,在耶律铸所作九类歌辞以古乐府为多,古乐府中又以鼓吹曲辞数量最多,这与他一生屡次侧身军旅,随宪宗蒙哥、世祖忽必烈东征西讨有关。魏晋以来多以鼓吹纪述开国君主功德,以追述为主。耶律铸有些鼓吹曲乃随军所作,为现时纪事,这是其鼓吹曲辞一大特点。

第四,耶律铸乐府诗,即使是新乐府辞,也以拟写唐代已有新乐府曲题为多,18首新乐府辞中,仅《德胜乐》为元代新题。

(原载《内蒙古大学学报》2020年第3期)

---

① 按,元人王恽《秋涧集》卷二十三有《月波引》,诗序曰:"清商六调:其一寒光相射,其二冷侵牛斗,其三静听龙吟,其四游鱼跃浪,其五风蹙成纹,其六深夜回舟。双溪相公首唱,和韵者澹游、张纬文、僧木庵、赵虎岩著。苗君瑞之侄良弼求诗于余,勉为奉和,以续五贤之右。"和谈《耶律铸的乐府诗创作》(《民族文学研究》2015年第2期)认为《月波引》为耶律铸独创之乐府诗。然耶律铸《双溪醉隐集》未收此诗,《全元诗》将此诗归于王恽名下。故本文暂不计入耶律铸乐府诗内。

元代少数民族诗人乐府诗辑考

元王朝是多民族统一的封建帝国,元代诗坛诗人成分也较为复杂,元诗繁荣局面的形成,既有汉族诗人的贡献,也离不开少数民族诗人的努力。杨镰《全元诗》前言即称:"通过《全元诗》编订,可知有诗篇流传至今的元代诗人,所归属的民族有汉、蒙古、畏兀、唐兀、吐蕃、康里、大食、钦察、回回、拂林、哈剌鲁、乃蛮、阿鲁浑、克列、塔塔儿、雍古、渤海、契丹、喀喇契丹等数十种。"[①]可知少数民族诗人是元诗创作不容忽视的力量。在《全元诗》收录的近五千位诗人十三万两千首诗作中,乐府诗数量多达百万。这些乐府诗,虽然大部分出自汉族诗人之手,但少数民族诗人也不乏乐府诗留存。而后者恰恰是以往研究中常被忽略的。故而笔者尝试对元代少数民族诗人所作乐府诗进行清理,目前已完成少数民族诗人中乐府诗创作数量位

① 杨镰主编《全元诗》,中华书局,2013 年版,第 1 册,第 2 页。

居前二的耶律铸、马祖常乐府诗研究,[1]本文继续考察元代其他少数民族诗人乐府诗创作情况。考察以《全元诗》所收诗人先后为序,按照《乐府诗集》所分十二类(郊庙歌辞、燕射歌辞、鼓吹曲辞、横吹曲辞、相和歌辞、清商曲辞、舞曲歌辞、琴曲歌辞、杂曲歌辞、近代曲辞、杂歌谣辞、新乐府辞)清理其文献留存情况,以期为少数民族诗人乐府诗研究提供可靠文本。

一 蒲寿宬11首

送远曲别苇航

驱车晨出门,薄酒持送君。离心一寸铁,修岭千重云。遥怜风雨夜,应念霜雪群。猿鹤岂敢怨,所期在斯文。[2]

按,《乐府诗集·鼓吹歌辞》有《送远曲》,蒲寿宬此诗为同题拟作,当属鼓吹曲辞。

棹　歌

鼓枻归去来,蒉风鸣策策。明月倾我壶,沧浪天一碧。[3]

重游武夷偶成棹歌一首

一派弯环九曲溪,溪深溪浅净无泥。鹭鸶不作窥鱼

---

① 元代少数民族诗人中,耶律铸、马祖常乐府诗数量位列前两名,笔者已各撰专文讨论,本文不再涉及。

② 《全元诗》,第9册,第282页。

③ 《全元诗》,第9册,第313页。

计，飞入屏风也似迷。①

按，《乐府诗集·相和歌辞》“瑟调曲”有《棹歌行》，蒲寿宬《棹歌》《重游武夷偶成棹歌一首》当出于此，故属相和歌辞。元人汤弥昌有《湘干棹歌》，杨翮有《秦淮棹歌序》曰：“今天下承平日久，学士大夫颂咏休明而陶写情性者，皆足以追袭盛唐之风。由皇庆、延祐讫于天历，奎章之间，鸾台凤阁之耆英硕彦，倡于朝廷而风于四方之诗，盖骎骎乎！大历、贞元之盛矣。时则有作者稡所为诗若干首成帙，目之曰《秦淮棹歌》。元统二年冬，予始得而诵之，乃述其事以为序引。”②则元时又有《秦淮棹歌》。这些棹歌当均自《棹歌行》衍生而来，③惜辞皆不存。

渔父四首

昨日卖鱼到城郭，暑气千门正炮烙。买酒归来风露凉，始信人间渔父乐。

钓得鱼来日又斜，潮回无路可归家。炙鱼当饭且一饱，闲看白鸥飞浪花。

海光潋滟月团圆，一颗明珠落玉盘。鸥鹭不知何处

---

① 《全元诗》，第9册，第315页。

② 李修生《全元文》卷一八四四，凤凰出版社，2004年版，第444—445页。

③ 乐府诗在流传过程中会发生衍生，衍生指的是由一个曲调变成两个或两个以上曲调者。如杂曲歌辞《古别离》衍生出《生别离》《长别离》《远别离》《久别离》《新别离》《今别离》《暗别离》《潜别离》《别离曲》等。参看吴相洲《乐府学概论》，人民文学出版社，2015年版，第52—54页。

宿，白头闲坐把鱼竿。

青山淡淡水悠悠，有客江边孟浪游。渔父相逢欲借问，掉头吟咏不相酬。①

按，《乐府诗集·杂歌谣辞》有《渔父歌》，蒲寿宬《渔父》当出于此，故属杂歌谣辞。

明月篇

海贾不爱死，适值骊龙眠。深渊顷刻命，平地千丈川。丈夫岂无志，固为儿女煎。彼美头上粲，它人口中涎。鲛人一滴泪，不肯随漪涟。眼见悬珠人，明月几缺圆。②

按，《乐府诗集·杂曲歌辞》有《明月篇》，蒲寿宬此诗为同题拟作，故属杂曲歌辞。

古　意

梳鬟照寒沚，寒沚知贞胸。整鬟摘秋芳，秋芳无冶容。平生几偃蹇，今逐梁君鸿。既甘布裙绩，宁厌短褐舂。刖目信已笃，封耳何所从。独抚箜篌谣，河流自滦滦。③

古意答胡苇航

偃蹇当风松，四望无宁枝。茑萝空自缠，鸾凤非所羁。固乏栋梁具，聊笋岩壑姿。岂无深林柯，百尺悬旌麾。下

① 《全元诗》，第9册，第317页。

② 《全元诗》，第9册，第273页。

③ 《全元诗》，第9册，第287—288页。

有千岁苓，勿使行人知。[1]

按，《乐府诗集·杂曲歌辞》有《淫思古意》，又有唐沈佺期《独不见》，一曰《古意呈补阙乔知之》。宋郑樵《通志二十略·乐略一》"古调二十四曲"于《淫思古意》前又有《古意》，则《古意》当为乐府。唐卢照邻《长安古意》《文苑英华》亦收入"乐府"类。宋人薛季宣作《古意》，其《浪语集》置之于"乐府"类。元人马祖常亦作《古意》，当拟前人而来，属杂曲歌辞。蒲寿宬《古意》《古意答胡苇航》亦当为同题拟作，属杂曲歌辞。

七　夕

盈盈一水望牵牛，欲渡银河不自由。月照纤纤织素手，为君裁出翠云裘。[2]

《隋书·音乐志》载："炀帝不解音律，略不关怀。后大制艳篇，辞极淫绮。令乐正白明达造新声，创《万岁乐》《藏钩乐》《七夕相逢乐》《投壶乐》……及《十二时》等曲，掩抑摧藏，哀音断绝。"[3]则隋时有《七夕相逢乐》。唐崔令钦《教坊记》有《七夕子》。宋人韩琦《辛亥七夕末伏》末二句云："搏中新曲高难和，唯付珠喉任遏云。"诗末自注曰："时签判沈太丞有《七夕》新

① 《全元诗》，第9册，第281页。

② 《全元诗》，第9册，第318页。

③ ［唐］魏徵等《隋书》卷十五，中华书局，1973年版，第379页。

曲。”[1]则《七夕》为宋时新曲，宋人所作《七夕》，均属新乐府辞。元人耶律铸亦作《七夕》，当拟宋人而来。蒲寿宬《七夕》，亦为同题拟作，故属新乐府辞。

二　萨都剌 21 首

都下同翰林诸公送御史尚游题紫骝马

御史紫骝马，今朝行且嘶。远烟芳草露，细雨落花泥。踢月饮淮水，随云过汴堤。遥思乡旆日，晓立听朝鸡。[2]

按，《乐府诗集·横吹曲辞》“汉横吹曲”有《紫骝马》，萨都剌此诗为同题拟作，故属横吹曲辞。

西湖竹枝词

湖上美人弹玉筝，小莺飞度绿窗棂。沈郎虽病多情在，倦倚屏山不厌听。[3]

按，《乐府诗集·近代曲辞》有《竹枝》，《西湖竹枝词》当自《竹枝》衍生而来，故属近代曲辞。

---

① 傅璇琮等《全宋诗》卷三三三，北京大学出版社，1992 年版，第 4087 页。

② 《全元诗》，第 30 册，第 122 页。

③ 《全元诗》，第 30 册，第 295 页。

戏赠王本中柳枝词

日高燕语卷帘迟，独倚东风看柳枝。三月柳花飞欲尽，远人凉露未归时。①

按，《乐府诗集·近代曲辞》有《杨柳枝》，萨都剌此诗当出于此，故属近代曲辞。

江南乐

江南乐，春水虹桥满城郭。出门不用金马络，门前花船如画阁。绿纱窗虚锁春雾，隔窗蛾眉秋水活。翡翠冠高罗袖阔，楚舞吴歌劝郎酌。紫竹瑶丝相间作，船头柳花如雪落。船尾彩旗风绰绰，秉烛夜游随意足，人生无如江南乐。②

江南怨

江南怨，生男远游生女贱。十三画得蛾眉成，十五新妆识郎面。识郎一面思犹浅，千金买官游不转。郎家水田跨州县，大船小船过淮甸。买官未得不肯归，不惜韶华去如箭。杨花帘幕飞乳燕，疏雨梧桐闭深院，人生无如江南怨。③

江南春次前韵

江南四月春已无，黄酒白酪红樱珠。吴姬小醉弄弦索，十指春雪如凝酥。池塘过雨春波涨，风卷杨花落蛛网。

---

① 《全元诗》，第30册，第281页。
② 《全元诗》，第30册，第215页。
③ 《全元诗》，第30册，第215—216页。

翠眉新妇歌春愁，白马少年归日晚。游鱼水浅出短蒲，谁家银箭飞金壶。日长睡起翠阴午，帘外忽过流莺孤。①

按，《乐府诗集·相和歌辞》有《江南》，萨都剌《江南乐》《江南怨》《江南春》，均当自《江南》衍生而来，故属相和歌辞。

相逢行赠别旧友治将军并序

一年相逢在京口，笑解吴钩换新酒。城南桃杏花正开，白面青衫鞭马走。一年相逢白下门，短衣窄袖呼郎君。朝驰燕赵暮吴楚，逸气不觉凌青云。一年相逢在阙下，东家蹇驴日相假。有如臣甫去朝天，泥滑沙堤不敢打。都门一别今五年，今年相逢沧海边。千山木叶下如雨，雁声堕地秋连天。将军毳袍腰羽箭，拥马旌旗照溪面。小官不识将军谁，卧病孤舟强相见。岂知此地逢故人，摩挲病眼开层云。旧游历历如隔世，夜雨岂知思同群。郎君别后瘦如许，无乃从前作诗苦。溪头月落山馆深，剪烛犹疑梦中语。人生聚散亦有时，且与将军游武夷。弓刀挂在洞前树，洞里仙童来觅诗。稽首武夷君，借我幔峰顶，分我紫霞杯，与子连夜饮。左手招子乔，右手招飞璚，举觞星月下，听吹双凤笙。我酌一杯酒，持劝天上月，劝尔长照人相逢，莫向关山照离别。凤笙换曲曲未终，天风木杪飘晨钟。拂衣罢宴下峰去，又隔云山千万重。②

---

① 《全元诗》，第30册，第238—239页。

② 《全元诗》，第30册，第221—223页。

按,《乐府诗集·相和歌辞》有《相逢行》,萨都剌此诗为同题拟作,故属相和歌辞。

杨花曲

燕京女儿十六七,颜如花红眼如漆。兰香满路马如飞,窄袖短鞭娇滴滴。春风淡荡摇春心,银筝银烛高堂深。绣裳不暖锦鸳梦,紫帘红雾天沉沉。芳华谁惜去如水,春困着人倦梳洗。夜来小雨润天街,满院杨花飞不起。[①]

按,《乐府诗集·杂曲歌辞》有《杨花曲》,萨都剌此诗为同题拟作,故属杂曲歌辞。

桃源行题赵仲穆画

长城远筑阿房起,黔首驱除若蝼蚁。谁知别有小乾坤,藏在桃花白云里。桃花重重间白云,洞门锁住千年春。男耕女织作生业,版籍不是秦家民。桑麻鸡犬村村屋,流水门墙映花竹。无端渔父绿蓑衣,带得黄尘入幽谷。主人迎客坐茅堂,共话山中日月长。但见花开又花落,岂知世上谁兴亡。明朝渔父归城市,回首云山若千里。再来何处觅仙踪,恨满桃花一溪水。[②]

按,《乐府诗集·新乐府辞》有《桃源行》,萨都剌此诗为同题拟作,故属新乐府辞。

---

① 《全元诗》,第30册,第210页。

② 《全元诗》,第30册,第225页。

征妇怨

有柳切勿栽长亭，有女切勿归征人。长亭杨柳自春色，岁岁年年送行客。一朝羽檄风吹烟，征人远戍居塞边。辚辚车马去如箭，锦衾绣枕难留恋。黄昏寂寞守长门，花落无心理针线。新愁暗恨人不知，欲语不语颦双眉。妾身非无泪，有泪空自垂。云山烟水隔吴越，望君不见心愁绝。梦魂暗逐蝴蝶飞，觉来羞对窗前月。窗前月色照人寒，迟迟钟鼓夜未阑。灯阑有恨花不结，妆台尘惨恨班班。半生偶得一锦字，道是前年战时苦。一朝血杵烟薮除，腰间斜挂三珠虎。妾心自喜还自惊，门前忽闻凯歌声。锦衣绣服归故里，不思昔日别离情。别离之情几青草，镜里容颜为君老。黄金白璧买娇娥，洞房只道新人好。①

按，《乐府诗集·新乐府辞》有《征妇怨》，萨都剌此诗为同题拟作，故属新乐府辞。

春　词

深宫尽日垂珠箔，别殿何人度玉筝。白面内官无一事，隔花时听打球声。②

按，宋人张耒《张耒集》"古乐府歌辞"类有《春词》，为旧题新辞，应属新乐府辞。萨都剌《春词》当为同题拟作，亦为旧题新词，故属新乐府辞。

① 《全元诗》，第30册，第251页。
② 《全元诗》，第30册，第148页。

宫　词

骏马骄嘶懒着鞭，晚凉骑过御楼前。宫娥不识中书令，借问谁家美少年。①

四时宫词

御沟涨暖绿潺潺，风细时闻响佩环。芳草宫门金锁闭，柳花帘幕玉钩闲。

梦回绣枕听黄鸟，困倚雕栏看白鹇。落尽海棠天不管，修眉惭恨锁春山。

日长缝就缕金衣，高柳风清拂翠眉。闲倚小楼题画扇，但闻别院笑弹棋。

主家恩爱有时尽，贱妾心情无限思。又向晚凉新浴罢，琵琶自拨断肠词。

宫沟水浅不通潮，凉露瑶街湿翠翘。天晚不闻青玉佩，月明偷弄紫云箫。

正宫夜半羊车过，别院秋深鹤驾遥。却把闲情望牛女，银河乌鹊早成桥。

悄悄深宫不见人，倚门惟有石麒麟。芙蓉帐冷愁长夜，翡翠帘垂隔小春。

天远难通青鸟信，瓦寒欲动白龙鳞。夜深怕有羊车到，自起笼灯照雪纹。②

按，宋人张耒有《宫词效王建十首》，《张耒集》置之于“古乐府

① 《全元诗》，第30册，第161—162页。

② 《全元诗》，第30册，第189页。

歌辞”类，则《宫词》为乐府旧题，张耒为作新辞，属新乐府辞。[①]元人马祖常有《拟唐宫词十首》，且马祖常《石田文集》置该诗于“乐府歌行”类，亦属新乐府辞。萨都剌《宫词》为同题拟作，《四时宫词》当由《宫词》变异而来，[②]故均当属新乐府辞。

芙蓉曲兼善状元御史

秋江渺渺芙蓉香，秋江女儿将断肠。绛袍春浅护云暖，翠袖日暮迎风凉。鲸鱼风起江波白，霜落洞庭飞木叶。荡舟何处采莲花，爱惜芙蓉好颜色。[③]

按，元人周巽有《芙蓉行》，其《性情集》置此诗于“拟古乐府”类，则《芙蓉行》为乐府旧题，周巽为作新辞，故属新乐府辞。萨都剌《芙蓉曲兼善状元御史》或出于此，故亦属新乐府辞。

三　贯云石 2 首

美人篇

任风雕雪玲珑温，吴姬剪月纤纤昏。行云补髻翠光滑，凤凰叫落空山月。手摘闲愁八字分，青山恨重叠不伸。

① 新乐府的新，或是指新题，以区别于古题；或是指新词，以区别于旧词；或是指新声，以区别于旧曲。参看吴相洲《中国诗歌通史·唐五代卷》，人民文学出版社，2012 年版，第 406 页。

② 乐府诗在流传过程中会产生变异，变异指的是名称有所改变，乐曲没有太大变化。如杂曲歌辞《少年行》后又有《汉宫少年行》《长乐少年行》《长安少年行》《渭城少年行》《邯郸少年行》等。

③ 《全元诗》，第 30 册，第 212 页。

肌脓汗腻朱粉匀，背人挥泪妆无痕。霜刀自制石榴裙，闭门不识诸王孙。绿烟熏暖蓝田玉，罗带随风换妆束。飞乌衔怨过长门，芳菲不忍韶华屋。连环步窄玉佩响，霓裳袖阔东风长。钏松腕瘦觉多情，举指搔天天亦痒。枕香帐冷兰灯沉，落花不入芙蓉衾。三山路杳银河深，彩鸾高诉愁人心。天与美人倾国色，不知更与美人节。梦里梅花梦我身，万古千年一明月。①

按，宋郑樵《通志二十略·乐略一》“佳丽四十七曲”有《美人》，贯云石《美人篇》当出于此。据笔者《乐府续集·元代卷》制定的新乐府辞收录标准，此诗符合第十条标准，即：《教坊记》《通志二十略》《唐音癸签》所载唐乐府诸曲之拟作，故属新乐府辞。

筚篥乐

雄雷怨别雌电老，云海漫漫地无草。胡尘不受紫檀风，三寸芦中元气巧。微声辚辚喘不栖，魑魅梦哭猩猩饥。壮声九漏雪如铁，酥灯焰冷春风灭。神妻夜传髑髅杯，倒卷昆仑饮腥血。紫台云散月荒凉，归路人稀腔更长。酸斋道人为西瑛公子。②

按，杨维桢《铁崖古乐府》有《筚篥吟》，则《筚篥吟》为乐府古题，杨维桢为作新辞，当属新乐府辞。贯云石《觱篥乐》或出于

① 《全元诗》，第33册，第306页。

② 《全元诗》，第33册，第312页。

此,故亦属新乐府辞。

四 雅琥1首

赋得月漉漉送方叔高作尉江南

月漉漉,泥在水。送君归,几千里。泥在水,月不明。执君别,难为情。漉漉见月,水深泥多。飘飘游子,岁暮如何。洞庭霜下,木落无波。白云在望,鼓枻讴歌。念子之来,携书一束。兹焉言归,荣养以禄。雄剑在匣,弨弓在箙。驰骋千里,毋尔局蹙。①

按,《乐府诗集·新乐府辞》有《月漉漉篇》,雅琥此诗为同题拟作,故属新乐府辞。

五 同同1首

西湖竹枝词

西子湖头花满烟,谩郎日日醉湖边。青楼十丈钩帘坐,箫鼓声中看画船。②

按,《乐府诗集·近代曲辞》有《竹枝》,同同《西湖竹枝词》当自《竹枝》衍生而来,故属近代曲辞。

---

① 《全元诗》,第37册,第435页。

② 《全元诗》,第43册,第218页。

六　余阙2首

有所思

春风起寒色，春衣方重熏。新装卷罗幕，清唱入行云。艳色若流月，芳泽谢兰芬。婵娟信无度，我思何在君。[1]

按，《乐府诗集·鼓吹曲辞》有《有所思》，余阙此诗为同题拟作，故属鼓吹曲辞。

七　哀

殷武诵罙阻，周鲁歌东征。圣哲则有然，我何敢留行。斩牲祀怒特，衅鼓起前旌。野布鱼丽阵，山鸣铙吹声。函关何用塞，受降行已城。路逢故乡人，取书寄东京。寄言东京友，勉树千载名。一身未足惜，妻子非无情。[2]

按，魏晋以降，作《七哀》者，殆非一人，未以乐府称。然《乐府诗集》《怨诗行》解题引《古今乐录》曰："《怨诗行》歌东阿王'明月照高楼'一篇。"[3]而"明月照高楼"乃曹植《七哀诗》首句，知曹植《七哀诗》曾入乐府。唐吴兢《乐府古题要解》曰："《七哀》起于汉末。如曹植《明月照高楼》、王仲宣《南登霸陵

---

① 《全元诗》，第44册，第245页。

② 《全元诗》，第44册，第255页。

③ ［宋］郭茂倩编撰，聂世美、仓阳卿点校《乐府诗集》卷四一，上海古籍出版社，1998年版，第476页。

岸》,皆《七哀》之一也。”[1]宋郑樵《通志二十略·乐略一》将《七哀》列入乐府。宋人薛季宣有《七哀》,且《浪语集》置之于“乐府”类,据笔者《乐府续集·宋代卷》制定的新乐府辞收录标准,此诗符合第九条标准:《教坊记》《通志二十略》《唐音癸签》等所载唐乐府诸曲之拟作者,故属新乐府辞。余阙《七哀》当拟宋人而来,故亦属新乐府辞。

七　不花帖木儿 2 首

西湖竹枝词

湖上春归人未归,桃红柳绿黄莺飞。桃花落时多结子,杨花落处只沾衣。[2]

按,《乐府诗集·近代曲辞》有《竹枝》,不帖花木儿《西湖竹枝词》当自《竹枝》衍生而来,故属近代曲辞。

宫　词

玉楼珠箔晚天凉,秋色依稀满建章。金井梧桐霜叶尽,自随流水出宫墙。[3]

按,前已论及,萨都剌《宫词》为新乐府辞,不花帖木儿此诗为同题拟作,亦属新乐府辞。

---

① ［唐］吴兢《乐府古题要解》卷下,见丁福保《历代诗话续编》,中华书局,1983 年版,第 59 页。

②③ 《全元诗》,第 46 册,第 18 页。

八　迺贤17首

月湖竹枝四首题四明俞及之竹屿卷

丝丝杨柳染鹅黄，桃花乱开临水傍。隔岸谁家好楼阁，燕子一双飞过墙。

五月荷花红满湖，团团荷叶绿云扶。女郎把钓水边立，折得柳条穿白鱼。

水仙庙前秋水清，芙蓉洲上新雨晴。画船撑着莫近岸，一夜唱歌看月明。

梅花一树大桥边，白发老翁来系船。明朝捕鱼愁雪落，半夜推篷起看天。①

按，《乐府诗集·近代曲辞》有《竹枝》，迺贤《月湖竹枝》当自《竹枝》衍生而来，故属近代曲辞。

塞上曲

秋高沙碛地椒稀，貂帽狐裘晚出围。射得白狼悬马上，吹笳夜半月中归。杂沓毡车百辆多，五更冲雪渡滦河。当辕老妪行程惯，倚岸敲冰饮橐驼。双鬟小女玉娟娟，自卷毡帘出帐前。忽见一枝长十八，折来簪在帽檐边。长十八，草花名。马乳新挏玉满瓶，沙羊黄鼠割来腥。踏歌尽醉营盘晚，鞭鼓声中按海青。乌桓城下雨初晴，紫菊金莲

① 《全元诗》，第48册，第10页。

漫地生。最爱多情白翎雀,一双飞近马边鸣。[①]

按,《乐府诗集·新乐府辞》有《塞上曲》,迺贤此诗为同题拟作,故属新乐府辞。

宫词八首次偰公远正字韵

广寒宫殿近瑶池,千树长杨绿影齐。报道夜来新雨过,御沟春水已平堤。

千官鹄立五云间,玉斧参差拥画阑。今日君王西内去,安排天仗趣仪鸾。

水晶帘外日迟迟,殿阁春深笑语稀。绣幕无端风卷起,一双燕子傍人飞。

上苑含桃熟暮春,金盘满贮进枫宸。醍醐渍透冰浆滑,分赐阶前儤直人。

琼岛岧峣内苑西,阑斑绮石甃清漪。御床不许红尘到,黄幔长教罨地垂。

花影频移玉砌平,美人欹枕听流鹦。一春多病慵梳洗,怕说鸾舆幸上京。

绣床倦倚怯深春,窗外飞花落锦茵。抱得琵琶阶下立,试弹一曲斗清新。

太液池头新月生,瑶街最喜晚来晴。贵人忽被西宫召,骑得骅骝款款行。[②]

---

① 《全元诗》,第48册,第36—37页。

② 《全元诗》,第48册,第17页。

按，前已论及，萨都剌、不花帖木儿《宫词》为新乐府辞，则迺贤此诗为同题拟作，亦属新乐府辞。

黄金台

落日燕城下，高台草树秋。千金何足惜，一士固难求。沧海谁青眼，空山尽白头。还怜易河水，今古只东流。①

按，杨维桢有《金台词》，一作《黄金台词》，见录于《铁崖古乐府》，则《黄金台词》为乐府古题，杨维桢为作新辞，当属新乐府辞。迺贤《黄金台》，当出于此，故亦属新乐府辞。

春草轩为毗陵华以愚赋

青霭浮江郭，庭阶草色芳。晨晖窗自绿，春雨屐生香。弱蔓牵书带，修茎矗剑铓。绵绵思道路，恻恻念衣裳。结构怀东野，安舆奉北堂。岂须三釜养，自可百忧忘。地近延陵邑，门旌孝子乡。殷勤张太史，为播五云章。张仲举先生作记。②

按，杨维桢有《春草轩辞》，见录于《铁崖古乐府》，则《春草轩辞》为乐府古题，杨维桢为作新辞，当属新乐府辞。杨维桢《春草轩辞》序记其本事曰："毗陵华孝子幼武，六岁而孤，善事其母，以纯孝闻。尝自取孟郊《游子词》，名其所居轩曰'春草'。

① 《全元诗》，第48册，第39页。
② 《全元诗》，第48册，第21页。

予为体游子意，赋《春草词》。”①迺贤此诗为同题拟作，且本事与杨诗同，故亦属新乐府辞。

答禄将军射虎行

将军部曲瀚海东，三千铁骑精且雄。久知天命属真主，奋身来建非常功。世祖神谟涵宇宙，坐使英雄皆入彀。十年转战淮蔡平，帐下论功封太守。信阳郭外山嵯峨，长林大谷青松多。白额於菟踞当道，城边日落无人过。将军闻之毛发竖，拔剑誓天期杀虎。弯弓走马出东门，倾城来看夸豪武。猛虎磨牙当路嚎，目光睒睒斑尾摇。据鞍一叱双眦裂，鸟飞木落风萧萧。金弰雕弓铁丝箭，满月弦开正当面。箭翎射没锦毛摧，崖石崩腾腥血溅。万人欢噪声震天，剖开一镞当心穿。父老持杯马前拜，祝公眉寿三千年。丈夫立功期不朽，奇事相传在人口。可怜李广不封侯，却喜将军今有后。承平公子秘书郎，文场百步曾穿杨。咫尺风云看豹变，鸣珂曳履登朝堂。虎既剖，箭镞正贯于心中。②

按，杨维桢有《小万户射虎行》，见录于《铁崖古乐府》，则《射虎行》为乐府古题，杨维桢为作新辞，当属新乐府辞。迺贤《答禄将军射虎行》当由《射虎行》而来，故亦属新乐府辞。

---

① 《全元诗》，第48册，第21页。
② 《全元诗》，第48册，第45—46页。

古镜篇寄韩与玉

古镜团团似秋水，美人当窗正梳洗。芙蓉凉月斗婵娟，默默自怜还自喜。朝来开匣忽凄然，一痕微雪映华钿。却恨东风惜桃李，年年开傍镜台边。粉绵拭镜还清澈，佳人薄命空愁绝。不如化石在山头，万古千年照明月。①

按，元人孙蕡有《古镜词》，其《西庵集》置于"乐府"类。据笔者《乐府续集·元代卷》制定的元代新乐府辞收录标准，此诗符合第九条标准，即：元人别集、总集中置于古乐府、乐府、拟古乐府等类下，题名与《乐府诗集》所录不同者。故孙蕡《古镜词》当属新乐府辞。迺贤《古镜篇》当出于《古镜词》，故亦属新乐府辞。

九　聂镛2首

西湖竹枝词

郎马青骢新凿蹄，临行更赠锦障泥。劝郎莫系苏堤柳，好踏新沙宰相堤。②

按，《乐府诗集·近代曲辞》有《竹枝》，聂镛《西湖竹枝词》由《竹枝》衍生而来，故属近代曲辞。

① 《全元诗》，第48册，第42—43页。

② 《全元诗》，第50册，第122页。

宫　词

九重天上日初和，翡翠帘垂午漏过。闻到南闽新入贡，雕笼进上白鹦哥。①

按，前已论及，萨都剌、不花帖木儿、迺贤《宫词》为新乐府辞，则聂镛此诗为同题拟作，亦属新乐府辞。

十　掌机沙1首

西湖竹枝词

南北峰头春色多，湖山堂下来棹歌。美人荡桨过湖去，小雨细寒生绿波。②

按，《乐府诗集·近代曲辞》有《竹枝》，掌机沙《西湖竹枝词》由《竹枝》衍生而来，故属近代曲辞。元杨维桢《西湖竹枝集》掌机沙小传评其《竹枝词》曰："礼部尚书哈散公之孙也。学诗于萨天锡，故其诗风流俊爽，观于《竹枝》，可以称才子矣。"③

---

① 《全元诗》，第50册，第122页。

② 《全元诗》，第51册，第132页。

③ 王利器、王慎之、王子今《历代竹枝词》（一），陕西人民出版社，2003年版，第100页。

十一　燕不花1首

西湖竹枝词

湖头水满藕花香，夜深何处有鸣榔。郎来打鱼三更里，凌乱波光与月光。①

按，《乐府诗集·近代曲辞》有《竹枝》，燕不花《西湖竹枝词》由《竹枝》衍生而来，故属近代曲辞。

十二　完泽2首

西湖竹枝词

花满苏堤酒满壶，画船日日醉西湖。阿侬最苦两离别，不唱黄莺唱鹧鸪。

堤边三月柳阴阴，湖上春风似海深。游人来往多如蚁，半是南音半北音。②

按，《乐府诗集·近代曲辞》有《竹枝》，完泽《西湖竹枝词》由《竹枝》衍生而来，故属近代曲辞。

---

① 《全元诗》，第51册，第133页。

② 《全元诗》，第51册，第147页。

十三　别罗沙 1 首

西湖竹枝词

风篁岭下月色凉，无数竹枝官道傍。东家为爱青青节，截作参差吹凤皇。①

按，《乐府诗集·近代曲辞》有《竹枝》，别罗沙《西湖竹枝词》由《竹枝》衍生而来，故属近代曲辞。

十四　昂吉 2 首

乐府二章送吴景良

吴门柳东风，岁岁离人手。千人万人于此别，长条短条那忍折。送君更折青柳枝，莫学柳花如雪飞。思君归来与君期，但愿柳色如君衣。

采采叶上莲，吴姬荡桨云满船。红妆避人隔花笑，一生自倚如花妍。低头更采叶上莲，锦云绕指香风传。殷勤裁缝作莲幕，为君高挂黄堂边，待君日日来周旋。②

按，《乐府诗集·杂曲歌辞》有《乐府》，昂吉此诗为同题拟作，故属杂曲歌辞。

---

① 《全元诗》，第 51 册，第 158 页。

② 《全元诗》，第 58 册，第 341—342 页。

十五　偰逊1首

中秋对月歌

凝云如龙鳞,近月成五色。风来忽吹断,化作虬千尺。斯须风定云亦收,冰轮辗空光欲流。是谁持此万古不死之老魄,挂在玉露瑶昊之素秋。我当樽前不肯酌,拔剑停歌罢欢谑。丈夫动即合苍天,且问姮娥为酬酢。大化运玄机,以尔烛妍媸。古今万穷达,岂谓都若是。圣人因之以为则,洞照宇宙称雍熙。我家诸父六伯仲,各向天门谐令仪。亦欲追踪蹑云级,有约宁知忽相失。广寒深锁桂香空,却着妖蟆恣亏蚀。翩然落魄江海间,独抱隐忧心孔艰。浮云富贵真腐芥,汗简功名须壮颜。百事无成知几春,一客毗陵逾四旬。忧来掩卷遇良夕,喜甚清辉仍近人。所愿从兹辟琼户,永回神光临下土。明年还得似今宵,定托灵槎问津法。①

按,《新唐书·仪卫志》载唐大横吹部节鼓二十四曲,其二十一曰《对月》,偰逊《对月歌》当出于此,故属横吹曲辞。

十六　锦哥1首

周公祠饮福歌

瞻彼岐阳兮秀王之乡,佐武相成兮迁顽剪商。殷士肤

① 《全元诗》,第59册,第10页。

敏兮裸将于京，既营东洛兮为周有光。赤舄几几兮 衮衣绣裳，道尊德崇兮垂宪无疆。束帛戋戋兮承筐是将，神其来格兮山色苍苍。〔万历〕《岐山县志》卷六①

按，据诗题诗意及文献出处，此诗当为岐山周公祠祭祀所用乐歌。又据《宋史·礼志》所载州县祭礼："其诸州奉祀，则五郊迎气日祭岳、镇、海、渎，春秋二仲享先代帝王及周六庙，并如中祀。州县祭社稷，奠文宣王，祀风雨，并如小祀。凡有大赦，则令诸州祭岳、渎、名山、大川在境内者，及历代帝王、忠臣、烈士载祀典者，仍禁近祠庙咸加祭。"②则周公祠祭祀当属州县祭祀中的祭忠臣，故属郊庙歌辞。

为明晰起见，现将考述结果列表如下：

表1：元代少数民族诗人乐府诗统计表

序号	姓名	民族	郊庙歌辞	燕射歌辞	鼓吹曲辞	横吹曲辞	相和歌辞	清商曲辞	琴曲歌辞	舞曲歌辞	杂曲歌辞	杂歌谣辞	近代曲辞	新乐府辞	合计
1	蒲寿宬	西域人			1首		2首				3首	4首		1首	11首
2	萨都剌	西域答失蛮氏/蒙古人				1首	4首				1首		2首	13首	21首
3	贯云石	西域畏兀人												2首	2首
4	雅琥	色目也里可温氏												1首	1首
5	同同	蒙古族											1首		1首
6	余阙	河西唐兀氏			1首									1首	2首

① 《全元诗》，第66册，第357页。

② ［元］脱脱《宋史》卷九八，中华书局，1985年版，第2425—2426页。

续表

序号	姓 名	民族	郊庙歌辞	燕射歌辞	鼓吹曲辞	横吹曲辞	相和歌辞	清商曲辞	琴曲歌辞	舞曲歌辞	杂曲歌辞	杂歌谣辞	近代曲辞	新乐府辞	合计
7	不花帖木儿	蒙古族											1首	1首	2首
8	迺贤	西域葛逻禄人											4首	13首	17首
9	聂镛	蒙古族											1首	1首	2首
10	掌机沙	色目阿鲁温氏											1首		1首
11	燕不花	唐兀氏											1首		1首
12	完泽	西夏人											2首		2首
13	别罗沙	高昌人,西域回回											1首		1首
14	昂吉	河西唐兀氏									2首				2首
15	偰逊	高昌畏兀人				1首									1首
16	锦哥	蒙古族	1首												1首
总计			1首	0	2首	2首	6首	0	1首	0	6首	4首	14首	33首	68首

综括以上所述,可以得出如下结论:

第一,从少数民族乐府诗人数量看,以《全元诗》所收少数民族诗人为统计底本,本文共考得有乐府诗留存的元代少数民族诗人16人。加上此前笔者单独撰文考察的耶律铸和马祖常,元代有乐府诗留存的少数民族诗人共计18人。

第二,从少数民族诗人所作乐府诗数量看,本文考察的16位少数民族诗人所作乐府诗数量不等:蒲寿宬11首、萨都剌21首、贯云石2首、雅琥1首、同同1首、余阙2首、不帖花木儿2首、迺贤17首、聂镛2首、掌机沙1首、燕不花1首、完泽2首、别罗沙1首、昂吉2首、偰逊1首、锦哥1首,共计68首。加上笔者单独考察的耶律铸115首、马祖常91首。元代少数民族诗人创作的乐府诗留存至今的共计274首。其中,乐府诗数量位居前三的是耶律铸、马祖常和萨都剌。

第三,从少数民族诗人所作乐府诗分布的类别看,本文考察的 16 位少数民族诗人所作乐府诗在《乐府诗集》十二类中除燕射歌辞、清商曲辞和舞曲歌辞未见歌辞留存以外,其他九类中均有分布。而且,在这九类中,绝大部分歌辞集中在近代曲辞和新乐府辞:近代曲辞 14 首、新乐府辞 33 首。二者总数占 16 位少数民族诗人乐府诗留存总量的 68%强。之所以出现这种现象,原因有二:其一,宗唐复古是元代诗学的基本走向,而《乐府诗集》近代曲辞是隋唐以来之杂曲、新乐府辞则纯为唐人所作,元代少数民族诗人乐府诗多作近代曲辞和新乐府辞的选择恰与元代诗学宗唐复古之走向相吻合,从中也可看出元代少数民族诗人的乐府诗创作脱离不开那个时代诗学趣尚的影响;其二,在他们所作近代曲辞中,出现频率最高的是《西湖竹枝词》,本文所考有近代曲辞留存的 9 位诗人中,8 位作有《西湖竹枝词》。此题的大量出现是因为这些少数民族诗人均参与了杨维桢发起并首唱的《西湖竹枝词》酬唱活动,[①]这些歌辞就是这一活动的产物。

(原载《乐府学》第十九辑,社会科学文献出版社,2019 年 6 月)

① 杨维桢在西湖期间,作《西湖竹枝词》九首,当时和者甚众,规模空前。明人和维《西湖竹枝集序》记此事曰:“前元杨维桢氏寓居湖上,日与郯韶辈留连诗酒,乃舍泛语为清唱,赋《西湖竹枝词》。一时从而和者数百家。”(见《历代竹枝词》(一),第 66 页。)元顺帝至正元八年(1348)秋七月,杨维桢于顾瑛玉山草堂将当时参与《西湖竹枝词》酬唱的诗人及其诗作汇编为一册,取名《西湖竹枝集》。

元代杂歌谣辞辑考

元代究竟有无杂歌谣辞？如果有，其具体情形如何？这些问题未见前人讨论。笔者不揣谫陋，试做考察。本文辑考元代杂歌谣辞，依据有二：（1）《乐府诗集·杂歌谣辞》同题拟作；（2）见于元之正史笔记及其他史料，以“歌”“谣”名且有本事者。文人所作以“歌”“谣”为题者，不在收录之列。兹据此二端辑考如下：

一 《乐府诗集·杂歌谣辞》同题拟作

元代古乐府创作兴盛一时，故而《乐府诗集·杂歌谣辞》的同题拟作也为数不少。可考者如下：

击 壤 王 恽

轩轩旱块大于盆，朴击都教细作尘。便觉□□□□

静,夕阳原隰看昀昀。击壤轩轩旱块大于盆,朴击都教细作尘。便觉□□□□静,夕阳原隰看昀昀。[①]

击　壤 王　祯

泰和民如何,戏适因块壤。相从杂稚耋,峙立越寻丈。乘平初侧一,得隽终杀两。徒歌足欢愉,至意自融盎。帝力既不知,大德日荡荡。尔来几千年,古俗遂长往。虽云遗制在,淳风邈难想。谁能陶真乐,返古如指掌。怀哉壤父歌,三复有遗响。[②]

按,《乐府诗集·杂歌谣辞》有《击壤歌》,故以上二诗当为同题拟作,属杂歌谣辞。元陶宗仪《南村辍耕录》"燕南芝庵先生唱论"所列"唱曲题目"有《击壤》。[③] 明凌蒙初《谭曲杂札》曰:"元曲源流,古乐府之体,故方言常语,沓而成章,着不得一毫故实。即有用者,亦其本色事,如蓝桥、妖庙、阳台、巫山之类,以拗出之,为警俊之句,决不直用诗词中他典故填实者也。一变而为诗余、集句,非当行矣,而未可厌也。再变而为诗学大成,群书摘锦,可厌矣,而未村煞也。忽又变而文词、说唱、胡诌、莲花落,村妇恶声,俗夫亵谑,无一不备矣。今之时行曲求一语如唱本《山破羊》《刮地风》《打枣竿》吴歌等中一妙句,所必无也。故以藻缋为曲,譬如以排律诸联入《陌上桑》《董妖

① 杨镰主编《全元诗》,中华书局,2013 年版,第 5 册,第 525—526 页。

② 《全元诗》,第 18 册,第 108 页。

③ [元]陶宗仪《南村辍耕录》卷二七,中华书局,1959 年版,第 6482 页。

娆》乐府诸题下,多见其不类。以鄙俚为曲,譬如以三家村学究口号歪诗拟《康衢》《击壤》,谓自我作祖,出口成章,岂不可笑?而乃攘臂自命,日新不已,直是有腼面目。"[①]

涂山篇 杨维桢

朝发一钱渡,暮宿三江潮。金山有禅伯,饮我松间瓢。遂登福勋庙,福勋俗指为禹妇翁。还憩汪罔桥。防风氏。金翁不可诘,夜附山鬼妖。载吊涤姓人,负恶忍兜苗。既怀弯弓逆,可徒坐不朝。逆名不可训,姑以后至枭。涧碶洗遗骨,白日连山椒。[②]

按,《乐府诗集·杂歌谣辞》有《涂山歌》,杨维桢《涂山篇》,当出于此,故属杂歌谣辞。又,《全元诗》注曰:"《文渊阁四库全书》本题下有注:'一作金山。'"

商 歌 胡 奎

白日粲粲南山阿,长夜漫漫愁奈何。停车夜宿郭门外,悲风烈烈闻商歌。歌云不遭舜与尧,单衣短布风萧萧。人生卑微何可忽,后车载之相齐国。[③]

按,《乐府诗集·杂歌谣辞》有《商歌》,胡奎此诗为同题拟作,

① 邓子勉编《明词话全编》,凤凰出版社,2012年版,第5册,第3362页。

② 《全元诗》,第39册,第35页。

③ 《全元诗》,第48册,第128页。

故属杂歌谣辞。

徐人歌　危　素

季子有剑秋水色，徐君见之惜不得。徐君墓上荒草寒，季子解剑挂树间。一死一生见交谊，嗟哉延陵吴季子。[①]

按，《乐府诗集·杂歌谣辞》有《徐人歌》，危素此诗为同题拟作，故属杂歌谣辞。

渔父歌　马　臻

老翁家住西湖边，自从学钓四十年。瓦瓯酒醒炊未熟，白日过午常高眠。昨朝老妇丁宁泣，铦钩须利不须直。得鱼卖钱及早归，乡吏打门征敛急。呜呼！吴松笠泽秋水多，笔床茶灶今如何。[②]

按，《乐府诗集·杂歌谣辞》有《渔父歌》，马臻《渔父歌》为同题拟作，亦属杂歌谣辞。

渔　父　刘秉忠

拨棹垂竿日日同，藕花丛了荻花丛。朝云暮雨闲身外，春水秋山醉眼中。十里烟波明落日，数声渔笛响西风。

---

① 《全元诗》，第 44 册，第 236 页。

② 《全元诗》，第 17 册，第 64 页。

红尘不到孤舟上，谁得江湖伴此翁。[①]

渔　父　释道惠

一桡兼一笠，身寄楚江边。每笑红尘扰，长为白昼眠。鸣榔秋月下，晒网夕阳前。放旷蛟龙国，幽闲鸥鹭天。水花凉带露，汀草暖浮烟。长弃人间世，真为海上仙。不求耕犊地，但惜钓鱼舡。半醉吹孤笛，风清月更圆。[②]

渔　父　揭傒斯

夫前撒网如飞轮，妇后摇橹青衣裙。全家托命烟波里，扁舟为屋鸥为邻。生男已解安贫贱，生女已得供炊爨。天生网罟作田园，不教衣食看人面。男大还娶渔家女，女大还作渔家妇。朝朝骨肉在眼前，年年生计大江边。更愿官中减征赋，有钱沽酒供醉眠。虽无余羡无不足，何用世上千钟禄。[③]

渔父二首　释善住

夕阳波上钓丝轻，风入蒹葭窸窣鸣。辞剑为怜逋客难，鼓桡曾笑逐臣清。数声竹笛湘江阔，一帽山花白发明。南北去来人自老，几多空抱羡鱼情。

罢钓优游老此身，数椽茅屋并湖滨。青云富贵无多日，白发清闲有几人。篷底未曾论伯越，花间且莫问强秦。纷纷世事皆如梦，更送床头百瓮春。[④]

---

① 《全元诗》，第3册，第173页。

② 《全元诗》，第20册，第406页。

③ 《全元诗》，第27册，第191—192页。

④ 《全元诗》，第29册，第230—234页。

渔　父　贡师泰

一轮明月一丝风，吴水西头楚岸东。日日城中卖鱼去，却教鸥鹭守孤蓬。①

渔　父　释大圭

大儿船头新得鱼，小儿船头炊雕胡。老翁一笑江潮落，西村有酒满瓶沽。②

渔　父　陈　镒

短篷烟雨泊鸥沙，剩有鱼钱到酒家。近日人间多赋敛，争如水国作生涯。③

渔　父　张　庸

扣舷歌罢潮生浦，把钓归来月在船。新妇溉鬶烹紫鳜，大儿沽酒数青钱。④

渔　父　吴　会

船头举网后摇橹，白发老翁青裙妪。得鱼买米酤酒来，醉饱却下回湾住。⑤

渔　父　王良臣

白苹风卷钓丝斜，鱼不吞钩水见沙。买酒自归篷底醉，载将明月入芦花。⑥

渔父词二首　赵孟頫

渺渺烟波一叶舟，西风落木五湖秋。盟鸥鹭，傲王侯，

① 《全元诗》，第40册，第316页。

② 《全元诗》，第41册，第376页。

③ 《全元诗》，第51册，第588页。

④ 《全元诗》，第54册，第143页。

⑤ 《全元诗》，第57册，第226页。

⑥ 《全元诗》，第66册，第192页。

管甚鲈鱼不上钩。

依住东吴震泽州,烟波日日钓鱼舟。山似翠,酒如油,醉眼看山百自由。[1]

渔父词 管道升

遥想山堂数树梅,凌寒玉蕊发南枝。山月照,晓风吹,只为清香苦欲归。南望吴兴路四千,几时回去雪溪边。名与利,付之天,笑把渔竿上钓船。身在燕山近帝居,归心日夜忆东吴。斟美酒,鲙新鱼,除却清闲总不如。人生贵极是王侯,浮利浮名不自由。争得似,一扁舟,弄月吟风归去休。《清河书画舫》:吴兴郡夫人不学诗而能诗,不学画而能画,得于天者然也。此《渔父词》,皆相劝以归之意,无贪荣苟进之心,其与"老妻强颜道,双鬓未全斑,何苦行吟泽畔,不近长安"者异矣。皇庆二年十二月十八日,子昂书。[2]

渔父词 陈 泰

蝉声欲断虫声悲,江天月上初弦时。渔翁身老醉无力,矫首坐看云离离。痴儿不识老翁意,苦道平生贫作祟。卖舟买得溪上田,昨暮催租人已至。君不见长安康庄九复九,雨笠烟蓑难入手。人间万事谁得知,沧江夜变为春酒。[3]

渔父词 胡 奎

家住琴江江上头,拓卦洲前春水流。桂枝楫,木兰舟,终日忘鱼不下钩。

---

① 《全元诗》,第17册,第221—222页。

② 《全元诗》,第20册,第119页。

③ 《全元诗》,第28册,第34页。

侬是烟波一钓徒，持竿东海拂珊瑚。女儿港，番君湖，浪静风恬过小孤。

黄梅岭下是侬家，白石矶边把钓车。友麋鹿，侣鱼虾，不在山颠即水涯。

大江西去是庐山，云白山青罨画间。彭蠡泽，海门关，莫待风波及早还。

白石矶头春水流，朝朝暮暮伴沙鸥。山渺渺，水悠悠，笑杀磻溪下直钩。

磻溪野老发垂肩，钓得周家八百年。鱼换酒，不论钱，醒即长歌醉即眠。①

渔父词 孙 蕡

顺流得鱼易，逆流得鱼难。难易有天定，顺流心所安。网罗疏疏钩曲直，老翁取鱼兼取适。②

渔父叹 耶律铸

寸钩钓鳌良可叹，片网图龙直绝痴。往来江上人无限，鼓掌笑君君不知。图，一作屠。③

渔父叹 舒 頔

溪浅每愁鱼鳖少，泽深又虑蛟龙居。移舟犹豫生涯拙，举网徘徊作计疏。山水清幽忘足迹，江湖宽阔足庖厨。古来数罟今犹密，输与陶朱得自如。④

---

① 《全元诗》，第48册，第117—118页。

② 《全元诗》，第63册，第261页。

③ 《全元诗》，第4册，第120页。

④ 《全元诗》，第43册，第272页。

中圭寄渔父诗 陆 厚

万里江天舟一叶,云山倒影波纹迭。得鱼沽酒醉复醒,秋叶春花任消歇。

夕阳西下月生东,几度归迎浦口风。身闲心懒多考终,不使儿孙愚臭铜。

白鸥浩荡鱼拨刺,一声欸乃天空阔。

春又匆匆人又忙,诗篇未有又何妨。惠连久不来春梦,依旧池塘草自芳。

一春常闭读书门,长被春工笑我贫。我笑春心无定处,怨红愁绿恼诗人。

几年年作送春吟,未似今春痛不禁。季弟有灵应有觉,柳花无义荡春心。

寡燕寻朋绕画楼,鳏鸠唤妇隔墙头。不知花落青春老,别有风流万种愁。

桑空春去熟吴蚕,结茧藏身死自甘。深笑世途声色好,污名失节不知惭。

迢迢路歧尘埃里,郁郁佳城草树中。白骨未能安下土,翠眉重画倚东风。

春正繁华成诀别,人当富足妄思量。若从春事求人事,都作槐安梦一场。

阳曹阴职两公明,抵死休同势利争。看取西园高下树,一宵风雨绿阴成。

我诗未必勤春神,诗价无多可送春。待得南枝重的皪,花前细说此时因。①

---

① 《全元诗》,第26册,第16—17页。

渔父曲　叶　颙

雨过暮云收，江空凉月出。轻蓑独钓翁，一曲秋风笛。宿鹭忽惊飞，点破烟波碧。①

屈原对渔父　王　恽

国既无人不我知，秋风泽畔一湘累。君臣大义明如镜，抵用渔翁辩啜醨。②

按，《乐府诗集·杂歌谣辞》有《渔父歌》，元人《渔父》《渔父词》《渔父叹》《渔父诗》《渔父曲》《屈原对渔父》，均当出于《渔父歌》，故亦属杂歌谣辞。

鸡鸣曲　胡　奎

晨鸡初鸣当夜半，少妇出房愁思乱。晨鸡再鸣月入帷，少妇出门郎马嘶。晨鸡三鸣月在道，道上马嘶声渐杳。马嘶渐杳鸡乱鸣，挑灯泣泪天未明。后夜闻鸡北窗下，梦里鸡声候郎马。一鸣六龙海波赤，再鸣旸谷东方白。三鸣阊阖参差开，紫云飞绕金银台。天街夜夜鸡鸣早，珂佩朝回霜满道。绮疏花影晏眠人，梦里鸡声不知晓。晨鸡初鸣月在堂，少妇挑灯开洞房。晨鸡再鸣月在树，门前马嘶郎欲去。城西月落鸡三鸣，出户不闻郎马声。马声已远鸡声静，回首不知郎远近。寄语晨鸡休浪啼，啼时愿郎归马嘶。③

---

① 《全元诗》，第 42 册，第 38 页。

② 《全元诗》，第 5 册，第 564 页。

③ 《全元诗》，第 48 册，第 114 页。

按,《乐府诗集·杂歌谣辞》有《鸡鸣曲》,胡奎此诗为同题拟作,当属杂歌谣辞。

秋风词 甘　泳

昨夜西风来,人间雨如海。山摇摇,秋洒洒。早起□□轮,老红竟何在,惟有残云漠漠弄凉态。千林万叶,淅沥作声,岂无绿色,奈何凋零。四时更变化,宋玉何为愁,直须痛饮千斛酒。亦不知有春,亦不知有秋,鸿蒙适我汗漫游。绝怜九辨大萧索,争与虫声起篱落。东溪子,今夕呼月当中天,看我大醉西风前。便令秋满八千岁,我醉依然月下眠。①

秋风词 徐天逸

秋风一舸归,晚泊芙蓉渚。折房遗所思,的的中心苦。②

滦水秋风词四首 柳　贯

西麻林鞍如割铁,东凉亭酒似流酥。福威玉食有操柄,世祖建邦天造图。

朔方窦宪留屯处,上郡蒙恬统治年。今日随龙看云气,八荒同宇正熙然。

朵楼清晓常祠罢,吾殿新秋曲宴回。御帛功由寒女出,分颁恩自九天来。

西风初吹白海水,落日正见黑山云。旃庐小泊成部

---

① 《全元诗》,第7册,第323页。

② 《全元诗》,第65册,第87页。

署，沙马野驼连数群。①

后滦水秋风词四首　柳　贯

碛中十里号五里，道上千车联万车。东贶西琛通朔漠，九州四海会同初。

界墙洼尾砂如雪，滦河嵛头风卷空。泰和未必全盛日，几驿云州避暑宫。

旋卷木皮斟醴酪，半笼羔帽敌风沙。丈夫射猎妇当御，水草肥甘行处家。

山邮纳客供次舍，土屋迎寒催墐藏。沙头摩姑一寸厚，雨过牛童提满筐。②

秋　风　黄镇成

秋风淅淅生庭柯，萧萧木落洞庭波。红树夕阳蝉噪急，白苹秋水雁来多。王孙不归怨芳草，山鬼欲啼牵女萝。蒹葭苍苍白露下，望美人兮将奈何。③

按，《乐府诗集·杂歌谣辞》有汉武帝《秋风辞》，元人《秋风词（辞）》为同题拟作，当属杂歌谣辞。元人《秋风》诸题，凡与汉武帝《秋风辞》题旨相同者，亦属杂歌谣辞。

乌孙公主歌　孙　蕡

咽咽复咽咽，羊车凤辇恩光绝。新新复新新，驼裘貂帽来相亲。昔为花月汉宫女，今作风沙胡地人。汉宫胡地何分别，人生过眼如一瞥。彩云易销月长缺，作底婵娟涕

①② 《全元诗》，第25册，第207页。

③ 《全元诗》，第35册，第83页。

如雪。且喜华夷罢战争，天南天北乐升平。一堆红粉垄头葬，百万儿郎边上生。汉宫剩有三千女，岂惮边庭有强虏。从此龙泉不用磨，只从天下选娇娥。银鞍白马金橐驼，琵琶弦索声相和。葡萄酒绿朱颜酡，婿家儿孙日日多。年年只报烽火息，莫问婵娟伤绮罗。[①]

按，《乐府诗集·杂歌谣辞》有《乌孙公主歌》，孙蕡此诗为同题拟作，当属杂歌谣辞。

骊驹歌　胡　奎

朝出北郭门，骊驹在路傍。路傍秋草短，江月白如霜。歌骊驹，唱吴歈。千里万里道，三年两年书。愿为金络随君马，愿为双轮逐君车。

河之水，清泱泱，津吏伐鼓声镗镗。主当渡河吏乃醉，女娟操舟赎父罪。持楫中流发棹歌，津吏酒醒女渡河。鸳鸯双飞可奈何。[②]

按，《乐府诗集·杂歌谣辞》有《乌孙公主歌》，胡奎此诗为同题拟作，当属杂歌谣辞。

广川王愁莫愁曲　张　宪

愁莫愁，死即休。铅灌口，刀灼眸，托灰煮尸剑击头。愁莫愁，永巷春深作系囚。愁莫愁，老妪哭。使者来，穷诏

---

① 《全元诗》，第63册，第251页。

② 《全元诗》，第48册，第129页。

狱。徙上庸，伏显戮，雪我无辜人十六。[1]

按，《乐府诗集·杂歌谣辞》有《广川王歌》，解题曰："《汉书》曰：'广川王去，缪王齐太子也。有幸姬王昭平、王地余，许以为后，后皆杀之。更立阳城昭信为后，幸姬陶望卿为修靡夫人，主缯帛，崔修成为明贞夫人，主永巷。昭信复谮望卿："疑有奸。"去以故不爱望卿。后与昭信等饮，诸婢皆侍，去为望卿作歌曰《背尊章》，使美人相和歌之。后昭信谮杀望卿，欲擅爱，曰："王使明贞夫人主诸姬，淫乱难禁。请闭诸姬舍门，无令出敖。"使其大婢为仆射，主永巷，尽封闭诸舍，上钥于后，非大置酒召，不得见。去怜之，为作歌曰《愁莫愁》，令昭信声鼓为节，以教诸姬歌之。'按《西京杂记》作广川王去疾。"[2]可知广川王所歌即《愁莫愁》曲。张宪此诗为同题拟作，当属杂歌谣辞。

黄鹄下太液池歌赠张詹丞子有 王　恽

君不见西京全盛时，黄鹄飞下太液池。雄声东来荡凫鹭，波涛千顷翻琉璃。菊裳肃肃金为衣，至今乐府留歌辞。只缘罕见称祥辉，较之世用将何为。张侯家住太液傍，宠眷久沐恩波光。金闺时彦推独步，大冠修剑明月珰。烟花鹤禁正萦绕，翩如彩凤鸣朝阳。张侯本是济时杰，游刃有余归以德。津津和气粹眉宇，皎皎冰壶湛胸臆。两都巡抚岁有常，守护无虞叹先识。临机益辨固余事，端本澄源更

---

① 《全元诗》，第 57 册，第 5 页。

② ［宋］郭茂倩编撰，聂世美、仓阳卿点校《乐府诗集》卷八四，上海古籍出版社，1998 年版，第 900 页。

超逸。覃覃詹府开两坊，春桂香浓露华湿。郑庄好客未足多，桃李公门半簪绂。况今六合枭鸾分，霜风静野恶木寂。太平有望公等事，为国荐贤时所急。颙颙士论问远期，它日明堂须柱石。昔闻黄鹄下太液，今睹池边威凤集。作歌自笑赠君侯，一片野心犹献炙。①

黄鹄歌　胡　奎

太液池水清涓涓，金衣菊裳下九天。建章宫中生紫烟，凤凰来仪羽翩翩，至德广被千万年。②

黄鹄行　胡　奎

东海有黄鹄，羽翼何翩翩。十里复五里，裴回上青天。青天高无极，下视周八埏。朝依玄圃树，夕饮瑶池泉。凤凰以为匹，啄食保长年。③

按，《乐府诗集》清商曲辞有《黄鹄曲》，杂歌谣辞有《黄鹄歌》，前者以黄鹄早寡七年不双比陶女守节不嫁，后者歌黄鹄下太液池事。元人所作与此二曲相关者有《黄鹄歌》《黄鹄曲》《黄鹄行》《黄鹄谣》多首，以《乐府诗集》所收二曲揆之，其题名与题旨多有交错，故本文收录综核题名与题旨定其归属。据此，以上数首当属杂歌谣辞。

五噫歌　谢应芳

大明何为而翳兮，噫！大凶胡为而裂兮，噫！触邪之

① 《全元诗》，第5册，第161—162页。

② 《全元诗》，第48册，第129页。

③ 《全元诗》，第48册，第72页。

麕角胡折兮,噫!祥麟在郊足亦刖兮,噫!天乎遗黎,岂至是而底灭兮,噫![1]

五噫歌梁鸿 胡 奎

瞻彼洛京兮,噫!宫阙连城兮,噫!非我故乡兮,噫!鹿车辚辚兮,噫!归全其身兮,噫![2]

按,《乐府诗集·杂歌谣辞》有《五噫歌》,以上二诗均为同题拟作,属杂歌谣辞。明王昌会《诗话类编》曰:“诗体有曰‘歌’者,其体近古,如古《五子之歌》《长恨歌》《五噫歌》。”[3]

廉叔度歌

成都太守廉叔度,三年守城人案堵。桑叶阴阴歌满路,不歌一襦歌五袴。[4]

按,《乐府诗集·杂歌谣辞》有《廉叔度歌》,胡奎此诗为同题拟作,属杂歌谣辞。

范史云歌

三日不食釜生鱼,五日不食甑生尘。丈夫未遇甘贱贫,呜呼岂无人间范史云。[5]

---

① 《全元诗》,第38册,第33页。

② 《全元诗》,第43册,第128—129页。

③ [明]王昌会《诗话类编》卷一,四库存目丛书,集部第419册,齐鲁书社,1997年版,第12页。

④⑤ 《全元诗》,第48册,第128页。

按,《乐府诗集·杂歌谣辞》有《范史云歌》,胡奎此诗为同题拟作,属杂歌谣辞。

吴人歌

江悠悠,挽使舟。吴人歌,歌邓侯。江水东流去不返,邓侯邓侯舟莫挽。[①]

按,《乐府诗集·杂歌谣辞》有《吴人歌》,胡奎此诗为同题拟作,属杂歌谣辞。

并州歌送张彦洪使毕还河东

吾乡故人零落尽,见子老成殊慰心。祥金百炼乃利器,桐尾半焦方赏音。河东臬府幕下士,飞传来作朝正使。太和岭上盗已空,旗旌尽是官军红。杀人如麻道路绝,朝狐暮枭竞巢穴。严风欻起霜倒飞,塞日黯淡寒无辉。子来未几遽言归,使我东望泪沾衣。岂不闻并州少年游侠子,手携玉龙最轻死。并州将军刘越石,夜半登临长啸起。汾河直来绕郡城,雁门离石寒峥嵘。老旻四叶弹丸地,大梁全师劳再征。一朝征贼辄破碎,大将不诛天失刑。为子作歌歌愤激,眼中太行如动色。安得壮士射乌弓,为落搀抢连太白。[②]

按,《乐府诗集·杂歌谣辞》有《并州歌》,张翥此诗当为同题拟作,属杂歌谣辞。明张存绅《增定雅俗稽言》曰:"唐天宝间,乐

---

① 《全元诗》,第48册,第128页。

② 《全元诗》,第34册,第49页。

曲多以边地为名,若《小梁州》《梁州序》《并州歌》《伊州》之类,曲遍声繁,名为入破。”①

襄阳童儿歌 胡　奎

高阳池水绿如苔,日日襄阳太守来。倒着接䍦扶上马,日斜乘醉看花回。②

襄阳童儿歌 胡　奎

朝出襄阳城,花间识马声。春风夜来雨,池上縠纹生。

倒着接䍦归,马嘶城下路。太守醉不醒,儿童歌日暮。③

襄阳小儿歌 胡　奎

朝出习家池,山公倒接䍦。归时太守醉,笑杀襄阳儿。

朝看襄阳花,夕饮襄阳酒。马上倒载归,小儿齐拍手。④

按,《乐府诗集·杂歌谣辞》有《襄阳童儿歌》,以上胡奎《襄阳童儿歌》当为同题拟作,属杂歌谣辞。《襄阳小儿歌》当出于此,亦属此类。

襄阳歌 胡　奎

襄阳太守白接䍦,襄阳儿唱白铜鞮。今朝载酒向何

---

① ［明］张存绅《增定雅俗稽言》卷一四,四库存目丛书,子部第97册,齐鲁书社,1995年版,第240页。

② 《全元诗》,第48册,第307页。

③ 《全元诗》,第48册,第366页。

④ 《全元诗》,第48册,第356页。

处，言往习家池上去。醉春日，歌春风。马上归，花正红。[1]

按，《乐府诗集·杂歌谣辞》有《襄阳歌》，胡奎此诗为同题拟作，属杂歌谣辞。

苏小小歌 辛文房

东流水底西飞鱼，衔得钱塘纹锦书。几回错认青骢马，着处闲乘油壁车。鹦鹉杯残春树暗，蒲萄衾冷夜窗虚。莲子种成南北岸，苦心相望欲何如。[2]

按，《乐府诗集·杂歌谣辞》有《苏小小歌》，辛文房此诗为同题拟作，属杂歌谣辞。宋吴自牧《梦粱录》曰："苏小小墓，在西湖上，有诗题云'湖堤步游客'之句，此即题苏氏之墓也。"[3]宋鲁应龙《闲窗括异志》曰："嘉兴县西南六十步，《地志》云晋歌妓苏小小墓。今有片石在道畔厅，曰：苏小小墓。徐凝《寒食诗》云：'嘉兴郭里逢寒食，落日家家拜扫归。只有县前苏小小，无人送与纸钱灰。'"[4]宋吴曾《能改斋漫录》曰："刘次庄《乐府解题》曰：'钱塘苏小小歌。苏小小，非唐人。世见乐天、梦得诗多称咏，遂谓与之同时耳。'次庄虽知苏小小非唐人，而无所

---

① 《全元诗》，第48册，第127—128页。

② 《全元诗》，第27册，第121页。

③ ［宋］吴自牧《梦粱录》卷十五，古典文学出版社，1956年版，第261页。

④ ［宋］鲁应龙《闲窗括异志》，续修四库全书，第1264册，上海古籍出版社，2002年版，第638页。

据。予按，郭茂倩所编引《广韵》曰：‘苏小小，钱塘名倡也，盖南齐时人。’西陵在钱塘江之西，故古辞云：‘何处结同心，西陵松柏下。’”①元陶宗仪《南村辍耕录》曰：“苏小小，见诸古今吟咏者多矣。而世又图写以玩之，一何动人也如此哉！《春渚纪闻》云：‘司马才仲初在洛下，昼寝，梦一美姝，牵帷而歌曰：‘妾本钱唐江上住，花开花落、不管流年度。燕子衔将春色去，纱窗几阵黄梅雨。’才仲爱其词，因询曲名，云是黄金缕。且曰：‘后日相见于钱唐江上。’及才仲以东坡先生荐，应制举中等，遂为钱唐幕官。其廨舍后堂，苏小墓在焉。时秦少章为钱唐尉、为续其词后云：‘斜插犀梳云半吐，檀板轻敲、唱彻《黄金缕》，梦断采云无觅处，夜凉明月生春浦。’不逾年而才仲得疾，所乘画水舆，絮泊河塘。柁工遽见才仲携一丽人登舟，即前声喏，而火起舟尾。苍忙走报。家已恸哭矣。’《能改斋漫录》云：‘刘次庄《乐府解题》曰：《钱唐苏小小歌》。苏小小非唐人，世见乐天梦得诗多称咏，遂谓与之同时耳。’次庄虽知苏小小非唐人，而无所据。余按郭茂倩所编引《广题》曰：苏小小，钱唐名娼也，盖南齐时人，西陵在钱唐江之西，故古辞云：‘何处结同心，西陵松析下。’余尝记《虞美人》长短句云：‘槐阴别院宜清昼，入坐春风秀。美人图子阿谁留，都是宣和名笔内家收。莺莺燕燕分飞后，粉淡梨花瘦。只除苏小不风流，斜插一枝萱草凤钗头。’亦蕴藉可喜，乃元遗山先生所作也。”②明郎瑛《郎瑛词话》“苏小小考”条曰：“苏小小有二人，皆钱塘名娼。一南齐人，郭茂

① ［宋］吴曾《能改斋漫录》卷一，上海古籍出版社，1979 年版，第 9 页。

② 《南村辍耕录》卷十七，第 209 页。

倩所编《乐府解题》下已注明矣，故古辞有《苏小小歌》，及白乐天、刘梦得诗称之者。《春渚纪闻》所载司马才仲事，并是南齐之苏小小也。一是宋人，乃见于《武林纪事》，其书无刻板，其事隐微，今录以明之。苏小小，钱塘名娼也，容色俊丽，颇工诗词，其姊名盼奴，与太学生赵不敏相与甚洽，款遇二年。不敏日益贫，盼奴周给之，使笃于业，遂栖南省，得官授襄阳府司户，盼奴未能落籍，不能偕行。不敏赴官三载，想念成疾而卒。有禄俸余资，嘱其弟赵院判分作二分，一以与弟，一命送盼奴。为言盼奴有妹小小，俊秀善吟，可谋致之，佳偶也。院判如言，至钱塘，有宗人为钱塘倅，托召盼奴领其物。倅为召之，有苍头至云：'盼奴于一月前已抱疾殁，小小亦为于潜县官绢事系厅监。'倅遂呼小小出，诘之曰：'於潜官绢，汝诱商人一百匹，何以偿之？'小小回复：'此亡姊盼奴之事，乞赐周旋，非惟小小感生成之恩，盼奴在泉下亦不忘也。'倅喜其言语婉顺，因问：'汝识襄阳赵司户耶？'小小曰：'赵司户未仕之日，姊盼奴周给后中科授官去久，盼奴想念，因是致疾不起而卒。'倅曰：'赵司户亦谢世矣，遣人附一缄及余物一罨外，有伊弟院判一缄付尔开之。'小小自谓不识院判何人，乃拆书，惟一诗曰：'昔时名妓镇东吴，不恋黄金只好书。借问钱塘苏小小，风流还似大苏无。'小小默然。倅令和之，辞不能，倅强之，责以官绢罪名，不得已和云：'君住襄江妾住吴，无情人寄有情书。当年若也来相访，还有於潜绢事无？'倅大喜，尽以所寄与之，力为作主，命小小归院判，与偕老焉。据此，曰太学、曰钱塘，诗曰'还似大苏无'，则可知矣。又有元遗山所作《虞美人》长短句云：'槐阴别院宜清昼，人坐春风秀。美人图子阿谁留，都是宣和名笔内家收。莺莺燕燕分飞后，粉淡梨花瘦。只除苏小不风流，斜插一枝萱草风钗头。’此词既说莺莺燕燕之后，此盖是赵司户小小也，今人止知是苏小小，不知是何时人。《辍耕》既备载数事，辩以为南齐人矣，又不知有宋苏小小，故覆载《虞美人》之词也。一本‘小小’又作‘小娟’，盖抄之者之误，殊不观所寄之诗，若是‘小娟’，则音拗矣，何不另换一句？况又有《虞美人》之词可证。《春渚纪闻》又载小小之墓在钱塘县廨舍之后，盖县原在钱塘门边，去湖上西陵桥不远。故古辞有‘何处结同心，西陵松树下’之句。此则南齐小小之墓，必在西湖上西陵桥，故油壁车之事俱在湖上，若以托才仲之梦有‘妾本钱塘江上住’之句，即云在江计，差矣。元人张光弼有《苏小小兑》诗云：‘香骨沉埋县治前，西陵魂梦隔风烟。好花好月年年在，潮落潮生更可怜。’注：‘坟在嘉兴县前，今为民家所占。’既曰县治，又曰西陵，亦不知，而浑言此必宋小小坟耳，何也？赵不敏乃吴人，安知不住嘉兴？院判既取小小，而终老可知矣，此特光弼不知有二而差言。予既办（当作辨，下同）其人，复办其墓，以正《辍耕》之不足。”[①]《南村辍耕录》“近世所谓大曲”条所载曲名亦有《苏小小》。[②]

白日歌 胡　奎

烛龙烛龙尔何速，三绳莫系乌三足。鲁阳之戈徒尔为，安得长挂榑桑枝。

东榑桑，西若木，中有赤龙口衔烛。东驰西走无停毂，

① 《明词话全编》，第1册，第608页。

② 《南村辍耕录》卷二七，第336页。

人生何为苦不足。[①]

按,《乐府诗集·杂歌谣辞》有《白日歌》,胡奎此诗为同题拟作,属杂歌谣辞。

云 歌 胡 奎

五色承朝日,晖晖黼黻衣。朝随黄鹤去,暮逐玉龙飞。欲知栖息处,长是恋金扉。[②]

按,《乐府诗集·杂歌谣辞》有《云歌》,胡奎此诗为同题拟作,属杂歌谣辞。

敕勒歌 胡 布

敕勒川,环阴山。毡作穹庐,觞酒弦弹。牛羊万计各有群,动有礼节情逾真。土风浑庞,德泽熙淳。视民如己,一体归同仁。地偏西北庶类般,中国圣域何能驯。[③]

按,《乐府诗集·杂歌谣辞》有《敕勒歌》,胡布此诗为同题拟作,属杂歌谣辞。宋王灼《碧鸡漫志》曰:"高欢玉壁之役,士卒死者七万人,惭愤发疾,归使斛律金作《敕勒歌》。其辞略曰:'山苍苍。天茫茫。风吹草低见牛羊。'欢自和之,哀感流涕。金不知书,能发挥自然之妙如此,当时徐、庾辈不能也。吾谓西

---

① 《全元诗》,第48册,第126—127页。

② 《全元诗》,第48册,第126页。

③ 《全元诗》,第50册,第431页。

汉后，独《敕勒歌》暨韩退之十《琴操》近古。”[①]宋洪迈《容斋随笔》曰：“鲁直《题阳关图》诗云：‘想得阳关更西路，北风低草见牛羊。’又集中有《书韦深道诸帖》云：‘斛律明月，胡儿也，不以文章显。老胡以重兵困敕勒川，召明月作歌以排闷。仓卒之间，语奇壮如此，盖率意道事实耳。’予案《古乐府》有《敕勒歌》，以为齐高欢攻周玉壁而败，恚愤疾发，使斛律金唱《敕勒》，欢自和之。其歌本鲜卑语，词曰：‘敕勒川，阴山下，天似穹庐，笼罩四野。天苍苍，野茫茫，风吹草低见牛羊。’鲁直所题及诗中所用，盖此也。但误以斛律金为明月，明月名光，金之子也。欢败于玉壁，亦非困于敕勒川。”[②]清吴骞《拜经楼诗话》：“古乐府《敕勒歌》，《乐府广题》云：‘北齐神武攻周玉壁，士卒多死。神武恚甚，勉引诸贵，使斛律金唱此歌，神武自和之。’予按：史言金不知文字，改名曰金，犹苦难署，至以屋山为识。则金焉能为此歌？故梅鼎祚疑古有此歌，神武当时或令金唱之，以安众心耳。沈归愚选《古诗源》，直以为斛律金作，虽仍《碧鸡漫志》等之伪；而引《北史》云云，《北史》实无是语也。”[③]

摘瓜词 杨维桢

黄台八瓜熟，瓜熟飏绵绵。惟有大瓜好，狐来瓜已穿。[④]

---

① [宋]王灼撰，岳珍校正《碧鸡漫志校正》卷一，巴蜀书社，2000年版，第8页。

② [宋]洪迈《容斋随笔》卷一，上海古籍出版社，1978年版，第5页。

③ [清]吴骞《拜经楼诗话》卷二，见丁福保《清诗话》，上海古籍出版社，1978年版，第745页。

④ 《全元诗》，第39册，第70页。

按,《乐府诗集·杂歌谣辞》有《黄台瓜辞》,杨维桢《摘瓜词》或出于此。又,此题见录于杨维桢《铁崖古乐府》及《复古诗集》,后者置此诗于"乐府"类,故属杂歌谣辞。

半古歌 王 逢

乌泾妇女攻纺绩,木绵布经三百尺。一身主宰心窝低,十口勤劳指头直。迩来锥刀事苛刻,直处难行低不得。狐狼枭獍躬践迹,舜典皋谟供戏剧。君不见王伯夷狄禽兽主,腐儒作歌歌半古。[①]

按,《乐府诗集·杂歌谣辞》有《古歌》,王逢《半古歌》或出于此,故亦属杂歌谣辞。

白云谣 胡 奎

白云英英在昆丘,人间白日如水流。穆王八骏去不返,碧桃花落三千秋。茂陵刘郎不知死,阿母曾分七桃子。露华夜半泣铜仙,白云英英空在天。[②]

白云谣 胡 布

昔觞瑶池,八骏躨躨。惟皇寿谷,以冀后来。思予东归,和洽群黎。去不复野,山川俨而。驽骀雄雄,御策天飞。八骏云逝,顾所望非。[③]

---

① 《全元诗》,第59册,第398页。

② 《全元诗》,第48册,第143—144页。

③ 《全元诗》,第50册,第514页。

按,《乐府诗集·杂歌谣辞》有《白云谣》,以上二首为同题拟作,故亦属杂歌谣辞。清王士祯等《师友诗传录》曰:“乐府之体,与古歌谣仿佛。必具有悬解,另有风神,无蹊径之可寻,方入其室;若但寻章摘句,摹拟形似,终落第二义。如《穆天子传》之《白云谣》,《湘中记》之‘帆随湘转’,《古乐府》之‘独漉独漉,水清泥浊’之类,神妙天然,全无刻画,始可以称乐府。魏、晋拟作,已非其长,至唐益远矣。夏虫语冰,殊觉妄诞,乞指示之。”①

城中谣 胡 奎

螺髻高一尺,蛾眉广半额。王言出如丝,涣汗收不得。②

按,《乐府诗集·杂歌谣辞》有《城中谣》,胡奎此诗为同题拟作,故属杂歌谣辞。

独酌谣 张 翥

有酒且一醉,有歌且一谣。杯尽当再沽,瑟罢须重调。生足意自适,身荣心苦焦。所以黎首人,多在于渔樵。一谣仍一酌,且复永今朝。明朝未可料,况乃百岁遥。所愿花长开,美酒长满瓢。静疑太古调,散觉神理超。近识南

① [清]王士祯等《师友诗传录》,见丁福保《清诗话》,上海古籍出版社,1978年版,第127页。

② 《全元诗》,第48册,第144页。

郭叟，得酒时见招。尽醉即高卧，谁能慕松乔。①

独酌谣 杨维桢

我约月槎客，去向月宫游。试辨月中物，山河之倒影，大树之阎浮。羿妻不死到今几甲子，山夷海突还纪宫中筹。吾闻九州之外更九州，君房曼倩不能周。岂无汤桀与轩尤，迭蛮迭触寻戈矛，久安长治安得万岁而千秋。君不见沙丘鲍，乌江猴，白门兔，荆州牛。锦棚老羯金床小，蠕邗沟，又筑汪芒丘。泪亦不能为之堕，心亦胡能生许愁。采石袍，赤壁舟。古人不与今月在，古月还为今人留。呼酒重登黄鹤楼。②

独酌谣 马 麐

独酌谣，独酌当中宵。中宵万籁寂，独酌兴歌谣。玉露下金井，银河流素涛。一酌再酌神思超，安得十洲仙人共倾倒，驾风鞭霆历览八极同游遨。鲁戈莫麾斥，羲车莫招摇。便当瓮头醉，笑解黄金貂。君不见车轮马足长安道，鸡鸣五更天未晓。又不见北邙风雨迹如扫，石驼断碣眠秋草。天飙泠泠吹我襟，独酌独酌慰我心。流光去人那复得，洗盏自歌还自吟。③

独酌谣 袁 华

独酌一壶酒，独酌乐天真。又何须撞钟击鼓，秦讴赵舞，列鼎坐重茵。天地作蘧庐，日月为户牖，阴阳作朋，造化为友。不愿白玉县腰间，不愿黄金系肘后。但愿年丰四

① 《全元诗》，第 34 册，第 2 页。

② 《全元诗》，第 39 册，第 110 页。

③ 《全元诗》，第 50 册，第 67 页。

海清，日月沉醉无何有。独酌有真趣，可惜少知音。清风明月蛙鼓吹，仰天浮白鸣呜吟。独酌诚可乐，抚事愁弥深。长歌拔剑舞浑脱，壮气激越秋阴阴。君不见东家积钱与斗齐，美人如花白玉题。一朝祸起口仰药，红颜散作他人妻，悔不日日独酌三千卮。又不见王敦不饮恺杀婢，安石固辞司马醉。万古垂名在简编，酒边已蓄奸邪意。①

按，《乐府诗集·杂歌谣辞》有《独酌谣》，以上《独酌谣》为同题拟作，故属杂歌谣辞。袁华《独酌谣》诗序曰："晋王敦、宋王安石不饮，人以奸邪目之。淮海秦约作《独酌谣》，邀予同赋，故及之。"《全元诗》按语曰："《草堂雅集》（十八卷本）卷十五只录出本诗，无序文。诗多异文，重录于下：'独酌一壶酒，独酌乐天真。又何须撞钟击鼓列鼎坐重茵，又何必秦讴赵舞翠袖映朱唇。天地作蘧庐，日月为户牖。阴阳作朋，造化为友。不愿白玉悬腰间，不愿黄金系肘后。但愿年丰五谷登，日酌美酒一千斗。独酌有真乐，但惜无知音。池蛙解奏鼓吹乐，山鸟能歌快活吟。既不负公家租，又不负私家金。仰天呜呜两眼白，感时抚事愁弥深。长歌拔剑舞浑脱，壮气激越秋阴阴。独酌之乐莫遣他人知，他人不解翻见嗤。酒酣慷慨肝胆露，肝胆洁白无瑕疵。君不见东家积钱与斗齐，美人如华白玉题。一朝祸起口仰药，红颜散作他人妻。悔不日日独酌三千卮。又不见王敦不饮恺杀婢，舒王固辞司马醉。千古垂名在汗青，酒边已露奸邪意。'"

---

① 《全元诗》，第57册，第271—272页。

二　见于元之正史笔记及其他史料，以“歌”“谣”名且有本事者

元代又有一些见载于当时正史笔记及其他史料，且以“歌”“谣”命名的杂歌谣辞，这类歌、谣数量较多，本文只录本事可考者。

雷州民为乌古孙泽歌

舄卤为田兮，孙父之教。渠之泱泱兮，长我粳稻。自今有年兮，无旱无涝。

《元史·乌古孙泽传》载其本事曰：“（至元）二十九年，湖广平章政事阔里吉思荐泽才堪将帅，以行省员外郎从征海南黎。黎人平，军还，上功，授广南西道宣慰副使。……海北元帅薛赤干赃利事觉，行省檄泽验治。泽驰至雷州，尽发其奸赃，纵所掠男女四百八十二口、牛数千头，金银器物称是，海北之民欣忭相庆。御史台言：‘乌古孙泽奉使知大体，如汲长孺；为将计万全，如赵充国。可属大任。’诏擢为海北海南廉访使。……雷州地近海，潮汐啮其东南，陂塘碱，农病焉。而西北广衍平衺，宜为陂塘，泽行视城阴，曰：‘三溪徒走海，而不以灌溉，此史起所以薄西门豹也。’乃教民浚故湖，筑大堤，堨三溪潴之，为斗门七，堤堨六，以制其赢耗；酾为渠二十有四，以达其注输。渠皆支别为闸，设守视者，时其启闭，计得良田数千顷，濒海广舄

并为膏土。民歌之云云。”①

骆妃为元武宗歌

五华兮如织，照临兮一色。丽正兮中域，同乐兮万国。

元陶宗仪《元氏掖庭记》载其本事曰:“己酉仲秋之夜，武宗与诸嫔妃泛月于禁苑太液池中。月色射波，池光映天。绿荷含香，芳藻吐秀。游鱼浮鸟，竞戏群集。于是画鹢中流，莲舟夹持。舟上各设女军，居左者，冠赤羽冠，服斑文甲，建凤尾旗，执泥金画戟，号曰‘凤队’。居右者。冠漆朱帽，衣雪氅裘，建鹤翼旗，执沥粉雕戈，号曰‘鹤团’。又彩帛结成采菱采莲之舟，轻快便捷，往来如飞。当其月丽中天，彩云四合，帝乃开宴张乐，荐蛸翅之脯，进秋风之鲙，酌玄霜之酒，啖华月之糕。令宫女披罗曳縠，前为八展舞，歌《贺新凉》一曲。帝喜谓妃嫔曰：‘昔西王母宴穆天子于瑶池，人以为古今莫有此乐也。朕今与卿等际此月圆，共此佳会，液池之乐，不减瑶池也。惜无上元夫人在坐，不得闻步玄之声耳。’有骆妃者，素号能歌，趋出为帝舞《月照临》而歌云云。歌毕，帝悦其以月喻己，赐八宝盘玳瑁盏，诸妃各起贺。”②

---

① ［明］宋濂等《元史》卷一六三，中华书局，1976 年版，第 3834—3835 页。

② ［元］陶宗仪《元氏掖庭记》，见［清］虫天子《香艳丛书》三集卷二，第 2 册，上海书店出版社，2014 年版，第 107 页。

江西福建民为散散王士宏歌三则

九重丹语颁恩至，万两黄金奉使回。

奉使来时，惊天动地；奉使去时，乌天黑地。官吏都欢天喜地，百姓却啼天哭天。

官吏黑漆皮灯笼，奉使来时添一重。

元陶宗仪《南村辍耕录》载其本事曰："至正乙酉冬，朝廷遣官奉使宣抚诸道，问民疾夺，然而政绩昭著者十不二三。明年秋，江右儒人黄如征邀驾上书，指数散散王士宏等罪状，且及国家利害。斧钺在前，有所不避。古之所谓豪杰之士，如征其人者与？天子亲览其书，喜见于色。又虞如征必为权豪所中，顾近臣馆谷以俟。越数日，特授江西等处儒学提举。搬侍卫护送出都。如征感上德意，受命而不领职，天下共贤之。散散王士宏等虽免谴责，终以不显死。其书略曰："江西布衣书生黄如征百拜上书皇帝陛下：'如征忝生僻土，遭遇明时，用竭愚衷，冒干天听，伏望采览万一焉。夫皇朝版图之广，历古所无。法制之良，万世莫易。而水旱灾变，连年不息者，实由官皆竽滥，民悉怨咨之所致也，钦惟陛下、忧民之心，日夕孜孜，遂于去年冬，分遣大臣奉使宣抚诸道，正欲其察政事之臧否，问生民之疾苦，礼贤德，振贫乏，信冤抑，起淹滞，俾所至之处如陛下亲临焉。苟能宣布圣泽，各尽职，则雍熙泰和之治，正在今日。然江西福建一道，地处蛮方，去京师万里外。传闻奉使之来，皆若大旱之望云霓，赤子之仰慈母。而散散王士宏等，不体圣天子抚绥元元之意，鹰扬虎噬，雷厉风飞，声色以淫吾中，贿赂以缄吾口，上下交征，公私□剥，赃吏贪婪而不问，良民涂炭而罔知。闾阎失望，田里寒心，乃歌云云。又歌云云。又歌云云。如此怨谣，未能枚举，皆百姓不平之气郁结于怀而发诸声者然也。此盖庙堂遴选非人，使生民感陛下忧恤之虚恩，受奉使掊剋之实祸。陛下于此而不察，将何以取法于后世哉？如征，无官守，无言责，所以不惮江河之险，不畏斧钺之诛而诣阙以陈其事者，正恐散散王士宏等回觐之日，各饰巧言。妄称官清民泰，欺诈百端，昏蔽主听。陛下不悟，为奸邪所卖，擢任省台，恣行威福，流毒四海，则江西福建一道之痛苦，与天下共之。以此而望阴阳和、风雨时、年岁登、边隅静，不亦难乎？倘陛下不弃刍荛之言，委官察其实迹，责以欺天罔民之罪，投诸遐荒，雪江西福建一道之痛苦，以为百官劝，则天下幸甚。万世幸甚，如陛下以为诽谤大臣，置而不问，非惟今日祸起萧墙，抑且天下万世之不幸矣。如征鄙语俗言，不知避讳，触犯清跸，罪在不赦，请伏锧以俟命。”①

谷城民为王丰歌

天厚谷城生王公，为宰三月恩泽通。室如悬磬今击钟。

元伊世珍《琅嬛记》引《贾氏说林》载其本事曰：“王丰为谷城令，治民有法，民多暴富。歌之云云。丰印一日堕地，损其鼻钮，明日视之，则覆斗也。丰异之，问功曹张齐，齐对曰：‘自昔君印多用覆斗，以臣料之，君当封乎？’后果封中山君。”②

① 《南村辍耕录》卷十九，第229页。

② ［元］伊世珍《琅嬛记》卷上，四库全书存目丛书，齐鲁书社，1995年版，子部第120册，第54页。

王泳消摇歌

蚕何物兮，茧是室兮。吾其愿毕兮，抑亦二三子之力兮。

元王逢《王处士袖四六启谢制寿藏序铭因出示静习稿为题绝句序铭后附》载其本事曰："处士上海人，名泳，字季深，姓王氏。宋进士，日辉之曾孙，元故镇江儒学教授，迁衡山主簿镛之子也。性爱易，自号静习。或问静何习？辄对曰：'习不由静，未会学也。'先是衡山君卒，遗命以庶弟奉其生母。处士悉畀旧田宅，而所居地仅数弓，庐十尺，冬夏一裘葛，日蔬饭，晏如也。配沈丹徒尹烈孙女，生一女，适邑儒吴荣。一子上殇。门生刘缜，冠履昆季，为置龙华之原，营寿藏，处士角巾藜杖，消摇青松间。而歌云云。歌阕长啸而返。谓沈曰：'吾死，贫无以敛。特汝得为黔娄妻，不既贤乎。'沈曰：'妾老，尚绩图夫子暖老计，妾不愿贤如黔娄之妻也。'闻者多之，至是请予寿藏铭，予以高朗令终，处士其庶几哉！铭曰：'生斯游，死斯藏。古贤达是方，虽晦也孔光。'"[①]按，诗题为笔者所加。

陈履信讽邻歌

食且无鱼，奈何盘蔬无余。

元王逢《赠陈履信思有后序》曰："思，松人，不苟殉俗，雅志古道。有田仅供饘粥，遇族里贫甚者辄分食之。敝庐数楹，日授

① ［元］王逢《梧溪集》卷四，影印文渊阁四库全书，台湾商务印书馆，1986 年版，第 1218 册，第 738 页。

徒其下。邻人侵傍地，自歌云云。邻闻之，归其侵地。”①

时人为赵贞妇歌

四月三日兵挠湖，妇女多被辱与驱，殉节伊谁天水姝。

元王逢《赠陆贞妇赵氏有序》载其本事曰：“氏为安吉幕长泽之孙女，而鄞处士陆焘之妻也。至正间，两浙多虞，焘辞海宁主塾，与赵隐居松之瓢湖。丁未夏四月，海隅有警，既兵猝至，夫妇仓皇赴舟。未远，同难者争舍舟陆窜。焘登岸，复将携赵以行，而兵逼之，伤刃者三，遂仆深淖，赵遂自投于渊。时有歌之者云云。”②

怨歌谣

九重丹语颁恩至，万两黄金奉使回。

奉使来时惊天动地，奉使去时乌天黑地。官吏都欢天喜地，百姓却啼天哭天。

官吏黑漆皮灯笼，奉使来时添一重。

元陶宗仪《南村辍耕录》载其本事曰：“至正乙酉冬，朝廷遣官奉使宣抚诸道，问民疾夺，然而政绩昭著者十不二三。明年秋，江右儒人黄如征邀驾上书，指数散散、王士宏等罪状，且及国家利害。斧钺在前，有所不避。古之所谓豪杰之士，如征其人者与？天子亲览其书，喜见于色。又虞如征必为权豪所中，顾近

---

① 《梧溪集》卷五，第775页。

② 《梧溪集》卷六，第802页。

臣馆谷以俟。越数日,特授江西等处儒学提举。搬侍卫护送出都。如征感上德意,受命而不领职,天下共贤之。散散、王士宏等虽免谴责,终以不显死。其书略曰:'江西布衣书生黄如征、百拜上书皇帝陛下:如征忝生僻土,遭遇明时,用竭愚衷,冒干天听,伏望采览万一焉。夫皇朝版图之广,历古所无。法制之良,万世莫易。而水旱灾变,连年不息者,实由官皆竽滥,民悉怨咨之所致也,钦惟陛下、忧民之心,日夕孜孜,遂于去年冬,分遣大臣奉使宣抚诸道,正欲其察政事之臧否,问生民之疾苦,礼贤德,振贫乏,信冤抑,起淹滞,俾所至之处如陛下亲临焉。苟能宣布圣泽,各尽职,则雍熙泰和之治,正在今日。然江西福建一道,地处蛮方,去京师万里外。传闻奉使之来,皆若大旱之望云霓,赤子之仰慈母。而散散王士宏等,不体圣天子抚绥元元之意,鹰扬虎噬,雷厉风飞,声色以淫吾中,贿赂以缄吾口,上下交征,公私朘剥,赃吏贪婪而不问,良民涂炭而罔知。闾阎失望,田里寒心,乃歌曰:"九重丹语颁恩至,万两黄金奉使回。"又歌曰:"奉使来时惊天动地,奉使去时乌天黑地。官吏都欢天喜地,百姓却啼天哭天。"又歌曰:"官吏黑漆皮灯笼,奉使来时添一重。"如此怨谣,未能枚举,皆百姓不平之气郁结于怀而发诸声者然也。此盖庙堂遴选非人,使生民感陛下忧恤之虚恩,受奉使掊剥之实祸。陛下于此而不察,将何以取法于后世哉?如征、无官守,无言责,所以不惮江河之险,不畏斧钺之诛而诣阙以陈其事者,正恐散散王士宏等、回觐之日,各饰巧言。妄称官清民泰,欺诈百端,昏蔽主听。陛下不悟,为奸邪所卖,擢任省台,恣行威福,流毒四海,则江西福建一道之痛苦,与天下共之。以此而望阴阳和、风雨时、年岁登、边隅静,不亦难乎?倘陛下不弃刍荛之言,委官察其实迹,责以欺天罔民之罪,投诸遐荒,雪江西福建一道之痛苦,以为百官劝,则天下幸甚。万世幸甚,如陛下以为诽谤大臣,置而不问,非惟今日祸起萧墙,抑且天下万世之不幸矣。如征鄙语俗言,不知避讳,触犯清跸,罪在不赦,请伏锧以俟命。'"①按,《全元诗》据《南村辍耕录》录"奉使来时惊天动地,奉使去时乌天黑地。官吏都欢天喜地,百姓却啼天哭天"一首,归于黄如征名下,题作《怨歌谣》,本文从之。本文又据《南村辍耕录》补录四句。

金末庚午岁童谣

摇摇罟罟,至河南,拜阙氏。

《元史·郭宝玉传》载其本事曰:"郭宝玉字玉臣,华州郑县人,唐中书令子仪之裔也。通天文、兵法,善骑射。金末,封汾阳郡公,兼猛安,引军屯定州。岁庚午,童谣云云。既而太白经天,宝玉叹曰:'北军南,汴梁即降,天改姓矣。'金人以独吉思忠、仆散揆行中书省,领兵筑乌沙堡,会太师木华黎军忽至,败其兵三十余万,思忠等走,宝玉举军降。"②

至元十六年彰德路民谣

苇生成旗,民皆流离;苇生成枪,杀伐遭殃。

《元史·五行志》载其本事曰:"至正十一年十月,衢州东北雨米如黍。十一月,建宁浦城县雨黑子如稗实;邵武大雨震电,雨

---

① 《南村辍耕录》卷十九,第229—230页。

② 《元史》卷一四九,第3520—3521页。

黑黍如芦穄；信州雨黑黍；鄱阳县雨菽豆。郡邑多有，民皆取而食之。十六年六月，彰德路苇叶顺次倚迭而生，自编成若旗帜，上尖叶聚粘如枪，民谣云云云。又有黍自生成文，红秸黑字，其上节云‘天下太平’，其下节云‘天下刀兵’。”①

至元十六年彰德路民谣

李生黄瓜，民皆无家。

《元史·五行志》载其本事曰：“至正三年夏，上都、大都桑果叶，皆有黄色龙文。九年秋，奉元桃杏实。十二年五月，汴梁祥符县椿树结实如木瓜。十六年七月，彰德李树结实如小黄瓜。民谣云云。”②

元延祐中太仓民谣二则

打碗花子开，今搬州县来。

黄狼屋上走，州来住不久。

元高德基《平江记事》载其本事曰：“昆山州，国初县也，元贞初升为州，州治去府城七十二里。延祐中移治太仓。未移之先，太仓江口，打碗花子遍地盛开，民谣云云。迁移之后，常有鼠狼出没厅事上，民复谣云云。至正间，果复移回玉峰旧治。”③

---

① 《元史》卷五一，第1101页。

② 《元史》卷五一，第1104页。

③ ［元］高德基《平江记事》，影印文渊阁四库全书，台湾商务印书馆，1986年版，第590册，第465页。

民谣十首　范良佐

分司嘉兴

二月钱塘履政庭，分符三月下禾城。寻常一样鸳湖水，自得清官越样清。

门无私谒

萧条官舍膝堪容，避俗慵居闹井中。门禁有严无谒客，私心一点不相通。

秋毫无取

阴赂何尝受一分，举家惟仰俸资身。闲中更有琴书乐，廉不言贫能几人。

盐仓便卖

新立盐仓弊已生，日申虚数涩盐商。今年自得公规画，增卖常年一倍强。

掊出余盐

四月初终八月初，引盐掊出二千余。依时价直八千定，为国丰财事不虚。

亲散工本

递年工本各场收，盗克虚支属自由。今岁应时亲给散，亭民真个得分忧。

抑强扶弱

各场贫富错羌徭，贫日艰难富日骄。洞察民情亲整肃，奸邪雄猾总魂消。

私盐讼简

盐讼凡经化笔春，不容攀指扰平民。随时断遣无留狱，尽伏清廉法令伸。

平反冤枉

豪富欺贫事百端，每诬盐事欲欺官。公心独有神明见，一一平反不受瞒。

恢办课程

委职筐煎步不离，未冬盐足可先期。今年不学常年弊，虚得通关课实亏。①

《全元诗》曰："按：诗以民谣形式为郭郁歌功颂德，原未署名。诗由澉川盐场司令范良佐鸠集并上呈，暂归其名下。"②按，据前引清阮元《研经室集》外集卷四《编类运使复斋郭公敏行录提要》，则此《民谣十首》亦为歌颂郭郁之谣辞，故属杂歌谣辞。

浮梁民为郭郁谣

桃李阴阴六万家，下车民不识州衙。甘棠喜有千年政，美玉终无一点瑕。

清阮元《揅经室集》外集卷四《编类运使复斋郭公敏行录提要》曰："无卷次，无撰人名氏。前有古候黄文仲及三山林兴祖两序，疑出二人所编。按郁有《言行录》一卷，已钞录。此特其宦游所至，与当日贤士大夫一时投赠之作。《江西饶州府志》称郁知浮梁县，聘吴仲迂为后进师，士风丕变，政为江南诸邑最。集中《寿老致政嘉议郭公序》，乃胡长孺汲仲作。按郑元佑《遂

① 《全元诗》，第32册，第219—220页。

② 《全元诗》，第32册，第219页。

昌杂录》言：'汲仲为金华三胡先生之一。罢官后，客杭贫甚，以古文倡。人求记碣序赞，稍不顺理，虽百金不作也。'又陶宗仪《辍耕录》载：'汲仲特立独行，刚介有守。赵松雪尝为罗司徒奉钞百锭，为先生润笔，请作乃父墓铭。'先生怒曰：'我岂为宦官作墓铭邪？'是日先生正绝粮，其子以情白，坐上诸客咸劝受之。先生却愈坚。'汲仲耿介绝俗，而乃肯为郁父作序，可以知郁之为政矣。《饶州府志》又言郁为浮梁时，风谣云云。今集中有民谣十首，而《昌江百咏》只存四十五首，不录此诗。当日之流风善政，遗佚不少。且一时之士与郁相赠答者，如仇远、汪泽民、邓文原，皆不轻与人周旋者，则郁之贤益可知矣。"①

元统二年彰德民谣

天雨牦，事不齐。

《元史·五行志》曰："元统二年六月，彰德雨白毛，俗呼云'老君髯'。民谣曰云云。"②

至元三年彰德民谣

天雨线，民起怨，中原地，事必变。

《元史·五行志》载其本事曰："至元三年三月，彰德雨毛，如线而绿，俗呼云'菩萨线'。民谣云云。"③

---

① ［清］阮元撰，邓经元点校《揅经室集》外集卷四，中华书局，1993年版，第1264页。

②③ 《元史》卷五一，第1109页。

至元五年八月京师童谣

白雁望南飞，马札望北跳。

《元史·五行志》曰："至元五年八月，京师童谣云云。"①

至元五年淮楚间谣

富汉莫起楼，穷汉莫起屋，但看羊儿年，便是吴家国。

《元史·五行志》曰："至元五年，淮、楚间童谣云云。"②

至正辛巳杭州衣红儿童谣

火殃来矣。

元陶宗仪《南村辍耕录》载其本事曰："至正辛巳，莫春之初，江浙行省平章政事只理瓦台人城之任之日，衣红。儿童谣云云。至四月十九日，杭州灾，毁官民房屋、公廨、寺观一万五千七百五十五间，烧死七十四人。明年壬午四月一日，又灾，尤甚于先，自昔所未有也。数百年浩繁之地日就凋弊，实基于此。"③

元初蓨县皇舅墓谣

皇舅墓门闭，运粮向北去。水淹墓门开，运粮却回来。

元陶宗仪《南村辍耕录》载其本事曰："河间路景州蓨县河浒

---

①② 《元史》卷五一，第1107页。

③ 《南村辍耕录》卷九，第116页。

一土阜,相传为皇舅墓。自国家奄混区夏,即有谣云云。至正辛卯,中原大水,舟行木杪间。及水退,土阜崩圮,墓门显露。继后天下多事,海道不通,先是。张蜕庵(翥)尝有诗云:'青州刺史河上坟,坟不可识碑仍存。维舟上读半磨灭,使君乃缘戚里恩。当时赐葬宜过厚,冢阙树立须雄尊。岂知陵谷有迁变,石马尽没龟趺蹲。驿夫指我元傍岸,县官恐坠移高原。岸滨往往多古冢,零落空余秋草根。至今父老传谶记,野人之语那足论。我疑其藏必深锢,或谓已被湍流吞。安得壮士塞河水,万古莫令开墓门。'读公之诗,伤今之世,则谶纬之说诚不可诬矣。"①

至正癸巳上海县民谣

鸡啼不拍翅,鸦鸟不转更。

元杨瑀《山居新语》载其本事曰:"至正癸巳冬,上海县十九保村中,鸡鸣不鼓翼。民谣云云。"②

至正丙申松江民间谣

满城都是火,府官四散躲。城里无一人,红军府上坐。

元陶宗仪《南村辍耕录》载其本事曰:"至正丙申正月,常熟州陷,松江府印造官号,给散吏兵佩带,以防奸伪。号之制作,画

① 《南村辍耕录》卷二〇,第242页。

② [元]杨瑀撰,金大钧点校《山居新语》卷三,中华书局,2006年版,第221页。

为圆圈，绕圈皆火焰。圈之内一府字，以府印印府字上。圈之外四角，府官花押。民间谣云云。不二月破城，悉如所言。”①

嘉兴民为张士诚杨完结谣

死不怨奉州张，生不谢宝庆杨。

元姚桐寿《乐郊私语》载其本事曰：“丁酉八月，张氏以水师数万来攻嘉兴。羽檄星驰，川陆戒严。海盐自州佐巡场以下，皆统兵北屯半逻新丰，广陈以备他道。州城闭塞兼旬，民间米谷骤踊，而薪爨不属，多破斫檐柱几榻而炊。杨完者以大军四伏，使小舟数十百艘饵之。敌樯舻蔽天，排川而下，追至杉青，东西岸多积苇以待。时南风大作，岸上举火，敌舟焚燎至四十里不止，死者甚众。遂舍舟登陆，进逼城下，战于东瓜堰。大破之，斩首万七千级，俘者数千。张氏统军张士信，以伏水遁还。然完者凶肆，掠人货钱，至贵家命妇室女，见之则必围宅勒取，淫污信宿，始得纵还。少与相拒，则指以通贼，纵兵屠害。由是部曲骄横，凡屯壁之所，家户无得免焉。民间谣云云。善乎！余廷心之言曰：‘苗獠素不被王化，其人与禽兽等，不宜使人中国，他日为祸将不细。’今若此，何其言之若持左券也？”②

至正二十八年彰德路民谣

塔儿黑，北人作主南人客；塔儿红，朱衣人作主人公。

---

① 《南村辍耕录》卷九，第111页。

② ［元］姚桐寿《乐郊私语》，影印文渊阁四库全书本，台湾商务印书馆，1986年版，第1040册，第401页。

《元史·五行志》载其本事曰:“(至正)二十八年六月壬寅,彰德路天宁寺塔忽变红色,自顶至踵,表里透彻,如煅铁初出于炉,顶上有光焰迸发,自二更至五更乃止。癸卯、甲辰,亦如之。先是,河北有童谣云云。七月癸酉,京师赤气满天,如火照人,自寅至辰,气焰方息。”[①]按,《古今风谣》作《元末真定童谣》。

三 结 论

综括上考,可以得出如下结论:

第一,元代可考之《乐府诗集·杂歌谣辞》同题拟作,凡39题87首。

第二,元代正史笔记及其他史料所载之歌、谣且本事可考者,凡24题38首。

(原载《乐府学》第二十二辑,社会科学文献出版社,2020年12月)

① 《元史》卷五一,第1103页。

《全元诗》失收乐府诗补遗 61 首

杨镰先生主编的《全元诗》是有元一代诗歌总集，由中华书局于 2013 年出版。书中收录近 5000 位元代诗人约 14 万首诗作，为元代文学、历史，乃至整个元代文化研究提供了极大方便，嘉惠学林，功莫大焉，是二十一世纪以来古籍整理最重要的成果之一。但因元诗数量庞大，数据芜杂，遗珠之憾在所难免。自《全元诗》出版以来，已有学者作了一些补遗工作，但仍有不少元诗散落在浩如烟海的古籍之中。笔者在整理元代乐府诗的过程中，发现 19 位诗人 61 首乐府诗未见《全元诗》著录，其中《全元诗》已收诗人 10 人，未收诗人 9 人。这些诗作均未见于其他《全元诗》补遗文章，可补《全元诗》之阙。故本文胪列如下，以飨同好，不妥之处，敬祈方家赐教。

一、《全元诗》已收诗人所作乐府诗

耶律铸、杨载等10人大部分诗作已见《全元诗》著录，今补此10人乐府诗25首，均未见于《全元诗》。

（一）耶律铸1首（《全元诗》册四）

门有车马客

乌鹊绕屋鸣，有客停征骓。问客何自来，君家寄家书。摄衣起迎客，开书多苦辞。蕣花不长好，玉颜亦易衰。水行有却流，人行无反期。置书拜谢客，岂不心怀归。事君有明义，不得顾所私。作书附客返，路远幸勿遗。上言重自爱，下言长相思。相思勿相怨，自古多别离。[1]

按，《乐府诗集·相和歌辞》有《门有车马客行》，耶律铸此诗为同题拟作，故当属相和歌辞。

（二）杨载1首（《全元诗》册二五）

西湖竹枝词

采莲女郎莲花腮，藕丝衣裳难剪裁。瞥然一见唱歌去，荷叶满湖风雨来。[2]

---

① ［元］耶律铸《双溪醉隐集》卷二，影印文渊阁四库全书，台湾商务印书馆，1986年版，第1199册，第394页。

② 王利器、王慎之、王子今《历代竹枝词》（一），陕西人民出版社，2003年版，第36页。

按,《乐府诗集·近代曲辞》有《竹枝》,杨载诗当出于此,故属近代曲辞。

(三)虞集4首(《全元诗》册二六)

钓雪操

凿方池兮山之曲,仰乔松兮倚修竹。四时来兮无不足,岁之寒兮天雨玉。雨玉兮满庭,予何思兮折芳馨。鱼潜渊兮亦在,藻言将求之以忘老。鲦鲿兮鰋鲤,有酒兮多旨。霏霏兮来思,上友兮君子。[1]

按,《乐府诗集》无此题,虞集《道园遗稿》置之于"操"类,故或属琴曲歌辞。

次韵礼院孟子周佥院秋夜曲二叠

天阔秋高初夜长,浮尘销尽雾苍茫。澄澄孤月转危墙,金井有声惟坠露。玉阶无色乍疑霜,不闻人语只吟螀。

风力清严扫暮烟,纤尘不碍月婵娟。太虚那得有中边,大地山河空复影。九霄宫阙旧无传,几承剑气一飘然。[2]

按,《乐府诗集·杂曲歌辞》有《秋夜曲》,虞集此诗为同题拟

① [元]虞集《道园遗稿》卷一,影印文渊阁四库全书,台湾商务印书馆,1986年版,第1207册,第710页。

② [元]虞集《道园学古录》卷四,影印文渊阁四库全书,台湾商务印书馆,1986年版,第1207册,第59页。

作,故当属杂曲歌辞。

庐山寻真观题法曲导引

阑干曲,正面碧崔嵬。岚气着衣成紫雾,墨香横壁长苍苔。为白玉蟾诗。柏影扫空台。江海客,欲去更徘徊。雾鬓云鬟何处在,风泉雪磴几时来。鹤翅九秋开。[1]

按,《乐府诗集》无此题,然虞集《道园学古录》置之于"乐府"类,且宋代鼓吹多见《导引》曲,虞集此题或拟宋人,故当属鼓吹曲辞。

(四) 马祖常1首(《全元诗》册二九)

元日应制万年欢

瑞气祥云,拥龙光五色,绛阙春回析木,天街秀润,日月重辉。圣主垂衣,坐治万国,尽衣冠。朝会鹓行底,济济锵锵。喜瞻仙仗旌旗,和风动,洽九垓。听椒花献颂,白兽尊开。采胜辛盘,民物一时康泰。乐府新裁曲谱,凤笙起,彤庭云瑷。青霄外,隐隐嵩呼:延祐与天同大。[2]

按,《乐府诗集》无此题,马祖常《石田文集》置之于"乐府歌行"类。此题非歌行,当为新题乐府,故属新乐府辞。

---

① 《道园学古录》卷四,第60页。

② [元]马祖常撰,李叔毅点校《石田文集》卷五,中州古籍出版社,1991年版,第110页。

（五）李孝光 1 首(《全元诗》册三二)

西湖竹枝词一作苏台竹枝词

十五女儿可怜生，手牵百丈踏泥行。洗脚上船歌白苎，春风吹过阖闾城。元杨维桢编《西湖竹枝集》①

按，《乐府诗集·近代曲辞》有《竹枝》，李孝光诗当出于此，故属近代曲辞。

（六）释大䜣 2 首(《全元诗》册三二)

猗兰辞

野漫漫兮莯菴，霜贸贸兮露滋。匪阳不晞，彼美不见兮以渴以饥。湘之涉兮阻且隮，挂长蛇兮吼玄罴。景翳翳兮历崦嵫，念徂岁兮愆芳期。羌不畏乎色衰，谓招魂兮若有知。溯长风兮览予怀，寄音尘于竹帛兮。犹不媚厥姿，玉之茜兮参差，风之佩兮陆离。芳霏霏兮袭吾帷，絙朱弦兮待之娱，子之独兮憺忘归。②

按，《乐府诗集·琴曲歌辞》有《猗兰操》，释大䜣此诗当出于此，故属琴曲曲辞。

---

① 《历代竹枝词》(一)，第 67—68 页。

② ［元］释大䜣《蒲室集》卷一，影印文渊阁四库全书，台湾商务印书馆，1986 年版，第 1204 册，第 527 页。

思亲辞有序

王君宝御史以游宦无常处，图先茔于轴，岁时随所寓展祭之，为作《思亲辞》以致其思云。

耳有闻兮如语，目荧荧兮如睹。来翩翩兮而欲举，倏而去兮畴与奠。兰蒸兮桂酒，我祭而享兮慰我荼苦。念旧居之衡宇，今归而乘兮骢马。泉深兮长溜。木翳翳兮阴茂。笃孝思兮无斁，自我躬兮我后。①

按，《乐府诗集·琴曲歌辞》有《思亲操》，释大䜣诗当出于此，故属琴曲曲辞。

（七）杨维桢3首（《全元诗》册三九）

《杨佛子行》

杨佛子，越之诸暨人生宋淳熙光宗朝。幼知事母，母病危。佛子刲股肉进母，母食，病立愈。母殁，庐墓侧，恒有驯乌集墓树，随佛子往返。佛子素患瘿，瘿大如盎，道逢异人，以掌诀移之背。郡县上孝感状，将表其闾，佛子辞遂止，年九十岁。安阳韩性既为佛子作传，同里陈敢复作《杨佛子行》。

诸暨县北枫桥溪，枫桥溪水上接颜。乌栖其下一百二十里合万和水，万和孝子庐父墓，墓上芝生荑。杨生佛子与万和孝子齐。六岁怀母果，二十为母尝百药。药弗医叶，啖母以肉将身刲。母病食肉起，其神若刀圭。母死返九土，常作婴儿啼。倚庐宿苫块，弃隔妾与妻。嗟哉佛子

① 《蒲室集》卷一，第527—528页。

孝行绝，人人不识感鬼神。颊下生瘤大如尊，何人戏手瘤上扪。明朝怪事骇妻子，颊下削赘无瘤痕。背上一掌印，争来看奇痕。坟头木共白兔驯，更遣迎送乌成群。傍人竹弓不敢弹，岂比八九雏生秦。县官上申闻，旌户复其身。佛子走告免，称主臣主臣。嗟哉佛子谁媲称，今之人有刃股乳，诡孝子以为名，规免徭征以希其旌，嗟哉佛子谁媲称无瘤痕。一作无留根。①

按，《乐府诗集》无此题，然见录于杨维桢《铁崖古乐府》，当为乐府旧题，杨维桢诗为旧题新辞，故属新乐府辞。

冯处士歌并叙

富春冯正卿氏，四世不分。其曾大父冀，为宋德祐死节臣。正卿者，才而贤，当元末，不屑仕，伪众啧然以处士称之。丘园科屡起处士，处士绝之，曰："予幸有一庐一区，林下可以避风雨。田一成，在郭外。可以给衣食。学圣人之道者，可以自乐，不愿仕也。且仕荣利禄，隐乐贞素，苟以相易，彼此两乖。"吁处士正卿，其可谓逸而真者。欤故吾号之曰"贞逸"，而为之赋诗曰：

星台下，桐庐阴，曰有节士冯氏之家林。后三叶，五丈夫，子玉琳森。曰正卿者，长身而美髯叶壬。风局孤古，体貌疏且沉。家不失箴里不失任。贫不屈，富不淫，有余推与人，矧肯要爵禄，心阙下，足终南叶吟。凤皇引高，神龙

① ［元］杨维桢《铁崖古乐府》卷六，影印文渊阁四库全书，台湾商务印书馆，1986年版，第1222册，第42—43页。

深深音心。处士贞逸，退如处女古井心。嗟今之士，科隐丘，事王侯。行无补阙，言无裨谋，惟禄食是媒叶牟。诡贞而佞，诡逸而逑，以为吾人忧。放而返也，涧恚岳陇羞。闻处士风，其不泚然在颡，岂吾人俦。①

按，《乐府诗集》无此题，然见录于杨维桢《铁崖古乐府》，或为乐府旧题，杨维桢诗为旧题新辞，故属新乐府辞。

凝香阁诗有序，长短二十四句

凝香阁者，光禄大夫、平章政事张公辟之以待四方贤士，即汉平津侯之东阁也。客卿铁崖杨子名之曰凝香，本韦苏州语。予读杨子记云："休兵息民。"又云："厌兵图治。"引周公仲山甫为辞，夫兵不为攻城，乃森戟于左右者，岂非休兵乎？燕寝凝香，与贤者共之，岂非图治乎？周公东征，成王迎归，天乃反风起禾，此休兵效也。仲山甫徂齐，宣王赖有补。衮出纳王命，此图治效也。杨子之进规者至矣，杭庠典教，朱庭规敷，杨子之记，复为歌以颂云。

有兵不若森于庭，发矢不若藏于棚。汗马不若系于营，休兵要待民力生。平章政事光禄卿，阁下万卷清香凝。书生香，德生馨，况复爇鼎相熏蒸。绿烟一缕风度棂，光禄燕寝寝不惊。蝴蝶飞来窥枕屏，周公入梦话东征。山甫依稀亦言并，天既反风禾稼登。告以补衮乘鸿名，杨子进规为座铭。有客如此真贤卿，有客如此真贤卿。廪人饱粟，庖人馈鲭，燕昭

① ［元］杨维桢《铁崖古乐府补》卷四，影印文渊阁四库全书，台湾商务印书馆，1986 年版，第 1222 册，第 104 页。

台上千金轻。钱君博士起相庆,有如十八学士登蓬瀛。①

按,《乐府诗集》无此题,然见录于杨维桢《铁崖古乐府补》,或为乐府旧题,杨维桢诗为旧题新辞,故属新乐府辞。

(八) 吴莱 9 首(《全元诗》册四〇)

古琴操九引曲歌辞

始予少尝学琴,学之数日,曾不能布指爪而辨徵角。甚矣哉,琴道之远也!盖予每思古人之去我者久,不可复见,徒欲想其遗声遗韵,而庶几或得其心术之所存、情绪之所托,终以不克而后止,是以常咏其辞。乐家诸书又或不载,或有载者,多非其旧,且至有声而无辞。甚矣哉,琴道之远也!古者,琴有五曲、十二操、九引。五曲者,《鹿鸣》《伐檀》《驺虞》《鹊巢》《白驹》,本《诗》也。汉魏以降,惟《鹿鸣》一调仅存。十二操者,《将归》《猗兰》《龟山》《越裳》《拘幽》《岐山》《履霜》《雉朝飞》《别鹄》《残形》《水仙》《襄陵》,古辞或存或亡,而存者类出后世之傅。会汉蔡中郎及唐韩吏部曾作《十操》《水仙》《襄陵》,且以其繁于乐工琴师,不复采用。故今特因琴操九引,复补其曲辞。是数曲者,颇本于妇人女子,仇雠羁旅,幽忧抑郁之怀,君子犹得以少返于古。是则所谓琴道之远者,诚有异于闾阎下里折杨黄华,听之则嗑然而大笑者矣,夫何远哉?遂从

① 《铁崖古乐府补》卷六,第117—118页。

而具录其辞。①

烈女引楚樊姬作

瞻巫山兮崔嵬,又江水兮委夷。草木兮芬芳,鸟兽兮号悲。孟冬十月兮森然树羽,野火霓扬兮袒裼暴虎。君王耽乐兮妾心独苦,妾心独苦兮无使罪予。嗟嗟兮国之无人,莽莽兮云梦有洲。甘酒兮厉生,淫兽兮裀来。君王耽乐兮乐滂沛,安处深宫兮焉知外。嗟鹿与女兮自古戒之,君王亟归兮匪妾之私。②

伯姬引鲁纪伯姬作

北风兮喈喈,雨雪兮瀌瀌,我心兮殷忧。东海决决兮大邦为仇,平原何有兮广泽有树。鸿雁哀鸣兮麋鹿腾骛,兵车辚辚兮在彼行路,疆事弗靖兮委仪章而谋去。我生而存兮日蹴我国,我死不瞑兮惧不血食。父母既没兮归又不得,周公有鬼兮曷徼予福。我泛兮柏舟,荡荡兮中河。时岁不与兮可奈何,遭此鞠讻兮奈若何。③

贞女引鲁漆室女作

春木兮含英,野花兮幽香。我何所叹兮我何所忆,主少国镞兮使我悲恻。嗟彼女子兮婉婉令姿,盛年不出兮老将逮之。嗟彼女子兮无非无仪,肉食者谋兮汝何忧为?我蓺我葵兮我藩我圃,过客马逸兮莫之或御。藩拔葵践兮饥哺无所,庙堂失策兮妇女为虏。悠悠苍天兮天道恶盈,知我谓我兮秉心独贞。阳和几时兮霰雪其零,怀贞见疑兮曷

---

① [元]吴莱撰,张文澍校点《吴莱集》卷九,吉林出版集团、吉林文史出版社,2010年版,第143页。

②③ 《吴莱集》卷九,第143页。

其可惩。①

思归引齐卫女作

麦秀渐兮禾黍油油，越有鸣雉兮粥粥道周。朝阳烜然兮云雾塞天，中道徘徊兮丧我好逑。红颜摧颓兮欲飞复止，缟衣入吊兮既悲且毁。礼有未合兮不敢徇死，先王之怀兮敢辱王子。父母鞠我兮胡然弃之？宫庭严肃兮乃闼于斯。身微节大兮涅不可缁，创巨痛深兮陨命为期。我思古人兮我敢失正？天命早寡兮匪汝兮聘。我归之思兮渺哉河梁，谁谓卫远兮归我其航。②

霹雳引楚商梁子作

步出郭门兮一何萧萧，念彼古泽兮兴言来游。山长水阔兮旷无俦侣，天地晦冥兮霹雳儆予。玄云兮冱凝，急雨兮滂沱。冰雹兮交加，蛟螭兮涌波。捷捷业业兮天何我虢，轩軨骣□兮道不可以咫。危颠疾蹷兮物无不靡，侧身慎行兮庶无罪。悔神龙之归兮肃然川坻，雷公上天兮挟辀以驰。昔何噫嘘兮今何怒为？巫咸去我兮谁其得知。③

走马引秦樗里牧子作

白杨刀兮宛鲁矛，枕戈待旦兮思报父仇。父仇既报兮义不共戴，亡命不出兮遁我于隘。山高无人兮上无日星，夜闻有马兮绕屋嘶声。天不佑我兮惧追我兵，横尸都市兮国有常刑。我徊以徨兮莫履我发，沂泽弥漫兮道路超忽。我啼斯漆兮我躯斯厉，所处何危兮命几一发。追兵既远兮孰知其然，马迹在地兮莫辨东西。父不可见兮我志获伸，

①②③ 《吴莱集》卷九，第144页。

我死得所兮呜呼终天。①

箜篌引汉霍里子高妻丽玉作

浩浩兮洪河，有叟一人兮携壶赴波。我急尔止兮无楫迎汝，尔竟汝渡兮尔何所苦。龙伯兮冯陵，鲛鱼兮参差。戕风奔腾兮雾雨渺弥，磨牙吮血兮制汝僵尸。尔死于渡兮奈何乎我，我亟从汝兮我死其可。毁容恶服兮志不可回，埋魂陨骨兮委命黄泥。碣石崭岩兮望不可测，精卫衔石兮曷海之塞。曷海之塞兮恨与之平，知我如此兮不如无生。②

琴引秦屠门子作

山嵯峨兮我车之将，水泱漭兮莫之或梁。世而溷浊兮黑白不明，干戈日寻兮武夫颜行。天寒而燠兮厥有瓜瓞，士贱以拘兮不敢容悦。黔首之愚兮尔乃自愚，谓儒可僇兮儒则何辜。长缨兮缦胡，瞋目兮语难。尧舜远而兮旦不复旦，豺虎咬人兮洁身去乱。商洛有山兮晔紫芝，嗟彼美人兮跂予望之。何世之不偶兮曰安其危而利其菑，天道至此兮我命之衰。③

龙丘引楚龙丘子作

春花兮乱开，秋叶兮满阶。时不再来兮我忧用老，久行怀思兮我归无所。鸟则有翼兮鱼则有鳍，灊霍有岳兮江汉斯波。徘徊不进兮尼彼路岐，仆夫告病兮饥马啮萁。我梦之归兮吾乡我里，门阙依稀兮墟墓则迩。魂神惝怳兮一

① 《吴莱集》卷九，2010年，第144页。

② 《吴莱集》卷九，第144—145页。

③ 《吴莱集》卷九，第145页。

夕九徙，父母何在兮敢及妻子？天阴岁暮兮北风之寒，曰我无衣兮坐不能餐。我拊我膺兮摧我肺肝，闵天嗟嗟兮喟其增叹。①

按，《乐府诗集·琴曲歌辞》叙论曰："古琴曲有五曲、九引、十二操。……九引：一曰《烈女引》，二曰《伯妃引》，三曰《贞女引》，四曰《思归引》，五曰《霹雳引》，六曰《走马引》，七曰《箜篌引》，八曰《琴引》，九曰《楚引》。"②《龙丘引》解题又曰："一曰《楚引》。《琴操》曰：'《楚引》者，楚游子龙丘高所作也。龙丘高出游三年，思归故乡，望楚而长叹，故曰《楚引》。'"③则吴莱《古琴操九引曲歌辞》均属琴曲歌辞。

（九）倪瓒2首（《全元诗》册四三）

忠靖王庙迎享送神辞并序

至顺元年春，吴楚荐饥，天灾流行，连数郡道殣相望，沴气熏袭，为瘥为扎，锡之民咸被渐染，大小惴惴，无所请命。邦之耆老相与言："吾邦西山之阳有岳祠，祠有明神焉，曰忠靖王，胙爵东平，生能奋忠，死有遗烈，赫声耀灵，福我锡民，自有年矣。在昔宋季大疫，用祷于神，变沴为祥，德载歌咏。民病亟矣，宜从故事。"乃合群谋，吁众戚，率从祠下，铙鼓镗铉，旗纛晻霭，导骈驾以临城阓，香云涨

① 《吴莱集》卷九，第145页。

② ［宋］郭茂倩编撰，聂世美、仓阳卿点校《乐府诗集》卷五七，上海古籍出版社，1998年版，第634页。

③ 《乐府诗集》卷五八，第652页。

空，耄稚奔走，众心推诚，祈祀惟谨，惟神顾歆，来格来享，若沐神水，若濯冷风，驱驱妖氛，民疾用瘳，丕焯神化，无远弗暨。邻邑之民，祈者踵接，环句吴四封，所活几万人焉，是神有大造于吾民也。礼神能御大菑、捍大患者则祀之，矧威烈若此？是宜尸祝。而社稷之旧祠焜于火，未几民更兴复其制。瓒尝以母病至祷，立愈。因作《迎享送神辞》二章，刻诸山阿，俾锡民歌以祀之。辞曰：

灵皇皇兮岱宗，神之来兮驾蜚龙。赫苍颜兮朱发如火，纷羽卫兮岳祇嵘峨。青霓旍兮白容裳，降大荒兮祓不祥，驱野仲兮逐游光。惠我民兮神乐，康罗帐兮云幄。湛寒泉兮瑟兰勺，抚偃蹇兮歙参差。荐芳馨兮神享之，灵娱娱兮奈何。树紫檀兮山之阿。匪斯今兮福斯土，沐神休兮千万古。

神之去兮骖云螭，风刿刿兮吹灵旗。怳临风兮延伫，怅神游兮难驻。神游兮翩翩，抚一气兮周八埏。朝腾驾兮西山，夕弭节兮东鲁。噫！神往兮莫我顾，民有吁兮载福斯祜。折琼花兮迟神归，岁复岁兮神宁我违。石戋戋兮流水，寿我民兮报祀无已。①

按，《乐府诗集·郊庙歌辞》有迎送神辞，且《宋史·礼志》曰："岁之大祀三十：正月上辛祈谷，孟夏雩祀，季秋大享明堂，冬至圜丘祭昊天上帝，正月上辛又祀感生帝，四立及土王日祀五方帝，春分朝日，秋分夕月，东西太一，腊日大蜡祭百神，夏至祭

① ［元］倪瓒撰，侯妍文、叶子卿注释《倪瓒集》卷十，浙江人民美术出版社，2016年版，第311—312页。

皇地祇，孟冬祭神州地祇，四孟、季冬荐享太庙、后庙，春秋二仲及腊日祭太社、太稷，二仲九宫贵神。中祀九：仲春祭五龙，立春后丑日祀风师、亥日享先农，季春巳日享先蚕，立夏后申日祀雨师，春秋二仲上丁释奠文宣王、上戊释奠武成王。小祀九：仲春祀马祖，仲夏享先牧，仲秋祭马社，仲冬祭马步，季夏土王日祀中溜，立秋后辰日祀灵星，秋分享寿星，立冬后亥日祠司中、司命、司人、司禄，孟冬祭司寒。其诸州奉祀，则五郊迎气日祭岳、镇、海、渎，春秋二仲享先代帝王及周六庙，并如中祀。州县祭社稷，奠文宣王，祀风雨，并如小祀。凡有大赦，则令诸州祭岳、渎、名山、大川在境内者，及历代帝王、忠臣、烈士载祀典者，仍禁近祠庙咸加祭。”①元之祭祀，或拟宋制。据该诗诗序，忠靖王当属忠臣、烈士，故此诗当属郊庙歌辞。

（十）林弼 1 首（《全元诗》册六三）

石泉操

白石凿凿兮清泉泠泠，可洗吾耳兮可濯吾缨。援吾琴兮发希声，玉琳琅兮金琮琤。泉有鱼兮龙出听，嗟若人兮耳厌秦筝，石泉曲兮邈千古情。②

按，《乐府诗集》无此题，林弼《林登州集》置之于“操”类，故或属琴曲歌辞。

---

① ［元］脱脱《宋史》卷九八，中华书局，1985 年版，第 2425—2426 页。

② ［元］林弼《林登州集》卷七，影印文渊阁四库全书，台湾商务印书馆，1986 年版，第 1227 册，第 67 页。

二 《全元诗》未收诗人所作乐府诗

《全元诗》未录沈懋嘉、贝琼等9人诗作，今补此9人乐府诗36首。

（一）沈懋嘉10首

当湖竹枝十首考见题咏

鹉湖春色

何郎曾说汉阳城，鹦鹉名传旧绿汀。问郎可似东湖上，小小春沙好踏青。

案山晓翠

蒙蒙晓翠湿鞋弓，天晴来上案山峰。从头一望珠楼好，港口条条戏九龙。

三寺两钟

撑船采菱歌懊侬，深深菱荡翠烟浓。日斜风起人归去，三寺声声打暮钟。

六桥晴市

鲜船都在水西湖，三尺黄鱼似绛缯。阵阵腥风朝市散，红旗影里买春冰。

东田社鼓

夫插新秧妇踏车，秋收一半入官家。村村鼓社东田晚，篱脚开残野菊花。

西浦鱼罾

十里清波湖面长，鱼床蟹断水风凉。瞢腾醉倒渔歌子，自挂蓑衣晒夕阳。

南村书屋

张家堆上屋层层，闻说当年万卷称。扇扇碧纱窗影乱，为郎深夜剪书灯。

北原牧笛

世事无端去似梭，东城西市看忙多。不若牧儿北原上，夕阳林外唱山歌。

霍氏行祠

花街东畔是侬家，闲看迎神晚放衙。拂拂红旗春赛罢，霍王祠下采藤花。

鲁公古墓

家家寒食各纷纷，留得轻风上绣裙。满地纸钱人不扫，草花红过鲁家坟。①

按，沈嘉懋，字会真，号白严，平湖人。有《白严遗稿》。《乐府诗集·近代曲辞》有《竹枝》，沈嘉懋诗当出于此，故属近代曲辞。

（二）贝琼 2 首

西湖竹枝词

六月玉泉来看鱼，湖头雨过尽芙蕖。芙蕖花开郎更远，玉泉鱼少亦无书。

闻郎难过李陵台，湖上荷花今又开。那似岳王坟上树，枝枝叶叶尽南回。②

① 《历代竹枝词》(一)，第 126—128 页。

② 《历代竹枝词》(一)，第 69 页。

按，贝琼(1297—1379)，一名阙，字廷琚，一作廷臣，或作廷人，崇德人，元末举人。明洪武年间与修《元史》，任国子监助教，有《清江集》，《明史》有传。《乐府诗集·近代曲辞》有《竹枝》，贝琼诗当出于此，故属近代曲辞。

(三) 俞永 2 首

西湖竹枝词

苏公堤上杨柳青，人来人去绾离情。东风为尔丁宁道，折断柔条莫再生。

天竺寺前开翠微，去一作长年流水白云飞。流水入湖无日歇，白云出岫有时归。[①]

按，俞永，字寿馨，江右人。《历代竹枝词》附记曰："《元诗纪事》卷四一收入此二首，署'无名子'。"[②]《乐府诗集·近代曲辞》有《竹枝》，俞永诗当出于此，故属近代曲辞。

(四) 徐三台 1 首

西湖竹枝词于本齐水竹居为门人周儋吟

竹髓天香吹悟鸟，水心生意化生鱼。日亲正坐胸还豁，夜对真灯花吐奇。[③]

按，徐三台，字吉卿，金溪人。《乐府诗集·近代曲辞》有《竹枝》，徐三台诗当出于此，故属近代曲辞。

---

①②③ 《历代竹枝词》(一)，第 130 页。

（五）黄鸿 1 首

西湖竹枝词

才出城闉便不同，侬家住在西湖东。萋萋芳草随堤绿，灼灼桃花照水红。①

按，黄鸿，字鸿辉，仁和人。大参克谦女，文学顾若群妻，有《闺晚吟林下词选》《广寒集》。《乐府诗集 · 近代曲辞》有《竹枝》，黄鸿诗当出于此，故属近代曲辞。

（六）薛兰英、薛蕙英 10 首

薛氏苏台竹枝词

姑苏台上月团团，姑苏台下水潺潺。月落西边有时出，水流东去几时还。

馆娃宫中麋鹿游，西施去泛五湖舟。香魂玉骨归何处，不及真娘葬虎丘。

虎丘山上塔层层，静夜分明见佛灯。约伴烧香寺中去，自将钗钏施山僧。

门泊东吴万里船，乌啼月落水如烟。寒山寺里钟声早，渔火江枫恼客眠。

洞庭金柑三寸黄，笠泽银鱼一尺长。东南佳味人知少，玉食无由进上方。

荻芽抽笋楝花开，不见河豚石首来。早起腥风满城市，郎从海口贩鲜回。

---

① 《历代竹枝词》(一)，第 125 页。

杨柳青青杨柳黄,青黄变色过年光。妾似柳丝易憔悴,郎如柳絮太癫狂。

翡翠双飞不待呼,鸳鸯并宿几曾孤。生憎宝带桥头水,半入吴江半太湖。

一绢凤髻绿如云,八字牙梳白似银。斜倚朱门翘首立,往来多少断肠人。

百尺楼台倚碧天,栏干曲曲画屏连。侬家自有苏台曲,不去西湖唱采莲。①

按,元杨维桢《西湖竹枝集》作者小传曰:"薛兰英(约1367年前后在世),吴郡人。与妹蕙英皆秀颖能诗。父建一楼以处之,名兰蕙聊芳楼。有诗数百首,号《聊芳集》。"②《历代竹枝词》诗序曰:"吴郡薛氏二女兰英、蕙英聪慧能诗,见铁崖《西湖竹枝词》,笑曰:'西湖有竹枝曲,东吴独无乎。'乃效其体作《苏台竹枝十章》。杨见其叶,手题二诗于后云:'锦江只见薛涛笺,吴郡今传兰蕙篇。文采风流知有日,连珠合璧照华庭。难兄难弟并有名,英英端不让琼琼。好将笔底春风句,谱作瑶筝弦上声。'自是名播远迩,咸以为班姬蔡女复出也。"③《乐府诗集·近代曲辞》有《竹枝》,薛兰英、薛蕙英诗当出于此,故属近代曲辞。

(七)陶宗仪3首

铙歌鼓吹曲二章

至正丙午,夏秋之交,弥月不雨,民以菑告。钱塘张野

①②③ 《历代竹枝词》(一),第118—119页。

宾者，得法于静乐君，祷辄有应。时留松江郡，父老请建坛城北门，翼日乃雨。士大夫作为文章，歌咏以美之，因制汉《铙歌鼓吹曲》二首云。

屡丰年上帝闵农也帝德好生易菑为祥焉

屡丰年，群生熙。瘨我旱，宁怨咨。星火烈，螟蝥滋。苗而不秀，岁且荐饥。精诚格天听，允惟念之。命幽灵，击妖魑，龙膺捷疾先后驰。金精流光淫虹縻，四溟叆叇甘雨时。积水弥九野，稔而可期。不殄禋祀，上帝是祈。

旱既甚张君阐化也君积功累行有祷而天应之

旱既甚，金石流。苗恙槁，民烦忧。畴能祈天致天雨，曰惟张君验之屡。雩坛长跪恭进词，黑札玄文启雷祖。闭阳纵阴理则然，叱电鞭霆一何武。旸乌郁光祝融奔，渊龙起蛰商羊舞。甘泽及我私，田里长欢娱。击壤歌至正，厥功匪君谁。①

按，陶宗仪（1329—约1412），字九成，号南村，浙江黄岩（今清陶乡）人。元末明初文学家、史学家。元末兵起，陶宗仪避乱松江华亭，耕作之余，亦作札记。元至正末，由其门生加以整理，分类汇编，成《辍耕录》（或称《南村辍耕录》）30卷。陶宗仪另编有《说郛》100卷，今传于世。此外，著有《南村诗集》等。《乐府诗集·鼓吹曲辞》有《铙歌鼓吹》，故陶宗仪此诗当属鼓吹曲辞。

---

① ［元］陶宗仪撰，徐永明、杨光辉整理《陶宗仪集·陶宗仪诗文集·南村诗集》卷一，浙江古籍出版社，2014年版，第19—20页。

折杨柳送夏西畴谪居大梁

折杨柳，赠君别，杨柳未折心已折。丈夫落落志四方，到此谁能不呜咽。江南九月天雨霜，雁声堕地秋风长。出门行行几千里，寒烟落日增离伤。令严独许携家室，藤笈编花载书帙。可怜身上千金裘，阿娑手缝针线密。吾闻中原百战余，民物鲜少城邑虚。君去结庐得幽胜，便可小拟西畴居。荆蓁塞路猛虎伏，髑髅如山冤鬼哭。愿言缓辔毋疾驱，疾驱恐防伤马足。折杨柳，歌苦词，呼酒酌君君莫辞。黄河之水东南驰，人生会合还有时。①

按，《乐府诗集·横吹曲辞》有《折杨柳》，陶宗仪此诗为同题拟作，故当属横吹曲辞。

（八）王祎 7 首

古琴操并序

春秋时，晋大夫有从事于外而不得养其母者，作《皇天操》。

皇天至仁，冒下土兮。林林总总，各获其所兮。我独何为？不得以养其母兮。育我鞠我，亦已太苦兮。养之弗时，我何为者兮？自我徂征，离此膝下兮。有食孰以食，疾痛其孰摩抚兮。我之念母，心焉如缕兮。母之念子，亦岂宁处兮。皇天之毒我，其终我祜兮。

战国时，楚臣有忠其君而被窜逐者，作《江汉操》。

江汉滔滔注于东只，岂惟江汉百川朝宗只。臣之事

---

① 《陶宗仪集·陶宗仪诗文集·南村诗集》卷一，第 26 页。

君，所尽者忠只。臣忠之荩，见谓为狂只。我君圣明，如日正中只。岂弗臣察，其或未遑只。抑臣实有罪，盍友诸躬只。自今以往，矢益竭衷只。臣虽身远，臣心上通只。臣心之通，君终臣容只。谓臣不信，江汉其同只。①

按，王祎（1321—1372年），字子充，义乌人，元末明初文学家、史学家。祎幼敏慧，及长，师柳贯、黄溍，以文章著名。洪武初，奉诏与宋濂共修《明史》。著有《王忠文集》24卷，《明史》有传。此诗诗题径言《古琴操》，王祎《王忠文集》置此诗于"操"类，故当属琴曲歌辞。

越操二首并序

越人周君之居，有曰莲花方丈者。巨公骏人，既多为之赋咏。吾友胡仲申氏，又用楚音作《越歌》二章以贻之。夫越之山水胜矣，秦望云门，姑置勿论，即郡城言之卧龙之山，隐然中踞。其外则鉴湖之水，散而为陂渠，云树烟波，与阛阓相映带，浙东诸郡，莫或及之。故晋江左以还，衣冠之流于焉毕止。及宋南渡以后，钟鼎之家，尤盛于兹。于是其流风遗响，今皆不可复见，而山光水色，今古不殊揽者，盖不能无慨然之思矣。予闻卧龙，一名种山，越大夫文种事，越王勾践既灭，吴成功而勾践赐之死，其墓在山上，故山以得名鉴湖。周回三百十里，唐玄宗尝以一曲赐贺知章，知章弃官，徒步归乡里为道士，有请故也。周君之居，

① ［元］王祎《王忠文集》卷十四，影印文渊阁四库全书，台湾商务印书馆，1986年版，第1226册，第303页。

前直种山，下俯鉴湖，其读书写画之余，最好鼓琴。予因为《种山》《鉴湖》二操遗周君，仲申之歌，音韵幽远，庶几郢人之寡和者，故不敢复袭用其意云。

仇我者吴，覆我家邦。君之辱矣，臣死则当。臣敢爱也，以有宗祀。以身尝吴，庶雪君耻。吴既沼矣，越则弗沼。岂臣之功，君实有道。功成之难，君不臣全。今君死臣，臣其敢冤。

湖水悠悠，有澄其波。中洲何有，有蒲有荷。维荷有华，载静以芳。其叶洒洒，可以为裳。维波之澄，实同我心。返我初服，以濯我缨。彼世之浊，孰止乎足。世不我知，反以我为独。[1]

按，《乐府诗集·琴曲歌辞》有周公《越裳操》，然据诗序，此诗即事而作，与《越裳操》不同。王袆《王忠文集》置之于"操"类，故亦当属琴曲歌辞。

来归操并序

士君子遭世乱离，其能保身而全名者鲜矣，此出处所为难也。东汉之季，管幼安避地辽东二十年，及天下既定，乃始来归晋。当义熙末，不能国矣，陶元亮用是托督邮之故以行，而归去来辞作焉。呜呼二子，岂所谓能保身而全名者耶？溧水刘君，有道之士也。往岁避兵，携家寓浙东，沦落久之，因为缙云郡博士。今干戈既戢，乃弃官奉母，复归乎故乡，迹其出处之迹，殆合乎二子矣。予窃嘉之，为作

① 《王忠文集》卷十四，第303—304页。

《来归操》，以述其志云。

溧之水，有鲂有鲔。溧之土，有秫有杞。我胡不归兮，以钓以耔，奉我老兮有母，抚我稚兮有子。我今其归兮，于溧之涘。我思古人兮，处世之否。惟求其志兮，岂必乎仕。古人何为兮，庶吾其企。来归之乐兮，乐其有已。①

按，《乐府诗集·杂曲歌辞》有张炽《归去来引》，宋人多演绎陶渊明《归去来兮辞》为琴曲。王祎《王忠文集》置此诗于"操"类，故亦当属琴曲歌辞。

琼响操并序

琼响者，古琴名，宋内府故物也。其腹题云："庆历五年，臣道士卫中正奉圣旨斫。崇宁四年，臣马熙先奉圣旨重修。"宋既纳土，是琴亦入贡于元世。祖皇帝用以赐其臣廉恒阳王，王殁而家废，杭人徐氏以重金购得之，今复归于嘉兴濮氏。金华王祎为作《琼响操》，因以贻濮氏，其辞曰：

钧天奏兮帝所，玉交振兮思眑眑，其愁予托余声兮遗下土。帝有命兮淫哇，不得使为伍。海天冥冥兮月在宇，感幽微兮鸾凤举，纷百灵兮屏营而来。扈至音兮焉穷，千龄兮万古。②

按，《乐府诗集》无此题，王祎《王忠文集》置之于"操"类，故当属琴曲歌辞。

---

① 《王忠文集》卷十四，第304页。

② 《王忠文集》卷十四，第304页。

乌伤操并序

般阳王德茂，葬其亲严州乌龙山之阳，而筑庐墓左以居焉。大夫士咸为取蓼莪之义以赋诗，盖嘉其能孝也。呜呼王君，诚能孝者欤？昔吾乌伤，当秦时，有颜氏者葬其亲而躬负土焉，群乌毕集，衔土以助之，乌吻皆伤也，因名县乌伤。予其县人，虽习知颜氏事，而行不能无愧，故闻德茂之能孝而心为之惕，然爰作《乌伤操》，其辞曰：

生我者天，天实罔极只。哀哀人子，曷报厥德只。既壤而树，匪躬则劬只。有相维乌，其尾毕逋只。我亲我丧，乌亦何与只。曾是衔土，吻血不顾只。乌岂有知，有以致之只。哀哀人子，如何弗思只。①

按，《乐府诗集》无此题，王祎《王忠文集》置之于“操”类，故当属琴曲歌辞。

（原载《古籍整理研究学刊》2020 年第 2 期，原题作《〈全元诗〉补遗 63 首》，收入时有删改）

① 《王忠文集》卷十四，第 304—305 页。

附录　乐府诗史三论

从诗题标记看汉唐乐府诗创作方式的演变

汉代多数乐府诗无主名，建安以后乐府诗创作开始进入有主名时代，诗人创作从此多了一种体裁选择。那么，诗人如何看待这一诗体，怎样写作，为谁写作，是否入乐？就成了一个乐府诗学问题。而诗人写作乐府诗时在固定题名外所加的"拟"、"当"、"代"、"赋"、"系"、"补"等标记，就成了研究上述问题的重要线索。以往学界对个别标记虽然有所探讨[①]，但都

① 葛晓音在《八代诗史》第七章第三节对鲍照含有"代"字的乐府诗已有论述，认为"代"字表明鲍照是用新辞新意代替旧辞旧意（葛晓音《八代诗史》，陕西人民出版社，1989年版，第216页）。此后她又撰写专文对这一问题再作讨论，认为《鲍照集》里的代乐府是乐府创作中的一个特殊现象，虽然具有汉魏乐府创作传统的基本特质和不少表现元素，但并非汉魏乐府复旧。"代"字标示了他在传统基础上的创变（葛晓音《鲍照"代"乐府体探析》，《上海大学学报》2009年第2期）。钱志熙对齐梁时期拟乐府"赋题法"的产生，赋题法与南朝诗赋创作重题、咏（注转下页）

将其作为个案来研究，没有把这些标记作为乐府诗学问题进行系统考察。有鉴于此，本文拟系统考察这些诗题标记，试图从中发掘出汉唐诗人乐府诗创作方式的演变历程。

一

“拟”之含义有多种，用于标记诗题者主要有两种：一是“模拟”，一是“草拟”。

现存最早以“拟”作为乐府诗诗题标记的是傅玄《拟楚篇》。诗存“登昆仑漱玉池”，“光灭星离”两句，不见于《乐府诗集》，逯钦立《先秦汉魏晋南北朝诗》将其列为乐府。《文心雕龙・辨骚》有云：“名儒辞赋，莫不拟其仪表。”[①]《拟楚篇》即属其例，题中“拟”用“模仿”意。《先秦汉魏晋南北朝诗》收陶渊明《拟挽歌三首》[②]，诗写生命之短促和生死荣枯之倏忽变迁，《乐府诗集》收入“相和歌辞”中，同时录有缪袭、陆机《挽歌》，内容体制相同[③]。陶诗题中“拟”字，亦当为“模仿”之意。宋、齐以后用“拟”标记乐府诗题者还有很多，如宋荀昶《拟相

(续上页注)物之风的关系，赋题法与齐梁至唐边塞诗创作的关系也有详细讨论(钱志熙《齐梁拟乐府诗赋题法初探》，《北京大学学报》1995 年第 4 期)。

① ［南朝・梁］刘勰撰，范文澜注《文心雕龙注》卷一，人民文学出版社，1958 年版，第 46 页。

② 逯钦立《先秦汉魏晋南北朝诗・晋诗》卷十七，中华书局，1983 年版，第 1012 页。

③ ［宋］郭茂倩编撰，聂世美、仓阳卿点校《乐府诗集》卷二七，上海古籍出版社，1998 年版，第 326 页。

逢狭路间行》、梁何逊《拟轻薄篇》等。唐人乐府以“拟”标记诗题者共四题十首，分别是崔液《拟古神女宛转歌二首》（一作郎大家诗）、李峤《拟古东飞伯劳西飞燕》（一本题作《东飞伯劳歌》）、李暇《拟古东飞伯劳歌》、司空曙《拟百劳歌》、沈佺期《拟古别离》、崔道融《拟乐府子夜四时歌》四首。“拟”均取“模拟”之意。

“拟”在诗题中还取“草拟”之意，如梁虞骞有《拟雨诗》：“清风送凉气，薄暮荡炎氛。虹照涟漪水，电出嵯峨云。落晖散长足，细雨织斜文。”[①]诗似有残缺，写喜雨之情。此前晋傅玄有《雨诗》：“徂暑未一旬，重阳医朝霞。厥初月离毕，积日遂滂沱。屯云结不解，长溜周四阿。霖雨如倒井。黄潦起洪波。湍流激墙隅。门庭若决河。炊爨不复举。灶中生蛙虾。”[②]写苦雨之意。两诗相较，看不出虞作有模拟傅作迹象，故虞作诗题中“拟”当为“草拟”意。现存“拟”题乐府诗尚无取“草拟”意之例证，唯鲍照《拟行路难十八首》或有此意。惜《行路难》曲调虽流行民间，但并无歌辞留存，无法认定鲍照这组作品是模拟前人还是草拟歌辞。尽管如此，但草拟乐府却有事实存在。如曹操、曹植都作有《薤露》。古辞云：“薤上露，何易晞。露晞明朝更复落，人死一去何时归？”[③]曹操诗云：“惟汉二十二世，所任诚不良。沐猴而冠带，知小而谋强。犹豫不敢断，因狩执君王。白虹为贯日，己亦先受殃。贼臣持国柄，杀主灭宇京。荡覆帝基业，宗庙以燔丧。播越西迁移，号泣而且行。瞻彼洛

① 《先秦汉魏晋南北朝诗·梁诗》卷五，第1611页。

② 《先秦汉魏晋南北朝诗·晋诗》卷一，第571页。

③ 《乐府诗集》卷二七，第323页。

城郭,微子为哀伤。”[1]曹植诗云:“天地无穷极,阴阳转相因。人居一世间,忽若风吹尘。愿得展功勤,输力于明君。怀此王佐才,慷慨独不群。鳞介尊神龙,走兽宗麒麟。虫兽犹知德,何况于士人。孔氏删诗书,王业粲已分。骋我径寸翰,流藻垂华芬。”[2]《乐府诗集》在曹植诗题下引《乐府解题》曰:“曹植拟《薤露行》为《天地》。”[3]这两首诗句数相同,但曹操未按古辞写作,当为“草拟”;曹植则依古辞写作,当为“模拟”。

乐府“拟”题或有“接续”之意。《先秦汉魏晋南北朝诗·梁诗》“乐府”简文帝萧纲《东飞伯劳歌二首》题解云:“一云《绍古歌》。”[4]《东飞伯劳歌》本有古辞,萧作体制风味与古辞无二,显然是模拟古辞而来。可知“绍”意同于“拟”,有“接续”、“模仿”之意。乐府诗题中另有含“效”字标记者,如宋袁淑《效曹子建白马篇》、唐钱起《效古秋夜长》、李益《效古促促曲为河上思妇作》、李商隐《又效江南曲》等,“效”皆意同于“拟”。

判定诗人以“拟”标记乐府诗题,是取“模拟”之意,还是取“草拟”之意,可据诗题中是否带有作者姓名。若有,则可径直断定为“模拟”。如梁简文帝萧纲《拟沈隐侯夜夜曲》,题中有沈约姓名,“模拟”之意十分明确。若无,则需依具体情况判断。

“拟”字到西晋以后开始进入诗歌评论话语体系。如《文选》班婕妤《怨歌行》注云:“《歌录》曰:《怨歌行》,古辞。然言

---

① 《乐府诗集》卷二七,第 323 页。

②③ 《乐府诗集》卷二七,第 324 页。

④ 《先秦汉魏晋南北朝诗·梁诗》卷二〇,第 1923 页。

古者有此曲，而班婕妤拟之。”[①]吴兢《乐府古题要解》中《悲哉行》解题云：“以上乐府杂题……今但据后人所拟，采其意而注之。如曹植……拟《气出唱》为《惟乾》，《对酒行》为《於穆》……以上亦多是拟古所作，后人不复继作，故并不录。……近吴均辈多拟此等，并自为乐府，皆不见古词。”[②]元稹《乐府古题序》曰：“近代唯诗人杜甫《悲陈陶》《哀江头》《兵车》《丽人》等，凡所歌行，率皆即事名篇，无复倚傍。予少时与友人白乐天、李公垂辈，谓是为当，遂不复拟赋古题。”[③]这表明“拟”作为乐府诗的一种创作方式是被人们认可的。

乐府诗题中“拟”字标记的出现，说明写作乐府诗必须有所遵循，或是为某个曲调作辞，或是为乐府机构写作歌辞。诗人明了自身创作意图，清楚是在写作乐府诗。

二

魏晋南北朝隋唐以“当”命题的乐府诗，共八题九首，分别为曹植《当欲游南山行》《当来日大难》《当墙欲高行》《当事君行》《当车已驾行》、梁范云《当对酒》、简文帝《当置酒》、唐元稹《当来日大难》、王建《当窗织》。郭茂倩《乐府诗集》解题认为王建《当窗织》取自梁鼓角横吹曲《折杨柳》中“女子临窗

---

① [南朝·梁]萧统《文选》卷二七，中华书局，1977 年版，第 390 页。

② [唐]吴兢《乐府古题要解》卷下，见丁福保《历代诗话续编》，中华书局，1983 年版，第 54 页。

③ [唐]元稹撰，冀勤点校《元稹集》卷二三，中华书局，1982 年版，第 255 页。

织”句,[①]但该题为乐府新题,“当”字并非在固有诗题上所加标记,因此实际以“当”标记乐府诗题者只有七题八首。

“当”有多种含义,在上述七题中应取哪种含义?似乎难以遽下结论。陈释智匠《古今乐录》一段记载为理解“当”字提供了帮助:“《晋鼙舞歌》五篇:一曰《洪业篇》,当魏曲《明明魏皇帝》,古曲《关东有贤女》;二曰《天命篇》,当魏曲《大和有圣帝》,古曲《章和二年中》;三曰《景皇篇》,当魏曲《魏历长》,古曲《乐久长》;四曰《大晋篇》,当魏曲《天生烝民》,古曲《四方皇》;五曰《明君篇》,当魏曲《为君既不易》,古曲《殿前生桂树》。”[②]可见乐府诗题中“当”就是“对应”、“当作”、“相当于”之意。

以“当”字作为诗题标记说明诗人清楚在写作一种与旧作相对应的新作。除非有另一种情况,即原作没有“当”字,歌录作者在整理作品时加上“当”字,以区分旧作和新作。但乐府表演以新作取代旧作的情况很普遍,只有少数乐府诗题有“当”字,足见歌录编写无此惯例。且以“当”字为题者,并非一个时代或一位诗人作品,不像是某一歌录编写者所加,因此“当”为诗人所加才最合情理。

既然透过“当”字可以看出诗人在为某一首乐曲或某一组乐曲写作新辞,那么诗人在作“当”题乐府时是如何处理与旧作关系的呢?吴兢《乐府古题要解》解释曹植《当来日大难》时说:“拟……《善哉行》为《日苦短》。”[③]认为“当”就是“模拟”。

---

① 《乐府诗集》卷九四,第993页。

② 《乐府诗集》卷五三,第596页。

③ 《乐府古题要解》卷下,见《历代诗话续编》,第54页。

而郭茂倩《乐府诗集·杂曲歌辞》叙论在论及《当欲游南山行》《当事君行》《当车已驾行》时却说："又如汉阮瑀之《驾出北郭门》，曹植之《惟汉》、《苦思》、《欲游南山》、《事君》、《车已驾》、《桂之树》等行……或因意命题，或学古叙事。"[①]认为曹植包括《欲游南山》《事君》《车已驾》三首诗在内的乐府诗，或是"或因意命题，或学古叙事"。"因意命题"，就是诗人自创新辞"当作"旧辞；"学古叙事"，就是诗人模拟旧辞以"当作"旧辞。

那么前述七题到底属于哪种情况呢？那些不见于前人曲调的作品，可能是"因意命题"，如曹植《当墙欲高行》等；那些已有曲调的作品，很可能就是"学古叙事"了，如范云《当对酒》、简文帝《当置酒》。《对酒》为相和十五曲之第十曲，吴兢《乐府古题要解》曰："右阙古词。曹魏乐奏武帝所赋'对酒歌太平'。其旨言王者德泽广被，政理人和，万物咸遂。若梁范云'对酒心自足'，则言但当为乐，勿殉名自欺也。"[②]范作虽与魏武所作同题，但题旨相去甚远。《置酒》为大曲十五曲之第十曲，《乐府诗集》所录曹植《野田黄雀行四解》解题云："《乐府解题》曰：'晋乐奏东阿王《置酒高殿上》，始言丰膳乐饮，盛宾主之献酬。中言欢极而悲，嗟盛时不再。终言归于知命而无忧也。'《空侯引》亦用此曲。"[③]梁简文帝《当置酒》也为五言句，虽也以置酒欢宴开篇，但主要写眼前美景，不言乐极而悲、

① 《乐府诗集》卷六一，第678页。

② 《乐府古题要解》卷上，见《历代诗话续编》，第26页。

③ 《乐府诗集》卷三九，第448页。

盛时不再、知命无忧[①]。可见范云、简文帝二作均取旧作一点元素演绎新辞，“当”仅表明诗题与古题“相当”而已。这两首“当”题乐府虽属“学古叙事”，但仍有很大自主性，“当”有“权当作”之意。

“当”题乐府增加了考察乐府诗文献留存的复杂性。如曹植《当墙欲高行》又名《龙欲升天》，《乐府诗集》所录曹植《升天行二首》解题云：“《乐府解题》曰：‘《升天行》，曹植云：“日月何时留。”鲍照云：“家世宅关辅。”曹植又有《上仙箓》与《神游》《五游》《龙欲升天》等篇，皆伤人世不永，俗情险艰，当求神仙，翱翔六合之外，与《飞龙》《仙人》《远游篇》《前缓声歌》同意。’按《龙欲升天》，即《当墙欲高行》也。”[②]这种同诗异名现象便是“当”题乐府造成的。

三

乐府诗题中出现“代”字，似不可解。大量以“代”标记乐府诗题的是鲍照，他有《代蒿里行》《代东门行》《代放歌行》等，凡三十三首。其他诗人也有以“代”名篇者，如嵇康《代秋胡歌诗》、萧子显《代美女篇》、萧纲《代乐府三首·楚妃叹》《代乐府三首·新成安乐宫》《代乐府三首·双桐生空井》、刘

① 逯钦立《先秦汉魏晋南北朝诗·魏诗》卷三录阮瑀《诗》云：“我行自凛秋，季冬乃来归。置酒高堂上，友朋集光辉。念当复离别，涉路险且夷。思虑益惆怅，泪下沾裳衣。”与曹植诗意相近但似不完整。宋孔欣据此作乐府诗《置酒高堂上》，诗意与阮诗相似。此诗题名很可能也是《野田黄雀行四解》或《箜篌引》。

② 《乐府诗集》卷六三，第701页。

希夷《代悲白头吟》、刘方平《代宛转歌》二首等。[①] 但鲍照同时也以“拟”标记乐府，如《拟行路难十八首》；有不加“代”、“拟”的乐府，如《采菱歌七首》《幽兰五首》。可见“代”和“拟”不同，诗题中加不加“代”、“拟”也不一样。

“代”字含义丰富，最常见者为“更替”之意，《说文解字》即云：“代，更也。”[②]但乐府诗中尚未见诗人用此含义。在乐府诗中，“代”主要取以下两种含义：

第一，代人创作，取“代替”之意。这种标记魏时已有，曹丕、曹植都作有《代刘勋妻王氏杂诗》。细分起来，“代”出现在诗题中时，其所代之对象有三种：有生者，如晋陆云《代彦先赠妇诗》、释康渊《代答张君祖诗》、宋鲍令晖《代葛沙门妻郭小玉作诗》二首、梁姚翻《代陈庆之美人为咏诗》、唐骆宾王《艳情代郭氏答卢照邻》《代女道士王灵妃赠道士李荣》等；有往者，如萧衍《代苏属国妇诗》、曹邺《代班姬》、罗隐《代文宣王答》、李山甫《代孔明哭先主》；有神仙，如梁王筠《代牵牛答织女诗》、唐元稹《代郡斋神答乐天》。而鲍作直接将“代”与乐府诗题相连，没有加入被代者姓名，所以没有替人写作之意。

第二，当作某篇，取“当作”之意。“代”确有“当”意。陶

---

① 李白乐府诗《司马将军歌》有注曰：“代陇上健儿陈安。”《东海有孝妇》有注曰：“代关中有贞女。”因此二诗并非直接将“代”字标记在诗题中，故正文不予列出。见詹锳《李太白全集校注汇释集评》卷四，百花文艺出版社，1996 年版，第 591 页，第 674 页。

② ［汉］许慎撰，［清］段玉裁注《说文解字注》，中华书局，1988 年版，第 375 页。

渊明《归园田居诗五首》其五云:“日入室中暗。荆薪代明烛。”[1]诗中“代”即取“当”意。谢灵运《初去郡诗》曰:“庐园当栖岩。卑位代躬耕。”[2]其《田南树园激流植援》亦曰:“激涧代汲井,插槿当列墉。”二诗径将“当”、“代”互文对称,可知两字含义相同。不仅在诗中“代”有“当”义,在史传中也有这种用法。《晋书·杜预传》:“旨等发伏兵,随歆军而入,歆不觉,直至帐下,虏歆而还。故军中为之谣曰:‘以计代战,一当万。’”[3]上述诗文中“代”均等同于“当”,有“当作”之意。这一含义也被用到诗题中,如梁陆倕就有《以诗代书别后寄赠诗》、唐李白有《以诗代书答元丹丘》、白居易《绝句代书赠钱员外》。前文论及乐府诗有以“当”命题者,鲍照以“代”标记乐府诗题,与乐府以“当”命题者相同,就是取“当作”之意。

那么鲍照为何不直接以“当”来标记乐府诗题呢?仔细分析就会发现,鲍照乐府诗题中的“代”,除了“当作”之意以外,还有“接续”之意。如《代结客少年场行》,《乐府诗集》解题云:“曹植《结客篇》曰:‘结客少年场,报怨洛北邙。’《乐府解题》曰:‘《结客少年场行》,言轻生重义,慷慨以立功名也。’……按结客少年场,言少年时结任侠之客,为游乐之场,终而无成,故作此曲也。”[4]鲍照学曹植《结客》以“叙”己之“事”:以少年杀人避祸远行开端,但重点又在抒发去乡远游三

① [晋]陶渊明撰,袁行霈笺注《陶渊明集笺注》卷二,中华书局,2003年版,第76页。

② [晋]谢灵运撰,顾绍柏校注《谢灵运集校注》,中州古籍出版社,1987年版,第97页。

③ [唐]房玄龄《晋书》卷三四,中华书局,1974年版,第1030页。

④ 《乐府诗集》卷六六,第721页。

十载后回归后感想,表达人事变迁的感慨和蹉跎无为的失落。即使是那些古辞尚存的“代”题诗,鲍照也往往在古辞中注入新意,融入自我身世之感,如《代陈思王白马篇》拟曹植《白马篇》以述己意,重在抒发戍边悲哀和因贫贱而抱负难展的不平。总之,无论是补古辞发挥己意,还是接续古辞而注入新意,所述之意多关合鲍照自身遭际,注重抒发自我情感。可见鲍照“代”题乐府之“代”字,在“当作”之外,更多是取“接续”之义。以“代”标记乐府,表明是在借旧题以抒己情。

四

乐府诗题中还有以“赋”、“赋得”作为标记者。典型标本就是现载于谢朓集中的两组诗,诗题是《同沈右率诸公赋鼓吹曲名先成为次》,第一组所列诗依次是沈约《芳树》、范云《当对酒》、谢朓《临高台》、王融《巫山高》、刘绘《有所思》;第二组所列诗依次是谢朓《芳树》、王融《芳树》、沈约《临高台》、王融《有所思》、刘绘《巫山高》、范云《巫山高》。同时还有《同赋杂曲名》五首,分别为檀秀才《阳春曲》、江朝请《渌水曲》、陶功曹《采菱曲》、谢朓《秋竹曲》、朱孝廉《白雪曲》。此外,梁庾肩吾有《赋得有所思》《赋得横吹曲长安道》、刘孝绰有《夜听妓赋得乌夜啼》、简文帝萧纲有《赋乐府得大垂手》、王泰有《赋得巫山高诗》,陈李爽有《赋得芳树诗》,唐徐贤妃有《赋得北方有佳人》、沈佺期有《内题赋得巫山雨》、杜审言有《赋得妾薄命》、袁朗有《赋饮马长城窟》、白居易有《赋得乌夜啼》、慧净有《与英才言聚赋得升天行》等。

“赋”有多种含义,作为诗歌创作方式,“赋”多取“铺陈叙写”之意。《释名·释典艺》云:“敷布其义谓之赋。”[1]“赋”是诗歌创作的常用方法,但乐府诗有固定本事,约束乐府诗表现固有题材、主题和人物。以“赋”标记乐府诗题,要看诗人如何处理与原题本事或古辞的关系。其情形主要有以下三种:

第一,遵守本事,内容与古辞相近。此时“赋”是“写作”之意。如《乌夜啼》起于宋彭城王刘义康和衡阳王刘义季相会痛哭引起文帝怀疑而遭囚禁,家人望归事,歌辞多咏男女相思。刘孝绰《夜听妓赋得乌夜啼》:“鹍弦且辍弄,鹤操暂停徽。别有啼乌曲,东西相背飞。倡人怨独守,荡子游未归。忽闻生离曲,长夜泣罗衣。”[2]与原作本事、曲辞一致。

第二,抛开本事,内容与古辞无关。乐府本事有时会失传,有时甚至连古辞也没有留下,于是后人径直抛开本事,只根据题名演绎,这就是“赋题”作诗。沈约等人“赋鼓吹曲名”所作两组诗就属此类。鼓吹曲是汉代一组作品,所传古辞与曲题不合,且后来因传抄时“声辞合写”,致使部分作品不可解读。刘宋何承天私造鼓吹曲辞,就只是根据这些曲题字面演绎歌辞。

第三,遵循本事,演绎古辞诗句。以“赋”法作诗,取前人诗句演绎,从非乐府诗中演绎出乐府诗。如徐幹有《室思诗》五章,其第三章曰:“自君之出矣,明镜暗不治。思君如流水,无有穷已时。”[3]后来很多诗人作《自君之出矣》,每首都以“自君之出矣”开头,《乐府诗集》卷六十九共收入宋孝武帝、刘义

---

① 任继昉《释名汇校》卷六,齐鲁书社,2006年版,第340页。

② 《先秦汉魏晋南北朝诗·梁诗》卷十六,第1824页。

③ 《先秦汉魏晋南北朝诗·魏诗》卷三,第376页。

恭、颜师伯、鲍令晖，齐王融、虞羲，梁范云，陈后主、贾冯吉，隋陈叔达，唐李康成、辛弘智、卢仝、雍裕之、张祜十五人《自君之出矣》诗二十一首。这种方式也被移植到其他乐府诗创作当中，如隋薛道衡作乐府诗《昔昔盐》，共二十句，唐赵嘏将每一句诗演绎成一首诗，成《昔昔盐二十首》。

“赋句”作诗与“赋题”作诗相比，更接近原题内容。因为当遇到题名与古辞不合时，“赋题”所作乐府诗也将背离原题本事。但无论“赋题”还是“赋句”，以“赋”法写作乐府，说明诗人开始有意淡化乐府本事，把乐府当作“诗”来写作。

五

到唐代，乐府诗题中出现了“系”、“补”等标记。如元结有《系乐府十二首》《补乐歌》十首、皮日休有《补九夏歌》九首，均收入《乐府诗集·新乐府辞》中。

“系”之含义，元结《系乐府序》有明确阐释，他说：“天宝辛未中，元子将前世尝可称叹者为诗十二篇，为引其义以名之，总命曰《系乐府》。古人歌咏不尽其情声者，化金石以尽之。其欢怨甚耶戏！尽欢怨之声者，可以上感于上，下化于下，故元子系之。”①从序文可以看出，他这十二篇诗，符合古代乐府表达欢怨、感上化下的特点，故而可以“系”于乐府之后。很显然，“系”为“连缀”、“连接”、“续接”之意。

“补”为“补足”、“补充”之意。元结《补乐歌十首》序曰：

---

① ［清］彭定求《全唐诗》卷二四〇，中华书局，1960 年版，第 2696 页。

“自伏羲至于殷，凡十代，乐歌有其名亡其辞。考之传记，义或存焉，故采其名义以补之，凡十篇十九章，名引其义以序之，命曰《补乐歌》。”[①]序文将元结写作《补乐歌》的缘由讲得很清楚：因十代乐歌名存辞亡，但传记之中尚存其义，故据“名”和“义”补足其“辞”。《补乐歌十首》旨在盛赞十代帝王功德，以期国家制度能承续上古。这一点他在《补乐歌十首》序文中也有交代：“今国家追复纯古，列祠往帝，岁时荐享，则必作乐，而无《云门》《咸池》《韶》《夏》之声，故探其名义以补之。”[②]从中也可看出，元结《补乐歌》用意在于复古。受元结《补乐歌》启发，晚唐皮日休作《补九夏歌》，序文曰：“‘九夏亡者，吾能颂之。’乃作《补九夏歌》。”[③]九夏属于颂类，曾载入乐章，因乐崩而诗亡，皮日休作诗以补其阙。可见皮日休《补九夏歌》“补”的用意与元结《补乐歌十首》相同。

“补”乐府的说法在唐宋诗中也可找到例证。如晚唐张蠙《费征君旧居》称赞费征君诗云：“遗篇补乐府。”[④]宋张耒《仓前村民输麦行》诗序也称其诗是补乐府之遗：“余过宋，见仓前村民输麦，止车槐阴下，其乐洋洋也。晚复过之，则扶车半醉，相招归矣。感之，因作《输麦行》，以补乐府之遗”[⑤]宋人曹勋还

---

① ［唐］元结撰，孙望校《元次山集》卷二，中华书局，1960年版，第18页。

② 《元次山集》卷一，第1页。

③ 《乐府诗集》卷九六，第1014页。

④ 《全唐诗》卷七〇二，第8086页。

⑤ 傅璇琮等《全宋诗》卷一一八七，第20册，北京大学出版社，1995年版，第13418页。

仿效元结，将诗作命名为《补乐府》十篇。[1]

六

清人王士禛认为诗题能反映时代特征："予尝谓古人诗，且未论时代，但开卷看起题目，即可望而知之……如魏晋人制诗，题是一样，宋、齐、梁、陈人是一样，初、盛唐人是一样，元和以后又是一样，北宋人是一样，苏黄又是一样。"[2]此理同样适用于乐府。通过梳理建安以还诗人们在乐府诗题中留下的"拟"、"代"、"当"、"赋"、"系"、"补"等标记，可以得出如下结论：

首先，从诗题标记确实可以看出从汉至唐乐府诗创作方式的变化过程。汉代只有少数乐府诗有主名，魏晋南北朝时期乐府诗题中出现了在固有题名外所加的动词标记，如"拟"、"当"、"代"、"赋"等。这些标记表明，诗人们开始更多关注怎样写作乐府诗。进入唐代以后，乐府诗题标记又出现了新变化，且不论以"古"、"新"、"正"等形容词为标记的乐府诗题，就是同样以动词"系"、"补"为标记的乐府诗题，也意在写作某种乐府，强调乐府诗的性质和功用，关注什么样的诗才算是乐府诗，已经不同于魏晋南北朝诗人那样关注如何写作乐府诗

---

① 曹勋《补乐府十篇》序云："夫小雅废而颂声寝，王泽竭而诗不作。……予志于古而不及见者也，因申其名义，补而发之，庶几一唱三叹，当有赏音者存焉云尔。"见《全宋诗》卷一八七七，第33册，第21033页。

② ［清］王士禛《带经堂诗话》卷二七，人民文学出版社，1963年版，第761页。

了。从中可以看出,唐人较前代诗人在探索乐府诗写作问题上有明显深入。

其次,魏晋南北朝时期“拟”、“当”、“代”、“赋”等诗题标记的出现,表明这一时期诗人创作乐府诗经历了一个如何使所作像“乐府诗”到如何使所作像“诗”的过程。“拟”强调对固有作品的模拟,力图使所作像乐府诗;“当”强调所作是一种诗歌,这些诗可以当作乐府诗;“代”强调所作只是乐府诗的“替代品”,已不在意其是否真正是乐府诗;“赋”强调是纯文学创作方式,抛开了乐府本事或古辞,完全不在乎是否像原来的乐府诗了。这一过程是乐府诗越来越远离乐府本事和古辞的过程,同时也反映了诗人们越来越重视乐府诗的文学特性,越来越看重在乐府诗中表现自己的文学才能。

再次,乐府诗题标记在文献记录中呈现复杂状态。有些诗题标记如“拟”、“代”、“赋”、“赋得”在诗人别集和诗歌总集中有所保留,而在《乐府诗集》中则被删去。如《先秦汉魏晋南北朝诗·梁诗》卷八何逊《拟轻薄篇》,在《乐府诗集》卷六十七“杂曲歌辞”中则为《轻薄篇》。鲍照大量“代”题乐府,如《代东门行》《代放歌行》《代门有车马客》等,在《鲍照集》和《先秦汉魏晋南北朝诗》中“代”字标记俱在,而在《乐府诗集》中则“代”字全无。“赋”和“赋得”也是同样情形,如《先秦汉魏晋南北朝诗·梁诗》卷二三庾肩吾《赋得有所思》,收入《乐府诗集》卷十七“鼓吹曲辞”后题为《有所思》。谢朓等人所作《同沈右率诸公赋鼓吹曲名先成为次》在《乐府诗集》中被拆开,不再保留总体诗名。这些诗题标记被郭茂倩舍弃,原因当有两点:其一,郭茂倩《乐府诗集》根据乐府歌录编成,歌录是乐府表演脚本,艺人们只把这些诗当作歌辞,不关心这些诗是怎样写的,因此记录歌辞时去掉了标记,所以郭茂倩编入《乐府诗集》时就没有标记;其二,郭茂倩编纂《乐府诗集》时是按照曲调名称将同一曲调作品按时间顺序排列,若照搬原有诗题标记,体例上会显得杂乱,所以删去了这些标记。当然也有例外,如“当”题乐府,《乐府诗集》中“当”字就被保留下来。前述七题八首“当”题乐府诗中,只有梁范云《当对酒》一首收入《乐府诗集》后去掉了“当”字,其他六首收入《乐府诗集》后诗题中“当”字均在。

(原载《乐府学》第十七辑,社会科学文献出版社,2018 年 6 月)

魏之三祖“宰割辞调”的诗歌史意义

李白《古风五十九首》其一有句云：“自从建安来，绮丽不足珍。”①建安诗歌以刚建著称，为何成了“绮丽”诗风的源头？笔者一直心存疑问。近日翻看《文心雕龙·乐府》，读到“至于魏之三祖，气爽才丽，宰割辞调，音靡节平”②几句，才豁然开朗：魏之三祖作乐府歌辞时为方便入乐有意安排声韵，从而开启了诗歌声律化进程，诗风也就从此走向“绮靡”一路。

对于《文心雕龙·乐府》中这几句话，有学者认为是在说魏之三祖所作乐府诗很美，因“丽”和“靡”都有美丽之意。笔者却以为，这种解释并没有说清魏之三祖“宰割辞调”与绮

---

① ［唐］李白撰，［清］王琦注《李白集》卷二，中华书局，1977年版，第87页。

② ［南朝·梁］刘勰撰，范文澜注《文心雕龙注》卷二，人民文学出版社，1958年版，第102页。

靡诗风有何关联,因此有必要对其间关系作出更清晰地揭示。

"宰割辞调","宰割",本指杀牲切肉,有分割、支配义。"辞调",即歌辞用字声调。四字连用,就是切割词语,按声调进行搭配。歌辞配乐时确实需要适当加工,因为句式之长短、声韵之高下,都可能影响入乐效果。《文心雕龙·乐府》云:"凡乐辞曰诗,诗声曰歌,声来被辞,辞繁难节。故陈思称'左延年闲于增损古辞,多者则宜减之',明贵约也。"[①]左延年"增损古辞",也是在"宰割"歌辞。据《晋书·乐志》记载,汉末大乱,乐府毁坏,乐章亡缺,魏武帝使杜夔等人复建才初具规模。但到了魏文帝黄初年间,"柴玉、左延年之徒,复以新声被宠,改其声韵。"[②]《晋书·乐志》还记载了所改的具体篇目:"杜夔传旧雅乐四曲,一曰《鹿鸣》,二曰《驺虞》,三曰《伐檀》,四曰《文王》,皆古声辞。及太和中,左延年改夔《驺虞》《伐檀》《文王》三曲,更自作声节,其名虽存,而声实异。"[③]可知左延年不仅改了歌辞,而且改了音乐。《晋书·乐志》云:"三祖纷纶,咸工篇什,声歌虽有损益,爱玩在乎雕章。"[④]"损益声歌",和左延年"增损古辞"、"改其声韵"意思一样。

"宰割辞调"也叫"商榷辞藻"。沈约《宋书·谢灵运传论》云:"若夫敷衽论心,商榷前藻,工拙之数,如有可言。夫五色相宣,八音协畅,由乎玄黄律吕,各适物宜。欲使宫羽相变,

① 《文心雕龙注》卷二,第102页。
② [唐]房玄龄等《晋书》卷二二,中华书局,1974年版,第684页。
③ 《晋书》卷二二,第684页。
④ 《晋书》卷二二,第676页。

低昂互节，若前有浮声，则后须切响。一简之内，音韵尽殊；两句之中，轻重悉异。妙达此旨，始可言文。”[①]从沈约这段永明声律说的经典表述中可以看出：“商榷前藻”，就是合理安排声韵，使诗歌声、韵、调错杂使用。《文选》李善注云：“《楚辞》曰：‘跪敷衽以陈辞。’陆机《乐府篇》曰：‘商榷为此歌。’”[②]“《文赋》曰：‘暨音声之迭代，若五色之相宣。’”[③]说明沈约正是借助陆机《乐府篇》和《文赋》中有关声律的论述来阐述其声律说内涵的。

“音靡节平”，“靡”，亲顺、顺服之意，“平”，均平，正当之意。四字合而言之，就是音节平顺。合上句“气爽才丽”之“丽”，就是陆机《文赋》所云“诗缘情而绮靡”中的“绮靡”。陆机对“绮靡”的解释是：“其会意也尚巧，其遣言也贵妍。暨音声之迭代，若五色之相宣。”[④]也正是《文选》李善注沈约《宋书·谢灵运传论》“五色相宣，八音协畅”句时所引。李善进一步解释说：“言音声迭代，而成文章，若五色相宣而为绣也。”[⑤]“音声迭代”，即声韵高下搭配，错落有致。魏之三祖的乐府诗“音靡节平”，就是说他们所作诗篇声律和谐顺畅。这在《文心雕龙》其他篇章相关用语中也可以得到印证。如《诔碑篇》云：

---

① ［南朝·梁］沈约《宋书》卷六七，中华书局，1974年版，第1779页。

② ［南朝·梁］萧统编，［唐］李善注《文选》卷五〇，中华书局，1977年版，第703页。

③ 《文选》卷五〇，第703页。

④ ［晋］陆机撰，杨明校笺《陆机集校笺》，上海古籍出版社，2016年版，第21页。

⑤ 《文选》卷十七，第241页。

"观其序事如传,辞靡律调,固诔之才也。"[①]《章句篇》云:"歌声靡曼,而有抗坠之节也。"[②]《声律篇》云:"左碍而寻右,末滞而讨前,则声转于吻,玲玲如振玉;辞靡于耳,累累如贯珠矣。"[③]"辞靡律调"、"歌声靡曼"、"辞靡于耳"与"音靡节平"同义,说的都是声律的和谐顺畅,而"左碍而寻右,末滞而讨前",说的正是"宰割辞调"时的具体情形。

在魏之三祖影响下,魏晋诗人作诗普遍讲究声律。《文心雕龙·明诗》云:"晋世群才,稍入轻绮。张潘左陆,比肩诗衢,采缛于正始,力柔于建安。或析文以为妙,或流靡以自妍,此其大略也。"[④]"流靡以自妍"就是陆机《文赋》中所说的"绮靡"和"贵妍"。而"析文"与刘勰所说"宰割",陆机所说"遣词"、"商榷",都是同一含义。《文心雕龙·时序》又云:"然晋虽不文,人才实盛:茂先摇笔而散珠,太冲动墨而横锦;岳、湛曜联璧之华,机、云标二俊之采;应、傅、三张之徒,孙挚、成公之属,并结藻清英,流韵绮靡。"[⑤]魏晋诗人作诗普遍讲究声律由此可知,而这还可以从其记载中得到印证。如颜延之《清者人之正路》称赞荀爽云:"至于五言流靡,则刘桢、张华;四言侧密,则张衡、王粲。若夫陈思王,可谓兼之矣。"[⑥]沈约《宋书·谢灵云传论》云:"至于先士茂制,讽高历赏,子建函谷之作,仲宣霸岸之

---

① 《文心雕龙注》卷三,第213页。

② 《文心雕龙注》卷七,第570页。

③ 《文心雕龙注》卷七,第553页。

④ 《文心雕龙注》卷二,第67页。

⑤ 《文心雕龙注》卷九,第674页。

⑥ [清]严可均《全上古三代秦汉三国六朝文·全宋文》卷三六,中华书局,1958年版,第2637页。

篇，子荆零雨之章，正长朔风之句，并直举胸怀，非傍经史，正以音律调韵，取高前式。”[①]启功《诗文声律论稿》对《宋书·谢灵云传论》和《诗品下·序》所举魏晋诗人诗句一一做了分析，认定“都是律句”。

曹植、陆机等人所作乐府诗也因讲究声律而更方便入乐。《文心雕龙·乐府》云：“子建士衡，咸有佳篇，并无诏伶人，故事谢丝管，俗称乖调，盖未思也。”[②]意谓曹植、陆机都有乐府诗佳作，可惜没有机会被乐府演奏，说他们诗作不合曲调是因为没有仔细考虑到他们所处写作环境。《文心雕龙·声律》还具体指出曹植等人在声韵安排上的细微差别：“若夫宫商大和，譬诸吹籥；翻回取均，颇似调瑟。瑟资移柱，故有时而乖贰；籥含定管，故无往而不壹。陈思、潘岳，吹籥之调也；陆机、左思，瑟柱之和也。概举而推，可以类见。”[③]

魏之三祖之所以能在推动诗歌走向声律化进程中发挥重要作用，是因为他们垄断了乐府诗的创作权力。乐府活动属于朝廷礼乐大事，郊庙歌辞、燕射歌辞作者多为皇帝和大臣。曹魏乐府歌辞基本出自三祖之手，曹植即使贵为藩王，才高八斗，也无法染指。《宋书·乐志》引曹植《鞞舞哥序》曰：“故依前曲改作新哥五篇，不敢充之黄门，近以成下国之陋乐焉。”[④]“不敢”者，“不能”之意也。

总之，诗歌声律化是诗人主动适应诗歌合乐要求的产物，

---

① 《宋书》卷六七，第1779页。

② 《文心雕龙注》卷二，第103页。

③ 《文心雕龙注》卷七，第553页。

④ 《宋书》卷十九，第551页。

而只有乐府诗创作才有合乐要求，魏之三祖创作乐府诗时主动追求声律，客观上开启了诗歌声律化进程。这一点钟嵘也有评价，其《诗品下·序》云：“尝试言之，古曰诗颂，皆备之金竹，故非调五音，无以谐会。若‘置酒高堂上’、‘明月照高楼’，为韵之首。故三祖之词，文或不工，而韵入歌唱，此重音韵之义也，与世之言宫商异矣。今既不备管弦，亦何取于声律邪？”[①]意为今人作诗“不备管弦”，没有必要再像魏之三祖作乐府诗那样讲究声律。这段话反过来也正好说明魏之三祖是诗歌声律化的开启者。

事实上，后人也一直把诗歌声律化的功劳归于魏之三祖。如隋李谔《上隋高祖革文华书》云：“魏之三祖，更尚文词，忽君人之大道，好雕虫之小艺。下之从上，有同影响，竞骋文华，遂成风俗。江左齐、梁，其弊弥甚，贵贱贤愚，唯务吟咏。遂复遗理存异，寻虚逐微，竞一韵之奇，争一字之巧。”[②]李谔认为魏之三祖正是齐梁绮靡诗风的始作俑者。当然并非所有人都像李谔这样对三祖持批评态度，如《新唐书·宋之问传》的表述就比较平和：“魏建安后迄江左，诗律屡变，至沈约、庾信，以音韵相婉附，属对精密。及之问、沈佺期，又加靡丽，回忌声病，约句准篇，如锦绣成文。学者宗之，号为‘沈宋’。”[③]也把诗歌声律化的源头追溯到建安时期。至此，李白“自从建安来，绮丽不足珍”两句就很好理解了，即以魏之

---

① ［南朝·梁］钟嵘《诗品》，文学古籍刊行社，1954年版，第13页。

② 《全上古三代秦汉三国六朝文·全隋文》卷二〇，第4135页。

③ ［宋］欧阳修、宋祁等《新唐书》卷二〇二，中华书局，1975年版，第5751页。

三祖为代表的建安诗人创作乐府诗时“宰割辞调”，开启了诗歌声律化的进程。

（原载《光明日报》2017 年 4 月 17 日“文学遗产”版）

乐府诗小史

乐府诗在中国诗歌史上具有重要地位。可以说,中国古代诗歌各种体式,几乎都是从乐府诗中孕育而来。胡应麟即云:“世以乐府为诗之一体,余历考汉、魏、六朝、唐人诗,有三言、四言、五言、六言、七言、杂言、近体、排律、绝句,乐府皆备有之。”[1]作为诗之一体的乐府诗的发展演变历史异常丰富,与整个中国诗歌史相伴始终。根据乐府诗在中国诗歌史上的地位,可以将整个乐府诗史划分为前详后略的六个时段:两汉、魏晋、南朝、北朝、唐代、唐后(包括宋、金、元、明、清)。

---

① [明]胡应麟《诗薮》内编卷一,上海古籍出版社,1979年版,第12页。

一　与三百篇争胜的两汉乐府诗

秦代国祚不长,又遭秦末战火毁坏,乐府诗留存极少,难以描述出秦代乐府诗史的清晰轮廓,所以真正意义上的乐府诗史始自汉代。

两汉是乐府诗创始时期。据《汉书·艺文志》记载,这一时期乐府诗有“二十八家,三百一十四篇”①。从作者看,两汉乐府诗或出自帝王、后妃之手,或出自大臣、文士之手,也有很多作品没有主名。从内容看,两汉乐府诗多写婚姻爱情、战争徭役、祭祀鬼神、和睦亲族、讽刺世俗、劝诫世人等,很多作品具有很强的现实性。从形式看,两汉乐府诗多用三言、四言、五言或杂言,除《焦仲卿妻》《陌上桑》等少数长篇外,一般篇幅都比较短小。从曲调来源看,两汉乐府诗曲调既有前朝遗留和街陌谣讴,也有外域输入和全新制作。两汉乐府诗在乐府诗史上具有源头和经典双重价值。许学夷曰:“乐府之诗,当以汉人为首。”②牟愿相亦曰:“汉乐府自为古奥冥幻之音,不受雅、颂束缚,遂能与三百篇争胜。魏、晋以下,步步模仿汉人,不复能出脱矣。”③都说明了两汉乐府诗在乐府诗史上的典范意义。

两汉乐府诗种类齐全,郭茂倩《乐府诗集》中除专录隋唐作品的近代曲辞和专收唐人诗作的新乐府辞外,其他十类曲辞

---

① [汉]班固《汉书》卷三〇,中华书局,1962年版,第1755页。

② [明]许学夷撰,杜维沫点校《诗源辩体》卷三,人民文学出版社,1987年版,第54页。

③ [清]牟愿相《小澥草堂杂论诗》,见郭绍虞编选,富寿荪校点《清诗话续编》,上海古籍出版社,1983年版,第916页。

都收录有汉乐府诗，且多为名篇。

郊庙歌辞用于祭祀天地神灵和祖先，以《安世房中歌十七首》和《郊祀歌十九章》为代表。这两组诗均由朝廷组织制作，作者为著名艺人和诗人，具有很高艺术水平。汉代以后历代王朝不断更替，但只要条件允许，都会制作郊庙歌辞，尤其是宗庙歌辞。鼓吹曲有鼓吹、骑吹、黄门鼓吹、短箫铙歌、横吹曲等名称，初为军乐，汉以后又转为雅乐，用于朝会、田猎、道路、游行等场合，奏以短箫铙鼓等器。《汉铙歌十八曲》是其中代表，这组曲辞后人多有仿作，李白《将进酒》就是其中之一。横吹曲最初也称鼓吹，后定有鼓有角者为横吹，用为军旅马上之乐，至东汉专用于赏赐有功边将。据《晋书·乐志》记载，它是李延年据张骞出使西域带回的《摩诃兜勒》一曲而“更造新声二十八解，乘舆以为武乐”①的。二十八解没有完整保留下来，《乐府解题》云：“汉横吹曲二十八解……魏、晋已来，唯传十曲……后又有《关山月》《洛阳道》《长安道》《梅花落》《紫骝马》《骢马》《雨雪》《刘生》八曲，合十八曲。”②横吹曲来自边地，且为军乐，因此其辞多为边塞题材，后人也多借拟作汉横吹曲歌咏边塞之事。相和歌本为汉世街陌讴谣，初为徒歌，后渐被于管弦。《宋书·乐志》记载相和歌表演特点称：“相和，汉旧歌也，丝竹更相和，执节者歌。”③相和歌属于新声俗乐，娱乐功能大于仪式功能，《东光》《鸡鸣》《平陵东》《陌上桑》等，都

---

① ［晋］房玄龄《晋书》卷二，中华书局，1974年版，第715页。

② 转引自［宋］郭茂倩《乐府诗集》卷二一，上海古籍出版社，1998年版，第261页。

③ ［南朝·梁］沈约《宋书》卷二一，中华书局，1974年版，第603页。

是汉相和歌曲调。相和歌辞内容丰富,或揭示家庭问题,劝诫世人;或揭示社会问题,讽刺丑恶;或歌颂英雄人物,赞美正义。杂曲歌辞为未配乐或乐调难明的歌辞,题材广杂,“或心志之所存,或情思之所感,或宴游欢乐之所发,或忧愁愤怨之所兴,或叙离别悲伤之怀,或言征战行役之苦,或缘于佛老,或出自夷虏,兼收备载。”①《长安有狭斜行》《董娇饶》《焦仲卿妻》是其中名篇。杂歌谣辞是徒歌谣谚,或出自帝王,或出自后妃,或出自官吏,或出自百姓,脱口而出,背后往往有动人本事。杂歌谣辞中有些歌谣还被演绎成琴曲,如刘邦《大风歌》、项羽《垓下歌》。

汉初乐府与楚声有密切关联。高祖刘邦喜好音乐,能唱楚歌,又注重礼乐建设,在他影响下,汉乐府从一开始就带有浓郁的楚风,如刘邦《大风歌》和唐山夫人《房中祠乐》都属楚声。汉乐府多数为无主名歌诗,但也有一些是有主名作品②,班婕妤《怨歌行》堪称汉代文人乐府诗的代表作。

后世多把拟作汉乐府作为学习诗歌创作的必修课。如胡应麟云:“乐府三言,须模仿《郊祀》,裁其峻峭,剂以和平;四言,当拟则《房中》,加以春容,畅其体制;五言,熟习《相和》诸篇,愈近愈工,无流艰涩;七言,间效《铙歌》诸作,愈高愈雅,毋坠卑陬……此乐府大法也。”③认为创作各种体式诗歌都需以汉乐府为学习范本。

---

① 《乐府诗集》卷六一,第677页。

② 参看赵敏俐《汉代文人的乐府歌诗创作及其意义》,见《乐府学》第一辑,学苑出版社,2006年版,第170页。

③ 《诗薮》内编卷一,第13页。

二 承前启后的魏晋乐府诗

魏晋(西晋)是中国诗歌史上少有的黄金时代,也是乐府诗发展承前启后的重要阶段。魏晋乐府诗人在继承汉乐府、创制新乐府曲目上,都作出了重要贡献。

汉末社会动荡,乐府体制严重破坏。早在曹魏政权尚未建立的建安十三年,曹操就开始网罗乐人,汉雅乐郎杜夔、汉灵帝西园鼓吹李坚、歌师邓静、舞师尹胡等都被他收归麾下。他令杜夔参太乐事,总领雅乐创制,权备典章。进封魏公后,又建立了魏国专属的音乐机关,负责乐器制作、定调、乐曲制辞、配乐及乐舞表演。曹魏政权建立后,不仅专设清商署用来表演清商俗乐,还大胆改造乐曲。《晋书·乐志》载:“汉时有《短箫铙歌》之乐,其曲有《朱鹭》《思悲翁》……及魏受命,改其十二曲,使缪袭为词,述以功德代汉。改《朱鹭》为《楚之平》,言魏也;改《思悲翁》为《战荥阳》,言曹公也……改《上邪》为《太和》,言明帝继体承统,太和改元,德泽流布也。”①这种以鼓吹曲纪述新朝功德的做法甚至形成了传统,其他各朝纷纷效仿。《晋书·乐志》载:“是时吴亦使韦昭制十二曲名,以述功德受命。”“及武帝受禅,乃令傅玄制为二十二篇,亦述以功德代魏。”②

晋代魏立,魏之乐府体制得以完整保留并有新的创建。这一时期私家养伎作乐之风兴盛,很多大臣都有私家乐舞艺人,进行乐舞创作和表演。潘岳在《闲居赋》中描述自家寿宴上的

---

① 《晋书》卷二三,第701页。

② 《晋书》卷二三,第701—702页。

乐舞表演情形曰："于是席长筵，列子孙，柳垂荫，车结轨，陆摘紫房，水挂赪鲤，或宴于林，或禊于氾。昆弟斑白，儿童稚齿，称万寿以献觞，咸一惧而一喜。寿觞举，慈颜和，浮杯乐饮，丝竹骈罗，顿足起舞，抗音高歌，人生安乐，孰知其他。"①从中可见当时风气之一斑。

魏晋乐府诗的最大变化是进入了有主名时代，文人大量参与乐府诗创作。这种变化表面看只是作品有无标记作者，其深层次涵义是魏晋人转化了乐府功能。乐府诗作为宫廷音乐作品组成部分，作用主要有二：一是仪式作用，或用于郊庙，或用于朝堂，或用于道路；二是娱乐作用，供皇帝、后宫、大臣欣赏，其创作本意并非用来抒情。建安以后，以三曹、七子为代表的文人乐府诗创作，开始以乐府写时事，以乐府抒发情感，但这些乐府诗也用于仪式。他们的乐府诗创作，实现了仪式性与抒情性的结合。诗歌史上有一个命题，即建安诗歌实现了汉乐府向文人抒情五言诗的转化。应该说，这种转化首先是在乐府诗创作中完成的。

曹魏时期的重要乐府诗人有三曹、缪袭、王粲、阮瑀、陈琳。曹操《短歌行》《蒿里行》、曹植《野田黄雀行》《白马篇》、曹丕《燕歌行》等，都是乐府佳作。缪袭和王粲曾参与朝廷礼乐建设，曹魏鼓吹曲辞几乎都是缪袭所作。王粲除作有《登歌》《安世歌》《魏俞儿舞歌》等歌辞外，还作有《从军行》五首。在建安七子中，阮瑀和陈琳虽以章表书记闻名，但也有乐府诗问世，阮瑀《饮马长城窟行》、陈琳《驾出北郭门行》均为乐府名篇。晋

① ［晋］潘岳《闲居赋》，见［清］严可均《全上古三代秦汉三国六朝文》，中华书局，1958 年版，第 1987 页。

代乐府诗人有傅玄、张华、陆机、石崇等。傅玄是这一时期创作乐府诗最多、歌辞类别最全的诗人,当时朝廷礼乐建设所需歌辞,多出自他手。此外,傅玄还作有《薤露》《艳歌行》《秦女休行》等。张华为朝廷仪式所作歌辞数量仅次于傅玄,《四厢乐歌》《宴会歌》《命将出征歌》都是代表,此外,他也有拟乐府《轻薄篇》。在当时诗人中,陆机的拟乐府诗颇擅一时之名,《齐讴行》《悲哉行》《君子有所思行》等都很受称道。在西晋,最值得一提的乐府诗是石崇歌咏昭君故事的《王明君》。昭君故事在汉代就有流传,但成为诗歌歌咏对象却是从石崇《王明君》开始,此后唐代诗人李白、杜甫、白居易等,宋代诗人王安石等,都有围绕这一题材的乐府诗问世。这是一个经典故事,对后世文学影响极其深远。

总体上看,魏晋乐府诗在内容上大要可分为两类:一类是仪式歌辞,《乐府诗集》收入郊庙歌辞、燕射歌辞、鼓吹曲辞、舞曲歌辞中,这类歌辞多因特定政治功用而作;另一类是娱乐歌辞,《乐府诗集》收入相和歌辞、琴曲歌辞、杂曲歌辞中,这类歌辞多是个人写作,其中很多诗作又兼具仪式和娱乐两种功能,叙事抒情能够紧密结合,借古题写时事时常常有诗人主观情感流露。在形式上,魏晋乐府诗主要为四言、五言和七言,曹丕《燕歌行》是七言乐府诗出现的标志。在作者身份上,魏晋乐府诗中的仪式歌辞因属政治行为,对作者有着严格限定,一般由专门人员创制,多为皇帝近臣。娱乐歌辞多为帝王或文士所作,又以文士所作尤为大宗。这一时期是汉代以后文人乐府诗创作的第一个高峰期。

三 新声代兴的南朝乐府诗

永嘉之乱，晋室南渡，南朝宫廷雅乐丧失殆尽[①]，以后各代虽均努力重建，但都未能再现昔日辉煌。东晋国祚虽然不短，但乐府残缺过甚，雅乐制作不多，尤其郊庙歌辞因承继前朝故而无需新制。宋、齐、梁、陈因已改朝换代，宗庙乐歌必须改变，所以总有新制。朝堂用乐，前代所传清商旧曲所剩无几，也需重新创制。南朝乐府最有建树的要数萧梁，梁武帝、沈约等人既有文采又善音乐，多采纳新声，以成新曲，乐府收集中原旧曲、新声，一时臻于鼎盛。

南朝乐府的最大亮点是在南方本土歌谣基础上发展而来的流行乐歌——吴声和西曲。吴声、西曲一经兴起，就受到朝野普遍欣赏，取代了中原旧曲的音乐地位。吴声歌产生于以建业为中心的长江下游地区，出现时间在东吴、东晋、刘宋三朝，有的甚至更早，即史家所谓“吴歌杂曲并出江南，东晋以来，稍有增广”[②]。吴声歌主要有《子夜歌》《上声歌》《欢闻歌》《欢闻变歌》《前溪歌》《阿子歌》《丁督护歌》《团扇郎》等。西曲歌产生于长江中游地区，出现时间主要在宋、齐、梁三朝，涉及地域远比吴声歌广博，所谓“出于荆、郢、樊、邓之间”[③]。西曲歌有《石城乐》《乌夜啼》《莫愁乐》《估客乐》《襄阳乐》等。《乐府诗集》将这些歌曲归入了清商曲，将汉魏原有清商旧曲归入了

① 此处所说南朝，指东晋、宋、齐、梁、陈五朝。

② 《晋书》卷二三，第716页

③ 《乐府诗集》卷四七，第534页。

相和歌。

吴声和西曲在当时广受欢迎，皇帝和大臣纷纷加入歌辞创作队伍中。梁武帝《子夜四时歌七首》《江南弄七首》、沈约《江南弄四首》、陈后主《春江花月夜》《玉树后庭花》，或拟作，或新创，都属吴声歌。梁简文帝《乌夜啼》、梁元帝《乌栖曲六首》，都是对西曲歌的拟作。杂曲歌辞《西洲曲》旧题江淹作，也当属西曲歌。

南朝有许多以乐府名家的诗人，其中最突出的是鲍照。鲍照所作《拟行路难十八首》以乐府组诗形式，表现丰富而深刻的人生思考。其《代结客少年场行》《代堂上歌行》《代陈思王白马篇》等，既有汉魏旧题，又有时下新声；既有仪式用乐，又有抒情纪事，涉及相和、琴曲、清商、舞曲、杂曲等多个类属，对后世乐府诗创作影响深远。沈约也是南朝乐府名家，他在乐府诗创作中发明了永明新体诗，即通过声、韵、调的合理组合，使之成为便于入乐的诗歌。这种作诗方法，正是根据歌者"以字声行腔"经验总结出来的。吴声、西曲中大部分作品已经能够成功避免声病，永明体正是受到吴声、西曲声律的启发，并在乐府诗创作中完成新体诗试验的。直到初唐沈、宋等人完成近体诗律，乐府诗一直是诗人探索诗律的主要载体①。

此外，南朝重要乐府诗人还有宋谢灵运、谢惠连、颜延之，齐谢朓、王融、陆厥，梁武帝、简文帝、元帝、吴均、刘孝威、江淹、何逊、王筠、吴均，陈张正见、徐陵、江总等，他们都有数量不等的乐府诗作品。

---

① 吴相洲《永明体与音乐关系研究》，北京大学出版社，2006 年版，第 91—92 页。

作为新声乐府的吴声、西曲，呈现出与以往乐府完全不同的风貌。现存南朝乐府诗近500首，从内容看，几乎全为男女爱情和婚姻生活的叙写。从风格看，大部分作品都清新流丽、明快自然。从形式看，主要为五言四句或四言四句，多用双关、谐音等修辞手法，大都篇幅短小，但也不乏《西洲曲》之类的长篇。对于吴声、西曲，后人给予了很高评价。如许学夷云："六朝乐府与诗，声体无甚分别，惟乐府短章，如《子夜》《莫愁》《前溪》《乌夜啼》等，语真情艳，能道人意中事，其声体与诗乃大不同。"①

学界多把吴声、西曲称为民歌，其实很不确切。尽管沈约《宋书·乐志》在述及《子夜哥》《前溪哥》《阿子》《欢闻哥》《团扇郎》《丁督护歌》创调本事时曾云："凡此诸曲，始皆徒哥，既而被之弦管。又有因弦管金石，造哥以被之，魏世三调哥词之类是也"②，但这些本事中的主人公却分明来自上层社会，如《团扇郎》是因晋中书令王珉与其嫂婢谢芳姿相爱，受到嫂子阻挠，嫂令谢芳姿当下作歌，遂有此曲。《丁督护歌》是因宋武帝长女伤悼阵亡丈夫而作。即使像《子夜歌》那样不知出于何人之手的曲调，最终成为乐府曲目，也经过了专业诗人和艺人的加工。西曲歌情况与吴声歌大致相同，如《古今乐录》记载《估客乐》本事即称："《估客乐》者，齐武帝之所制也。帝布衣时，尝游樊、邓。登祚以后，追忆往事而作歌。使乐府令刘瑶管弦被之教习，卒遂无成。有人启释宝月善解音律，帝使奏之，旬

---

① 《诗源辩体》卷十一，第136页。

② 《宋书》卷十九，第550页。

日之中，便就谐合。”①

四　胡汉交融的北朝乐府诗

与南朝乐府诗的兴盛相比，北朝乐府诗显得相对寂寥。北朝以北魏国祚最长，北魏随着汉化程度加深，越来越重视乐府建设。到北魏后期，乐府已有相当规模。东魏、北齐、西魏、北周均享国年短。西魏全无作品留存，东魏仅留下极少杂歌谣辞，北周郊庙歌辞全为新制，北齐郊庙歌辞也有新制，其他如相和歌辞、杂曲歌辞、杂歌谣辞等，北齐、北周都时有制作。此外，在琴曲歌辞和杂歌谣辞中，十六国时期的前秦和前赵也有少量作品。

北朝乐府诗主要产生于黄河流域广大地区，现存有题有辞者约 280 余首。除近代曲辞和新乐府辞以外，《乐府诗集》其他十类中都有北朝乐府诗。其中最大一宗是梁鼓角横吹曲，这显然是北朝传入梁朝以后命名的。这组曲子都可入乐演唱，至陈朝存有 66 曲，今仅存 21 曲，分别是：《企喻歌辞》《琅琊王歌辞》《钜鹿公主歌辞》《紫骝马歌辞》《黄淡思歌辞》《地驱歌乐辞》《雀劳利歌辞》《慕容垂歌辞》《陇头流水歌辞》《隔谷歌》《淳于王歌》《地驱乐歌》《东平刘生歌》《紫骝马歌》《捉搦歌》《折杨柳歌辞》《幽州马客歌辞》《折杨柳枝歌》《慕容家自鲁企由谷歌》《陇头歌辞》《高阳乐人歌》。这些歌辞并不全是由少数民族语言翻译而来，其中既有汉歌，如《折杨柳歌辞》《慕容

① 《乐府诗集》卷四八，第 541 页。

垂歌辞》《高阳乐人歌》等，也有译歌，如《淳于王歌》《东平刘生歌》《捉搦歌》等。

从乐曲来源看，北朝乐曲主要有三个来源：一是前朝遗留旧曲、二是边地民族乐曲、三是南朝北传乐曲。从诗歌来源看，北朝乐府诗有民间采集和文人创作两种途径。其中，郊庙歌辞、燕射歌辞、鼓吹曲辞、相和歌辞、清商曲辞、琴曲歌辞和杂曲歌辞中的乐府诗主要是文人创作，横吹曲辞中的梁鼓角横吹曲和杂歌谣辞中的部分乐府诗则是采自民间。

从内容看，北朝乐府诗与南朝乐府诗相比更为丰富，反映的社会生活也更为广阔。有的歌颂英雄，如《陇上歌》《木兰诗》；有的赞美草原，如《敕勒歌》；有的写战争动乱，如《企喻歌》《隔谷歌》；有的写尚武精神，如《琅琊王歌辞》《陇头歌辞》《折杨柳枝歌》；有的写相思爱情，如《地驱歌乐辞》《紫骝马歌》《杨白花》；有的反映社会问题，如大量屠杀男子致使男女比例失调造成老女难嫁问题："青青黄黄，雀石颓唐。䙡杀野牛，押杀野羊。驱羊入谷，白羊在前。老女不嫁，踏地唤天。"（《地驱歌乐辞》）"粟谷难舂付石臼，弊衣难护付巧妇。男儿千凶饱人手，老女不嫁只生口。"（《捉搦歌》）战乱造成的寡妇孤儿问题："烧火烧野田，野鸭飞上天。童男娶寡妇，壮女笑杀人。"（《紫骝马歌辞》）"东山看西水，水流盘石间。公死姥更嫁，孤儿甚可怜。"（《琅琊王歌辞》）贫富差距问题："快马常苦瘦，剿儿常苦贫。黄禾起羸马，有钱始作人。"（《幽州马客吟歌辞》）内容广泛，涉及北朝社会生活许多重大问题，是当时北方各族人民生活的形象记录。

从形式看，北朝乐府诗主要是五言，也有少量四言、七言和杂言。从风格看，北朝乐府诗总体上较为刚健质朴、粗犷豪放，表情达意真率大胆、泼辣直截，充满热情的生命冲动，与南朝乐府细腻委婉、含蓄缠绵迥然不同。

从作者看，北朝乐府诗作者数量较少，主要由两部分组成：一部分是北朝本土文人，如北魏的裴让之、高允、祖叔辨、温子升，北齐的祖孝徵、魏收、邢邵；另一部分是羁留北方的南朝文人，如庾信、王褒、萧撝。其中以庾信创作成就最为突出，北周郊庙歌辞全都出自他手，约有66首。此外，庾信拟乐府也很著名，如《对酒》《王昭君》《怨歌行》《燕歌行》《从军行》《乌夜啼二首》《贾客词三首》《出自蓟门行》《苦热行》《结客少年场行》《舞媚娘》《步虚词十首》等，共计13题25首。

五　名家辈出的唐代乐府诗

唐代诗歌成就空前辉煌，这一时期既是诗歌创作的繁盛期，也是乐府诗创作的繁盛期。《乐府诗集》所录5000多首乐府诗中多半都是唐人作品，且多名家名作。仅《全唐诗》卷十七至卷二十九标明“乐府”的诗作，涉及作者就多达200余人。

初唐诗歌分太宗朝、高宗朝、武则天和中宗朝三个阶段。在这三个阶段中，无论是宫廷诗人还是廷外诗人都有乐府诗创作。太宗朝李百药、庾世南等前朝入唐诗人继续创作乐府诗，齐梁诗风在初唐得以延续，就是这些乐府音乐继续流行的结果。高宗朝四杰登上诗坛，各自都有乐府名篇，如王勃《临高台》、杨炯《从军行》、卢照邻《行路难》、骆宾王《从军行》等。武则天和中宗朝是沈宋和文章四友的时代，他们在乐府诗创作中完善了近体诗体式。初唐末期张若虚《春江花月夜》和刘希夷《代悲白头吟》都是脍炙人口的乐府诗。

盛唐是乐府诗发展的高峰期。唐玄宗酷爱音乐，在乐府制作上倾注了极大热情。后妃大臣深受影响，积极参与其间。边将纷纷进献音乐，使边地音乐得以在京城甚至全国流行。李龟年、公孙大娘等著名歌唱家、舞蹈家脱颖而出。当时长安以音乐为生的“音声人”达数万之众。繁盛的歌舞表演刺激了诗人们写作乐府诗的热情。尤其是边塞诗，几乎所有名篇都是乐府诗，如高适《燕歌行》、岑参《白雪歌》、王昌龄《从军行》、李颀《古从军行》、王翰《凉州词》、王之涣《凉州词》等。盛唐三大诗人中，李白以乐府诗名家。在《乐府诗集》中，李白是作品数量最多，使用曲调最多的诗人。他大量写作古题乐府，并创立了“古乐府学”，使古题乐府在唐代继续大放异彩，《蜀道难》《将进酒》《行路难》等，都是古题乐府。李白还因此被召入京城，待诏翰林，专门为唐玄宗写作乐府歌辞。《清平调三首》就是为唐玄宗、杨贵妃所作，并由李龟年率梨园弟子演唱的。王维诗名高著，同时也是乐府大家，一首《渭城曲》唱出了盛唐人豪迈而又深沉的感情世界。杜甫既有《前出塞》《后出塞》等古乐府名篇，也有《丽人行》《兵车行》等即事名篇的新乐府，他的新乐府直接开启了元白等人的新乐府创作。

中唐前期元结作《补上古乐歌》，体现了他复古的诗学主张。其《系乐府》意在作新题乐府，是他另一种诗学观念的反映。中唐后期，李绅、元稹、白居易有意颠覆古乐府传统，提出了一整套新乐府理论，现存元稹《新题乐府十二首》、白居易《新乐府五十首》就是这一理论的具体实践。元、白等人新乐府创作获得了巨大成功，在后世影响深远。《乐府诗集》所录11 卷新乐府辞，元、白新乐府只是其中很少一部分，然而后人论及新乐府，却首先提到元白。张籍、王建与元白互通声气，也都作有新乐府，且多见同题诗作，如《寄远曲》《织妇怨》《北邙行》等。此外，张籍为婉拒藩镇李师道聘请而作的新乐府《节妇吟》，也是新乐府名作。韩孟诗派中孟郊、李贺新题、古题乐府均有创作。孟郊《游子吟》、李贺《雁门太守行》都是乐府名篇。刘禹锡虽不属于两大诗派，但也创作了大量乐府诗。尤其是《竹枝词》，经他写作以后成为最流行的曲调。刘禹锡晚年又与白居易写作新声《杨柳枝》，成为中唐乐府诗创作的一大盛事。

晚唐张祜及其《长门怨》、温庭筠及其“乐府倚曲”系列，都在乐府诗史上占有一席之地。此外，皮日休《正乐府十首》，更是对元白新乐府传统的直接继承。

唐代无论是古题乐府、近代曲辞还是新题乐府，无不寄托着唐人的诗学追求。在魏晋南北朝，诗人还总是考虑如何使自己的乐府诗创作合于乐府诗要求，因而以“拟”、“当”、“代”、“赋”等标记诗题。而到了唐代，诗人则是想着如何创作某一种乐府诗，“新乐府”、“系乐府”、“补乐歌”等概念的提出，标志着唐代诗人在乐府诗创作上有着更为自觉的追求。从内容看，唐代乐府诗较之前代在题材范围上进一步扩大，举凡战争徭役、婚姻爱情、世道坎坷、伤时怀古以及社会各阶层人等的生活都有表现。从形式看，唐代乐府诗多为五言、七言和杂言，既有短章小制，也有长篇大作。从作者看，唐代乐府诗以文人为创作主体，很多大诗人都有乐府佳作。这一时期是继建安以后文人乐府诗创作的又一个高峰期。

六　拟古盛行的唐后乐府诗

宋代以后乐府诗发展步入转折期，虽然各代朝廷仍有乐府活动，留下了大量郊庙歌辞、燕射歌辞、舞曲歌辞，其他各类歌辞也有数量可观的作品，但乐府诗在诗歌史上的标志性地位却被词和散曲所取代。

宋代长短句盛行，因其可以合乐而歌而被称为乐府，成为盛行一时的文学样式，这使得以齐言为主的乐府诗显得较为冷落。尽管如此，一些大词人如梅尧臣、王安石、苏轼、黄庭坚、杨万里、范成大、陆游等，仍有一定数量的乐府诗佳作。如梅尧臣《野田行》《哀王孙》、苏轼《襄阳乐府》《竹枝歌》、黄庭坚《竹枝词二首》《塞上曲》、杨万里《竹枝歌七首》《圩丁词十解》、王安石《明妃曲二首》《桃源行》、范成大《腊月村田乐府十首》、陆游《长歌行》《关山月》等，其他如徐铉、范仲淹、苏舜钦、晁补之、贺铸、孔平仲、周紫芝、谢翱、汪元量、曹勋、唐庚、徐照、林景熙、赵汝镃等人也都有数量不等的乐府诗。

宋代乐府诗既有古题也有新题。古题乐府或以古喻今，或以古题写时事，较少袭用古题古意。如王安石《明妃曲二首》以昭君遭际比喻才士不遇，陆游《荆州歌》写南宋荆州商业的发达与繁荣。宋代新题乐府不仅沿袭了很多唐代新乐府题名，也继承了唐代新乐府的创作传统，在内容上多针对社会现实。如徐照《促促词》通过农民与小吏的劳逸悲欢对比来揭露社会不公，刘敞《田家行》通过写辛苦种黍的田家在持黍易金时却遭遇稻贵黍贱的行情来揭示农民生活的艰难，林景熙《秦吉了》用禽鸟不愿入蛮夷之山不食而死来表达时人抵御外侮的决心。南宋以来,金元入侵的政治状况让新题乐府诗的现实性更为强烈,以战争、边塞、征夫思妇为题材的新题乐府大量出现。如陆游、李龏、张至龙等有《塞上曲》,曹勋、严羽、周密等有《塞下曲》,曹勋、释文珦有《思远人》,吴泳有《夫远征》,吕本中、赵汝鐩有《寄远曲》,周行已、陆游、张仲节等有《征妇怨》,宋旡、刘克庄等有《寄衣曲》。这些新乐府诗,除继承此前新乐府创作忧黎元、补时阙的宗旨外,又因为特殊历史原因而闪耀着爱国主义的光芒,具有鲜明的时代特征。

总体看来,宋代乐府诗与音乐的关系渐趋疏离,成为一种供案头阅读的纯文学品类。虽然有些曲调仍然作为歌诗流传,但它们在整个诗歌史上的标志性作用却大为降低。可以说,这一时期乐府诗进入了一个古典化时代。

金代乐府诗趋于式微,乐府诗数量较少,乐府诗人也为数不多。以《中州集》所收乐府诗统计,金代乐府诗人有 25 人,其中以元好问及其乐府诗最为著名。从《元好问集》可以看出,元好问的乐府诗主要由两类构成:一类是“乐府”,共 50 首;一类是“新乐府”,共 345 首。其中,“新乐府”一类全为词体,所以元好问乐府诗就仅指前一类“乐府”而言。这 50 首乐府诗几乎全为自创新题,涉及内容十分广泛,或感丧乱、或悯征役、或讥纨绔、或绘盛景、或述闺怨,不一而足。金代虽然也有古题乐府,如元好问《长安少年行》《步虚词三首》、宇文虚中《乌夜啼》、萧贡《楚歌》、王郁《古别离》等,但总体上数量较少,新题乐府仍占绝大多数。金代新题乐府以元白新乐府为楷模,以裨补时病为宗旨,在内容上主要以反映民生疾苦为主,在形式上主要以七言为主。

元代虽然散曲盛行,却并未妨碍乐府诗再度振起。这一时期，乐府诗人和乐府诗数量都很可观，盛况几可比肩李唐。就乐府诗人而言，既有汉族诗人郝经、方回、宋无、王恽、刘因、吴莱、杨维桢、傅若金、周巽等，又有少数民族诗人耶律楚材、马祖常、萨都剌、贯云石、迺贤等。仅入选《元诗选》和《元诗选癸集》的乐府诗人，就数以百计。在元代众多乐府诗人中，杨维桢最为著名。就乐府诗而言，元代既有新题乐府，如周巽《织锦曲》《梨花曲》《琵琶曲》、迺贤《塞上曲五首》等，也有古题乐府，如宋旡《乌夜啼》《战城南》《长门怨》、张宪《行路难》《白纻舞词》、郭翼《行路难》等。元代古乐府创作成就高于新乐府，其中又以杨维桢最为突出，杨维桢以个人的杰出创作积极倡导古乐府，用来实现其宗唐复古的文学思想。在他引领下，元代兴起了声势浩大的古乐府运动，很多诗人都投入到古乐府创作中，留下了大量古乐府作品。如胡奎有古乐府 666 首（《斗南先生诗集》）、周巽有拟古乐府 139 首（《性情集》）、胡布有古乐府 67 首（《元音遗响》）等。

此外，体制短小的《竹枝词》在元代南方兴盛一时，最著名的是《西湖竹枝词》。《西湖竹枝词》的诞生缘于以杨维桢为首的群体唱和，杨维桢首唱 9 首，当时和者多达百家，杨维桢将这些唱和诗编为《西湖竹枝集》。这种大规模以《竹枝词》相唱和并编集的做法，对《竹枝词》广泛传播起到了显著作用。

到明代，乐府诗创作呈现出不均衡状态：明代初期和中期乐府诗一度繁荣，晚期乐府诗则相对较少。从乐府诗人看，明代前期主要有高启、刘基、徐贲等，中期主要有周道仁、李东阳、皇甫汸以及前后七子等，晚期主要有袁宏道、金圣叹等。

明代既有古题乐府，也有新题乐府，还有近代曲辞《竹枝词》。其中古题乐府数量最多，影响也最大，几乎延续有明一代。这种现象的出现一方面缘于元末复古思潮余绪的影响，另一方面也缘于当时小说戏曲更受欢迎而诗歌创作不景气所引发的理论探索。这些理论探索中，茶陵派李东阳和以李梦阳、何景明、李攀龙、王世贞为核心的前后七子影响最大，他们极力倡导文学复古思想，主张古诗宗汉魏，近体宗盛唐，所以古乐府被明确标举，汉魏乐府被视为高格。在创作方式上，他们十分注重对古体的揣度模拟。这样的理论主张影响巨大且持续久远，直接催生了拟古乐府诗创作，文人拟古乐府诗数量倍增，动辄达上百首。如高启有古乐府诗 113 首、李东阳有拟古乐府诗 101 首、李攀龙有古乐府诗 200 余首、王世贞有拟古乐府诗 426 首、陈子龙有古乐府 145 首，等等。

这些拟古乐府诗可以分为两种情形：一种是袭用古题，另一种虽为拟古乐府，但具体篇目却并非乐府古题，而是自拟之新题。前一种如高启《征妇怨》《猛虎行》《行路难》、刘基《大墙上蒿行》《楚妃叹》《王子乔》、李攀龙《大风歌》《垓下歌》《秋风辞》、王世贞《汉郊祀歌二十首》《汉铙歌十八曲》《步出夏门行》、袁宏道《长安有斜狭行》《相逢行》《悲哉行》、金圣叹《望城行》《前有一樽酒行》《秋兰篇》，等等。这些拟古乐府诗，或袭用古题也用古意，或只袭古题而另出新意。明代另一种虽为拟古但具体篇名却是自拟新题的乐府诗，其实质更接近新乐府。这类乐府诗又可分为两种类型：一类是以新题咏时事，如皇甫汸《乐府十二首》。这是一种全新的拟古乐府，诗题全为自创之新题，于每首诗小序中又标明所拟为汉乐府中哪首诗。如《乘法驾》拟《朱鹭》，《厘庙制》拟《思悲翁》，《秩郊禋》拟《艾如张》等，十二首都是如此；另一类是以新题咏史事，如李东阳《拟古乐府》101 首。这组乐府诗总的诗题为《拟古乐府》,但具体篇目又全为新题,如前十首诗题依次为:《申生怨》《绵山怨》《屠兵来》《筑城怨》《避火行》《挂剑曲》《渐台水》《卜相篇》《国士行》《昌国君》。这些自立之新题皆取材于前代历史,或取自历史人物、或取自历史事件。在内容上或仅咏史实、或以古喻今、或借古讽今,创作目的在于以史为鉴。这组拟古乐府诗直接开启了清代以咏史为题材的新乐府创作序幕。

与拟古乐府的蓬勃发展相比,明代新题乐府创作显得相对寂寥,诗人诗作都较为有限。除皇甫汸和李东阳那些名为拟古乐府,实为新题乐府的作品之外,还有陈子龙《范阳井》《谷城歌》《韩原泣》《辽兵行》、彭诒孙《筑城谣》《飞龙篇》《猛虎行》《泥滑滑》等。无论数量还是成就,这一时期的新题乐府都难以与古题乐府相匹敌。

明代《竹枝词》创作也方兴未艾,甚至形成了全国性的《竹枝词》创作局面。这一时期的《竹枝词》,命名多加地名以示方域区别,如有《婺州竹枝词》《扬州竹枝词》《西蜀竹枝词》《龙城竹枝词》《长沙竹枝词》《茶陵竹枝词》《武塘竹枝词》《江东竹枝词》《滇南竹枝词》《苏台竹枝词》《广州竹枝词》《吴下竹枝词》等,所涉地域遍及南北。在这些《竹枝词》中,又以兴起于元代的《西湖竹枝词》数量最多,有 180 余首,约占明代《竹枝词》总量的 23%。

到清代,乐府诗创作格局发生了根本性变化。《竹枝词》在这一时期迎来了创作高峰,以往由古题乐府和新题乐府所占据的乐府诗坛核心地位完全被《竹枝词》所取代。就作者而言,清代写作《竹枝词》的有帝王,如乾隆皇帝;有著名文人,如陈维崧、朱彝尊、沈德潜、王士祯等;有女性,如杞卢氏、吟香氏、朱孺人等;还有很多无名氏的作品。至于参与其间的普通文人更是数不胜数。就作品而言,有代表性的如王士祯《都门竹枝词八首》《玄墓竹枝词八首》、陈维崧《双溪竹枝词十首》《清明虎丘竹枝词四首》、朱彝尊《西湖竹枝词六首》《太湖罛船竹枝词十首》、孔尚任《平阳竹枝词五十首》、沈德潜《山塘竹枝词》、袁枚《西湖小竹枝词》等。据王利器、王慎之、王子今《历代竹枝词》统计,清代《竹枝词》数量多达23000余首,占该书所收历代《竹枝词》总量的92%。数量之多,不仅力压以前各代,而且也使《竹枝词》成为清代乐府诗坛最具分量、最引人瞩目的一个品类。清代《竹枝词》在内容上除延续以往《竹枝词》记述民间地方风情外,还出现了很多对外国入侵史实和外国风土人情的描写,这无疑是这一特殊历史时代的特殊文化印迹在《竹枝词》创作中的反映。

清代古乐府诗在成就和数量上都不及新乐府诗,却也时有制作。如殷云霄有古乐府诗400首、贾松年有《萧艾堂古乐府歌辞》、单可惠有《白羊山房代古乐府辞钞》等。清代新乐府诗最为显著的特点,是以咏史为题材的新乐府创作蔚然成风。作家作品如王士祯《小乐府》30首,吴炎、潘柽章《今乐府》200首,尤侗《明史乐府》100首,万斯同《新乐府》68首,胡介祉《咏史新乐府》60首,洪亮吉《晋南北朝史乐府》(一作《拟两晋南北史乐府》)110首、《唐宋小乐》府103首,熊宝泰《三国志小乐府》一卷,邹均《读史乐府》一卷,袁学澜《春秋乐府》一卷,徐宝善《五代新乐府》一卷,龙文彬《明纪事乐府四卷》,张晋《续尤西堂拟明史乐府》一卷,舒位《春秋咏史乐府》一卷,尤珍《拟明史乐府》一卷等。这些以咏史为题材的新乐府诗大都具有如下特点:以历史为咏写内容,具体篇目多以历史人物或事件命名;诗题下多有小序;体式有近体绝句,也有古体,但更多的是杂言体。这些新题乐府虽为史实纪述，但其间又大都蕴涵着诗人的个体情感，或表明诗人对史实的认识与评价。

自鸦片战争以后，中国历史进入了一个新时期。反抗帝国主义侵略、谋求民富国强是这个时代的主要潮流，这使得这一时期的乐府诗大都具有反帝爱国、思变图强的鲜明时代色彩。如马君武《从军行》以一位身负国仇家恨的英雄母亲口吻，鼓励儿子积极从军，为国为民，建立功勋。林纾《闽中新乐府·村先生》历数封建传统私塾教育过失，宣传启蒙思想。这些乐府诗普遍篇幅较长，语言明白如话，浅近易懂。

总之，自汉代直至清代，不同历史时期乐府诗创作情况虽各不相同，但它作为一种极富个性的诗体，一直保持着强大生命力，延续近两千年之久。

（原载《乐府学》第十三辑，社会科学文献出版社，2016 年 7 月）

后　记

本书是我近年来关于乐府学研究论文的辑集，这些论文基本是围绕我所承担的两个课题《乐府诗集》整理和《乐府续集》(宋辽金元卷)编纂所写，内容上大致都属于乐府文献考察之列。前十多篇根据时间先后，可分为唐代乐府文献考论、宋代乐府文献考论、辽金元乐府文献考论三个部分。另有三篇，属于乐府诗史范畴，故作为附录收入。书中各篇具体结论或有可商榷之处，但它也包含着我对乐府学的体悟，留下了我在乐府学研究道路上走过的足迹和洒下的汗水。

十三年前，我在十三朝古都长安走上了研习唐代文学的道路，因为发自内心的喜爱而将火热的青春时光全部投入到清冷孤寂的古籍研读中，在日复一日与古籍相伴中，从单纯的爱好者成长为初具资格的专业研究者。三年后取得硕士学位，我又负笈北上，在直沽津门开启了为期三年的博士学习生涯，期间学术眼光和研究能力都得到很大提升和磨炼。八年前，我从南开大学博士毕业到首都师范大学文学院工作，适逢学院学科建设需要在乐府学研究方向增加人手，我便从此步入了乐府学研究领域的大门。

感谢吴相洲教授的悉心指导，让我以最快速度对乐府学领域从初窥门径到登堂入室。此生有幸师从李浩教授和卢盛江教授，两位老师不仅给我以学业上的指导和教诲，更重要的是他们人格风范的熏染和感召，让我更加坚定以中国古代文学研究为生命栖息之所的信念。

本书出版得到首都师范大学文学院研究生教育经费资助和学院领导的大力支持。凤凰出版社李相东编审在出版过程中鼎力相助、屡施援手，才使这本小书得以尽快与读者见面。在此谨致谢忱！

郭　丽

2020 年 11 月于北京寓所